Berthold Auerbach

Neues Leben

Zweiter Teil

Berthold Auerbach

Neues Leben
Zweiter Teil

ISBN/EAN: 9783741130236

Hergestellt in Europa, USA, Kanada, Australien, Japan

Cover: Foto ©Andreas Hilbeck / pixelio.de

Manufactured and distributed by brebook publishing software
(www.brebook.com)

Berthold Auerbach

Neues Leben

Neues Leben.

Eine Lehrgeschichte in fünf Büchern.

(Zuerst erschienen 1851.)

Zweiter Theil.

Viertes Buch.

Erstes Kapitel.

Tausendmal im Leben wünscht man, daß Wille und That wie
Blitz und Schlag sich folgen möchten; oft aber ist es auch gut,
daß Hindernisse mannigfacher Art eine Verkühlung des heißen
Verlangens zuwege bringen.

Eugen faßte den Gefangennehmenden an der Brust und warf
sich mit aller Macht auf ihn, als wollte er ihn erdrosseln; dieser
aber lachte laut auf, und Eugen mußte selber lachen, da er den
Bartelmä erkannte.

„Du bist heiß und es ist knitterkalt; hier nimm meinen Schaf-
pelz über," sagte Bartelmä gelassen, zog das warme Gewand
ab und Eugen ließ sich fast willenlos damit bekleiden; der heutige
Tag schien dazu auserkoren, allerlei Mummerei mit ihm vorzu-
nehmen.

Bartelmä, der wie er früher gesagt, mit seiner Frachtfuhre
des Weges daherkam, hatte das Pferd Eugens eingefangen und
lachte den „Katheder reiter" weidlich aus. „Hast's erfahren,"
höhnte er, „so ein unzugerittener Volksgaul ist nicht viel mehr
als ein Esel? Da nutzt all' deine Reitkunst nichts, er bockt, Kopf
nieder hinten hoch und im Bogen wirft er dich auf vaterländischen
Boden." Er fragte nun, ob der Champagner im Lamm auf ihn
warte und ob er zur Verlobung Eugens mit der Baronin Hunold
gratuliren dürfe. Eugen erzählte rasch seine Erlebnisse und ver-
weilte nur ausführlicher bei der letzten Fährlichkeit.

„Recht so," scherzte Bartelmä, „zuerst reitet ihr mit philo-
sophischen Kleppern auf einander los und dann mit wirklichen,

haferfressenden. Schade! Die Baronin hat Fra Diavolo und
Rinaldini mit dir aufgeführt, — hat man keine Räuber, tanzt
man mit Schulmeistern — schade, daß sie ihre Loge zu früh ver=
lassen, sie hat den letzten Akt mit den Knalleffekten versäumt."

„Es ist nicht der letzte, ich muß Genugthuung haben, ich
fordre den Leo und nenne meinen Namen."

„Auch gut, dann demaskire ich mich auch und bin dein Se=
kundant, du kriegst doch keinen andern. Der Casus ist nur
schwierig, du hast eigentlich schon Genugthuung."

„Ich? Wie denn?"

„Du hast ihm die Reitpeitsche ins Gesicht geworfen. Die
Sache gehört vor den Seniorenconvent."

„Laß das jetzt, ich werde schon einen andern Sekundanten
finden."

„Mir wäre auch nichts lieber als in einem schönen Duell weg=
geputzt zu werden."

„Das will ich nicht," rief Eugen.

„Kommst auch nicht dazu. Mach's gescheit und heirath' die
Hunold. Man soll mich mein Lebtag Hofrath schelten, wenn der
Leo nicht um sie freit; thu' ihm den Possen und —"

„Genug, ich raste nicht, bis ich ihn vor meiner Klinge habe."

„Und du willst wirklich deinen Namen nennen, dein Ge=
heimniß, das dir nichts entlocken kann, für diese Sache preis=
geben?"

„Ja."

„Es sind nur zwei Fälle möglich: der knickbeinige Baron Leo
ist nobel und dann, weißt du was er dann thut? Er lacht dich
aus. Der Graf Falkenberg ist todt, im Armensünder=Winkel der
Zeitung begraben in Buchdruckerschwärze; ein Gespenst, das wie=
derkommen will, wird von keinem Ehrengericht mehr anerkannt.
Der andere Fall, der wahrscheinlichere ist aber, Leo — zeigt dich
an und thut dem Staat und sich selbst damit einen Gefallen."

Eugen ballte die Fäuste und weinte fast vor Zorn und In=
grimm, daß er erfahrene Unbill nicht sühnen solle; seine Hand
zitterte als ihn Bartelmä faßte, der ihn nicht zu trösten suchte,
sondern nicht abließ, bis er einen Schluck Heidelbergeist nahm,
den er in einer kleinen Flasche mit sich führte. Eugen ließ sich
nochmals das Wort geben, daß er ihn nicht verrathe und ritt
heimwärts nach Erlenmoos.

Wie er so leicht dahingetragen wurde, mußte er sich fragen, ob der Graf, der Stolz einer bevorzugten Klasse, noch nicht in ihm ertödtet sei; aber die Unbill schwand nicht, wenn er sich als einfachen Lehrer von gewöhnlicher Herkunft dachte, ja sie vergrößerte sich noch: ein fast Wehrloser wurde von höhnendem Uebermuth angegriffen. . . . Jetzt fühlte er den schärfsten Dorn in der Martyrerkrone — die Ehrlosigkeit. Und höher hinauf stieg sein Geist und trat in die Reihe aller Derer, die für einen heiligen Beruf beschimpft und verhöhnt zu immer neuer Kraft sich erhoben und mit lächelnder Duldermiene ihre Peiniger besiegten. Fernab liegt die Ehre, alles Wohlgefallen und aller Glanz, den in der Menschenachtung einer über den andern ausbreitet, und Eugen war's, als löste sich die letzte Erdenschwere von ihm, als müsse er frei aufschweben in das All.

In solcher Befreiung sterben können, wäre schön, würdiger ist's, von heiligen Gedanken gefeit, fortzuwirken und die Pfeile der Bosheit und Verblendung, im Innersten unversehrt, von sich abzuschütteln. —

Lipp war nicht wenig verwundert, seinen spätkommenden Herrn so heiter und doch so feierlich grüßend zu finden. Lipp hatte schon oft gewünscht, daß sein Herr ihn Du nenne, wie das einem Bedienten zukäme. Eugen hatte es stets geweigert und heute that er's von selbst. Lipp ahnte nicht, wie weit Eugen über alle Unterschiede der Anrede und der verschiedenen Menschengeltung hinaus war.

So sehr sich auch Eugen im wirklichen Leben wiederfand, war es ihm doch stets, als ob er eine schwere Last abgewälzt habe, von der er kaum mehr wußte, daß sie ihn bedrückt. Mit dem letzten Gelüste nach vornehmer Gewöhnung war alle Weltpein von ihm abgethan.

Wie es einem Sieger in offener Feldschlacht zu Muthe sei, wenn er sich endlich zur Ruhe begiebt, das hatte Eugen einst erfahren; er hatte für die heilige Sache gefochten und konnte sich der Freude ob ihres Gelingens nicht erwehren; aber jener Siegesrausch, jener Wonnejubel, von dem die Menschen singen und sagen, die die Gräuel des Krieges nicht mit angesehen, konnte nie in ihm aufkommen; das Treiben des Lagerlebens, der Tod von Kameraden stachelt und steigert die Kampfeslust; wenn aber der Schlachtenlärm verklungen ist, wandelt leise klagend der trauerverhüllte Genius der Menschheit um, denn Menschen mordeten Menschen. — Heute hatte Eugen einen viel schwereren Sieg über sich selbst errungen und so frei er sich auch mit aller Macht erhob, er konnte sich doch einer Wehmuth nicht erwehren, da er eine langgehegte Lebensgewohnheit aufgeben mußte; ihm war's doch, als wäre ihm leibhaftig die waffenstarke Hand zerschossen.

Mitten in der Nacht erwachte Eugen plötzlich aus dem Traum und schrie laut um Rache. Noch einmal zog jetzt in lautloser Stille Ehre und Kampfeslust vor seinem Geist vorüber und sie schalten die Demuth den Stolz der Feigheit und heischten Sühnung. Aber Eugen hielt Stand, er durfte sich bekennen, daß er der Welt zur Genüge den Beweis seines makellosen Muthes gegeben; er wollte nun nicht blos in dem Versuch stehen bleiben, sich in ein neues Dasein zu finden.

In der Schule war Eugen wieder voll frischer Regsamkeit, er kehrte in seinen Beruf wie in eine fast verloren geglaubte Heimath zurück. Jetzt verstand er in eigenthümlicher Weise ein halbvergessenes Wort Deegers: die Lehrer verhärten leicht im Schlendrian oder reiben sich auf. Man sollte Jedem, je nach fünf oder zehn Jahren eine Brache, ein Jahr Reise-Urlaub gewähren können, dann würden sie wieder viel frischer und lebenerfüllter ihre Arbeit aufnehmen. —

Nur das empfand Eugen noch schmerzlich, daß er die ganze Macht seines Denkens hier nicht ausbreiten konnte; aber die Friedsamkeit und Demuth, die jetzt über sein ganzes Wesen ausgeströmt war, gab ihm die Zuversicht, daß es ihm gelingen werde, dieses letzte in sich gerechte Verlangen des stolzen Ichs zu bewältigen.

Eugen ertheilte keinen Religionsunterricht, heute hätte er ihn gern gehabt, er fühlte zum Erstenmal den Mangel, der in diesem Verhältniß lag; aber er hielt um seiner und der Kinder willen fest an dem Stundenplan.

Die sogenannten trockensten Gegenstände waren heute gerade an der Tagesordnung: Deutsche Sprache und Rechnen. — Selbst in den letztern Unterricht, der vorherrschend verstandesbildend ist, ging etwas von der Weihestimmung Eugens über. Er erklärte den Kindern der ersten Klasse die Zahl, wie man hiebei von jedem Gegenstand absehe und einen reinen Gedanken in der Phantasie dafür setze, wie schon das spielende Kind zu zählen beginne und sich dann den Begriff „viele" und „alle" bilde. — Als er nun an diese Erörterung den Triumph des Menschengeistes knüpfte, der mit dem Gedanken sich eine Welt bildet und eine ferne herzaubert, da fühlte er an den gespannten Blicken und Mienen, daß wenn auch nicht Alles was er sagte, bestimmt in den Kinderseelen Wurzel faßte, doch der Keim des überschauenden Geistes sich regte und sie in das Gewohnte einblickten wie in ein glänzendes Wunder.

Von solchen Allgemeinheiten konnte er dann aber auch wieder eben so leicht auf das Einzelne und Nothwendige übergehen. Die seltsame Erfahrung, daß die Kinder das Dividiren so schwer lernen und Geistesarme es fast nie fassen, suchte er mit allem Nachdruck zu überwinden und es schien ihm heute zu gelingen.

Hatte es Eugen unternommen, den Grundsatz der Selbstbeschränkung auf sich anzuwenden, so fand er jetzt, daß noch immer ein selbstsüchtiges Genießen darin liege, nur solchen Thuns sich zu erfreuen, über dem ein Ideenduft sich ausbreitet. Das ist es ja, was den schneidenden Gegensatz von niederer und höherer Arbeit aufgestellt hat. Jegliche Uebertragung einer innewohnenden Kraft auf einem Stoff außer uns, ist die Erfüllung des Daseinsberufes.

In dieser Erkenntniß strebte er nun nicht mehr nach Darlegung von Allgemeingedanken, er heftete sich mit Emsigkeit an das Kleine, Nothwendige, worin zunächst gar nichts Ideelles war. Jetzt erst wußte er, daß die Andacht, die eigentlich der Unterricht erheischt und die nie tagelang anzudauern vermag, ihm niemals ganz verschwinden könne; er widmete sich ganz der Pflicht der Arbeit.

Es giebt eine Andacht, die nicht die gefalteten Hände frei emporhebt, sondern sie zu lebendigem Thun ausstreckt.

Gegen Abend überbrachte Eugen dem Sonnenwirth das Geld und dankte in aufrichtigen Worten für seine Freundlichkeit. Der Sonnenwirth sah verlegen drein, lüpfte bald sein grünsammtnes Käppchen und setzte es wieder auf, knöpfte sein Wamms auf und wieder zu. Eugen konnte nicht anders glauben, als daß seine demuthvolle allverzeihende Stimmung den Menschen unbegreiflich sein müsse; er wiederholte, daß er nicht die Spur eines Grolles in sich hege und daher den Sonnenwirth um ein Gleiches bitte; dieser aber grinste seltsam auf das Geld und streckte schnell die Hand, die er darnach ausstrecken wollte, in die Tasche, dann

ging er mehrmals nach der Kammer und kam wieder, immer noch
ohne ein Wort zu sprechen, schüttelte oft mit dem Kopf und
machte die Hände auf und zu. Wie ein Hungergieriger, der
heißes Brod vor sich hat, bald es berührt und die Hand wieder
abzieht, dann einen Bissen zum Mund führt und mit den Hän=
den schlägelnd, hüpfend und weinend, das Eroberte zu kauen
sucht, solch traurig lächerliche Grimassen machte der Sonnenwirth,
da er das Geld bald ganz, bald halb nahm und wieder auf den
Tisch legte. Endlich brachte er die Worte heraus: er habe den
Schuldschein jetzt nicht, er habe ihn überhaupt nicht mehr. Erst
nach vielfachen Fragen ergab sich, daß der Baron Kronauer wäh=
rend der Krankheit Eugens die Schuld getilgt habe. Der Sonnen=
wirth begleitete Eugen bis vor das Haus und wiederholte oft,
er sei ein ehrlicher Mann und bitte sich aus, daß Eugen vor=
kommenden Falls sich wieder an ihn wende.

Zu Hause berichtete Lipp, der Sonnenwirth habe während
der Krankheit Eugens darauf gedrungen, daß alle seine Hab=
seligkeiten gerichtlich versiegelt würden und da habe sich Kronauer
ins Mittel gelegt.

So war also die ganze Reise Eugens mit allem sich daran
knüpfenden Wirrwarr unnöthig gewesen! Er hatte in diesem die
letzte Ablösung von der Welt der Vornehmigkeit erkennen wollen,
wenn er sich gleich gestehen mußte, daß es dessen nicht mehr be=
durft hätte. Jetzt war er durch das Verfahren Kronauers in ein
Verhältniß der Dankbarkeit gesetzt, das eine neue Fessel werden
konnte.

„Gut, daß Sie kommen," sagte Kronauer zu dem eintretenden
Eugen, „ich verbürge mich dafür, daß Sie volle Genugthuung
haben sollen."

„Wer hat solche gefordert? Woher wissen Sie? . . ."

„Der Geißelmaier des Sonnenwirths, der Bartelmä, der Ihnen
sehr zugethan scheint, kam noch gestern Nacht auf Schloß Röth=
hausen. Er hatte eine tüchtige Rauferei mit dem Reitknecht meines
Bruders, der ihm die unterwegs gefundene Reitpeitsche entreißen
wollte; es ist ein Ehrenstück, ein Preis, den der Erbprinz beim
letzten Wettrennen ausgesetzt und den mein Bruder gewonnen.
Bartelmä verlangte eine persönliche Unterredung mit meiner Cousine
und da erzählte er Alles. Ich wollte eben zu Ihnen, um Ihnen
zu sagen, daß Sie jede erwünschte Genugthuung haben sollen."

Eugen erblaßte. So hatte ihn also Bartelmä verrathen, in der Sucht, ihn an die Baronin zu verkuppeln; all' das Ringen um einen jetzt erst liebgewordenen Beruf und eine stille Wirkungs= stätte war vergebens; er mußte es dankbar annehmen, daß man ihn nicht den Gerichten auslieferte.

Kronauer setzte hinzu, daß das Maskenspiel allerdings unge= hörig war, und auch wenn er sich auf die „Phantastereien" Ste= phanie's einlassen wollte, hätte er dennoch bei seinem wirklichen Namen bleiben müssen.

Eugen athmete freier. So hatte Stephanie mindestens den Anderen nicht seinen wahren Namen verrathen. Er erklärte, daß er keinerlei Genugthuung heische. Kronauer widersprach, er sei das seinem Amt und seiner Stellung schuldig.

Eugen schwieg und wollte Kronauer das für ihn ausgelegte Geld erstatten, aber dieser bestimmte, da Eugen keine Familie habe, solle er in monatlichen Abzügen von seinem Gehalt die Rückzahlung so machen, daß er in zwei Jahren frei sei. Schnell wendete sich dann Kronauer auf einen andern Gegenstand und warnte Eugen vor seiner Cousine, „mit ihrer ästhetisch moralischen Naschhaftigkeit, die wir leider aus der französischen Bildung ge= erbt haben."

Eugen fand es unschicklich, daß Kronauer so von seiner Ver= wandten sprach und vertheidigte das ruhelose Wesen Stephanie's. Er mußte aber einstimmen, daß „die encyklopädische Topfguckerei" nichts Ganzes in Wissen und Thun aufkommen lasse. Auch darin konnte er nicht widersprechen, da Kronauer sagte:

„Für mich hat das Wesen meiner Cousine etwas beängstigen= des. Frauen dürfen nie leidenschaftlich, heftig sein, überhaupt nicht passionirt, gelassene stille Milde ist ihre Naturbestimmung."

Eugen hatte einst im Walde bei Alsfeld das moussirende Wesen Stephanie's mit dem Kaibls verglichen. Jetzt zeigte sich noch eine besondere Aehnlichkeit: so einnehmend und oft bezau= bernd Stephanie in der Gegenwart war, eben so kalt und kri= tisch gestimmt fühlte man sich in der Entfernung von ihr, in der bloßen Erinnerung an sie. Woher kommt das?

Kronauer bemerkte, daß er doch in Einem Falle seiner Cou= sine recht geben müsse; nach dem, wie er Eugen in Röthhausen kennen gelernt, wäre es dessen Pflicht einen höheren Beruf zu wählen; es sei an sich lobenswerth, daß er Dorflehrer bleiben wolle, es sei aber „nationalökonomisch eine Verschwendung, die Kraft, die zu Höherem ausreicht, zu Geringerem zu verwenden."

Eugen fühlte sich trotz aller Bellommenheit siegesfroh, da er diese Zumuthung ablehnte und darthat, daß durch das Hochhalten unserer selbst die Welt im Argen liege.

Diesmal verletzte ihn das gönnerische Eindringen in sein Leben nicht so, wie im Alsfelder Wald; der Grund hievon lag aber nicht darin, weil er jetzt gelobt wurde ...

Mit widerstrebenden Gefühlen verließ Eugen das Schloß. Voll zitterndem Verlangen erwartete er die Rückkehr Bartelmä's, die erst am andern Abend erfolgen konnte. Er kämpfte mit dem Entschluß, den er zu fassen habe, wenn die Baronin um sein Geheimniß wisse; in seiner jetzigen Stellung konnte er dann nicht verharren, durfte er aber die burschilose Anmuthung Bartelmä's zur Wahrheit machen und rasch um die Hand Stephanie's werben? Das ganze Benehmen Stephanie's schien allerdings mehr als allgemeines Wohlwollen auszusprechen und ihr abenteuerlicher Sinn mußte von der Enthüllung Eugens mächtig ergriffen werden. Die Versuchung breitete abermals ihre lockenden Bilder aus: fern lagen all' die Plackereien eines engen Lebens, ein junges Paar durchstreifte fremde Länder und nach Jahren, da alles Vergangene vergessen und vergeben war, kehrte man zurück und begann eine großartige Wirksamkeit; der Uebermuth Leo's konnte schwer gezüchtigt und das unruhig suchende Gemüth Stephanie's gerettet und gehoben werden durch festen Halt und sichere Leitung.

Lipp konnte nicht fassen, warum sein Herr, der so lang in sich gekehrt ruhig gesessen, plötzlich aufstampfte und Nein! vor sich hinrief. Eugen zürnte sich selber, daß er immer wieder Rückfällen hingegeben war. Er schickte noch in der Nacht den Lipp mit dem Gelde nach Röthhausen zu Lehnert, dieser sollte mindestens keinen Verlust erleiden, wenn er fliehen mußte. Kaum war Lipp fort, so bereute er das Gethane wieder, er hatte ja nichts mehr, wenn er zur Flucht genöthigt war; er wollte Lipp nach und sich bei Stephanie selbst Gewißheit verschaffen — aber er harrte ruhig aus.

Am folgenden Tag konnte sich Eugen mit Deeger messen: mitten im Aufruhr seines ganzen Lebens vermochte er es, seine Pflicht in der Schule vollauf zu erfüllen. Diese strenge Haltung und Hingebung übte auf die Kinder einen sympathischen Einfluß, und Eugen erfreute sich an der Zuversicht, daß die wesentliche Befähigung zu seinem Beruf nicht in erworbenen Fertigkeiten, sondern in der Persönlichkeit beruhe. Dennoch ließ ihn nach der Schulzeit eine Unruhe nicht allein in seinem Hause. Er empfand die ganze Pein, die darin liegt, Leben und Schicksal in der Hand eines fernweilenden Menschen zu wissen.

In des Kirchbauern Haus erhielt er die Gewißheit, daß von seinem Streit mit Leo im Dorf noch nichts bekannt war; an den Beichtstuhl wäre gewiß die Kunde davon gedrungen. Er traf hier den Mühlendoctor, den Bernhard von Trenzlingen, den der Huschel auf allerlei Weise neckte und der flottweg jeden Scherz heimbezahlte.

„Kinder, Kinder!" ermahnte die Kirchbäuerin, „seid ordentlich. Du Bernhard bist grad wie dein Vater, der hat auch gern Spöttereien gehabt und hat immer gesagt: ich nehm' kein Mädle, das mich nicht auch ein bisle zum Narren haben und mir was aufzurathen geben kann. Er hat auch um mich angehalten, aber meine Eltern, Gott hab' sie selig, haben's nicht zugegeben, er ist damals noch nicht der Waldkönig gewesen und wir sind auch in Einem Alter und das ist nie gut; die Frau muß um viel jünger sein, sie kommt schon nach, jedes Kind macht sie um zehn Jahre älter. Deine Mutter selig und ich wir waren wie zwei Schwestern. Wenn sie dich nur so da bei uns sehen könnte. Deine Mutter selig hat grausam viel auf eine rechtschaffene Familie gehalten und hat von keiner nie hören wollen, wo nicht Alles glatt und eben ist."

„Mir ist diese Rede zuwider," sagte Bernhard leise zu Eugen, „wenn ich so reden höre, daß mein Vater eine andere hätte heirathen können, ist mir's als wäre ich gar nicht da und die ganze Welt steht nicht fest. Es giebt Dinge, woran man nicht mit einem Gedanken rühren darf."

Die Kirchbäuerin ahnte nicht, daß Eugen die Taktik verstand, mit der Bernhard von Vittore — die fast gleichen Alters mit ihm sein mußte — abspenstig gemacht werden sollte; tief wehe aber that ihm, daß man das Schicksal des Bachmüllers hier als einen Schandfleck ausbeuten wollte. Der Bernhard war nun die Hauptperson in des Kirchbauern Haus, gegen den selbst der Alte, der sonst äußerst wortkarg war, sich zuthulich benahm und nicht zuließ, daß er ihm seinen Stuhl einräumen wollte. Gern ließ Eugen dem Bernhard diese Bevorzugung und antwortete am Beichtstuhl auf die Fragen, wie es ihm in Röthhausen ergangen war; man hatte hier schon vernommen, daß er im Schloß gespeist und die Kirchbäuerin war nicht unzufrieden mit diesen vornehmen Bekanntschaften. Als Eugen spöttisch bemerkte, daß ihn nächstens der Lehrer Lutz — Schnörkel — besuche, der ja hier auch gut bekannt sei, gestand die Kirchbäuerin offen, daß er um Sabine gefreit habe, daß man aber aus einem solchen Haus nicht leicht einem Lehrer eine Tochter gebe, wenn er nicht was besonderes sei. Sie gab dann in halben Worten Eugen zu verstehen, daß er recht daran thue, jetzt nicht ausdrücklich um Sabine zu freien; er erhalte sich dadurch alle Parteien im Dorf geneigt und Sabine solle erst Braut des Schultheißen werden.

„Das ist der Bartelmä, der schlaft gewiß schon wieder im Wagen," sagte jetzt der Huschel; man hörte ein schweres Fuhrwerk die Straße heraufkommen. Eugen verabschiedete sich und holte den Schlaftrunkenen noch am Pfarrhaus ein. Eine neue Ruhe kam über ihn, als ihm Bartelmä schwur, daß er Niemand seinen Namen verrathen habe.

Zweites Kapitel.

Als bestes Zeichen, wie friedsam und frisch es in der Schule herging, konnte angesehen werden, daß Eugen wochenlang keine Schulversäumnisse einzutragen hatte. Er hatte für jeden Mittwoch eine Schulstunde hinzugesetzt und in das freie Belieben jedes Kindes gestellt, zu kommen oder wegzubleiben. Diese Stunde versäumte kein einziges Kind, denn da durfte Jedes eine Frage stellen über was es wollte und an heller Lustigkeit fehlte es nie. Es hielt schwer, die Kinder zum Fragen überhaupt und dann zu solchem über räthselhafte Anschauungen und Lebensbeziehungen zu bringen; sie glaubten trotz allen Ermahnungen, sie müßten über ihre Schulgegenstände fragen, bis es nach und nach gelang, ihnen die erwünschte Richtung zu geben. Natürlich war mit der ersten Frage: Warum? der Zapfen weggenommen, dem unaufhörlich der Strom der Neugierde nachfolgte. Eugen suchte zuerst die Antwort aus den Reihen der Schüler selbst zu erobern und hier ergaben sich oft überraschende Erläuterungen zur Beschämung Derer, die in bloßer Faulheit Dinge fragten, die sie sich selbst klarmachen konnten. Bei manchen Fragen erbat sich Eugen, theils um sich selbst zu unterrichten, theils um die Spannung und Selbstthätigkeit der Kinder zu erhöhen, Bedenkzeit auf den kommenden Mittwoch; fruchtbar erscheinende blieben mit dem Namen des Fragstellers eine ganze Woche auf einem großen Blatt in der Schule ausgehängt.

In eigenthümlicher Weise lernte hier Eugen die Besonderheiten der einzelnen Kinder kennen, und indem er die verschiedenen Schmelzhärten der Metalle in Erfahrung brachte, dünkte es ihm immer schwerer, sie durch eine gleiche Wärme gemeinsam in Fluß zu bringen. Er glaubte, daß dies in seinem Mangel an Methode liege und hielt sich darum immer mehr an die Individualitäten.

Der Sansculotte und der Hasenschartige gehörten zu den verfänglichsten Fragstellern, jener wohl aus Muthwillen und dieser, weil er ein wirklich sinniger Knabe war. „Herr Lehrer," fragte einst der Hasenschartige, der Schillers Bürgschaft auswendig lernte, „ist der Möros wirklich ein guter Freund von dem Dionys geworden?"

„Wie meinst du das?"

„Es heißt da am End': Ich sei, gewährt mir die Bitte, in eurem Bunde der Dritte. Jetzt der Möros hat den Dionys umbringen wollen und den Freund hat der Dionys wollen hängen lassen; das giebt eine schlechte Freundschaft."

Eugen wußte in der That keine befriedigende Antwort, er wich daher einer solchen aus so gut er konnte. Auch Mareile ließ sich oft vernehmen, sowohl aus eigenem Antrieb, als im Auftrag Anderer, die zu zaghaft waren.

„Herr Lehrer," fragte des Sonnenwirths Franz eines Mittwochs, „wozu nützt das, daß im Winter aller Boden gefriert?"

„Daß man schleifen, daß man Schlitten fahren kann," entgegneten Einige.

„Daß man die Steingrub' ausgraben kann," rief Dagobert und meinte damit den Weiher, aus dem eben Kronauer frischen Humus herausschlagen ließ.

„Der Boden will auch schlafen," lispelte ein sonst furchtsames hochgestirntes Mädchen und wurde von Eugen ermuntert, der nun erklärte: die Fruchtbarkeit des Ackerbodens besteht wesentlich in

seiner Beweglichkeit und Zersetzbarkeit; es ist daher eine der schön=
sten und tiefsinnigsten Natureinrichtungen, daß der Boden gefriere.
Alle Feuchtigkeit in ihm erstarrt, es bilden sich dünne Eiswände
zwischen den feinsten Stäubchen, die im Frühling zersprengt wer=
den und so den Boden zersetzen und auflockern, wie das junge
Leben des Pflänzchens es erfordert. Wir könnten das auf keinem
andern Wege so bewerkstelligen.

Die Versuchung lag nahe, Unterschiede des Klima's, geogra=
phische und weitere physikalische Erläuterungen daran zu knüpfen,
aber — wer kann die geheimen Ideenverbindungen ermessen? —
Eugen erinnerte sich der Füttermethode des Kopfrechners: langsam
thun und wenig geben, dann wird rein aufgespeist. An diesem
Grundsatz hielt er fest und ging nie über das nächste Bereich
der Antwort hinaus.

Eugen hatte sein volles Genüge in seiner Berufsthätigkeit und
lebte fast abgeschieden vom Dorf; erst durch Lipp erfuhr er, welch
eine ängstliche Bewegung dort alle Herzen ergriffen hatte. Der
Vater des Sansculotten war gefänglich eingezogen, er hatte im
Wirthshaus zur Sonne gesagt, es sei gut, daß man noch Waffen
verborgen habe, um „das Nächstemal" den Fürsten den Garaus
zu machen; dann werde man selbst einen Ausschuß wählen, der
den Preis bei der Viehausstellung vertheile. Jetzt waren auch
noch zwei Gemeinderäthe, der Schmied Simme, des Rainbauern
Karle und der Krämer Maier im untern Dorf mit Gendarmen
Nachts aus dem Bett geholt worden. Das brachte einen Schreck
über das ganze Dorf, der noch dadurch vermehrt wurde, daß
man keinen Angeber wußte. Man schien der Gewalt eines un=
sichtbaren Gespenstes überliefert zu sein und jene aus Bangen und
Resignation zusammengesetzte Stimmung, die jeden Einzelnen bei
einer grassirenden Epidemie ergreift, lagerte sich auf das Dorf.
Wenn auch Eugen nicht mehr glaubte, Allen Alles sein zu können,
war er doch bemüht, Ermuthigung und Trost in den zerstörten
Familien zu erwecken. Er erfuhr jetzt, daß die allgemeinen ge=
schichtlichen Tröstungen von der Nothwendigkeit solcher Opferungen
für eine bessere Zukunft, eben so wenig verfangen wollen, als
die allgemein religiösen bei betroffenem schweren Herzeleid. Als
er nun fast von Haus zu Haus, im Schmerz der Leidtragenden
wie in der Zuthätigkeit der Hülfeleistenden, das innerste Leben
der Dorfbewohner kennen lernte, machte Eugen eine bedeutsame

Erfahrung: Wie die feste Eiche nur in einem mäßig tiefgrundigen Boden gedeiht, so ist auch der in sich selbst haltungsvolle Freimuth der Seele in der Regel nur Ergebniß einer gemäßigten Zone des Wohlstandes. Menschen, die um sich oder einen Angehörigen in banger Furcht sind, halten sich leicht an Aberglauben und gegebene Wahrzeichen; die Armen schweben zeitlebens in dieser Angst und finden ihren ständigen Halt in solchen Handhaben. In den höchsten Schichten der Gesellschaft, da wo der Ueberfluß sich ergießt, ist das gleiche Laster wie da, wo die Oede des Mangels alles ausdörrt: Bigotterie und zu jeder Unthat entschlossene Genußsucht. Wer die Menschen innerlich frei machen will, müßte hier die Angst um das Dasein von ihnen nehmen können . . . .

Allerlei abenteuerlicher Aberglaube wie ausschweifendes Rachegelüste bewegte die Gemüther.

Am gefaßtesten war die Gundel, die Mutter des Sansculotten, sie sagte, wenn nur ihr Mann seine paar Monate Strafe jetzt gleich im Winter bekäme, damit er das Sommergeschäft im Feld nicht versäume. Die Pfarrerin war überall hülfreich. Sie nöthigte die Frauen, die nicht mehr regelmäßig kochen und in Mißmuth das ganze Hauswesen zerfallen lassen wollten, muthig ihren Pflichten nachzukommen und wo sie nicht mit guten Worten durchdrang, griff sie und das Mädlenle selber zu, und schon um das abzuwehren, mußten die müßig Jammernden Hand anlegen. Der Pfarrer ließ sich fast gar nicht sehen, er war, wie Eugen vom Vikar erfuhr, damit beschäftigt, Goethe's Iphigenie ins Griechische zu übersetzen.

Eugen hatte seine besondere Freude an dem resoluten Wesen der Pfarrerin, und wie zwei hülfreiche Menschen an einem Krankenbett schlossen die Beiden einen schönen Bund. Die Pfarrerin klagte über die Nachlässigkeit dieser Menschen, die im Sommer zu träg seien, um sich allerlei blühenden Thee einzuthun und ihn oft nachher aus der Apotheke holen müssen. Die Pfarrerin wollte nichts davon wissen, da Eugen solches bildlich nahm und behauptete: die Leute holten ihre selbstgewachsenen Gedanken auch wieder aus der Schul- und Kirchenapotheke, statt sie frisch von Feld und Baum zu nehmen.

Eugen konnte nicht umhin, bei den Hülfeleistungen so vieler Armen seine Freude an der wiederholten Wahrnehmung auszu-

brücken, daß diese Menschen so gern bereit sind, ihr ganzes Be=
sitzthum — ihre Arbeitskraft — in der Wohlthätigkeit für Andere
preiszugeben. Die Pfarrerin dagegen folgte ganz anderen Ge=
danken. Sie kannte das herbe Ergebniß dieses Ungemachs, das
fast noch schmerzlicher war als das Ungemach selber: das Miß=
trauen, der böse Blick, mit dem man sich nun Jedem zuwendete,
den man sonst unbefangen und vertrauensvoll ansah, das war
ein Gift, in dem das beste Herzblut der Menschen verdarb. Die
Argwöhnenden und die Beargwohnten werden gleich verderbt und
das Uebel schwindet nicht damit, wenn einst das Räthsel sich löst;
das unrecht gekränkte Herz versäuert und das argwöhnende hat
seine Unschuld unwiederbringlich verloren.

Man vermuthete zunächst den Mäuerleswerner, den Klosemichel
oder den Vigil als Angeber, diesen letztern argwöhnte man be=
sonders deswegen, weil des Rainbauern Karle, sein ehemaliger
Kamerad, verhaftet wurde und es gab viel Gerede, daß der Vigil
sich in dem jungen herrenlosen Anwesen des Karle umhertrieb,
als wäre es sein eigen und daß die junge Frau dies keineswegs
zu hindern schien. Sogar der Kirchbauer war verdächtig, da
mehrere seiner Feinde verhaftet waren, und wieder behaupteten
viele Stimmen, der Krämer Maier habe Alles angezettelt und
habe sich nur verhaften lassen, damit er jeden Verdacht von sich
abwälze. Als Eugen auf dieses letztere bemerkte:

„Es ist gräßlich, wie man die verkreuzte diplomatische In=
trigue selbst dem einfachen Sinn des Volkes geimpft hat," da
entgegnete die Pfarrerin:

„Das Volk ist gar nicht so einfach, wie Sie glauben. Am
schlimmsten ist, daß Ihr Schützling Bartelmä am allgemeinsten
in Verdacht steht; er hat für die Leute hier etwas Fremdes und
ist seit geraumer Zeit menschenscheu."

Eugen erschrack heftig. Was nützte es, daß er die Unschuld
Bartelmä's betheuerte und selbst dafür einstand? Er konnte den
letzten Beweis ja nicht enthüllen. Jetzt hatte er noch einen per=
sönlichen Antrieb, der Sache ungetheilten Eifer zu widmen; es
wollte ihm aber nicht gelingen, die Spur des Urhebers zu entdecken.

Der Rainbauer, der sonst den Pfarrer mit Ausbeutung schwie=
riger Bibelstellen heimzusuchen pflegte, hatte jetzt ganz andere An=
liegen; der Pfarrer sollte Ordnung im Hauswesen seiner Söhnerin
herstellen, wo es seit der Verhaftung des Karle gar ausgelassen

hergehe, so daß die Frau ihm auf sein Einreden mit derben
Schimpfworten das Haus verbot, das von ihrem Zugebrachten
erkauft sei. Es gelang aber weder dem Pfarrer und seiner Frau,
noch dem Vikar, etwas auszurichten. Nun sollte Eugen versuchen,
was er vermöge.

Das Haus des Rainbauern Karle lag einsam auf einer Wiesen-
anhöhe; das ganze Anwesen war von einem Ausgewanderten erkauft und neu hergerichtet. Es war in der Abenddämmerung,
als Eugen in die Stube eintrat. Er traf die Frau allein am
Spinnrad, sie stand nicht auf bei seinem Eintritt und erst als
sie erkannte, wer er sei, erhob sie sich rasch und drückte ihre Verwunderung aus über seinen Besuch. Eugen erklärte, daß er hier
fremd sei wie sie und daß die Fremden sich besonders zusammen-
nehmen und auch gegenseitig zusammenhalten müßten, damit die
Einheimischen keinen Anlaß zu Gerede hätten. Auf diese Worte
erfaßte die Frau die Hand Eugens mit solcher Heftigkeit, daß
dieser innerlich erbebte; sie hielt seine Hand fest und sagte bald
mit weinerlich klagender, bald mit keifender Stimme, daß sie hier
in dem fremden Orte sich wie verkauft vorkäme; Niemand nehme
sich ihrer an und sie müsse noch Gott danken, wenn Einer sie in
ihrer Einsamkeit heimsuche; das sei ihr nicht an der Wiege gesungen, daß es ihr so ergehen werde, sie sei aus rechtschaffenem
reichem Haus, man dürfe ihm überall nachfragen, ihr Mann aber
habe schlecht an ihr gehandelt, galgenschlecht; sei das erhört, daß
man heirathe, eine junge Frau hinsetze, wenn man noch eine
Zuchthausstrafe zu erstehen habe? Weinen und Schelten, Klagen
und Fluchen ging bei der Frau in Einem Zug und zuletzt beschwor sie noch den Lehrer, „dem ja Alles das größte Lob und
dem man gewiß nichts Böses nachsagen dürfe," sich ihrer Ver-
lassenheit anzunehmen. Ein Gemisch von Reumüthigkeit, Lüstern-
heit und Bosheit sprach aus Wort und Weise dieser Frau. Als
Eugen sagte, daß sie bis zur Freilassung ihres Mannes zu ihren
Eltern zurückkehren sollte, erklärte sie mit einem Ton, aus dem
man Klage wie Zufriedenheit heraushören konnte, daß das ihr
Schwäher nicht zugebe, weil der Forstknecht in Trenzlingen sie
gern gehabt habe. Und nun gab es erneute Klagen über die
Hartherzigkeit der Eltern, wobei die Thränen reichlich flossen, so
daß Eugen zwar eindringlich aber auch mild sie auf die Bahn
der Pflicht hinwies. Während Eugen noch sprach, trat Vigil ein,

die Frau sagte ihm sogleich, er brauche nicht mehr ins Haus zu kommen. Vigil nahm ruhig und ohne ein Wort zu reden ein Streichfeuerzeug aus der Tasche, zündete die Oellampe an, die auf der Ofenbank stand, nahm eine silberbeschlagene Pfeife vom Nagel, stopfte und brannte sie an und ging behaglich schmauchend mit einem „Gut Nacht" zur Thür hinaus. Eugen schickte sogleich eine Magd nach dem Rainbauer, die Frau wehrte ab, aber Eugen bestand darauf und als der Rainbauer keuchend kam, gab es wieder Schelten hin und her. Eugen ließ das ruhig austoben und schließlich gelang es ihm, die Sache dahin zu erledigen, daß die Frau die Entscheidung ihm anheimstellte, worauf er dann bestimmte: daß sie sogleich mit ihrem Schwiegervater in dessen Haus ziehe bis zur Rückkehr ihres Mannes.

Nach vielen Quengeleien wurde dies ausgeführt und nachdem sie ihre Habseligkeiten zusammengesucht, schien die Frau nun wirklich erfreut, die Zänkerei mit ihren Angehörigen und wohl auch mit sich selbst los zu sein. Der Rainbauer dagegen, versprach, sie vorwurfslos zu behandeln.

Es war ein wunderlicher Aufzug, als Eugen mit der Frau und dem Rainbauer in der stillen Winternacht in das innere Dorf hineinging. Der Rainbauer sagte: „Ihr sammelt feurige Kohlen auf mein Haupt," Eugen aber fühlte sich von diesem ganzen Verhältniß angewidert. Es giebt Lebenszustände, deren Einblick das reine Gemüth wie mit einer Empfindung der Unsauberkeit erfüllt. Eugen suchte freie reine Atmosphäre und diese fand er im Hause des Bachmüllers, wo Alles voll Freude war, daß die junge Rainbäuerin zu ihrem Schwäher gezogen sei. Man ließ kein Wort des Tadels über sie laut werden.

In den Wirthshäusern wurde um so emsiger mit den Karten aufgetrumpft, da man sich vor jedem Gespräch, das über Feldbau und Haushalt hinausging, sorgfältig in Acht nahm; die Karten waren der beste Ableiter. Es hatte etwas Unheimliches, die Menschen mit einander spielen zu sehen, weil sie sich vor einander fürchteten.

Beim Bachmüller schütteten die Geängsteten ihr Herz aus, dort war eine Freistätte; das Haus war wie die Stelle auf einem Kriegsschiff, wo eine feindliche Kugel bereits eingeschlagen und wo man nun um so sorgloser weilen kann. Dennoch war es auch hier herzempörend zu bemerken, wie man die Angstrufe Mancher als Gewissensschrei ihrer Urheberschaft ausbeutete. Allgemein war die Klage über Unthätigkeit des Schultheißen, der den Kopf verloren habe. Der Rainbauer vor Allen schien vergessen zu haben, wie hart er einst Eugen bei der ersten Begegnung an der Schmiede angelassen hatte und lobte den Lehrer überaus, der sich seinerseits ihm freudig anschloß; denn es that ihm wohl, daß er ihn bezwungen und nichts Nachträgerisches in diesen Gemüthern sei. Dieses Gefühl der Dankbarkeit, daß ihm der Rainbauer eine bessere Seite des Menschenherzens bewahrheitete, machte Eugen besonders liebreich gegen ihn, so daß der Rainbauer fast schwärmerisch von ihm sprach. Jetzt sähe man, sagte er überall, was man an diesem Geisbäuerchen, dem Schultheißen, habe, das lasse sich von jedem Gendarmen unterducken und könne nicht fest auftreten, dazu brauche man einen Gewichtigen oder einen, der das Herz auf dem rechten Fleck habe, das sei der Schullehrer, der sei der Sattelgaul, der allein den Wagen ziehe, der sei überall bei der Hand; man sei ja verlassen und verkauft. Der Kronauer könne von seiner kranken Frau nicht weg, der Bachmüller dürfe da nicht mitthun und der Schultheiß sei der Garnichts.

Eugen wußte noch von Kaibl her: was der Rainbauer verkündete, war Offenbarung der Kirchbäuerin, und er mußte die Klugheit der Kirchbäuerin bewundern, die mitten im allgemeinen Brand ihren Plan zu retten und das Kleinod in der hellen Flamme glitzern zu machen suchte. Er vertheidigte nach Kräften den Schultheiß und forderte die Anwesenden auf, die Winterarbeit der Eingekerkerten, dreschen, holzführen u. s. w. gemeinsam zu verrichten. Man vereinigte sich gern zu diesem Vorhaben, denn es schien Jedem erwünscht, sich durch ein Thun von seiner Angst zu befreien.

Vittore leuchtete dem spät Abends weggehenden Eugen bis zur Hausthür und sagte diese öffnend:

„Das ist brav. Wenn man so was angerichtet hat wie Ihr heut, kann man gut schlafen."

„Mich freut sehr, daß Ihr mich lobt," erwiderte Eugen, „ich bin wahrhaft lobhungrig."

„So?"

„Nicht aus Eitelkeit, sondern weil mir das wieder Vertrauen zu mir selbst giebt, Freude an mir selbst, und das macht besser als Alles."

„Das ist gut, so geht mir's auch. Der alt' Pfarrer hat von der Kanzel herunter immer so viel geschändet und mit Schimpf überhagelt, das thut weh und man kann sich doch nicht anders helfen, als man sagt sich: freilich sind wir Alle fehlige Menschen, aber so arg bist du doch nicht. Wenn man Einem was Gutes nachsagt, da wird man immer viel besser. Nicht wahr?"

Eugen nickte bejahend, er erfreute sich an den Aussprüchen eines Gemüths, das Liebenswürdigkeit und Rechtschaffenheit noch als eins ansah, laut sagte er nur:

„Wer ehrlich gegen sich ist, in dem kann kein Tugendstolz auf= kommen, und die Welt sorgt auch schon dafür durch Verdrehung und üble Nachrede."

„Ja, das könnte einen erst schlecht machen," ergänzte Vittore, die wohl an hässige Nachreden aus des Kirchbauern Haus dachte. „Daß mißtreue Menschen einem Falsches nachreden, das hätt' nichts auf sich; aber man wird selber dadurch giftig und das ist's ja was sie wollen und darum muß man ihnen gerad den Gefallen nicht thun. Nun gut Nacht," schloß sie.

Wunderlich! Mit der Thür in der Hand sprach Vittore oft Vortreffliches, da drängten sich ihr in der Eile fertige Denkergeb= nisse zusammen, während sie in der Ruhe wortkarg oder befangen schien und sich nicht zu einem ausführlichen Gespräch bequemte ...

Eugen suchte noch den Bartelmä auf, fand ihn aber nicht zu Hause. Er wiederholte sich die Worte Vittore's noch oft, als er allein war und wie eine liebliche Melodie klangen sie hinein in seine Träume.

Drittes Kapitel.

„Das Rusele sagt, der Angeber sei nicht von hier, dreimal hat es die Probe mit den Karten gemacht," berichtete eines Tags der Lipp. Eugen wunderte sich nicht mehr, daß man in der all= gemeinen Rathlosigkeit sich selbst an Zauberkünste wendete, an die man doch eigentlich nicht mehr glaubte. Er ging selbst zum Rusele und kam sich jetzt in sehr verkleinertem Maßstabe wie Alexander von Macedonien vor, der einst die delphische Pythia zwang, ihm ein genehmes Orakel zu geben.

Der Haushalt des Rusele sah jetzt im Winter noch abenteuer=

licher aus, denn zu dem flügelberaubten Storch hatte sich noch die schwarze Ziege und ein Trupp Hühner in einem Gitter in der warmen Stube angesiedelt. Der braune Knabe rutschte bei den Thieren auf dem Boden umher als ihr Gefährte und wie er ihnen seine lustigen Weisen vorpfiff, kicherten die Hühner, gähnte der Storch und meckerte die Ziege.

Wäre Eugen kluger Berechnung gefolgt, er hätte nicht weiser handeln können, als indem er jetzt, dem einfachen Zug des Mitleids hingegeben, sagte, er werde darauf denken, wie dem Knaben geholfen werden müsse.

Rufele kannte nichts als die Liebe zu ihrem Kind, sie faßte die Hand Eugens und erzählte, daß ihr zwei schöne liebe Kinder gestorben seien, daß sie vom sechsten bis zum vierzehnten Jahre täglich ihren Christoph auf dem Rücken in die Schule getragen habe und daß sie für Eugen ans Ende der Welt gehen wolle, wenn er ihrem Sohn helfe.

Eugen hörte zu seiner Befriedigung, daß man ihn im Dorf fast wie einen Retter ansah und seine Aufnahme Lipps — die man seltsamerweise ehedem als Trotz gegen den Gemeinderath angesehen — jetzt als echte Gutherzigkeit auslegte. Er bewog nun leicht das Rufele durch Zureden und durch ein nachhelfendes Geschenk, ihre Aussagen dahin zu bestimmen, daß der Verräther gar nicht im Ort selbst sei. Der Verdacht mußte vor Allem von Bartelmä abgelenkt werden, und in der That war jetzt auch ein Karrensalbenhändler von Trenzlingen, ein verschmitztes altes Männchen, das mehrere Tage in allen Häusern herumgeschlichen war, in den ersten Wurf des Verdachtes gerathen.

Wenn Eugen die Kirchbäuerin besuchte, nickte sie ihm stets mütterlich zu und schluckte dabei, wie wenn sie sagen wollte: du machst's gut. Am Beichtstuhl sagte sie sodann: „Mein' Sabine hat's erst gestern noch gesagt: der Lehrer ist zu gut, er läßt sich von Jedem hin und her schicken und die Leute erkennen das oft nicht. Ja, man muß den Nachbar lieben, aber den Zaun nicht einreißen. Wir Weiber wissen immer am besten den Respect zu bewahren, den der Mann vor der Welt haben muß. Ihr müsset nicht den groben Sack mit Seide nähen. Drum jetzt nur ein bisle langsam und sachte gethan, das ist gescheiter und besser; der Lehrer ist ja gescheit, er weiß ja, wie man im Sprüchwort sagt: Esel schlecht singen, weil sie zu hoch anstimmen."

Eugen mußte laut lachen und die Kirchbäuerin fuhr fort:

„Drum jetzt nicht zu gemein machen, sonst kommt Alles in den Garten und holt sich Petersilie für seine Suppe. Die Leute müssen auch noch hoffen können, wenn man erst im rechten Amt ist, dann geht's erst recht an. Man muß die Morgensuppe nicht zu groß machen, daß man Abends auch noch was hat. Man muß auch dem Weibergeflenn nicht Alles glauben. Wegen einem Mann bleibt kein Pflug stehen. Die Welt geht ihren Gang fort, ob Eines stirbt oder verdirbt, oder ein paar im Gefängniß stecken. Die Mannen sagen's alle, Ihr wäret der beste Schultheiß. Vergesset nicht, wo Ihr 'nauswollet. Gut zielen ist gut, aber Treffen gilt."

Man gesteht ungern, daß man minder klug ist, als man einem zumuthet. Das fühlte Eugen, als er bekennen mußte, daß er vorerst nur an Erfüllung seines jetzigen Berufes denke. Er mußte die Kirchbäuerin gewähren lassen, da sie es übernahm, für sein Bestes bedacht zu sein.

Am Sonntag Morgen fand Eugen den Bartelmä endlich zu Hause. Als er sich dem Stall näherte, hörte er drinnen singen:

> Sankt Martin war ein milder Mann,
> Trank immer gern Cerevisiam,
> Und hatt' er nicht pecuniam,
> So ließ er seine Tunicam.

„Du verräthst dich durch das Lied," sagte Eugen in den warmen Stall eintretend, wo Bartelmä auf dem Futtertrog saß und behaglich seine Pfeife schmauchte.

„Setz' dich her," sagte Bartelmä an die Seite rückend, „da ist noch Platz. Das Lied ist das einzige Latein, das ich noch kann; es ist schon der Mühe werth, daß ich ein Büffler gewesen bin. Da sitzt jetzt ein Stück Weltgeschichte, Marius auf dem Futtertrog und raucht Sio. nlob."

„Wie lebst du denn?" fragte Eugen.

„Hilf mir, du bist doch ein Philosoph. Ich denk' jetzt viel. Was liegt daran, ob ich noch dreißigmal den Reps blühen sehe und noch so und so vielmal schlaf'? Ist's einmal aus kann's gleich aus sein. Ich möcht' mir eine Kugel durch den Kopf schießen, mir ist das Leben verleidet und doch ist mir's wieder schrecklich, daß ich sterben soll. Ich möcht' tausend Jahr leben. Weißt du nichts Gewisses von der Unsterblichkeit?"

„Denke dir, daß du tausend Jahre und noch tausend Jahre lebst und immer deine Vergangenheit weißt. Nach fünfhundert Jahren mußt du dich noch deiner Studentenstreiche erinnern und Alles was nachkommt auch, und immer neue und neue Lasten legen sich auf deinen Erinnerungsbuckel."

„Halt' ein, mir wird's eng um die Gurgel, es sticht mich im Kopf, ich werde närrisch; ich kann nicht so viel behalten. Die Tabakspfeife ist doch die einzige gute Gesellschaft. Verdirb mir jetzt meine Stunde nicht, wo ich ein Baron bin."

„Du? Wie denn?" fragte Eugen ängstlich, dem es in der That schien, daß Bartelmä einen Stich im Kopf habe.

„Jeden Morgen," erwiderte ruhig der Gefragte, „wenn ich aufstehe, ist mir's bodenwohl, da bin ich ein großer Herr, da finde ich eine gestopfte Pfeife, die mir mein Bedienter, mein hochseliger Adam von gestern vor Schlafengehen hergerichtet hat und ich brauch' sie heute nur anzurauchen. Ist das nicht prächtig? So lang mir die Pfeife schmeckt, können mich meinetwegen die Kaffern hier für einen Spion halten."

Eugen hatte nicht recht gewußt, wie er Bartelmä das umlaufende Gerücht mittheilen solle, jetzt suchte er ihn zu trösten und ihm eine Erhebung darin zu geben, daß er zeigte, wie er gleich ihm jedes Märtyrerthum über sich nehmen müsse; er suchte eine Begeisterung in ihm zu erwecken, da doch diese allein uns das Leben leicht macht.

Bartelmä schüttelte den Kopf.

„In meinen Adern fließt kein Märtyrerblut, da müßt' mein Herz ein Aff sein. Ich geb' mein Antheil menschheitlicher Bedeutung für ein klein Vermögele in der Schweiz, wo ich zwei Kühe darauf halten kann." Gleichgültig zog er dann ein Terzerol aus der Tasche und fuhr fort: „Jedes Thierle schreit, wenn man's schlachtet, nur der Deutsche und das Schaf ist demüthig und giebt keinen Laut von sich, wenn man ihm das Messer in den Hals steckt. Ein Schaf bin ich nicht und ein Deutscher wahrscheinlich auch nicht. Wer mich hier anrührt, dem pflanze ich mit dem Sackpufferle da eine Bleibohne ins Hirn; dann werde ich todtgeschlagen und das ist mir auch recht. Du bist zu beneiden. Du hast's gut."

„Ich?"

„Ja du, du bist ein guter Narr und läßt Holz auf dir spalten. Die achte Bitt' im Vaterunser sollte täglich sein: Herr Gott! schenk' mir eine gutmüthige Narrheit. Plagst dich mit den jungen Bauerntölpeln herum und könntest vierspännig heidi Galopp fahren. Bet' nur jedesmal, wenn du schlafen gehst: lieber Gott, laß mir meine Narrheit gesund."

Bartelmä lachte so anhaltend, daß ihm seine Baronenpfeife ausging und er sich von Neuem Feuer schlug. Eugen erwiderte nichts, er stand auf, da es eben zum Erstenmal zur Kirche läutete. Er wollte Bartelmä bewegen, auch mit zur Kirche zu gehen, aber dieser schlug die Beine übereinander und sagte: „Ich wart' schon lang auf das Bimbam, das Glockengeläute klingt gar schön, wenn man dabei in der Ferne sitzt und seine Pfeife raucht."

Die Worte, in denen dann Bartelmä seinen Spott über die Friedensstiftung Eugens bei des Rainbauern Karle ausließ, und die Art wie er die Feindseligkeit Vigils schilderte, der ein wohlbeschlagener Spitzbub sei, machten, daß Eugen den Bartelmä ohne Abschiedswort verließ.

Mit tiefem Mißbehagen ging er von dem Menschen, der ihm so morsch erschien, daß ihm alle Spannkraft fehlte, um sich etwas anderes als träges Behagen zu erobern.

In der Kirche war eine seltsame Rührung, es wurde ein Kind des Schlossers Vinzenz getauft und Alles weinte, als der Pfarrer mit stockender Stimme sagte, daß der Vater seinen Sprößling noch nicht gesehen, da er gefangen sitze; er forderte daher die Gemeinde auf, Vaterstelle an dem Neugebornen zu vertreten. Dann predigte der Pfarrer die gleichen Gedanken und fast mit denselben Worten, die die Pfarrerin bei ihrem Zusammentreffen mit Eugen in den zerrütteten Familien ausgesprochen hatte, nur mit dem einzigen Unterschied, daß er die regelrechten drei Betrachtungen daraus machte. Bestätigte sich die Sage, daß die Pfarrerin soufflire und wurde sie nicht mit Unrecht Frau geistlicher Herr genannt? Der Prediger konnte keine rechte Ausgleichung finden zwischen der sittlichen Nothwendigkeit einer loyalen Angeberei und den bestehenden Zuständen. Noch seltsamer aber nahm sich aus, daß die Gedanken von der traurigen Verderbniß der Angeberei einem Bibeltext angequält wurden, wozu die Geschichte der Kundschafter im Lande Kanaan ausgewählt war. Eugen mußte viel darüber nachdenken, wie es einst werden solle, wenn

man die Wahrheit rein auf ihre eigene Begründung gestellt, verkünden werde; und doch, eine Anknüpfung an Anerkanntes, an
Autoritäten, stellt die Seele gleich auf das Erbe fremder Errungenschaften. Will das kommende Geschlecht nicht dem vergangenen
glauben, so giebt es keine Wirkung über das unmittelbare Dasein hinaus und zusammenhanglos zerfällt die Welt — Nein,
die Blätter fallen ab, sie haben für ihre Zeit gelebt, der Stamm
bleibt und treibt den neuen Frühling aus sich.

„Herr Lehrer! das Nachspiel!" rief des Schlossers Dagobert,
Eugen hatte nicht gehört, daß die Predigt zu Ende war und rauschend ertönten nun die Orgelklänge; sie rauschen dahin und ver-
hallen, aber immer werden frische Hände das tonreiche Werk er-
klingen und neue Weisen aus ihm erschallen lassen . . . .

Im Pfarrhaus — wo Eugen heute zu Gast war — herrschte
eine eigenthümlich feierliche Stimmung; es war, als säße man
in der Kirche zu Tisch. Das sonst schlaffe Antlitz des Pfarrers
hatte etwas glänzend Gespanntes, die Pfarrerin und Adelheid
kamen mit glühenden Wangen aus der Küche und als das Mädlenle die Suppe brachte, trat es so leise auf, daß man es kaum
hörte und selbst der Hector schien festlich gestimmt, er schnupperte
an dem weißen Linnen, das auf dem Tisch ausgebreitet lag,
das war wohl sein Geruchskalender; seine zufriedene Miene
schien zu sagen: jetzt weiß ich, daß heut' Sonn- und Kalbsbraten-
tag ist.

Man sprach vom Schlosser Vinzenz, dem man heute getauft
hatte und wie schön es sei, daß der Bachmüller sich freiwillig erboten, Pathe zu sein. Der Vikar bemerkte, wie begriffsverwir-
rend es in anderen Beziehungen wirke, daß die Zuchthausstrafe
in der Meinung der Menschen ihren entehrenden Charakter verliere,
und darum eine Amnestie schon eine sittliche Nothwendigkeit sei.
Eugen stimmte bei, während sonst Alles schwieg.

Als man auf die Predigt überging, sagte Eugen, daß ihm
bei den Kundschaftern auch die Reichscommissäre in den Sinn
gekommen seien, die eben so grauenvolle Berichte erstatteten. Der
Pfarrer schüttelte den Kopf und Niemand sprach ein Wort, man
hörte den Pendelschlag der Wanduhr auf dem Corridor. Eugen
bereute schnell, die gehobene Stimmung des Hauses vielleicht verletzt zu haben und ging dann bescheidentlich auf den feierlichen
Scherz ein, den jetzt die Pfarrerin anzuregen wußte; plötzlich

aber wurde er erſchüttert, als ſie ſagte: es wäre doch ſchade, wenn
die Vittore mit dem Bernhard aus dem Dorf wegzöge, es könne
dann leicht ſein, daß auch die Eltern das Dorf verließen und
nach Trenzlingen überſiedelten. Adelheid ſetzte zum Troſte Eugens
hinzu, ſie glaube nicht, daß Vittore den Bernhard heirathe.

Viertes Kapitel.

„Der Herr Hauptmann ſind dageweſen und laſſen Sie ſchön
grüßen,“ berichtete Lipp dem heimkehrenden Eugen.

„Wer denn?“

„Der Herr Hauptmann von Kronauer.“

„Der hieſige?“

„Nein, der Herr Hauptmann.“

„Der Bruder alſo?“

„Sehr wohl,“ ſchloß Lipp zitternd. Eugen ſah ihn betroffen
an. Lipp hatte in ſeinen Darlegungen etwas Ungelenkes, er
ließ ſich faſt nie aus der Haltung eines Ordonnanz-Rapportes
bringen und war dieſer verkehrt begonnen, ſo ließ er ſich nur
ſchwer wenden. Eugen mußte ihn daher gewähren laſſen, daß er
in gerader Linie fortberichtete:

„Der Herr von Kronauer ſind mein Hauptmann geweſen und
ich war ein Jahr lang Burſche bei ihnen und ſie haben mich
immer gern gehabt. Wie ich Unterofficier geworden und wenn
wir vom Exercirplatz heimgeritten ſind, haben der Herr Hauptmann oft mit mir geſprochen und haben mich immer bei meinem
Taufnamen genannt, und mich nach Allem befragt und ſind
gegen mich gar nicht ſtolz geweſen, und wie ſie in Frankreich
drüben den König fortgejagt und Republik gemacht haben und
auch bei uns Alles Freiheit gerufen und wer da gewollt hat,
mit Säbel und Gewehr herumgelaufen iſt, da haben der Hauptmann alle Unterofficiere von der Schwadron zu ſich auf die
Stube genommen und haben geſagt, daß ſie ſich feſt darauf
verlaſſen, daß wir ehrliche Soldaten ſeien und auf unſere Ehre
halten und uns mit den Civiliſten in nichts einlaſſen, und da
haben ſie mir noch beſonders auf die Schulter geklopft und haben
geſagt: Lipp, jetzt kannſt du Officier werden. Wie wir nach der

Grenze sind, wo man gesagt hat, daß die Franzosen eindringen wollen, die Algierer, die die kleinen Kinder braten, da waren wir Alle lustig und der Hauptmann haben mich gelobt, weil ich so gut vorsinge. Und wie nun die Freischärler uns anrufen, wir sollen zu ihnen übergehen, da sind wir still gestanden wie die Schilderhäuser und wie sie uns angreifen, da sind wir auf sie los und sie sind davon wie die Spatzen. Wie der Herr Hauptmann die Wunde im Gesicht von einer gestreckten Sense bekommen haben, da bin ich zu Hülfe gesprengt und habe sie herausgehauen und bin zum Feldwebel avancirt und habe das Ehrenzeichen bekommen. Das Jahr darauf, als ich selber Hauptmann war, hat mir ein Freischärler das Ehrenzeichen von der Brust gerissen; hätte ihn nicht gleich darauf eine Spitzkugel niedergeworfen, ich hätte ihn selber zusammengehauen. Wie wir uns also für die Freiheit und Reichsverfassung erklären, bin ich mit allen Unterofficieren zum Herr Hauptmann und habe es ihnen im Namen Aller offen gesagt und habe sie gebeten bei uns zu bleiben, wir wollen keinen andern Hauptmann; der Herr Hauptmann waren streng und scharf, aber doch immer ein Vater an seinen Soldaten und der beste Reiter im ganzen Regiment; da haben uns der Herr Hauptmann anders überreden wollen, wir haben aber nicht nachgegeben und mir ist das Weinen in den Augen gestanden, wie der Herr Hauptmann Abschied genommen haben. Seitdem habe ich den Herrn Hauptmann gar nicht mehr gesehen als heut und — Herr Lehrer, ich weiß gar nicht mehr, wer ich bin. Der Herr Hauptmann haben gethan als ob sie mich nicht kennen, sie haben mich aber wohl gekannt. Herr Lehrer, sagen Sie dem Herr Hauptmann, ja — ich weiß nicht was Sie ihm sagen sollen."

Lipp athmete tief und Eugen schaute nachdenklich in ein Herz, worin eine so seltsame Confusion von Soldatenehre, Freiheitsliebe und Subordination war.

Eugen selber war durch die Ankunft Leo's ergriffen worden, fast wie ein Magnetisirter durch Zwischentreten eines Unerwarteten plötzlich nach anderer Seite gerissen wird. Jetzt war er durch die Erzählung Lipps wieder in ruhiges Geleise gekommen. Um ferner keine Minute in Grübeleien über Abgethanes zu verlieren, machte er sich rasch auf um Leo aufzusuchen.

Auf der Straße war Niemand zu sehen, kaum die Fußtapfen

eines Menschen, die schnell von dem in schweren Flocken fallenden
Schnee wieder zugedeckt wurden; so sachte und geruhig fielen die
Flocken, daß sich auf den kahlen Aesten der Bäume stehende
Schneewellen bildeten. Aus den verschlossenen Fenstern schauten
Manche Eugen nach und nickten mit zuvorkommendem Gruß; von
des Kirchbauern Haus hörte man den dreistimmigen Gesang der
Orgelpfeifen und als Eugen am Hause vorüber war, vernahm
man Lachen und Scherzen, denn der Huschel hatte drin gerufen:
„Bernhard du solltest der Vittore eine Altweibermühle schnitzeln,
in der man Alte wieder jung macht. Schau, da geht der Lehrer,
der guckt auf den Boden, der findet den Weg wo ein Vogel ge=
gangen ist. Weißt was für ein Vogel? Eine Schneegans, sie ist
vorhin aufs Schloß getrabt."

Am Schloßberg abseits des Weges fuhren die Schulknaben
und Mädchen in Bergschlitten, sie hielten inne und steckten wie
die Hühner vor dem Habicht die Köpfe zusammen, als Eugen
nahte, der schon von weitem rufen hörte: „der Lehrer kommt!"
Er trat zu den Kindern und sagte ihnen, sie möchten nur unge=
stört in ihrer Lustbarkeit fortfahren; er sah ihnen eine Weile zu
und der Sansculotte, der sich ein Schellenhalfter umgehängt hatte
und hier zu regieren schien, fuhr stehend in seinem Schlitten und
sogar sich eine geraume Zeit auf Einem Fuße haltend, den ab=
schüssigen Berg hinab. Die Kinder jubelten laut als Eugen weg=
ging; ihre Lustbarkeit war nun eine unverbotene.

Bei den zwei Pappeln traf Eugen die vom Schloß kommende
Vittore, die ein weißes Tuch über den Kopf gebreitet hatte und
gar betrübt aussah.

„Warum so traurig?" fragte er.

„Ach, ich komm auch aus einem Trauerhaus."

„Ist die Frau Kronauer todt?"

„Noch nicht, aber sie ist schon ganz verändert, sie war die
Gutheit selber und jetzt ist sie immer ärgerlich, und sie hat so
grausam viel Langeweil und man macht sie jähzornig, wenn man
ihr von Büchern redet oder ihr was vorlesen will, die Bücher
sind ja an ihrem Unglück schuld; und denket nur was sie für ein
Gelüst hat: sie möcht' gern gebratene Aepfel haben, aber nicht
so vom Ofen, sie will hinaus, an einer Berghalde sich Feuer an=
machen und sie da darin braten, und da ist sie ganz glückselig,
wie sie sagt, wie das Feuer so gut riecht, wenn man grüne

Brombeerstauden hineinwirft. Heut hat' sie ein Wort gesagt und dabei hab' ich zum Erstenmal in meinem Leben den Kronauer weinen sehen; er fragt, ob sie Heimweh habe, da sagt sie: nein, bei dir ist meine Heimath und mein Vater ja auch, ich hab' kein Heimweh aber Waldweh; im Wald möcht' ich barfuß springen und singen, daß es widerhallt. Und ist's nicht wunderlich, daß sie jetzt im Winter sich so ganz ins Frühjahr hineindenkt? Sie sagt gerade zu ihrem Mann: weißt den Waldweg im Thal am Bach, da ist der Thau so kühl und die Luft so harzfrisch und die Vögel singen; dahin lockt's mich; wenn ich dahin könnt', wär' ich gewiß gesund. Wie sie das sagt, hat der Kronauer so laut schluchzen müssen, daß er ohne ein Wort aus dem Zimmer gangen ist. Die Anni hat Alles was sie begehren kann, und ist doch so arm daran."

„Ihr vergangenes Leben erwacht wieder," entgegnete Eugen, um doch etwas zu sagen, „mir ist es ganz eigen, mein innigstes Mitgefühl einem Menschen zugekehrt zu sehen, der mir so nahe ist und den ich doch nie sehen werde."

„Sie will Niemand sehen, der Leo hat gar nicht zu ihr hineingedurft. Warum der jetzt auch gerade hieher kommen muß? Sie hat ihn nie leiden können."

Ein Rollengeklingel weckte plötzlich die Beiden. Im pelzbedeckten Schlitten kam Leo daher gefahren. Vittore ging schnell davon, indem sie sagte, sie müsse noch zur Vinzenzin. Leo hielt die Pferde an, als er bei Eugen war.

„Ihr Bedienter wird Ihnen gemeldet haben," sagte er, „daß ich bei Ihnen war. Vergessen wir unser rencontre. Ich gestehe meine Uebereilung ein. Das wird Ihnen genügen. Wollen Sie mit nach Röthhausen fahren? hier ist noch Platz."

Eugen dankte und Leo fuhr fort: „Seltsam schließt sich unser Gespräch jetzt ab. Es ist doch gut, daß wir den Luxus der Glashäuser haben; mein Bruder hat keinen Wintergarten und ich fahre deswegen nach Röthhausen. Meine Schwägerin wünscht Blumen zu haben, die ich jetzt holen will: Alpenrosen und à propos, wissen Sie vielleicht, welch' eine Blume das Volk Waldvögelein nennt? Wir können das nicht herausbringen."

„Das ist die weiße Orchidea."

„Gut, gut, danke. Sie wissen vielleicht auch, was meine Schwägerin mit ihrem Ewigkeitsblümli meint?"

„Das sind Immortellen. Da Sie an unsern Disput erin=
nern, so hab' ich nun auch mein Theil Sieg. Die Dinge um
uns her haben für uns andere Namen als für das Volk. Das
ist ein Splitter aus jener großen Trennungsmauer."

„Sie haben gesiegt. Auf Wiedersehen," schloß Leo, schnalzte
mit der Zunge und rasch flogen die Pferde dahin.

Eugen war es erwünscht, daß das erste Zusammentreffen mit
Leo eine freie Unbefangenheit festgesetzt hatte; er verzichtete darauf,
daß irgend Jemand erkennen möge, welch ein Martyrerthum er
sich auferlegt, ja dies innere Bewußtsein verbreitete ein solches
Frohgefühl über seine Seele, daß er vom Wege umkehrte, um
in der Einsamkeit seiner Behausung ohne Ansprache eines fremden
Menschen zu bleiben.

Still dreinstarrend dachte er sich dann aus, wie mächtig Ste=
phanie um seinetwillen mit Leo gerungen haben müsse, bis dieser
sich zu solcher freien Abbitte bewegen ließ. Stephanie hat trotz
alledem etwas Herzbezwingendes.

Fünftes Kapitel.

In der Schule gab es viel Streit zu schlichten, da die Kinder
der Eingekerkerten klagten, daß sie von anderen darob beschimpft
worden seien, und dann ward es Eugen schwer, den innern
Widerspruch zu schlichten, der zwischen der nothwendigen Achtung
vor den Eltern und der vor der Obrigkeit sich theilweise kundgab,
ohne zur völligen Klarheit geworden zu sein. Er war jetzt froh
— was sonst pädagogisch zu verwerfen war — daß die Kinder
das Räthselhafte nicht bis in seine äußersten Consequenzen ver=
folgen, sondern an einem beliebigen Punkt Halt machen. Behut=
sam achtete er darauf, diesen Widerspruch nicht ganz zu wecken.
Jetzt mußte Eugen jenes ersten lärmenden Abends in der Sonne
gedenken; das Schicksal hatte ihm eine harte Probe gestellt, die
Vermittlung zwischen Gehorsam und Freiheit zu bewerkstelligen.
Zu seiner Ueberraschung hörte er aber, daß der Sansculotte
den Hasenschartigen und des Schmieds Christian dazu angespornt
habe: sie wollten sich Messer anschaffen und wenn sie groß seien,
alle Aristokraten niederstechen. Da war die Schlange in dem

Paradiese des Jugendlebens. Eugen suchte sie mit aller Kraft zu bemeistern und jetzt sah er ein trauriges Ergebniß davon, daß er im Beginn seiner Schulwirksamkeit auf unbedingte Offenherzigkeit gedrungen hatte; eine grassirende Angeberei war daraus entsprungen. Alles dies machte Eugen unter der Last seines Berufes erseufzen, und mit Aufgebot seiner ganzen Kraft bewährte er das Verfahren Deegers und es gelang ihm, mitten in der allgemeinen Unruhe die Kinder in lebhafte Thätigkeit und Pflichterfüllung zu versetzen. Dennoch konnte er tagelang den Kummer nicht überwinden, der darin liegt, in der Auflösung aller Rechts- und Sittlichkeitsbegriffe feste, ganze Menschen zu bilden, den natürlichen Widerstand gegen das Verkehrte zu befestigen, ohne ihn ausarten zu lassen.

Sie haben Recht, die Leo's und Alle, die die Volksbildung verhöhnen; gesunde, vollkräftige Naturen schaffen, richtig denkende Geister wecken, daß sie zum Verkommen oder zur Empörung verdammt seien .... die sittliche Erziehung ist nur möglich in einem sittlichen Staat, und doch kann dieser nur werden, wenn jene ihn gründet; wer hilft da heraus? ....

„Willkommen lieber Deeger," rief Eugen eines Morgens und umarmte den eintretenden Freund wie einen Retter.

„Geht dir's auch wie mir?" sagte Deeger alsbald, „wenn ein Freund zu mir kommt, ist meine erste Frage: wie lange hab' ich dich? Da richtet man sich darnach ein. Also ich bleibe zwei volle Tage bei dir, ich habe mir diese zwei Tage von der Conferenz Urlaub genommen, vielleicht kann ich dir was helfen; du wirst deine Noth haben bei den politischen Brandlegungen, die jetzt hier im Schwange sind."

Wie glücklich war Eugen, daß der Freund so getreulich seiner gedacht. Als Deeger jetzt erzählte, daß seine Mutter wohlauf sei und daß er dies zum Theil einer bessern Pflege verdanke, die er ihr durch ein anonymes Geschenk habe bereiten können, da jubelte Eugen innerlich; aus jener häßlichen Nacht in Röthhausen war noch eine gute Frucht entsprungen.

Eugen wurde jetzt erst daran erinnert, daß in dieser Woche die Schulconferenz stattfinde. Als er nun seine Klage über die geheimen Mißstände der Schule mit den Worten schloß:

„Die Antwort auf die Frage nach Beseitigung der abstracten Methode liegt einfach darin: versittlicht und vernünftigt unser

Leben und die Schule wird nicht mehr abstract sein können oder eigentlich sein müssen," da erwiderte Deeger:

„Wärst du gläubig, würde ich dich an den Trost in der Religion, an die höhere Führung des Menschengeschlechts verweisen. Ihr Ungläubigen — ich weiß nicht, wie ihr das macht — ihr müßt es aber zu gleicher Erhebung zu bringen suchen, indem ihr vom Einzelnen ab auf die große ganze Geschichte seht."

„Die Unterbringung des Einzelnen in der Geschichte ist schwerer als gegenüber der Idee Gottes," erklärte Eugen und hatte dabei einen schweren Stand, weil derjenige, der das Maß der Dinge aus ihnen selbst nimmt, im Einzelnen immer dem nachsteht, der ein abgekerbtes äußeres Maß mitbringt. Die Freunde brachen indeß bald ab. Deeger erfrischte Eugen schon durch seine Anwesenheit, durch den frischen Athem seines Geistes, wie uns die Natur draußen erquickt, die in sich gefestet, den Kreislauf ihres Lebens vollendet.

Das waren nun zwei sonnige frühlingsfrische Tage mitten im Winter, die Eugen mit Deeger verlebte. Dieser half ihm in der Schule, wo trotz des streng eingehaltenen Schulplanes manche Verwahrlosung eingerissen war; besonders bemerkte jetzt Eugen, daß er das gleichzeitige Beschäftigen der verschiedenen Schulklassen zu wenig verstanden hatte, und am Abend saßen die Freunde mit Bernhard, der sich zu ihnen hielt, in traulichen Gesprächen in der Bachmühle.

Eugen war ganz glücklich, den Freund hier als Ehrengast bewirthet und werthgeschätzt zu sehen. Er gesellte sich am ersten Abend zu Bittore, die in der Küche das Essen herrichtete und hier verkündete er seine Freude, ein Haus zu haben, in dem er so daheim sei, daß er seinen Freund dorthin zur Bewirthung bringe?

„Der Prügele ist bei uns wohl bekannt," entgegnete Bittore und Eugen erfuhr jetzt, daß Deeger diesen Spottnamen hatte. Als er seine Verwunderung darüber ausdrückte, erklärte Bittore:

„Das ist nicht so bös gemeint, gerad im Gegentheil, so glaub' Ich wenigstens; man sagt zu einem Kind, das man gern fressen möcht': o du wüster Teufel! und man will doch sagen: o du herziger Engel! Der Prügele ist aber just keiner, wenn er auch die Engel aus der Holzede nicht mag."

„Deeger und der hiesige Kronauer haben viel Aehnlichkeit," fuhr Eugen fort.

„Wie meinet Ihr das?" fragte Vittore, indem sie einen Tannenast zweimal zerbrach und ins Feuer legte.

„Deeger würde sich vortrefflich als Gutsbesitzer und Kronauer eben so als Lehrer ausnehmen; es ist nur Zufall des Schicksals, daß der eine da, der andere dort steht."

„Ich hab' schon gemerkt, es ist Eure Liebhaberei, die Menschen 'rauf und 'runter und in anderes 'neinzustellen. Wozu ist das gut, wenn man fragen darf?"

„Das giebt ein freies Urtheil über die Menschen an sich, unabhängig von ihren Verhältnissen; ich denke mir manchmal die Welt anders als sie ist. Versteht Ihr mich?"

„Freilich, aber die Welt wird dadurch doch nicht anders. Ich kenne den Kronauer als Baron und den Prügele als Lehrer und mach' nichts anderes aus ihnen. Da hätt' man viel zu thun, wenn man ausdenken wollt': was wäre der Klosemichel, wenn er Kaiser wär' und was der Sonnenwirth als General? Wenn ein Jedes nur auf seinem Platz rechtschaffen ist."

In der Stube sagte der Bachmüller: „Wir hätten den Herrn Deeger gern auf Eurem Platz gehabt, Herr Lehrer, und Ihr, die Kirchbäuerin hat doch recht, wäret ein wackerer Schultheiß, glaub' ich; heißt das, Ihr seid gewiß auch ein guter Lehrer, gewiß, gewiß," seine schwere Rede ging stets in unartikulirtes Brummen aus.

Als man dann über die Nichtanwendung der Körperstrafen sprach, behauptete der Bachmüller: ganz kleine Kinder seien noch wie Thiere, die müßten Schläge haben, um gehorchen zu lernen, die Vittore habe von ihrem vierten Jahre an kein „Schläpple" mehr bekommen.

Bernhard erzählte von Beobachtungen, die er an Thieren, besonders an Vögeln gemacht, die ihre Jungen nie züchtigten.

Es war ein traulicher wohlangeregter Abend und bis tief in die Nacht hinein spann sich noch das Zwiegespräch der beiden Lehrer im Schulhause. Eugen lachte einmal laut, als er vernahm, daß das Gerücht ihn mit des Kirchbauern Sabine, mit des Schäufler-Davids Marie, mit der Vittore aus der Bachmühle, mit der Baronin Hunold und mit der Stiftsdame Theorosa von Schüttenhelm verlobte.

„Frisch auf Kameraden aufs Schusters Rapp. Wer zu spät kommt, legt das Ei neben das Nest," so sang eine mächtige Stimme am frühen Morgen; es war die Schnörkels.

Es war gut, daß Deeger da war, denn Eugen hätte es nicht verstanden, bei dem knickerischen Feilschen Schnörkels die entsprechende Summe für das überzählige Klavier zu erhalten. Als Schnörkel endlich den Beutel herauszog, zeigte sich, daß er sich noch auf eine weit höhere Summe gefaßt gemacht hatte.

Sechstes Kapitel.

Schnörkel war heute besonders aufgeräumt und doch lag wieder in seiner Heiterkeit etwas Erzwungenes, es war nicht recht ersichtlich warum. Der Weg ging über Alsfeld und man rief dort den Lehrer an, aber seine Frau berichtete, er sei schon voraus gegangen, er habe Geschäfte in der Stadt.

„Weißt du was Geschäfte haben bei einem Dorfschullehrer bedeutet?" fragte Deeger, und als Eugen verneinte, fuhr er fort: „Für zwei Kreuzer Federn und ein Buch Papier oder bei einem Marktschuhmacher ein Paar Stiefelchen für den Knaben kaufen, das heißt in unsrer Sprache Geschäfte haben."

Schnörkel war still geworden, nur einmal sagte er in die Hände pustend: „Es ist so kalt, daß die Elster auf dem Zaun bei Zeiten die Windeln trocknet."

Man wußte nicht, war es Scherz oder Ernst, als er noch hinzufügte, wenn die Revolution gesiegt hätte, wären die Lehrer mit Extrapost zur Conferenz gefahren und brauchten nicht mit aufgestreiften Beinkleidern in grimmer Kälte unwegsame Pfade zu stampfen.

Deeger fand es gerade ersprießlich, daß man einmal in Wind und Wetter hinausgeschickt sei, und Eugen legte unwillkürlich die Hand auf die Schulter des Freundes, als dieser hinzusetzte: „Wir sollten uns öfter rauhen Beschwerlichkeiten aussetzen, dann würde auch die Verweichlichung aufhören, die zuletzt ein stubenhockerisches Volk macht, das keinen Puff mehr aushalten kann."

Deeger war gegen seine Gewohnheit heiter gesprächsam.

Im Alsfelder Wald, durch den sich jetzt der Weg hinzog, trafen sie unversehens auf Bartelmä, der mit zwei Pferden die gefällten Baumstämme zu Thal schleifte. Eugen gab ihm auf seine Bitte einige Cigarren und mußte lächeln, als Schnörkel beim Weggehen bemerkte, der Holzknecht habe ein „mediatisirtes Gesicht, das wohl bessere Tage gesehen habe."

Im nächsten Dorf, wo Bruder Weiland wohnte, trafen sie auch den Kopfrechner. Es war unverzeihlich von Deeger, daß er dem Freunde nicht kundgegeben, wie der Kopfrechner erst vor wenigen Wochen das nachgesuchte Dienstehrenzeichen erhalten hatte. Ein Herz, auf dem ein Orden ruht, soll das nicht anders schlagen als zuvor?

Der Kopfrechner war heute ganz verändert, der ganze Stolz seiner zwei und vierzig Dienstjahre sprach aus ihm und mit großem Behagen sah er auf das fürstliche Ehrenzeichen, das wie ein großer Thaler an dem bunten Ordensbande auf seiner linken Brust glänzte.

Man war bei der Amtsstadt angelangt, Deeger ermahnte den Freund, noch vor der Versammlung den Schulinspector zu besuchen.

„Du mußt nicht vergessen," sagte er, „daß du wegen deines Schwagers politisch anrüchig bist, laß dich also vom Chef etwas abkanzeln und höre ruhig zu. Er gehört zu den angriffslustigen Pietisten und vergißt es uns nie, daß wir uns im Jahre 48 selbständig gegenüber der Kirche machen wollten; er ist beständig in aufsätziger Stimmung, als ob er bei der gewöhnlichsten Rede einem Widerspruch zu antworten habe, stets mit fiebernden Pulsen, als käme er aus einem Zank; er kommt aus dem Zank mit dem Jahr 48, schimpft stets auf den Egoismus der Menschen überhaupt und der Lehrer insbesondere und verlangt Buße. Auf sein kirchliches Ansehen ist er besonders eifersüchtig, er heischt die Ehre nicht für sich, sondern für seine geistliche Würde. Wir werden ihn nicht lange mehr behalten, er will Seminardirector werden und unter den jetzigen Verhältnissen wird er es auch. Also schweig', leib'- und ertrag'."

Mit diesen Ermahnungen trat Eugen in das Wirthshaus. Er fand in dem Inspector einen robusten Mann von etwa fünfzig Jahren, der den Eintretenden zuerst lang fixirte und dann die Rede hielt, die Deeger geweissagt hatte; der landesherrliche Commissar, ein schmächtiges Männchen mit blonder Perrücke und einer weißen Halsbinde, die auf der Brust mit einem brillanten Rheinkiesel zusammengehalten war, spielte während dessen mit einer goldnen Dose. Eugen hatte kaum ein Wort gesprochen, als er mit einer Handbewegung verabschiedet wurde.

In der Stadtschule, wo die Conferenz gehalten ward, ging

es luſtig her; die Stadtlehrer in ausgedienten ſchwarzen Fracks machten die Anordnungen. Die Schulbänke waren auseinander= gerückt, um für die Erwachſenen Raum zum Sitzen zu gewähren; an dem mit einer Throlerdecke bekleideten und mit Schreibzeug verſehenen Tiſche ſtanden drei Stühle.

Nach und nach ſammelte ſich die Mannſchaft, meiſt bleiche, magere Geſtalten mit eingedrückten Brillen vor den tiefliegenden Augen. Schnörkel wies lachend auf die Füße der Ankömmlinge hin, an denen man die Bodenkunde des ganzen Bezirks ſtudiren könne. Männiglich beglückwünſchte den Kopfrechner und wendete behutſam das Ehrenzeichen auf ſeiner Bruſt hin und her; der Kopfrechner ſteif vor Seligkeit ließ ſolches geſchehen und nahm nur hin und wieder doppelte Priſen.

Eugen ſah ſich von Allen begafft und ſeinen zuvorkommenden Gruß flüchtig erwidert; nur einige jüngere Lehrer hießen ihn freundlich willkommen. Auf ſeine Frage an Deeger erinnerte ihn dieſer daran, daß er darin keine perſönliche Beleidigung zu finden habe, die Meiſten ſeien feig und knechtiſch; Brod! ſei ihr einziges Dichten und Trachten, die jüngeren ſeien noch etwas ſorgloſer, die älteren aber fürchteten durch Vertraulichkeit mit Eugen bös angeſchrieben zu werden.

Der Kopfrechner forderte zwei Collegen auf, mit ihm zu gehen, um die Herren abzuholen. Man rief allgemein den Namen Deegers, aber auf die Bitte Eugens blieb er bei ihm; Bruder Weiland und der Muſterlehrer Rautenſtrauch, ein ſtarkgliedriger großer Mann mit boshaftem Geſicht, das noch einen ſeltſamen Ausdruck dadurch erhielt, daß er beſtändig mit beiden Händen ſeinen lahmen Hemdkragen aufrecht hielt und ſo das Geſicht noch zuſammenpreßte, wurden als Deputation auserſehen, zu welcher, wie es ſchien, der Kopfrechner ein altes Recht hatte.

Nun ging's an ein Durcheinander der Rede, das Schnörkel damit bezeichnete: „Wenn man dem Teufel den Finger giebt, tanzen die Mäuſe auf dem Tiſch herum.“

Die ſich bei der Conferenz hervorthun wollten, ſetzten ſich auf die erſten Bänke, die mit ſtillen Vorſätzen weiter zurück. Schnörkel poſtirte ſich auf die letzte Bank hinter Eugen und Deeger.

Mit Geräuſch erhoben ſich plötzlich alle Anweſenden: der Inspector und der Commiſſar, geleitet von vielen Geiſtlichen, für die Stühle geſtellt waren, traten ein. Nun wurde der vierſtimmige

Choral: „Mit dem Herrn fang' Alles an" gesungen. Der Inspector sprach noch ein kurzes Gebet und ernannte hierauf zwei der jüngeren Unterlehrer zu Protokollführern, sie setzten sich mit Bücklingen an den Tisch. Der Inspector berichtete, wie viele Antworten auf jede seiner Fragen eingegangen und ohne irgend einen Namen zu nennen, sondern nur nach der Nummer erklärte er den Inhalt und gab eine Kritik, die ihre Spitzen besonders scharf gegen jede nicht „auf der Schrift ruhende" Ansicht kehrte. In der Regel vertheidigten nicht die Verfasser selbst ihre Darlegungen, sondern ermahnten Andere dazu. Nur Einer, ein kräftiger junger Mann mit freiem Antlitz — Deeger nannte ihn Göritz und berichtete, daß er in der Strafcompagnie der Lehrer stehe und wegen seiner Freisinnigkeit auf eine schlechte Stelle in ein elendes Dorf versetzt sei — erhob Einsprache gegen die Entstellung seiner Ansichten. Die Geistlichen mischten sich in die Verhandlung, der junge Mann wagte nicht, ihnen entgegen zu treten; erst als der Musterlehrer Rautenstrauch sich auch zu den Gegnern gesellte, sagte er heftig: „Sie verstehen gar nicht, was ich meine."

„Das lasse ich mir nicht von einem Unterlehrer sagen," rief Rautenstrauch und der Inspector verwies Beide zur Ruhe. Jetzt lobte er eine andere Abhandlung als besonders erbaulich und gediegen und las einige Stellen vor; da nannte Göritz Buch und Kapitel, aus dem das abgeschrieben war. Schnörkel raunte zu Eugen hinüber: „Noth macht Diebe und Gelegenheit bricht Eisen."

Die hinteren Bänke lachten und zu allgemeiner Erheiterung wurde die Bemerkung Schnörkels laut verkündet; der Lehrer von Alsfeld, der Eugen zur Linken saß, bückte sich tief zwischen die Bank und hob die Stiefelchen auf, die er für seinen ältesten Jungen gekauft hatte.

Die Debatten wurden lebendiger. Bruder Weiland war sehr salbungsvoll und ein hagerer Mann mit einer heisern Stimme, in der jedes Wort wie in Baumwolle gewickelt klang, kramte das Ideal der Erziehung aus, wogegen der rauflustige Göritz ihm vorhielt:

„Das ist leicht gesagt, aber mach's einmal in der Schule."

Auch Deeger mischte sich in die Verhandlung und vertheidigte die Einwürfe gegen seine Beantwortung der Frage: wie eine lebendigere Betheiligung der Eltern an der Schule erzielt werden könne. Er beharrte dabei, daß nur die freie Schulgemeinde das

Erfprießliche erzeugen könne. Er verhehlte die Mißftände nicht,
die vorerft in der Schule als reiner Gemeindefache eintreten
würden; man könne aber nicht von den Eltern verlangen, daß
sie Einmal zur Theilnahme aufgerufen, Einmal daraus verwiesen
werden können. Als der Inspector spöttisch auf die „sogenannten
Grundrechte" hinwies, verwahrte sich Deeger dagegen, daß er die
Schule von der Kirche befreien wolle, um sie der Bureaukratie
zu übergeben. Indem er hiebei die Lehrer Gemeindediener nannte,
erhob sich allgemeiner Widerspruch und nur Göritz stand ihm bei.
Eugen blieb schweigsam, er hatte keine Arbeit geliefert.

Es wurde eine Pause gemacht, Viele entfernten sich und der
Inspector dictirte das Protokoll. Auch Eugen durchwandelte die
Straßen, aber er fühlte sich nicht frei, die gedrückte Atmosphäre
des Conferenzzimmers verließ ihn nicht.

Bei dem Buchbinder Gerhard, der neben seinem Handwerk
eine kleine Zapfwirthschaft trieb, fanden sich Viele zusammen, um
sich an einem Trunk zu letzen. Schnörkel stellte unfern Freund
dem nacktarmigen Herbergsvater Gerhard vor und empfahl, ihn
zusammenzubringen, wenn er aus dem Leim gegangen sei und
ihn je nach Erforderniß steif zu brochiren oder Ruck und Eck in
Leder zu binden. Schnörkel hatte es darauf angelegt, Eugen
einen Eintrittsschmaus in die Gilde aufzubürden, aber Deeger
und Göritz schnitten ihm diese Luftbarkeit ab. Eugen fühlte sich
zu dem warmen Vertheidiger des Freundes hingezogen und er
genoß jene wohlthuende Empfindung, die daraus entspringt, aus
der Liebe zu Einem Menschen alle die zu gewinnen, die ihm
anhangen.

Man versammelte sich bald wieder, die Verhandlungen be=
gannen von neuem über die noch rückständigen Fragen. Der
Mittag ist weit vorgerückt, aber keiner der Lehrer hat den Muth,
an ihren Hunger und ihre Müdigkeit zu gemahnen, da zieht der
Commissar seine Cylinderuhr und zeigt sie dem Inspector, allge=
meines Gemurmel entsteht und der Inspector vertagt nun lächelnd
das Unerledigte auf eine zukünftige Conferenz. Man unterzeichnet
nun das Protokoll und erhält den Gulden Taggeld. Die Hand
Eugens zitterte als er unterschrieb und noch mehr als er das Geld
erhielt; Niemand bemerkte es, denn schneller eilen die Schafe am
Abend nicht zur Salzlecke als es jetzt dem Wirthshaus zugeht.

Eugen hatte sich mit Deeger, Göritz und mehreren Andern

zusammen gesellt. Göriz sagte Eugen, er sei mit einem Namens
Baumann im Seminar gewesen; er habe geglaubt in ihm den
Jugendkameraden zu treffen, sei nun aber auch zufrieden, einen
neuen Menschen zu bekommen.

Der Inspector sprach nochmals ein Gebet, und während der
ersten beiden Gerichte hörte man keine Menschenstimme und nichts
als das Hanthieren mit Löffeln, Messern und Gabeln; die Betrachtung der komischen Art, wie Viele eine ungewohnte Speise
verzehrten, erheiterte Eugen. Jetzt erst begann ein allgemeines
Sprechen. Ein sonnverbrannter Mann mit weißblondem Haar,
der sich Eugen gegenüber gesetzt hatte, fragte ihn, ob er keine
neuen Nachrichten von seinem Schwager Singvogel aus Amerika
habe. Eugen verneinte, indem er über und über erröthete, denn
ihm bangte jetzt vor allerlei Nachfragen nach den Familienbeziehungen seines Tauschmannes. Der Sonnverbrannte ging aber
sogleich auf Anderes über, indem er Göriz Vorwürfe machte,
daß er den Alsfelder an den Pranger gestellt habe; Göriz erklärte, daß er den Bruder Weiland für den Dieb gehalten hätte,
und Deeger leitete das Gespräch ins Allgemeine, indem er darauf
hinwies, daß die schlechtbesoldeten Lehrer auch die seien, die am
meisten in ihrer Ausbildung zurückkämen. Hin und her ergab
sich nun eine lebhafte Erörterung, wie es zu ändern wäre, daß
die Bildung überhaupt nicht mehr vorzugsweise von einer gewissen Wohlhabenheit abhängig sei.

Deeger erregte heftige Einsprache, als er darthat, daß bessere
Lehrgehalte gewiß nothwendig, daß aber dadurch die Lehrer noch
nicht besser seien. Eine allgemeine Heiterkeit unterbrach den Ernst.
Schnörkel hatte dem Lehrer von Alsfeld, der die nicht flüssigen
Speisen in einen bereit gehaltenen Beutel gesteckt hatte, alles
Eingehamsterte gestohlen und die Art, wie er das wieder heraus-
geben mußte, wurde von allgemeinem Lachen begleitet.

Mitten im Scherz erhebt sich der Inspector, man füllt die
Gläser und in hohem Ton verdammt der Inspector zuerst die
Revolution in die unterste Hölle, lobpreist den Glauben als Quell
alles Heils und schließt mit einem Hoch auf den Fürsten.

Dreimaliges Hoch und Gläserklingen. Eugen zerbrach sein
Glas als er anstieß.

„Geben Sie acht," sagte Göriz, als wieder Ruhe eingetreten
war, zu Eugen, „jetzt rumort dem Musterlehrer seine zukünftige

freie Rede in den Ganglien; er geht hinaus, wo ihm Niemand folgen kann, und memorirt dort seine Rede nochmals."

Und so geschah es auch. Bald kam der Musterlehrer wieder und brachte seinen höchst salbungsvollen Toast auf den Inspector vor, in dem er trotz wiederholten Einübens doch stecken blieb und während die Blicke Aller verlegen sich auf die Teller hefteten, brachte er nach langem Stottern den beschriebenen Zettel aus der Seitentasche hervor und las den Schluß ab.

Der Kopfrechner knüpfte sogleich ein Hoch auf den landes=herrlichen Commissar daran und nun aß und trank sich's viel behaglicher.

Jetzt kam Schnörkel und forderte den Sonnenbraunen, den er Amerikaner nannte, auf, seinen Bierbaß zu Ehren des In=spectors zu einem Quartett zu stimmen. Der Angerufene folgte etwas unwillig und Eugen erfuhr nun von Göritz, daß der Freund des Singvogels in einem Streit mit seinem Oberlehrer seine Stelle aufgegeben, nach Amerika gegangen, den Feldzug nach Canada mitgemacht, nach drei Jahren aber von.dort wieder zurückkehrte und einer der tüchtigsten Lehrer des ganzen Bezirks sei.

Göritz schien in der Stimmung, Eugen ähnlich wie die Ba=ronin die Gesellschaft zu schildern, aber Eugen hatte heute dafür kein Ohr; nur als ihm ein wohlgenährter Mann an der Seite des Commissärs gezeigt wurde, der als Denunciant bekannt sei, fühlte er plötzlich einen so heftigen Schmerz, als ob man ihm eine glühende Dolchspitze ins Herz stoße.

Also auch hier die empörende Verderbniß! Und derselbe Mann sang jetzt den ersten Tenor in den Liedern, die von deutscher Biederkeit sprachen!

Nach dem Schlußgebet entfernten sich die beiden Vorgesetzten und die Lustigkeit wollte eben wie ein gespannter Strom über die geöffnete Schleuße rauschen, als der Musterlehrer wieder einen neuen Damm aufwarf; er zog ein größeres Papier aus der Tasche und erklärte, daß er gewiß einem allgemeinen Wunsch begegne, indem er die Liste zu freiwilligen Gaben vorlege — einen Gulden die Person — um dem Inspector zu seinem baldigen 25jährigen Dienstjubiläum einen Pokal zu „verehren." Alles schwieg. Er gab die Liste weiter. Der Kopfrechner, Bruder Weiland, der Denunciant und mehrere Andere unterschrieben sogleich.

„Ich meine," rief Göritz sich erhebend, „wir sollten zuerst

einen Ausschuß ernennen, der die ganze Sache in Berathung ziehe; wir dürfen uns nicht eine Huldigung octroyiren lassen."

Vielfaches Murren wurde hörbar, Göritz hielt ein, der Amerikaner suchte ihn auf seinen Platz niederzudrücken, auch Deeger winkte ihm abzulassen, aber Göritz blieb standhaft und rief voll Zorn:

„Ich habe nichts gegen unsern Herrn Inspector, er gehört zu den Besseren, ist auf das Wohl der Lehrer bedacht; aber wir haben im Jahre 48 Vorgesetzte aus unserer Mitte verlangt, einstimmig. Wie nun? Waren wir damals unmündig, oder sind wir's jetzt? Verlangten wir mit Recht oder Unrecht, daß wenn die Geistlichen die Schule beaufsichtigen, sie auch Lehrer sein müßten und wir nicht blos die Handlanger sein wollen? Ist das vom Herr Musterlehrer Verlangte wirklich eine freie Gabe?"

„Ja," riefen viele Stimmen und „keine Rede!" „Abstimmen!" „Nein, es ist fest beschlossen," rief Alles durcheinander. Der Musterlehrer gebot Ruhe und sagte nur:

„College Göritz hat noch eine abgelagerte Volksrede, die er im Ausverkauf unter dem Fabrikpreis losschlagen will. Ich bitte, ihn ausreden zu lassen."

Es gelang Deeger, den stürmischen Göritz zu bewegen, daß er nichts erwiderte. Die Liste wurde allgemein unterzeichnet, Viele schauten auf, wie sie die Feder in der Hand hatten, als müßten sie sich auf ihren Namen besinnen; so klein die Gabe war, sie war ihnen doch nicht ohne Bedeutung; oder war's noch etwas Anderes, was sich in diesen düster aufblickenden Mienen aussprach?

Der Name Schnörkels mit seinen kecken Einrahmungen nahm den größten Raum unter Allen ein. Als Göritz unterschrieben hatte und Eugen die Feder reichte, sagte er:

„Das Ganze ist doch nur, damit der Musterlehrer sich gut Kind macht, weil er früher Demokrat war, und die Schlechtigkeit der Anderen zwingt uns zu Thaten, über die wir uns selbst verachten müssen." Als Eugen unterzeichnet hatte und Deeger die Feder reichte, verkündete dieser laut, daß er sich ausschließe. Auch die Befreundeten schalten über diesen Teil, der stets allein handelte; aber Deeger schwieg. Als sich nun der Musterlehrer, der Denunciant und der kummervolle Lehrer von Alsfeld mit mehreren entfernten, war Deeger der Erste, der ein Trinklied anſtimmte. Jetzt gab's luſtigen Sang und Schnörkel, der ſich vor dem Inſpector ſehr demüthig und geſchlacht benommen hatte, war ausgelaſſen und ſchien eine Freude daran zu empfinden, der Hofnarr der Geſellſchaft zu ſein. Plötzlich, man wußte nicht, wer angefangen hatte, ertönte das Lied vom deutſchen Vater= land; Göritz brachte ein Hoch „den Slaven, den Thronerben der deutſchen Civiliſation," und der Amerikaner ſetzte neue Verſe zu dem alten Liede:

> „Was iſt des Deutſchen Vaterland?
> Slavonien? Croatien?
> Iſt's wo der Raſtelbinder hauſt?
> Iſt's wo man Unverlornes mauſt?
> O nein, o nein, o nein,
> Sein Vaterland muß größer ſein."

Noch viele Verſe wurden aus dem Stegreif gemacht und mit lautem Halloh begrüßt, auch Eugen ſtellte ſein Contingent. Ein ſeltner Uebermuth war über Alle gekommen und mitten in aller Luſt ſaß der Kopfrechner wie auf einem Thron, freute ſich ſeiner Ehren und ließ ſich den Wein wohl munden. Eugen fühlte ſich trotz ſeiner innern Bangigkeit vom Strubel der Freude ergriffen.

Siebentes Kapitel.

Der Vollmond ſchaute auf viele nächtliche Wanderer, die in ſtiller und lauter Weinlaune ſich nach allen Wegen zerſtreuten und in ihre Dörfer zurückkehrten.

Jeder ſprach noch vor dem Scheiden zu dem Andern, daß die letzten Lieder und Trinkſprüche wohl keine Maßregelung zur Folge haben würden. Man ſuchte ſich und den Andern zu tröſten, daß man ſich vollauf des fröhlichen Zuſammenſeins freuen dürfe. Eugen ging mit Deeger.

„Wie traurig iſt's," ſagte Deeger, als ſie die Stadt hinter ſich hatten, „ſich in ſteter innerer Auflehnung gegen die Vorge= ſetzten zu befinden. Die Philoſophen haben viel darüber geforſcht und geſchrieben, welches das höchſte Uebel ſei. Ich weiß es.

Das höchste Uebel ist ein dummer oder bornirt boshafter Vor=
gesetzter. Ich halte mich darum noch nicht wie so Viele für einen
Staatsmann, weil ich Opposition machen kann; aber erleben möcht'
ich's, daß ich mit den Einrichtungen der Welt zufrieden wäre.
Ich will nicht zu lebenslänglicher Opposition verdammt sein."

Eugen antwortete nichts. Nach geraumer Weile begann Deeger
wieder: „Im Jahre 48 sollten die Lehrer auch ins Staatsdiener=
Paradies mit dem Jenseits der seligen Pension. Alles will Staats=
versorgung und vergißt das ächte Leben. Sie schreien immer:
das Volk ist noch nicht reif. Es wird freilich eine Verwirrung
entstehen, wenn die Schule Gemeindesache wird, wie bei allen
Reformen; aber es wird Höheres, wahrhaft Lebendiges daraus
hervorgehen. Ich habe dir's schon einmal gesagt und du hast's
nun heute aufs Neue gesehen: es wird mit unserm Stande und
mit der Volksbildung überhaupt nicht besser, als bis Menschen
aus unabhängigen Verhältnissen, denen nicht schon in der Jugend
alles Selbstgefühl abgetödtet wurde, sich dem Lehrfach widmen;
die werden dann dem pfäffischen Hochmuth etwas Anderes zu
bieten haben als elende Kriecherei. Die Hierarchie versteht in
ihrem Sinn das Richtige, indem sie den Orden der Schulbrüder
erneuert; die freien Menschen sollten dasselbe thun auf ihrem
Boden."

Eugen stand still, faßte den Arm Deegers und sagte:
„Jetzt will ich dir offen erzählen, wer ich bin."

„Kein Mensch hat die rechte Distanz zu sich selber," entgegnete
Deeger.

„Das ist es nicht," fuhr Eugen hastig athmend fort. „Es
scheint mein Geschick, daß das, was ich so gern freiwillig thäte,
mir als Nothwendigkeit auferlegt wird. So geht mir's mit mei=
nem jetzigen Leben und was ich mir einst als Triumph gedacht
hatte, dir Alles freiwillig zu erzählen, das muß ich jetzt thun,
weil du mir helfen kannst. In meinem ganzen Leben ist ein
Doppellicht, eine unruhige Beleuchtung, deren ich nicht Herr
werden kann.

Höre:
In Mainz, draußen in den Vorwerken, im sogenannten Garten=
feld, lebte bei einer Taglöhners=Wittwe mit Namen Haberkorn ein
schlanker Knabe, Eugen Wilibald genannt, er lebte fast ganz für
sich, denn die Frau ging wenn sie wohl war, auf Tagelohn oder

in das Hospital als Krankenwärterin. Wenn sie dort war, ging es dem Knaben wohl, denn er besuchte sie und erhielt gutes Essen, sonst wurde er oft gescholten, weil er immerwährenden Appetit hatte. Die Mutter war dabei doch eine gutmüthige Frau; als sie aber kränkelte und Noth litt, schlug sie den Knaben oft, weil er nicht zu betteln verstand; dann kam der Knabe oft zwei, drei Tage nicht nach Haus und schlief Nachts in einem leeren Regen= faß neben dem Palais des Commandanten. Manchmal erhielt er auch einige Kreuzer, wenn er den Herrschaften, die ins Theater fuhren, den Wagentritt schnell herabschlug, oft aber ging er auch leer aus, wenn es den Leuten zu mühsam war, in die Tasche zu greifen. Im Frühling ging's in den Wald um Mai= kräuter zu holen und da sang der Knabe lustig, so daß es ihm wohlthat, mit heller Stimme seinen Fund in den Straßen aus= zurufen; er jodelte dabei so unaufhörlich, daß er einmal von einem Polizeidiener gefahndet und ins Gefängniß gesetzt wurde. Um dieser Gefahr zu entgehen, wartete nun der Knabe oft die schnell= fahrenden Wagen ab und wenn die Wagen an ihm vorbeirasselten, jodelte er aus voller Brust; das hatte Niemand gehört als er, und sein Herz war frei. In der Armenschule lernte der Knabe fast gar nichts und er begnügte sich mit dem Ruhm, unter allen seinen Kameraden der beste Renner zu sein. Weil die Mutter Haberkorn hieß, sagten die Knaben: der kann gut laufen, der hat Hafer gefressen. Ach! die kindischen Erinnerungen haften am tiefsten. — Der Knabe gelangte in eine glücklichere Zeit, denn er erhielt einen Blumenkredit von einem benachbarten Handels= gärtner, und in jenem Sommer wurde er abermals gefahndet, aber zu einer andern Marter. Ein Mann verfolgte den Knaben in den Straßen bis in sein Haus, und erst nach vielen Ver= sprechungen und Scheltworten gab er nach und folgte dem Mann und lag nun viele Tage entkleidet auf einer teppichbelegten Er= höhung: er war Modell zu einem Ismael mit der Hagar ge= worden. Und dieses Bild, wie sich später ergab, führte zu seiner Rettung. Im Frühling kam ein Geistlicher, nahm den zwölf= jährigen Knaben mit und brachte ihn in die Jesuitenschule nach Luzern. Der wilde Knabe kam sich ganz verzaubert vor und hatte wegen seiner Unwissenheit von den Mitschülern viel zu lei= den; sein einziger Stolz war, daß es ihm auf dem Turnplatz keiner gleich thun konnte. Er machte die waghalsigsten Versuche,

bis ihm solche untersagt wurden. Er fügte sich willig der strengsten
Disciplin, die jede Regung beherrschte, und bald ward er trotz
vieler Unbändigkeit ein Liebling der Lehrer, weil er mancherlei
Anlagen zeigte. Er war fromm und glücklich. Nur Eines grämte
ihn tief. Wenn die Mitschüler von ihren Eltern sprachen, Briefe,
Besuche erhielten und in den Ferien manchmal heimwärts zogen,
ward Eugen Wilibald immer traurig; ihn besuchte, ihm schrieb
Niemand und der Director sagte, er habe weder Eltern noch Ver=
wandte. Das machte ihn traurig, aber was vergißt die Jugend
nicht? Der Knabe ward gefirmt. Da kam wenige Tage nach=
her ein stattlicher Greis mit weißen Haaren und vielen Orden
auf der Brust, er küßte den Knaben und sagte ihm, daß er Eugen
Wilibald Graf Falkenberg heiße; der Alte war sein Oheim, der
ihn adoptirte, der Knabe der bin ich."

„Du?" fragte Deeger betroffen.

„Höre nur weiter. Jetzt kann ich ruhiger erzählen. Ich war
ein religiöser Fanatiker, ich wollte Mönch werden und legte mir
schon jetzt allerlei kindische Kasteiungen auf. Mein Oheim be=
stimmte mir einen andern Beruf. Ich wurde Soldat, stand zwei
Jahre in Mailand, ich war entwickelter als mein Alter mit sich
brachte. Ich diente von der Pike auf, was man so nennt, du
weißt ja, daß die vornehme Welt Alles zur lügnerischen Phrase
abnutzt; ich bezog einmal die Soldatenwache, schilderte einmal
auf dem Posten und machte in vier Wochen die ganze niedere
Carriere durch. Ich ward nach Mainz versetzt. Du magst dir
denken, wie mir's war, wieder an dem Ort zu sein, wo ich als
Bettelknabe meine Kindheit verlebt. Die alte Haberkorn war ge=
storben, meine Kameraden durfte ich nicht mehr kennen. Allmählig
brachte ich meinen Oheim — der eigentlich Oheim meiner Mutter
war, denn er war der Bruder ihrer Mutter — dahin, daß er
mir das Räthsel meines Daseins löste. Meine Mutter, schon
früh verwaist und von einer Stiefmutter mißhandelt, war von
dem Prinzen Wilibald verführt worden, der bald darauf starb.
Meine Mutter ist spurlos verschwunden. Mein Oheim aber hat
drei Jahre nach meiner Geburt einen Brief von ihr bekommen,
worin sie ihm mein Schicksal, wenn ich noch lebe, ans Herz legt
und angiebt, daß sie in stiller Verborgenheit, die nie mehr zu
durchdringen sei, ihr Leben beschließen wolle. Bei aller heitern
Jugendlust, deren ich mich nicht erwehren konnte, bewegte mich

stets die märchenhafte Unruhe meines eigenen Lebens. In meinen
Träumen erstand oft meine Kinderzeit und ich erlitt wieder in ihr
Hunger und Kälte. Wenn ich im Wagen dahinfuhr, erhielten
die Knaben, die den Kutschenschlag herabließen, stets reichliche
Geschenke, ich ward gewiß ihr Liebling. Droben in den glänzend
erleuchteten schimmernden Gesellschaften mußte ich oft hinabdenken
auf die Straße, wo die armen Leute harren, um die Pracht=
gewänder anzugaffen und dann in ihre dunkeln Behausungen heim=
zuschleichen. Ich galt für einen Sonderling. Vor Allem und
immer mußte ich meiner Mutter gedenken. Wo weilt sie? Wie
ist ihr Leben? Weiß sie von meinem Dasein? Ich suchte meine
Mutter vergebens. Ein verschmitzter Rheingauer Schiffer, der
die Frau Haberkorn kannte, brachte mich für schweres Geld auf
die Spur meiner Mutter. Ich kann dir's nicht sagen, wie mir's
war, als ich vor die Frau hintrat, die meine Mutter sein sollte;
mein Herz stand still, meine Zunge war gelähmt, zerschmettert
und beschämt zog ich von dannen, ohne das rechte Wort ausge=
sprochen zu haben . . .

Das Soldatenleben ward mir zuwider. Ich will dir das
glänzende Elend nicht schildern. Mit zwei Kameraden, die ich
mir herausgestöbert hatte, trieb ich allerlei wissenschaftlichen und
ästhetischen Krimskrams; wir meldeten uns oft krank und ver=
ließen wochenlang die Stube nicht, um unsre Studien zu ver=
folgen und nicht durch unnütze Paraden und Exercitien physisch
abgehetzt zu werden, daß eine geistige Arbeit fast unmöglich ist.
Nach manchen Quengeleien mit den Oberen und Duellen mit den
Kameraden quittirten wir Drei, der Eine ist an meiner Seite
gefallen im letzten Revolutionskrieg, der Andere lebt als Bau=
meister hier im Lande. Mein Oheim gestattete mir, daß ich eine
landwirthschaftliche Schule besuchte, er versprach mir eines seiner
Güter zu übergeben; ich verließ Hohenheim bald und bezog die
Universität, wo ich mich in allen Wissenschaften umhertrieb. Dort
lernte ich auch den Knecht des Sonnenwirths kennen, dem wir
heute im Alsfelder Wald begegneten, er ist ein verborgener Flücht=
ling wie ich. Die Revolution kam, mein Jubel war endlos, jetzt
hatte sich's bewiesen, warum es mich aus der morschen Welt
herausgetrieben hatte. Ich hätte nur gern gleich mein Leben hin=
gegeben für die Auferstehung des Vaterlandes. Ich suchte eine
That. Ich kämpfte in Schleswig=Holstein und verließ es nach

dem Malmöer Waffenstillstande. Ich kehrte zurück und im Frühling war ich mit unter den Aufständischen. Ich kämpfte standhaft
und doch mit zweiflerischem Herzen. Es fehlte an der sprühenden
Ekstase, ich glaubte nicht an die Sage von einer allgemeinen Erhebung und doch, es sollte gezeigt werden, daß man zu sterben
bereit sei für das selbstgegebene Volksgesetz; die Thatsache, daß
Tausende dies bewiesen haben, ist die beste aller Errungenschaften,
die nicht mehr wie die anderen vertilgt werden kann. Das ist
jetzt doch auch mein Trost. Damals stand ich im Widerstreit mit
diesen Ansichten, auf deren Vertreter eine Bezeichnung paßt, die
die Baronin Stephanie mir geben wollte. Es sind Idealphilister.
Der ächte Kampf darf nur dem Siege gelten. Um eine Phrase
in das Handbuch eines objectiven Geschichtsprofessors zu bringen,
darf man nicht schöne frische Menschenleben dem Tod, dem Elend,
der Verbannung opfern. Man muß den Muth haben, so lang
als feig zu gelten, bis man in Siegeshoffnung kämpfen kann.
Es gehört zu den fürchterlichsten Aufgaben eines Geschicks, einen
Kampf zu vollführen, von dem man sicher weiß, daß man in
ihm besiegt wird. Sich und seine Untergebenen aufregen, an-
spornen, Alles nur, daß die engagirte Schlacht mit Ehren geschlagen werde, und weiter nichts — es ist entsetzlich. — In solchen
Gedanken lag ich eines Abends am Biwachtfeuer, frische Turner,
rothwangige Bursche besprachen sich mit Soldaten über Unsterblichkeit, Alle waren bereit zu sterben für das Vaterland und fänken
sie in Nichts dahin. Was auch die Diener der Schrift sagen
mögen, das ist mehr als alle Heldenthaten der Kreuzzüge. Nur
ein einziger Bursch mit einer rothen Halsbinde schlich sich von den
Disputirenden weg und ich sah ihn hinter einem Baum nieder-
knieen und die Hände falten. Ich sah ihn am andern Tag von
einer Spitzkugel getroffen und noch mit dem letzten Hauch rief er:
ich bin unsterblich! In jener Stunde am Biwachtfeuer errang ich
die Wiedergeburt meines Lebens. Wenn alle diese, die jetzt so
freudig sterben wollen, mußte ich denken, wenn Alle so bereit
wären, für ihre Nächsten, für das Vaterland zu leben, dann
bestünde eine Reichsverfassung in jedem Herzen, die nicht berathen zu werden und keine Anerkennung brauchte.... Ich gelobte
mir, wenn mein Dasein gerettet wird, in unscheinbarem Wirkungs-
kreis zu leben für meine Vaterlandsgenossen. Ich bin, wie du
siehst, meinem Entschluß getreu."

Deeger faßte die Hand des Freundes und drückte sie stumm zwischen seine beiden Hände.

„Du kennst den Ausgang," fuhr Eugen fort. „Ich will dir nichts von den Treulosigkeiten vieler Maulhelden und den Tugenden Anderer erzählen. Es ist Alles zerstampft. Ich habe gesehen, daß alle Völkergeschichte nur ein destillirter Abzug des Geschehenen ist. Von den tausend Einzelschicksalen bringt keine Meldung in die Nachwelt. Ich wurde gefangen, ich war täglich bereit, den standrechtlichen Tod zu erleiden. In der ungebrochenen Vollkraft der Jugend und nicht in gespanntem Kampf, sondern in lautlosem ruhigem Warten Tag und Nacht den Tod vor Augen sehen, das gräbt die verborgensten Wurzeln des Daseins auf, das lehrt die Bedeutung und die Nichtigkeit des Lebens erkennen und Allem mit Gleichmuth entgegenschauen. Dennoch konnte ich mich eines Schauders nicht erwehren, als ich einst am frühen Morgen im Gefängnißhof einen Wagen rasseln, ein Piquet Soldaten aufmarschiren und jenen Trommelwirbel hörte, der da ankündigt, daß bald ein Menschenleben verhaucht.

Ich gewann meine Fassung bald wieder und hielt sie unerschütterlich fest. Es war anders beschieden, ich sollte sie zum Leben anwenden. Mein Oheim war während der Revolution gestorben. Mein Freund, der Baumeister, verhalf mir zur Flucht, aus seiner Hand erhielt ich eine Summe, die ich ihm ehedem geborgt. Du erinnerst dich, daß ich in Röthhausen eine verwundete Hand hatte, das war von dem Gurt, an dem ich mich aus dem Gefängniß herabgelassen. Ich entfloh nicht aus dem Lande. Im Walde da drüben nahm ich mir den langen Bart ab, du erinnerst dich meines zerschundenen Gesichtes, und als ich auf die Straße trat, traf ich den Lehrer Baumann."

Eugen erzählte nun den Tausch. Dann schloß er:

„Sprich nichts von meinen Gefahren. Ich bleibe auf meinem Posten, bis ich vor den ordentlichen Richter gefordert werde. Ich will mein Leben opfern, ich will. Ich bin jede Stunde bereit zu sagen: ich habe genug gelebt. Könnte ich nur mit Hingebung des Restes ein Dauerndes bewirken. Aber auch schon jetzt würde mein Tod nicht spurlos sein." ·

Deeger hielt lange still die Hand auf der Schulter des Freundes, dann sagte er: „Ich will dir nichts über deine gefahrvolle Lage dreinreden; es giebt Dinge, die nur vor den Richterspruch des eignen Herzens gehören. Tausende werden dich einen Schwärmer schelten; der ist es ja immer, der seine vollen Ueberzeugungen zur That macht. Die meisten Menschen wollen nichts mehr von einer logischen Verpflichtung, geschweige von einer moralischen wissen. Ich will dir auch nicht durch Bewunderung einen Lohn geben, es giebt keinen dafür. Nur das gelobe mir: wenn Gefahr sich naht, meine Hülfe anzurufen."

Eugen willfahrte und als jetzt ihre Wege sich schieden, entschloß sich Deeger, mit Eugen nochmals nach Erlenmoos zurückzukehren, er spöttelte über sich, daß er seine Bangigkeit um den Freund leichter ertrage, wenn er bei ihm sei; er verschwieg dabei den Gedanken, daß es Eugen wohlthuend sein müsse, einen Mann, dem er sein ganzes Leben geoffenbart, noch ferner um sich zu wissen und sich nicht plötzlich wie abgeschnitten zu erscheinen.

Deeger berichtete noch viele Beispiele, wie ihm stets das begegne, was er durchaus nicht wünsche und wie ihm dies fast immer sich zum Guten kehre. So ergehe es ihm auch jetzt, da ihm das Abenteuerliche, das er sonst eigentlich hasse, in dem Leben Eugens nahe trete; eine innere Stimme gebe ihm die Zuversicht, daß daraus Heilsames erwachse. Eugen wagte nicht mit einem Wort zu widersprechen, als Deeger hievon Anlaß nahm, seinen Glauben an eine höhere Fügung des Schicksals, an eine persönliche Vorsehung darzulegen.

Wenn man eine untergesunkene Vergangenheit aus der Erinnerung ausgegraben, erscheint die Gegenwart und alle Umgebung traumhaft fremd, man kann sie nicht fassen. So erging es Eugen, als er wieder nach Erlenmoos kam. Doppelt erquicklich war nun die Anwesenheit des Freundes, in dessen Zuruf wieder Alles so heimisch wurde, als ob die Wände traute Ansprache gewonnen hätten. Deeger sprach kein Wort von den Besorgnissen der Entdeckung — das war eine Thatsache, gegen die sich nichts thun ließ — er erging sich vielmehr in den Lebensbeziehungen des Ausgewanderten, woraus allerlei Verlegenheiten entspringen konnten; es erschien kaum begreiflich, daß dies noch nicht der Fall war. Eugen blieb aber auch hierin sorglos, und als sie in dem von ihm selbst gemalten Zimmer waren, sagte er: „Da unter der grünen Farbe sind die europäischen Reben begraben, mein Leben ist auch ein Palimpsest."

Beim Abschied trifft es sich leicht, daß minder Wesentliches sich auf die bebende Lippe drängt. Die Kinder kamen am Morgen eben zur Schule heran und als Eugen durch das Fenster den Sansculotten sah, fragte er:

„Wie behandelt man einen lügnerischen Knaben?"

„Gewöhnlich sind sie geweckten Geistes," erwiderte Deeger, „sieh zu, ob er nicht zu Hause hart behandelt und so zum Lügen genöthigt wird."

In dieser freien Erhebung bekämpften die Freunde das Peinliche der jetzigen Trennung und reichten sich wohlgemuth die Abschiedshand.

Achtes Kapitel.

Nach der Schule trug Eugen den Erlös des Klaviers zu Kronauer. Er wurde in das Schreibzimmer Kronauers gewiesen, da dieser bei der Kranken sei. Ohne daß er es wollte, belauschte er hier ein Gespräch, das in der Nebenstube geführt wurde. Eine wohlbekannte Stimme, es war die Stephanie's, fragte in offenbar ärgerlichem Ton:

„Sie will also durchaus nicht? Haben Sie ihr denn gesagt, daß ich nur eine Stunde bei ihr sitzen will? still oder sprechend, wie sie es wünscht?"

„Ja, Alles, und sie will nicht, sie will keinen Menschen sehen als mich, ihren Vater und ihren Mann," erwiderte Vittore.

Der Lauschende ward seltsam bewegt.

„Ich weiß nicht," fuhr Stephanie wieder auf, „ob ich sie je wiedersehe. Sie, liebes Kind, vermögen ja Alles über die Anni, bereden Sie sich nochmals mit ihr. Ich könnte nicht ruhig von hier abreisen, ohne ihr die Hand gegeben zu haben. Thun Sie mir den Gefallen."

„Darf ich frei reden?" fragte Vittore.

„Ja doch, ja, nur keine Umstände; wenn Ihr so fragt, habt Ihr gewöhnlich ein Compliment anzubringen. Nun was denn?"

„Sehen Sie, Frau Baronin, Sie wollen die Kranke besuchen; helfen können Sie ihr nichts damit."

„Aber auch nichts schaden."

„Das weiß man nicht. So viel ist doch sicher, daß damit der Anni kein Gefallen geschieht, aber blos Ihnen. So auf eine

Stunde ans Siechbett gehen, das kann zur Beruhigung der Baronin sein, aber der Kranken thut man nichts damit, da muß man immer oder gar nicht da sein."

„Sie verstehen Moral zu predigen."

„Ich bin mir zu gut für den gnädigen Spott," entgegnete Vittore rasch, „ich muß es nur ehrlich sagen, ich kann deswegen auch der Anni nicht besonders zureden."

Eine Pause entstand. Man hörte Jemand in seidenem Gewand rasch aufstehen.

„Kommt der Lehrer Baumann oft zu Ihnen?" fragte Stephanie.

„Freilich, hie und da Abends. Mein Vater ist auch ein Schulmeistersohn."

„Hat der Lehrer oft —"

Eugen durfte nicht dulden, noch länger über sich sprechen zu hören; er klopfte an und trat rasch in die Nebenstube. Vittore entfernte sich gleich bei seinem Eintritt; Stephanie ging ihm entgegen und reichte ihm die Hand. Diese zarte weiße Hand, die aus wolligen Flormanschetten herausragte, berührte Eugen wie elektrisch, so daß er stumm die Erscheinung betrachtete, die immer in neuer Schöne sich zeigte. Man konnte in ihrer Abwesenheit nicht leicht ein Erinnerungsbild von ihr festhalten; und doch, wenn man sie so sah, wie sie in der knapp anliegenden mit weißem Pelz verbrämten blauen Sammtmantille dastand, wie ihre feinen Züge so hell leuchteten, hätte man glauben müssen, daß alles Das unauslöschlich im Gedächtniß haften müsse.

Stephanie erklärte Eugen, daß sie sich schwer in seiner Schuld fühle, daß sie aber nichts mehr hasse als Briefschreiben und darum seit gestern auf ihn warte; wie Leo sage, sei zwar das „Rencontre" vollständig ausgeglichen, sie fühle sich aber dadurch noch nicht befreit und Leo wünsche mit ihr, auch eine äußere That als Ausgleichung setzen zu können. Eugen gestand offen, daß er die Sache nicht nur verziehen, sondern auch vergessen habe und sich jetzt erst daran erinnern müsse.

„Spielen Sie nur nicht den Märtyrer," sagte Stephanie hastig, „ich weiß wohl, es liegt ein eigener melancholischer Reiz in diesen Opferungen, eine Art süßer Schwärmerei; in solcher Exaltation glaubt man, man kniee vor einem Ideal, vor der Menschheit, vor Gott, oder wie man's nennen will, im Grunde aber betet man sich selber an und gefällt sich als Schmerzenreich —."

„Ich opfere ja nichts als Ihre unverdiente Gunst. Was soll Ihnen ein Dorfschulmeister —?"

„Sie sollen, Sie dürfen das aber nicht mehr bleiben," sagte Stephanie bestimmt, „ich habe ein Recht auf Sie."

Sie erklärte nun, daß sie mit Herrn von Thurn gesprochen, der Eugen als Verwalter auf seine Besitzung nehmen wolle. Mit Bestimmtheit entgegnete Eugen, daß er Niemand ein Recht ein= räume, in sein Leben einzugreifen. „Was Ihre Höherschätzung meiner Kraft betrifft," schloß er scherzend, „muß ich mit einem Sprüchworte der hiesigen Bauern antworten: ich darf zu meinem Heu Stroh sagen."

Stephanie wendete sich unwillig ab, indem sie sagte:

„Gut, ich hätte es wissen können, die Sage von edeln Men= schen ist ein albernes Ammenmährchen."

„Ich verstehe Sie nicht," rief Eugen betroffen. Stephanie wendete sich um, ihr Auge schwamm in feuchtem Glanz, als sie sagte: „Sie wollen mir die ganze Last der Schuld lassen, Sie in solche mißliche Verlegenheit gebracht zu haben."

„Die Schuld ist auch mein," sagte Eugen, „ich habe die Mummerei angenommen und konnte auch wissen, daß bei uns in Deutschland die verschiedenen Parteien nicht social unbefangen unter einander verkehren können."

„Darüber dachte ich auch viel: warum denn bei uns nicht so gut, wie bei Franzosen und Engländern?"

„Weil es bei uns sich um das Bestehen der Nation handelt, weil es bei uns Kreise der Aristokratie giebt, denen das Bestehen der deutschen Nationalität gleichgiltig ist; andere Völker sind wirk= liche Völker und sie streiten sich nur um das Wie ihres Bestehens."

„Darf ein Geist, der solcher Ideen fähig ist wie Sie, blos A=B=C lehren? Begehen Sie nicht damit einen Verrath an der Nation? Ich wiederhole, Sie müssen einen andern Beruf wählen."

„Gnädige Frau," erklärte Eugen, „ich spreche zum Letztenmal über solche Allgemeinheiten, wie ich mich auch in Ihrer Gesell= schaft zum Letztenmal in die vornehme Welt eindrängte. Ich danke Ihnen nochmals für Ihre unverdiente Güte."

„Es ist Feigheit," sagte Stephanie in schneidendem Ton, „es ist Feigheit, sich in einem kleinen Beruf zu gefallen und sich damit zu beschönigen, daß man sagen kann, man sei größer als sein Beruf. Entbehren ist ein Laster. Man muß Macht und

Genuß' erkämpfen. Und reden Sie sich ja nicht ein, daß Sie das Volk bilden können. Es wäre auch nicht gut, wenn Sie es vermöchten. Schon der Protestantismus im Volk ist ein Widersinn, das Volk sollte immer katholisch sein, das ist entsprechende innere Volkstracht."

„Unsere Wege gehen weit auseinander," sagte Eugen abwehrend.

„Und ich lasse Sie nicht," rief Stephanie und faßte Eugen am Arm. In diesem Augenblick trat Kronauer mit Vittore ein. Sie sahen verwundert auf die beiden nicht minder Erschreckten. Gideon berichtete, daß so eben Leo den Berg heraufgeritten käme, während Vittore die Nachricht gab, daß Anni doch nachgebe und Stephanie sehen wolle.

„Gut," sagte diese schnell gefaßt, „ich komme später. Ich muß jetzt sehen, wie die beiden Turnierkämpfer Freunde geworden sind."

Als Vittore eben wegging, trat Leo rasch ein; die Art, wie er Stephanie begrüßte, hatte etwas von einer unterbrochenen Bewegung, als hätte er sie umarmen wollen. — Eugen glaubte in der raschen ersten Anrede ein Du gehört zu haben, Leo sprach aber so schnell, daß die minder wesentlichen Worte immer undeutlich waren.

Stephanie zeigte auf Eugen und dieser reichte Leo zuvorkommend die Hand. Er wollte sich dann schnell mit Gideon entfernen, um diesem das Geld einzuhändigen. Stephanie nahm ihn aber nochmals bei Seite und sagte ganz leise:

„Von Ihrem Verhalten zu mir hängt mein Glaube an die Menschheit ab. Das merken Sie sich. Nun leben Sie wohl."

Gideon begriff nicht, warum die Hand Eugens so zitterte, als er einen Theil seiner Schuld abtrug. Eugen hielt sich die heiße Stirn; er fühlte sich wie taumelnd, als er den Berg hinabging. So war's also offenbar, Stephanie liebte ihn? Wenn er ihr seinen Namen nannte, ward sie mit Jubel die Seine. Vor ihm her schwebte die reizende Gestalt und neigte und bog sich und spielte kindhaft mit ihm; wie duftiger Blumengruß erblühte ihr Antlitz. Der Glaube an ihn war ihr Glaube an die Menschheit geworden. Giebt es ein größeres heiligeres Zeugniß der Liebe?

„Guten Abend, Herr Lehrer," grüßte bei den zwei Pappeln eine Stimme. Es war der Vater des Sansculotten.

„Woher kommt Ihr?" fragte Eugen.

Der Mann erzählte, daß er schon gestern Abend aus dem

Unterſuchungsgefängniß entlaſſen worden; er dankte Eugen für die Gutherzigkeit, die er ſeiner Familie bewieſen und gab ihm Vollmacht, den meiſterloſen Buben in die Zucht zu nehmen. Wie mit einem Zauberſchlag war Eugen wieder in ſeine Welt verſetzt, er erinnerte ſich an die Mahnung Deegers und da er den Mann jetzt weichherzig fand, ſagte er ihm geradezu, daß er den Knaben zu hart behandle und ihn zum Lügen zwinge. Eugen ſprach das ſo heftig, daß der Mann ſagte: „Nur keine Strafpredigt, ich hab' jetzt genug bekommen; Ihr habt Recht und es ſoll anders werden. Da habt Ihr meine Hand darauf."

Eugen geleitete den Mann nach Haus und ließ ſich von ihm erzählen; es war ihm erwünſcht, gewaltſam aus ſeinen Gedanken herausgeriſſen zu werden. Die Gundel bewies Eugen ihre Dank=barkeit damit, daß ſie ihm ſagte: da er die Kinder nicht ſchlage, ſolle er's nur ihr ſagen, wenn der Michele was thäte, ſie wolle ihn dann ſchon abkarbatſchen. Eugen lehnte dieſen Dienſt ab und aß mit den Leuten zu Nacht.

So war er alſo auf natürliche Weiſe zur Ausführung deſſen gekommen, was er bei ſeinem erſten Beſuche bei Gideon als all=gemeine Regel ſich gewünſcht hatte.

Als er wegging, dankte man wiederholt für den Beſuch und verſprach ihn künftig beſſer zu bewirthen, da es viel werth ſei, wenn man einen Abend ſo ſchön ruhig verbringe.

Das Leidweſen um die Gefangenſchaft des Mannes ſchien die Atmoſphäre dieſer Häuslichkeit gereinigt zu haben wie ein vorüber= gezogenes Gewitter.

Unwillkürlich ging Eugen nach der Bachmühle. Ein erhöhtes reicherfülltes Leben und ein ſtilles Begnügen kämpfte in ihm und dieſe beiden Geiſter nahmen die Geſtalten Stephanie's und Vit= tore's an.

Warum fühlte er eine Verpflichtung, ſich vor Vittore zu recht= fertigen? Jetzt fiel ihm das Wort Vittore's ein, daß ſie das Drängen Stephanie's, die Kranke zu beſuchen, egoiſtiſch genannt; Stephanie dachte nur an ſich, ihre Pein los zu werden, nicht an die Kranke und ob es ihrer Wohlfahrt diene. Iſt das wohl auch ſo mit dir? Iſt ihr der Dorfſchullehrer nur ein Räthſel, das ſie martert, bis es gelöſt iſt, dann aber gleichgiltig wird?

Beim Bachmüller war noch Licht, eine dröhnende Stimme deklamirte laut, es war der volle Bruſtton Bernhards, der die stattlichen Verse aus Schillers Jungfrau von Orleans vorlas. Eugen mußte noch Vittore sprechen, er ging hinauf. Bernhard wollte ihm das Vorleseramt abtreten, aber Eugen setzte sich still unter die Zuhörer.

Wie ein Vogel, der im Sturmwind kämpfend seiner Heimath zufliegt, immerbar ringend und doch unablässig, so strebte Eugen der Ruhe zu. Wo aber findet er sie? Ihm däuchte, jede Minute, in der die Vittore falsch über ihn denke, sei Versündigung, und plötzlich, als ob er's jetzt erst erführe, kam es über ihn, daß sie ja die bestimmte Braut Bernhards sei. Er wollte ja auch nur vor ihr gerecht dastehen. Und so in Gedanken sich schwingend und wendend, hörte er kaum die schwunghaften Worte des Dichters, denen Vittore mit gefalteten Händen und gespanntem Antlitz lauschte, während der Bachmüller oft verneinend den Kopf schüttelte; in den Mienen der Müllerin war aber gar nichts zu bemerken. Jetzt im fünften Akt, da Vittore die Kunkel weggestellt hatte, spann die Frau ruhig weiter.

Als die Fahnen über die Jungfrau gesenkt waren und Bernhard das Buch zuschlug, holte der Bachmüller lange Athem und erklärte, das sei Alles sehr schön, aber der König, der doch der Garnichts sei, sei das nicht werth.

Vittore sagte, sie glaube nicht an die Verliebung der Johanna, das könne nicht sein und wenn's auch wäre, das sei ja nichts Unrechtes und dann sagte sie, der Hirte spreche viel zu hoch.

Bernhard ereiferte sich sehr und rief Eugen zu Beistand, den dieser in Einzelnem leistete.

Als er mit Bernhard nach Haus ging, sagte Eugen, er thue Unrecht, seine Braut zum Lesen zu zwingen.

„Von Braut ist noch keine Rede," sagte Bernhard, „ich wollt' auch, ich hätt's nicht angefangen mit Schiller, aber wer den nicht mag, den mag ich auch nicht. Sie wird schon noch nicht höher schwören als bei ihm, sie ist ja gescheit."

Eugen suchte darzuthun, daß eben weil Vittore gescheit sei, sie wenig zu lesen brauche, und daß es überhaupt unangemessen sei, eine solche Probe mit einer Erwählten zu machen.

Bernhard blieb aber bei seinem Vorsatz, obgleich ihm Eugen entgegenhielt:

„Wer die heilkräftigen Gedanken in eigenem Herzensgrund pflanzt, oder wer die frischen Blüthen von Baum und Wiesen

pflückt, der braucht sich das nicht aus der geistigen oder materiellen Apotheke zu holen und von Fremden verschreiben zu lassen.
Wenn wir naturgetreu bleiben könnten, fänden wir mit hellem
Auge stets das Rechte in unserer nächsten Umgebung. Die Natur
weiß Alles aus sich ..."

Bernhard schien sich hoch erhaben zu dünken und den Lehrer
keiner Antwort zu würdigen.

Neuntes Kapitel.

Die Weihnachtszeit nahte. Das merkte man vor Allem in
der Schule, wo die Kinder immer allerlei zu geheimnissen hatten
und ihre Aufmerksamkeit nur schwer dem Unterricht widmen konnten.
Eugen empfand jetzt wieder die Mißlichkeit, daß er keinen Reli-
gionsunterricht ertheilte, denn diesem allein, der buntschillernden
Geschichte von den heiligen drei Königen folgten die gespannten
Blicke der Kinder, als sähen sie selbst den glänzenden Stern am
Himmel.

Eugen hatte sich vorgenommen, für Lipp und Bartelmä eine
Bescheerung zu machen. Dieser Letztere war während des Winters
ganz in sich verkommen, er klagte vornehmlich über die schlechte
Kost, die ihn ganz herunterbringe; er sei an Fleisch und Bier,
und zwar an viel Fleisch und viel Bier gewöhnt. Als ihm Eugen
einiges Geld gab, klagte er wieder, daß er sich davon nur ver-
stohlen etwas einhamstern könne, da ihm die Leute seinen Lohn
nachzählten und bei größerem Aufwand wieder neuen Verdacht
auf ihn werfen würden.

„Es wäre schon Alles gut," sagte er jetzt, als ihn Eugen
aufsuchte, um ihn zum Weihnachtsabend einzuladen, „Alles wäre
gut, wenn es nur nie Winter würde. Im Feld draußen, da
geht's noch, wenn man auch beim Ackerfahren nichts vom Lerchen-
gesang hört, wie ihr Spaziergänger meint; aber jetzt vor Tag
aufstehen und dreschen, oder mit den Gäulen hinaus und acht
Stunden lang Baumstämme im Wald schleifen, wenn's Abend ist
Mittag machen, wie die Engländer, und dann Langeweile wie
ein Mops in der Hutschachtel. Ich wollt', ich säß im Pensylvanium."

„Ich will dir Bücher geben, lies."

„Was?" lachte Bartelmä und schaute Eugen mit hervor=
gequollenen Augen gläsernen Blickes an, „jetzt büffeln, was ich
mein Lebtag nicht gemocht hab'? Was gehen mich alle Geschichten,
Gedanken und Gefühle in der Welt an. Es ist Alles Flause,
Pegasusequipage für reiche Leute, um die Verdauung zu befördern."

„Man sollte dir zu Weihnachten eine Frau bescheeren," scherzte
Eugen.

„Ich eine Frau? Nie. Und wenn ich dreißig Millionen hätte
und die schönsten Schwanenlilien=Prinzessinnen mir nachliefen —
thut mir leid, thät ich sagen, aber ich kann nicht, ich mag mich
nicht schleppen mit einer Frau und dem Gewusel hintendrein. Und
wenn man fortgeht, heißt's: lieber Mann, wo gehst du hin?
Und wenn man heimkommt: lieber Mann, wo bist du gewesen?
Ich geh' und komm' und trink' und schweig', Alles wie ich's mag.
Das Frauenzimmer ist das Hauptunglück in der Welt. Unsere
ganze Welt ist nichts nutz und alle Männer Sklaven, weil das
Frauenzimmer zu viel gilt. Heirathen, hat mein Onkel Steuer=
rath gesagt, heirathen ist ein Plaisir, aber das theuerste Plaisir.
Nun du Herkules, weißt du bald, ob du die Vittore oder die
Baronin heirathen sollst? Sind beide recht liebe Trutschele."

Eugen wurde feuerroth, aber Bartelmä fuhr ruhig fort:

„Ich weiß was ich sein sollt'. Ich wär' der prächtigste Kerl
von der Welt, wenn ich eine Million hätt'; eigentlich hätte ich
sollen als Prinz geboren werden, dazu hab' ich entschiedenes Ta=
lent: aus den Windeln aufstehend General und so fort — ich hab'
meine Carriere verfehlt. Meine Grundsätze würden mich hindern,
meinst du? Was Grundsätze! Das ist eigentlich dummes Zeug."

Eugen fühlte sich angeekelt von solchem moralischen Selbst=
mord, von der spottsüchtigen Auflösung aller Sittlichkeitsbegriffe,
aber Bartelmä hielt ihn fest, als er weggehen wollte.

„Du mußt mir's abnehmen, ich hab' ja Niemand, mit dem
ich mich ausreden kann," rief er, „sag' ehrlich, bin ich denn
nicht eigentlich auch ein Narr, daß ich mir mein einziges Leben
abplage für die Freiheit? Für wen? Für diese Kerle da. Sieh sie
einmal an, ob sie werth sind, daß man sich für sie den Finger
ritzt. Ich genieße das Leben wie ein Spatz, dem man einen
Brocken zuwirft; ich seh' mich immer furchtsam um, wenn ich was
zu mir nehme. Es wäre gescheiter, ich diente dem, der mich
haben will und lebte gut. Ich kenne Excellenzen und Stallknechte,

die essen gut und schlafen gut und thun was man sie heißt; ich wollt', ich wäre auch so. Wär' ich auf der Staatsbahn geblieben, wär' ich jetzt Regierungsrath, ein gemachter Mann, und brächte meinen Sohn auf Universität. Jetzt kauft mich aber Niemand mehr, früher, ja, da wär' ich gut bezahlt worden."

Voll Unwillen entgegnete endlich Eugen: „Es liegt mehr Ernst in deinen Worten, als du eingestehen willst."

„Mehr? Was ist denn mehr als ganz? Wenn du ein schönes Verbrechen weißt, das mich in zwei Tagen um einen Kopf kleiner macht, ich bin dabei. Siehst du, ich hab' nicht umsonst meinen Plato gelesen, wie er den Tod des Sokrates, das ruhige Absterben von unten auf so gut schildert. Da drin ist Sokrates und alle Philosophen. Und wenn ich sterbe, will ich mit Sokrates ausrufen: O Kriton, wir sind dem Äsklepios einen rothen Hahn schuldig, entrichtet ihm den und versäumt es ja nicht."

„Du sprichst irre."

„Gar nicht. Wenn du Schierlingssaft brauchst, hier hab' ich; ich hab' mir's für alle Gefahren im Wald gesammelt. Es ist doch schön, daß das frei wächst. Sagen die Deutschen, sie seien nicht frei, und wächst doch Hanf auf den Feldern und im Wald echtes gesundes Gift."

Er zeigte Eugen ein Fläschchen, das ihm dieser entreißen wollte, aber Bartelmä war gewandter und im Raufen klirrte etwas und Bartelmä schrie, daß ihm „sein Lethe, seine Schnapsbuttel zum Reichsverweser gegangen sei."

Auf die eindringlichen Ermahnungen Eugens rief Bartelmä lachend:

„Hast auch noch das Vorurtheil der flanellüberzogenen Fleischfresser? Sie gönnen's dem armen Mann nicht, daß er sich mit einem Trunk Schnaps sechserlei Gerichte in den Magen und einen Pelz auf den Leib schafft. Es ist Gift, willst du sagen? Es stirbt sich aber gut dran."

Wieder mit tiefer Trauer verließ Eugen den Gefährten, der sich geistig und körperlich dem Fusel ergeben hatte, so daß nicht abzusehen war, wohin er noch untersinke. Des Pfarrers Mahlenle rief Eugen, er solle sogleich ins Pfarrhaus kommen, es sei ein Päckchen für ihn da. Die Pfarrerin übergab ihm einen Brief von der Stiftsdame Theorosa von Schüttenhelm, die ihm Vorwürfe machte, daß er sie so ganz ohne Nachricht lasse; sie schickte

allerlei Geschenke, die er zu Weihnachten an arme Kinder vertheilen sollte.

So war also auch die Muthmaßung Deegers eingetroffen, die
Verlegenheiten aus der Annahme eines fremden Lebens stellten
sich ein. Eugen erschrak heftig, als jetzt der Dorfschütz kam und
keuchend berichtete, er suche ihn überall; erst nach langer Pause
sagte er, daß die Mannen beim Bachmüller versammelt auf ihn
warteten, wo sie eine neue Berathung halten wollten.

Eugen eilte in die Bachmühle. Alles schwieg bei seinem Eintritt, bis der Rainbauer das Wort ergriff und nach vielen Lobes-
erhebungen, die er an Eugen richtete, endlich damit herausrückte,
es sei beschlossen worden, drei Männer an den Fürsten abzusenden,
die um Niederschlagung aller anhängigen Untersuchungen bitten
sollten; er und der Sonnenwirth seien bereit dazu, aber nur
unter der Bedingung, daß der Lehrer mitgehe und spreche. Eugen
gab sich alle Mühe, den Bittgang in eine Bittschrift zu verwandeln,
zumal es sehr ungewiß sei, daß man eine Audienz erhalte; aber
kein Einwand wollte verhelfen, selbst der nicht, daß Eugen sagte,
er sei ja selber in Ungnade und darum kein willkommener Bote.
Auch der Schultheiß bat ihn einzuwilligen, und allgemeine Heiterkeit entstand, als der Rainbauer rief:

„Unser Schultheiß ist der König Saul und unser Kinderhirte,
der Lehrer, ist der David.“

„Und ich heiße Samuel und setze ihm die deutsche Bürger-
krone auf,“ rief der Sonnenwirth, nahm schnell dem Kirchbauer
die weiße Zipfelkappe ab und setzte sie Eugen aufs Haupt, „da
erfriert Ihr Eure Ohren nicht,“ setzte der Schelm hinzu. Die
Berathschlagung, die einem so traurigen Zwecke galt, hatte sich
in Scherzhaftigkeit verwandelt, wobei keine ernste Darlegung mehr
aufkommen konnte; selbst der allzeit ernste Bachmüller hing Eugen
seinen grauen Müllermantel um und gab ihm die pelzgefütterten
Staucherle (doppelte Muffs), wobei er bemerkte, daß sich damit
sein Vater, der auch Schulmeister war, sein Leben lang gewärmt
habe. Die Leute konnten nicht ahnen, wie nöthig Eugen diese
Mummerei hatte und wie ihm eben diese einen Theil seiner Be-
sorgnisse verscheuchte; dazu kam noch, daß er durch die Reise die
Verlegenheiten, die von Theorosa von Schüttenhelm kommen
mochten, beschwichtigen konnte. Als er nun einwilligte, erscholl
ein allgemeines Hoch.

Eugen bat um ruhiges Gehör und wiederholte, daß, wenn der Bittgang fehlschlage, man nicht vergessen möge, daß er davon abgerathen und sich nur dem allgemeinen Wunsche gefügt habe.

„Das nutzt nichts, Herr Lehrer," sagte die Bachmüllerin, als die Auserwählten schnell mit den Anderen weggegangen waren, „wenn Ihr wirklich glaubet, daß es ein Metzgergang sei, hättet Ihr nicht nachgeben sollen. Bei einer Sache mitthun, wo man keine Hoffnung hat, schlägt nie gut aus, und die Menschen haben nicht Unrecht, wenn sie das Abrathen vergessen, wo Einer doch nachher mit Hand angelegt hat."

Der Müller verwies diese Worte seiner Frau, aber Eugen sah sie groß an. Er mußte seiner Betheiligung an der Revolution gedenken, wo diese Aussprüche ihre bündige Anwendung fanden.

In der Bachmühle saß nun Eugen in der That wie zu Haus. Die Müllerin fragte ihn noch mit inniger Sorglichkeit, ob er denn auch schon wieder ganz wohl sei, daß er sich mit solch einer Nacht= reise nicht neue Krankheit zuziehe, zumal, da jetzt in der Stadt die Cholera herrsche. Eugen dankte für diese „mütterliche Sorg= falt. Die Müllerin fuhr sich mit der Hand über das Gesicht und verließ die Stube, ihr Mann folgte ihr.

„Gut, ich muß noch schnell mit Euch reden," sagte Eugen zu Vittore, die Garn haspelte.

„Was denn?" fragte sie, „setzet Euch da hinter den Tisch, da hör' ich's gut."

„Was denket Ihr von mir?" fragte Eugen, der die rechte Wendung nicht finden konnte.

„Das kann man nicht so abhaspeln wie die Spindeln da," lachte Vittore, „und ich mein' auch, Menschen, die noch länger bei einander bleiben und sich noch besser kennen lernen, brauchen kein Testament zu machen. Saget gradaus: was soll ich und was giebt's."

„Was haltet Ihr von der Baronin Hunold?"

Vittore nahm gelassen den Garnstrang vom Haspel, drehte ihn in einen Zopf und begann endlich:

„Ja, ich sag's frei. Mir kommt sie vor wie eine Schwalb' im Zimmer: das schwirrt und flattert hin und her an die Decke und an die Wänd'. Dabei ist sie aber seelengut, so lange man ihr thut, was sie will. Wen sie ihr Leben lang lieb haben könnte, der hätt' es gut bei ihr."

Eugen anerkannte den Vergleich Stephanie's mit einer Schwalbe, indem er weiter ausführte, daß Stephanie wie eine Schwalbe nur fliegen, nicht gehen könne. Er erklärte nun sein Verhältniß zu Stephanie, wobei er unwillkürlich grellere Farben auftrug, als er Anfangs beabsichtigte. Vittore hielt das Garn in beiden Händen und schaute Eugen groß an; sie mochte wohl fühlen, daß sein Bestreben sich zu rechtfertigen ein Bekenntniß in sich schloß, dem sie den Namen nicht zu geben wagte. Jetzt erkannte auch Eugen, was er gethan, und schnell, um seinen Fehler wieder gut zu machen, erzählte er, daß er gestern Abend noch lange mit Bernhard gesprochen, der ein wackerer Mensch sei, der besten Frau würdig.

Vittore schien diese Wendung nicht recht fassen zu können und als wollte sie sich auch äußerlich zum Schweigen bestimmen, legte sie plötzlich die Hand auf den Mund und schaute nachdenklich vor sich nieder.

Als die Mutter eintrat, entfernte sie sich rasch. Eugen reiste ab, ohne daß sie ihm Lebewohl gesagt hatte. Man reiste die Nacht durch, um zum Bescherungsabend wieder daheim zu sein.

Auf der Straße nach Röthhausen fuhr ein geschlossener Glaswagen an dem Gefährte Eugens vorüber; er glaubte Stephanie und Leo darin bemerkt zu haben.

In Röthhausen ließ Eugen bei Deeger anhalten.

„Mein Leben ist ein Kaleidoskop, das stündlich neue Wendungen annimmt," sagte er zu Deeger, der ihn wieder zu seinem Gefährte geleitete.

Eugen kam durch viele Orte, in die er einst mit den Waffen in der Hand eingezogen war; trübe Erinnerungen wollten in ihm aufsteigen, aber er konnte sich dem Reisehumor, der seine Gefährten ergriffen hatte, nicht entziehen. Der Sonnenwirth wollte tapfer zechen, da man ja auf Gemeindekosten reiste. Eugen widersetzte sich diesem und der fromme Rainbauer mußte mit süßsaurer Miene ihm beistimmen.

Seit der ersten Gemeinderathssitzung hatte Eugen dem Sonnenwirth gegenüber eine gemessene Haltung bewahrt und sich durch keine Zuthätigkeit daraus bringen lassen. Jetzt auf der Reise ergab sich wie von selbst ein vertraulicher Anschluß in Scherzen und Neckereien, den Eugen gern zugab und sich an dem freien Uebermuth ergötzte, der keinen Hausknecht und keinen Nachtwächter am

Weg ohne lustigen Spaß vorüberließ. Bald aber durchbrach der
Sonnenwirth zu eigenem Ergötzen, wie nach seinem Dafürhalten
zu dem der Mitreisenden, die bisher bewahrten Schranken der
Wohlanständigkeit und erging sich in unfläthigen Neckereien und
Erzählungen; das schien es doch eigentlich, was ihn vergnügte,
und es war Eugen leichter gewesen ihn in gewissen Schranken
zu halten, als ihn jetzt wieder in dieselben zurückzuweisen.

Am andern Morgen erreichte man die Eisenbahn und nun
ging's im raschen Zug der Hauptstadt zu. Auf der Eisenbahn
kramte der Rainbauer allen Umsitzenden seine Loyalität und Fürsten=
liebe aus; es schien, als ob er Jeden, der zur Stadt fuhr, für
einen Fürsprecher im Vorgemach des Regenten ansah.

„Ich bin ein treuer Unterthan meines mir von Gott gegebe=
nen Königs und für uns Bauern wird ja jetzt überaus gesorgt,"
das war sein Wahlspruch, den er mit großer Salbung oft wieder=
holte, während er seine auf Gemeindekosten gefüllte Dose umher=
reichte. „Sie nießen darauf, daß es wahr ist," betheuerte er
dann bei den kitzlichen Folgen seiner Freigebigkeit.

Ein dichter Nebel, der bald von einem Schneegestöber abge=
löst wurde, versperrte jeden Ausblick. Eugen hieß diese Ver=
hüllung willkommen, denn trotz seiner fremden Kleidung mußte
er doch fürchten, entdeckt zu werden.

„Jetzt, Herr Lehrer," sagte der Sonnenwirth, als man an=
gelangt war, „jetzt könnt Ihr Euch zeigen."

Eugen erschrak, zumal der Sonnenwirth plötzlich inne hielt.
Der Schlaukopf hatte die menschenfreundliche Gewohnheit, auch
wenn er etwas Angenehmes zu sagen hatte, stets so zu beginnen,
daß der Hörer verblüfft werden mußte; dann machte er eine
Pause und ließ den Neugierigen einstweilen in der Schwebe zappeln.
Erst nach mehrmaliger Frage erklärte der Sonnenwirth: „Jetzt
wollen wir sehen, was Ihr mit Euren vornehmen Bekanntschaften
vermöget."

Es war für Eugen niederschlagend, daß er nun sah, wie er
nicht um seines persönlichen Eifers willen, sondern wegen seiner
muthmaßlichen Verbindungen zu einer Reise gezwungen worden,
die eben so peinlich als gefahrvoll war.

Mit übernächtig schwerem Auge, wie aus beginnendem Schlaf
geweckt und an allen Gliedern wie zerschlagen, so ging's nun in
die Stadt hinein, wo der Weihnachtsmarkt größere Lebhaftigkeit

erregte. Die Menschen gingen hier alle so straff und frisch, sie begannen erst den neuen Tag.

Der Sonnenwirth hatte den Stern, eines jener leiterwagen= umstellten Wirthshäuser ausgesucht, wo man keine Servietten, aber um so größere Portionen bekommt und in wohlhabenden Federbetten schläft. Nachdem er sich sattsam erlabt, legte er sich mit seinem Kameraden schlafen und überließ Eugen die Sorge für alles Weitere.

Zehntes Kapitel.

Ein Verstorbener, der in die vergessene Welt zurückkehrt und sie mit neuen Augen erschaut, so kam sich Eugen vor als er das Stadtleben betrachtete. Im Nebel zigarrenrauchend wie dampfende Gespenster eilen die Menschen stumm und hastig an einander vorüber, ihr Gruß entbehrt meist des begleitenden Wortes. Nur Dienende haben ein äußeres Kennzeichen ihrer Thätigkeit, die Anderen gehen ledig umher. Eugen fühlte, wie es leicht kommen mag, daß die Bauern alle Gebildeten für Müßiggänger halten oder ihre Beschäftigung als Kleinigkeit und bloße Vergnügung ansehen können. Als erschaute er das zum Erstenmal in seinem Leben, mußte Eugen viel darüber nachdenken, da ihm ein Offi= cier mit einer Frau am Arm und einem Kind an der Hand be= gegnete. Wie ist es nur möglich, daß ein Mann, dessen Lebens= beruf die Kunst zu tödten ist, eine Familie haben soll? Eine mit Bravour und feiner Galanterie und wohl auch allbeliebter Gemüthlichkeit auswattirte Existenz auf die mordfertige Säbel= schneide gestellt! Die Welt ist voll gräßlich lächerlicher Wider= sprüche. . . .

Eugen kam in die neuen Stadttheile, wo die hohen Häuser prangten, aber aus den Kellerwohnungen stiegen da und dort kummervolle Gestalten mit erdfahlen Gesichtern; Luft und Sonne ist den Armen genommen und ein Fluch stieg in dem Herzen Eugens auf, ein Fluch über Alle die da oben über den langsam vermodernden Gliedern ihrer Mitmenschen scherzen, musiciren und in gemüthlichen und geistreichen Conversationen sich ergeben, wäh= rend Noth und Verderbniß unter ihren Füßen haust.

Vor dem Schloß angekommen mußte er sich besinnen, was er

eigentlich wollte. In den weitläufigen Gebäuden, die mit dem Schloß zusammenhingen, im sogenannten Hofbau, wohnte der Direktor des geheimen Cabinets. Als Eugen nach langem Warten vorgelassen wurde und seine Bitte vorbrachte, erhielt er den Bescheid, daß nach einer allerhöchsten Ordre keine Audienz in solchen Angelegenheiten mehr ertheilt werde, Eugen solle sich indeß an den Minister des Hauses wenden. Dieser verwies dem Bittsteller mit strengen Worten, daß er sich zu solcher Angelegenheit hergegeben, es sei das nicht Sache der Lehrer; er verlangte schriftliche Eingabe. Beim Ausgang aus dem Ministerialgebäude sah Eugen den Fragsamenhändler in dasselbe eintreten; er schien ihn nicht erkannt zu haben.

Eugen kehrte wieder in den Hofbau zurück und jetzt erinnerte er sich, daß er hier ganz in den Fußtapfen seines Tauschmannes wandelte. Hier wimmelte es von höheren und niederen Bediensteten und ihren Familien. In Erinnerung an den Vergleich des Ausgewanderten — der diesen Anbau des Schlosses als die angebauten Sperlingsnester am großen Storchennest bezeichnet hatte — zuckte ein Lächeln auf dem Antlitz Eugens.

Die Bedienten der Bediensteten lachten über den Bittsteller, der mehrmals in den langen Gängen stolperte, als er nach Fräulein von Schüttenhelm fragte.

Die Stiftsdame Theorosa von Schüttenhelm wohnte ebenfalls im Hofbau, aber es dauerte lang bis sie aufgefunden war. Der stets ernste Gideon Kronauer lächelte so oft er von Theorosa sprach. Er nannte sie die Reichstante oder auch die ewige Weihnachtskerze. Zu nicht geringer Verlegenheit Eugens war sie oft Gegenstand des Gespräches zwischen Gideon und der Frau Pfarrerin; Eugen mußte sich den Anschein geben als ob er die Vielbesprochene kenne, und sich manche Mißdeutung über seine Zurückhaltung gefallen lassen. Der Schluß aller Besprechungen, die nicht des Spottes ermangelten, lautete wie zur Sühne stets: sie ist eine gute Seele und ein Muster von Selbstaufopferung.

Böse Zungen behaupteten, Theorosa sei schon in der Schule gewesen, als man dort für den Verein der Philhellenen Charpie zupfte. Das ist aber schnöde Verleumdung. Im Polenkampf der dreißiger Jahre ward sie zuerst ihres Berufes inne und seitdem ist sie bei allem Derartigen. Mit wahrer Kunstfertigkeit ziehen ihre feinen Hände die Fäden aus den Linnen und schichten

fie ordnungsgemäß. Für Schleswig-Holstein hat sie rastlos ge=
arbeitet und gesammelt. Sie ist Mitglied des Vereins für ent=
laffene Sträflinge, Mitgründerin mehrerer Kindergärten, Ehren=
vorsteherin des Vereins zur Vertilgung des Cretinismus, der
zeitweiligen Suppenanstalten und Wohlthätigkeitsbälle gar nicht
zu gedenken. Bei Gelegenheit der Wassernoth am See, die ein
ganzes Dorf verheerte, hat Theorosa eine Arche Noah gebaut,
natürlich eine literarische, in die sie Alles was poetisch kriecht
und fliegt, einsammelte. Auf dem See-Album prangte ihr Name
als Herausgeberin. Von daher stammt auch ihre sehr reichhaltige
Handschriftensammlung, da sie sich zu Beiträgen an alle Berühmt=
heiten Deutschlands gewendet hatte und sodann beim Vertrieb des
Werkes Sendungen an alle Fürstinnen und Prinzessinnen Euro=
pa's richtete, von denen sie meist höchsteigene Handschreiben er=
hielt. Sie spricht oft davon, daß sie sich nicht berechtigt fühle,
diese werthvolle Sammlung für sich zu behalten, vielmehr sie zu
einem wohlthätigen Zwecke verwerthen wolle; dies wird ihr schwerer,
als sie sich bekennen mag, denn sie sagt immer: solch ein Auto=
graph ist ein Stück von dem lebendigen Menschen, von dem
wirklichen Leben, nicht blos in andere Form übertragenes. Bis
die Sammlung zur entsprechenden Vervollständigung gekommen
ist, ruht sie daher in schöner Mappe. Der Brennpunkt ihres
Lebens, wo sie lauter Licht ausstrahlt, ist aber die Weihnachts=
zeit. Das ganze Jahr ist ihr nur der vorangehende Tag des
Weihnachtsabends. An diesem Abend wird Tante Theorosa in
vielen Orten von dankenden Lippen genannt, denn ein eigener
Postbote kommt um diese Zeit zu ihr, um die vielen Päckchen
zur Beförderung abzuholen.

Alles das mußte sich Eugen vergegenwärtigen, als er endlich
in einen großen Saal eintrat, wo es jahrmarktähnlich aussah;
Kleider, Spielzeug und Speisen aller Art lagen in großen Massen
umher, auch viele Männer und Frauen trieben sich geschäftig
durcheinander.

Als ein Mädchen, das an der Thür stand, den eintretenden
Fremden meldete, hörte Eugen aus vielen Päcken heraus:

„Das kann nicht sein, fragen Sie noch einmal."

Eugen mußte nochmals den Namen nennen und nun kam
rasch eine schlanke hohe Gestalt mit einem um das Kinn gebun=
denen schwarzen Schleier auf ihn zu und blieb plötzlich wie erstarrt

vor ihm stehen. Das aus der Ferne blasse Gesicht mit den feinen
Zügen ward plötzlich von einer gleichmäßigen Gluth geröthet und
die hellen wasserblauen Augen starrten den Betroffenen wie mit
Grausen an.

„Sie wollen Herr Baumann sein?" fragte endlich Theorosa.

„Ich heiße so," erwiderte Eugen.

„Kommen Sie," winkte Theorosa. Eugen folgte ihr in ein
Nebenzimmer und im heftigsten Ton begann hier Theorosa:

„Sie haben Fürchterliches gethan. Wer sind Sie? Welches
Spiel treiben Sie? Warum haben Sie den guten Baumann zur
Auswanderung verführt?"

Eugen stand betroffen. Er hatte eine empfindsame Diako-
nissin erwartet und fand eine keifende Dame, die bei jedem Wort
bis in die Schläfe hinauf roth wurde.

„Ich will annehmen," sagte er endlich, „daß es zu den
Nebeneinkünften meines jetzigen Berufes gehört, solche Begeg-
nungen wehrlos hinzunehmen. Wollen Sie mir erst sagen, was
Sie von mir wissen?"

Theorosa setzte sich ermüdet auf den nächsten Stuhl und berichtete, daß sie vor wenigen Tagen zwei Briefe des Ausgewanderten auf Einmal erhalten habe und daß dieser schreibe, sein
Einsteher werde ihr bereits Alles mitgetheilt haben und sie möge
sich seiner gefahrvollen Lage annehmen.

Eugen sah sich nun genöthigt, abermals sein Leben zu berichten; er ging nicht auf eine tiefere Begründung ein. Die
wiederholte Legitimation des innern Menschen hat für den seiner
reinen Zwecke bewußten Charakter etwas so peinlich Ueberflüssiges,
daß er im Vollgefühl seiner selbst sich leicht einer Verkennung
aussetzt, ja sie herausfordert. Dies mußte hier der Fall sein,
denn Theorosa sagte aufstehend:

„Sie haben eine wunderliche Passion, wenn es nicht was
Schlimmeres ist. Gräßlich! Wie lange wollen Sie noch in dieser
Situation bleiben?"

„Wenn es möglich sein könnte, für immer. Ich baue ein
Nest in die Mündung einer geladenen Kanone."

„Ich hätte Sie nach dem Brief unseres Freundes für ernster
gehalten," sagte Theorosa bitter lächelnd, „Sie wissen nicht, wie
Sie mich in die höchste Pein versetzen. Vor drei Tagen bekomme
ich die Briefe unseres Freundes. Die Weihnachtslichter brennen

ohnedies dunkel mitten in der Todesnoth, in der wir hier schwe=
ben. Und jetzt, da Sie vor mir stehen, ich fasse Sie nicht, mich
wird es nicht verlassen, daß ich stets einen Menschen vor mir
sehe, der in Tod oder Kerker geführt wird. Ich bin schon bei
manchem Todten gewesen, aber Sie, Sie erschrecken mich wie
ein Selbstmörder. Was führt Sie hieher? Was haben Sie hier
zu thun? O Gott! Wenn man Sie jetzt von hier weghole und
zum Tode führte? Gräßlich!"

Eugen nahm seinen Hut und verbeugte sich stumm, aber Theo=
rosa nahm ihm zitternd das Versprechen ab, daß er etwa in
einer Stunde, wenn die Geschenke für die große Armenbescherung
geordnet seien, wiederkommen müsse.

Mit festem Ton sagt Eugen:

„Es ist kein Lob für die Menschennatur und ihre Geschichte,
daß sie Wort und Begriff Erbfeindschaft kennt, aber Erbfreund=
schaft nicht."

Theorosa sah den also Sprechenden betroffen an, sie reichte
ihm die Hand und ihr Blick hatte etwas eigenthümlich Glänzen=
des, als sie erwiderte:

„Entschuldigen Sie mich. Ich verlasse mich darauf, Sie
heute Mittag wiederzusehen. Urtheilen Sie nicht zu rasch über
mich. Um meinetwillen sollen Sie nicht an den Menschen ver=
zweifeln. Sagen Sie mir noch offen: sind Sie auch so ein De=
mokrat, der alle Wohlthätigkeit und Tugend aufheben will?"

„Kennen Sie solche?"

„Ich kenne gar keine. Es soll mich freuen, wenn ich in
Ihnen einen kennen lerne, der die allgemeine Ansicht Lügen
straft. Also auf Wiedersehen."

Auf der Straße wurde Eugen von einem lustigen Parade=
marsch begrüßt und er folgte seines Weges unwillkürlich dem
Menschenknäuel, der der aufziehenden Schloßwacht im Takt sich
anreihte. Die Menschen alle richten wieder ihre Schritte nach
dem Takt der neuen Weisen, die sie umtönen; es gehört eine
widerspenstige Gewalt dazu, sich davon los zu trennen. Dem
im Gleichschritt mitwandelnden Eugen fiel es schwer aufs Herz,
daß er wie allein sich ausschließe von dem ins alte Geleise
zurückgekehrten Weltgang ....

Als auf dem Schloßplatz die Officiere in einen Kreis zu=
sammentraten, um die Parole zu erhalten, stand Eugen im Geiste

mitten unter ihnen; er kannte ja all diese wichtigthuerischen Förmlichkeiten, er kannte das Treiben dort in der Officierswachstube, wohin jetzt ein Diener eine Compagnie langer Pfeifen und volle Weinflaschen trug.

„Sie freuen sich gewiß auch, ich sehe es Ihnen an, daß wir wieder unsere schöne Ordnung haben? Wir bezahlen unsere Steuern, damit wir nicht selbst regieren und Soldaten sein müssen. Hab' ich nicht recht?"

So redete ein zahnstochernder behäbig aussehender Mann Eugen an. Dieser entfernte sich ohne Antwort.

Im Stern traf er seine Gefährten in froher Weinlaune, sie machten zwar verdrießliche Mienen, als Eugen von einem schriftlichen Gesuch sprach, unterzeichneten aber, als dieses aufgesetzt war, fast ohne ein Wort davon zu lesen.

„Da habt Ihr auch eine Weihnachtsbescherung," rief der Sonnenwirth und reichte Eugen das neueste Regierungsblatt; es enthielt in einer einfachen Verordnung die Aufhebung der in strenger Gesetzesform verkündeten Grundrechte.

Es giebt Schicksalsschläge und Ereignisse, deren unabsehbare Wirkung sich im ersten Augenblick gar nicht erkennen lassen, sie treffen ein stumpfes Gefühl, das erst allmälig zum klaren Bewußtsein des Schmerzes erwacht. Eugen kam die Verordnung fast wie muthwilliger Hohn vor.

„Ich lasse das Blatt auch unter Glas und Rahmen thun und bringe es dem Bachmüller, da kann er's neben das alte hängen," spottete der Sonnenwirth.

Eugen wollte seine beiden Gefährten zur Uebergabe der Bittschrift mitnehmen, aber sie ließen sich nicht dazu bewegen. Er ging allein und als er abermals zu Theorofa kam, schritt sie ihm entgegen und sagte:

„Ich will Ihnen ehrlich sagen, warum ich so bitter war; ich weiß es jetzt und hab' es bekämpft. Es ist mir eine schwere Last, daß ich jetzt Ihr Schicksal zu schlichten habe."

„Geben Sie sich keine Mühe."

„Nein, nein, jetzt weiß ich einmal von Ihrem Geschick und es läßt mich nicht ruhen, bis ich Sie in Sicherheit weiß. Ich kann noch nicht allen Egoismus in mir niederkämpfen, das hab' ich heute wieder an Ihnen erfahren; darum verspreche ich Ihnen auch doppelt, für Sie zu sorgen."

„Wie denn?"

„Die Prinzessin Adelaide wünscht schon lang meine Auto-graphensammlung. Ich hielt die gebotene Summe für zu klein. Jetzt muß mir die Prinzessin meinen Wunsch erfüllen und Gnade für Sie erwirken; es ist auch ein besonderer Grund, Sie haben ja die Kunstschätze auf dem Sommerschlosse Fallenau vor den Freischärlern geschützt. Machen Sie keine Einsprache, ich will sehen, ob es nicht Erbfreundschaft giebt; ich habe ein Recht auf die Ihrige."

Theorosa erzählte nun aus den Briefen des Ausgewanderten, wie hochbeglückt sich dieser in seinem neuen Beruf fühle, er war jetzt Prediger und Lithograph und im Vorstande des Vereins für den allgemeinen Frieden.

„Würden Sie in Ihrem jetzigen Beruf ausharren, wenn Sie frei wären?" fragte Theorosa nach langer Besprechung, in der sich die beiden freundlich gefunden hatten.

„Ich könnte es um so leichter."

„Können Sie sich denn in Ihrer gefahrvollen Lage nur eine Stunde wohl fühlen?"

„Meine Lage ist nicht dem Wesen nach, sie ist nur im Grade verschieden von allen, die ihr deutsches Vaterland lieben. Wer sich jetzt nur eine Stunde vollauf wohlfühlen kann, hat kein Vaterland."

Theorosa wurde über und über roth, sie sprach lange nichts, dann verbürgte sie sich dafür, daß Eugen vollkommen beruhigt sein dürfe; sie werde alle ihre ausgebreitete Connexion in Be-wegung setzen. Zuletzt versprach sie fröhliches Wiedersehen im Frühling.

Nachdem Eugen noch ein schwarzes Manchesterwamms für Lipp gekauft hatte und in den Stern zurückkehrte, vernahm er, daß mehrere seiner ehemaligen Schüler dagewesen seien, um ihn zu begrüßen; er drängte nun um so mehr darauf, daß man alsbald abreise.

Der Sonnenwirth hatte allerlei Einwände, und als er endlich nachgeben mußte, war er bei der Abfahrt nirgends zu finden. Er wollte wahrscheinlich nach dem mißlungenen Bittgang dem ersten Ansturm im Dorfe aus dem Wege gehen.

Elftes Kapitel.

Viele Menschen vergessen nichts leichter, als daß man einst gut und aufopfernd gegen sie war; sie halten nicht fest an dem unwandelbaren Gemüth, aus dem solches stammte, ihnen gilt nur die einzelne That, die sich bald verbraucht. Wird dann ein Herz durch Mißtrauen und Undank verhärtet, so rufen sie: es war nie echte Tugend in ihm.

Das erfuhr Eugen nach der Heimkehr in gröberen und feineren Sticheleien, die gegen ihn losgelassen wurden. Der Rainbauer, noch mehr aber der nachfolgende Sonnenwirth, hatte viel zu erzählen, daß sich Eugen in der Hauptstadt den ganzen Tag habe kaum bei ihnen sehen lassen und wahrscheinlich allerlei Bekanntschaften nachgelaufen sei.

Eugen verschmähte es, sich zu rechtfertigen und als er einst seinem Unmuth bei der Kirchbäuerin Luft machte und den Vorsatz aussprach, sich nie mehr zu solchen Angelegenheiten herzugeben, erwiderte diese:

„Man muß sich nichts verschwören, als daß man sich nicht seine Nas' abbeißt."

Eugen war nur Einmal auf wenige Augenblicke in der Bachmühle gewesen. Er hatte von Lipp gehört, daß der Waldkönig da sei, um den Verspruch zwischen Bernhard und Vittore fertig zu machen; es handle sich nur noch darum, daß der Waldkönig verlange, das junge Paar solle nach Trenzlingen übersiedeln, was besonders die Bachmüllerin nicht zugeben wolle.

Eugen hatte einen Stich mitten durchs Herz empfunden, als er die Nachricht vernahm. Es wollte nichts nützen, daß er seine Zuneigung zu Vittore ableugnete und sich vorhielt, daß es ein Frevel wäre, ein anderes Leben an sein wirbelndes anschließen zu wollen. Er sah doch Jedem fragend ins Gesicht, ob er ihm nicht die Brautschaft Vittore's verkünde.

Das ganze Dorf schien überhaupt in den vier Tagen seiner Abwesenheit eine ganz andere Gestalt gewonnen zu haben: des Schäufler-Davids Marie war Braut mit dem Metzgerburschen, dem Bruder des Lammwirths in Röthhausen geworden; der Hasenschartige, der beste Schüler Eugens, der schon mehrere Wochen kränkelte, war gestorben und begraben, und Eugen wollte es

nicht faſſen, daß ſo plötzlich ein junges Leben in den Boden ge=
ſunken war.

Im Hauſe des Kirchbauern war eine gewitterſchwüle Stim=
mung, die drei Mädchen gingen mit niedergeſchlagenen Augen
umher und beſonders der Huſchel ſah bleich und verſtört aus.
Hier wurde nicht nur empfunden, daß wieder ein Geſpiele vor
ihnen verlobt war, der Huſchel ſchien ſich auch auf den Bern=
hard Hoffnung gemacht zu haben. Dazu kam noch die Bewe=
gung der Gemüther um die verlorene Zuverſicht auf Begnadi=
gung. Wen mag es wundern, daß die Nachricht von Aufhebung
der Grundrechte hier kaum beachtet wurde? Nur der Lehrer von
Alsfeld, der jetzt zu Beſuch kam, drückte ſeine Freude darüber
aus und er hielt Eugen für einen ſchadenfrohen Menſchen, der
ihm nur ehrlich ſagte, daß damit die Patronatsſtellen noch nicht
wieder errichtet ſeien.

Die Weihnachtszeit war für Eugen trüb herangekommen. Er
hatte die Geſchenke, die er von Theoroſa erhalten, der Pfarrerin
zum Vertheilen übergeben; er fürchtete ſein Verhältniß zu den
Kindern zu gefährden, da er nur Wenige beſchenken konnte. Nur
die Beſchenkung Ruſele's und ihres Chriſtoph hatte er ſich vor=
behalten.

Am Weihnachtsabend hatte er für Lipp und Bartelmä Lichter
entzündet, und während der Erſte voll Dankes war und Eugen
bat, daß er heute Abend ſchon die neue Jacke anziehen dürfe,
war Bartelmä bei dem guten Grog voll burſchiloſer Laune, die
er theils in Witzen auf den Reichskrüppel auslief, theils gegen
Eugen kehrte.

„Du biſt gerade wie die Reichsverſammlung,” höhnte er,
„die Vittore iſt Preußen, die Stephanie iſt Oeſtreich mit all
ſeinen Nationen; du haſt beide im Sack und kriegſt gar keine.
Und die Bachforelle iſt gar geſotten geweſen. Weißt, wann eine
Forelle richtig geſotten iſt?”

„Wann?”

„Wenn ihr die Augen zum Kopf herausſtehen; und ich hab'
die Vittore geſehen, wie ſie dir nachſchaut.”

Lipp ſchaute verwundert drein, daß es dem Knecht geſtattet
war, ſeinen Herrn mit Du anzureden.

„Wir ſind doch prächtige Kerle,” rief dann Bartelmä wieder
aus. „Ich möcht' wiſſen, wie es einem altbackenen Geheimrath

zu Muthe wäre, wenn er einmal Morgens aufstünde und man
sagt ihm: Guten Tag, Herr Müller, oder Herr Stähle, oder Herr
Knöpfle, Titel und Amt sind mit dem Schnee vergangen und
Besoldung und Pension auch, wie willst du nun dein Brod verdienen und dein Mittagsschläfchen? Dem Kerl blieb' nichts übrig,
als sich an einer Altenschnur aufzuhängen."

Eugen, der die Redseligkeit Bartelmä's auch in anderer Beziehung fürchtete, schickte ihn nach Haus, indem er einen nothwendigen Besuch vorschützte. Er ging in der That hinaus nach
der Bachmühle. Droben war Alles erleuchtet, aber laute Stimmen lärmten durcheinander; der Bachmüller schien in Streit mit
einem Mann, der fluchend auf den Tisch schlug.

„Ich hab' nachgegeben, wenn schon ein Klecks in deiner Familie ist," rief der Fremde mit mächtiger Stimme, „aber das ist
eine Lumpenwirthschaft; meinen Buben ins Haus ziehen und ihn
ins Geschrei bringen. Gieb dein Mädle dem Schulmeister, ich
wünsch' ihr Glück und Segen dazu."

„Davon ist gar kein' Red," beschwichtigte der Bachmüller,
„sie haben nichts mit einander, und wenn's wär', ich hab' dir
schon hundertmal gesagt, ich geb' meine Tochter nie einem Schulmeister, nie."

„So bind' sie an oder laß sie auf deinen Baron —"

„Jetzt ist genug, genug sag' ich," rief der Bachmüller, man
hörte einen Stuhl fallen, „und wenn du noch ein Wort sagst,
ich fürcht' so einen Flözerkerl wie du mit sammt deinem Jungen
nicht. Wenn du nicht der Bruder meiner Frau wärst .... Gute
Nacht."

„Komm her," erwiderte es, „und du fallst um wie ein Kegel
und ich schlag' dich zusammen, daß alle Weiden an deinem Bach
dir die Knochen nicht mehr zusammenbügeln —"

Zwei Männer gingen schweren Trittes die Treppe herab. Eugen
blieb in seinem Versteck im Erlengebüsch und sah Bernhard mit
einem starken Mann in breitem Hut den Weg nach dem Dorf
einschlagen.

Der Breithutige stand still, stampfte auf den Boden und knirschte
ingrimmig: „Wär' mir lieber ein sechsgleichiger Floß zum Teufel
gangen, als daß man mir nachsagen sollt': es giebt ein Mädle,
das meinen Buben nicht gewollt hat. Und wenn mir das unser
Herrgott vom Himmel herunter gesagt hätt', ich hätt's ihm nicht

geglaubt. Wenn mir einer das erzählt hätt', ich hätt' ihm die Zähne in den Rachen geschlagen, daß er daran erstickt wär'. Himmelhöllendonner! Ich schäme mir die Augen aus dem Kopf heraus, aber du bist an allem schuld; mit deinem überstudirten Wesen hast du das Mädle verscheucht. Geschieht mir aber schon recht, warum hab' ich deiner Mutter nachgeben und hab' dich zu den studirten Lichterziehern in die Stadt geschickt? Ich bin der Waldkönig, dich wird man nicht so heißen, das weiß ich."

Wie Eugen aus dem Dunkel in den hellen Mondschein hinaus-trat, so stand auch seine Seele im Licht, er hörte auf keine innere Gegenrede mehr, ihn erfüllte nur der eine Gedanke: Vittore ist frei! und um deinetwillen! Woher wissen aber die Menschen, was du selber kaum weißt? Wie von Geisterhand abgestreift waren alle Hemmungen und Zügelungen, alles was Besonnenheit und Zagen noch auferlegen wollte; Eugen war noch jung genug, um frohmuthig über alle Schranken hinwegzusetzen. Nicht der Winter-frost, in dem er stand, überschauerte ihn, ein namenloses Gefühl durchzuckte sein ganzes Wesen und er stand still mit gefalteten Händen. In seinem Herzen sprach sich's wie ein Gebet: O du allwaltende geheimnißvolle Macht! Das Leben der Pflanze wie das Schicksal des Menschen bestimmst du zu seiner nothwendigen Erfüllung; ich bin stündlich bereit zu sterben für meine Mitmenschen. Ein Freudenruf sei mein letzter Hauch, wenn ich weiß, daß die Ueberbleibenden in Freiheit und Friede wohnen. Und finde ich diese selbst in meinem eignen Leben, sie sollen mich nur erkräf-tigen, der freudige Genosse all meiner Brüder zu sein und sie zu beglücken aus beglücktem Herzen . . . .

Eugen hob eine eisige Scholle auf und in ihm sprach's: Wohl mir und nimmer müde sei mein Arm und nimmer müde mein Geist, wenn mir gegeben ist ein Leben der fruchtgesegneten That. O daß mein Geist so hell, meine Kraft so wach bliebe bis zu der Stunde, da man mich in den heimischen Boden einsenkt . . . .

Und wie er jetzt aufblickte, leuchtete ein Stern über dem Hause Vittore's und sein Glanz wurde immer freundlicher und es war wie ein Mutterauge, das auf dem Kind ruht. Freudiger schauten jene Könige der Sage nicht auf nach dem Stern in dieser Nacht, als Eugens Blick erstrahlte, und wie er jetzt sein innerstes Denken vor sich hingestellt hatte, so war's, als ob sein Augenstrahl zum Sterne oben geworden, und Stern und Blick war eins.

Jetzt schauerte Eugen nicht mehr, er fühlte das Brennen seiner Wangen und wie die allströmende Luft die Brust durchzieht und zum Leben in ihr wird, so fühlte sich Eugen eins mit der Welt, mit den Menschen, mit der Erde, mit den Sternen, es gab kein Sehnen mehr, es war zur Liebe geworden. . . . Wäre Vittore jetzt gekommen, er hätte sie ohne Zagen an sein hochschwellendes Herz gedrückt, aber es kam Niemand und die Lichter wurden verlöscht, doch der Stern am Himmel glänzte fort in heller Pracht.

Wie ein muthwilliger Knabe sprang Eugen hinaus in das Feld und tausend Lieder zogen durch seine Seele, er wußte nicht, sind es eigene, sind's fremde; was je eine Menschenlippe gesungen, was je einem Menschenohr geklungen, es war sein; es waren nicht Worte, nicht Weisen, aber sie waren voll seligen Klanges.

Zwölftes Kapitel.

Am andern Morgen berichtete der von allen Dorfereignissen wohlunterrichtete Lipp:

„Der halbseidene Waldprinz Bernhard ist doch noch Bräutigam geworden; das hätt' Niemand mehr geglaubt, daß die noch zusammenkommen, ja, die Alte ist gescheit."

Wenn es Lipp darauf angelegt hätte, Eugen mit der verkehrten Form seiner Berichte zu quälen, hätte er es nicht geschickter machen können.

„Mit wem denn?" fragte Eugen erbleichend schon zum Drittenmal.

Lipp nickte ruhig, er war nun sicher, daß das Gerede mit Vittore nicht grundlos war.

„Rathet einmal," sagte er pfiffig, und erst als Eugen unwillig wurde, ließ er sich vernehmen: „Mit dem Huschel. Das ist ein Jubel in des Kirchbauern Haus! Die Kirchbäuerin ist seit gestern um drei Zoll dicker worden und bringt ihren Kreuzschnabel gar nicht mehr zusammen; die überhüpften Mädle thun freundlich und möchten Einem doch die Augen auskratzen. Man sagt, die Sabine heirathet einen Schullehrer," schloß Lipp listig blinzelnd. Es war offenbar, daß er sich gegen Eugen mehr herausnahm, seitdem dieser die Brüderschaft Bartelmä's geduldet hatte. Eugen brach rasch ab und verwies Lipp jede solche Rede.

„Höret nur noch, wie gescheit die auf dem Beichtstuhl sein will," fuhr Lipp unterwürfiger fort. „Vor einer Stunde pöpperlet sie ans Fenster, wie ich vorübergeh' und winkt mir herauf. Da sitzt sie wie der Schlittengaul von einem Bierbrauer und sie giebt mir ein Stück frischen Zuckerfladen und macht mir das Maul süß, weil sie weiß, daß ich viel herumkomm' und sagt: Lipp, du darfst auch frei erzählen, daß die Vittore unsern Bernhard nicht gemocht hat; wir haben das so ausgemacht. Du weißt wohl, ihm kann's ja eins sein, daß man das von ihm sagt; aber einem Mädle könnt' das schaden, drum bleibt's dabei, verstanden? Sie hat ihn nicht gemocht. — Ich stell' mich dumm und sag': Ja, es soll ja auch wahr so sein. Ja, das ist ganz recht, sagt sie wieder, es ist uns rechtschaffen lieb, wenn man das sagt, du verstehst mich wohl. Sie macht dabei ihr Napoleonsgesicht, wie der Kaibl immer gesagt hat, und blinzelt mit den Augen, wie wenn sie so ein Gutedel wär' und das freiwillig auf sich nähm', was sie doch nicht anders kann. Der Vittore kann Alles eins sein. Wenn sie keiner mehr will, nehm' ich sie vom Fleck weg."

Eugen schickte den lästigen Zuträger fort. Es war ihm doch zuwider, daß so viel über Vittore gesprochen wurde; er mußte jetzt der seltsamen Dinge gedenken, die er gestern Abend gehört: von einem Klecks in der Familie, von der Schwägerschaft und von dem unerklärlichen Ausspruch des Bachmüllers, daß er seine Tochter nie einem Schullehrer gebe. Eugen hatte Niemand mehr, den er vertraulich befragen konnte, und wenn er sich jetzt nach den Familienbeziehungen in der Bachmühle erkundigte, stellte er sich und Vittore neuem Gerede preis.

Aber was ist dabei zu gefährden?

Das Versprechen Theorosa's, daß sie sich für seine Sicherheit verbürge, das er Anfangs fast gleichgültig angesehen hatte, baute sich vor seinem Geiste immer mehr zur festen Zuversicht aus, daran kein Zweifel mehr zu rütteln vermochte. Dagegen stiegen jetzt wieder andere Grübeleien auf und er fragte sich, ob er dazu eine neue Welt in sich und um sich her auferbaue, um in den Armen eines Mädchens die Ruhestätte zu finden.

Da trat Kronauer ein, ihm voraus sprang Troll liebkosend an Eugen hinauf. Kronauer überlieferte den Hund als Geschenk Stephanie's und übergab seinerseits eine Doppelflinte mit einem gezogenen Lauf für die Kugel und einem Flintenlauf für den

Hagel nebst allem Zubehör als „voreiliges Neujahrsgeschenk," da
Eugen wohl diese freien Tage bis zu Neujahr noch zum Jagen
benutzen könne; er wies ihm dazu sein Revier an, das bis nach
Alsfeld reiche, es sei ehedem viel jagdbares Hochwild darin ge=
wesen, aber seit dem Jahre 48 sei fast Alles ausgepürscht.

Während Eugen die Zuthulichkeit Trolls erwiderte, der treu=
herzig nach ihm aufschaute, sprach er seinen Dank aus und ge=
stand offen, daß er sich überrascht fühle, Geschenke annehmen zu
müssen; er wolle diese hier zwar nicht ablehnen, aber aus dem
Dorf nehme er nichts weiter an.

„Ich erkenne die ehrenhafte Empfindung, die dabei zu Grunde
liegt," entgegnete Kronauer, „aber Sie handeln damit unrecht.
Es heißt auch Gutes thun, wenn man Anderen gestattet, gut
gegen uns zu sein."

„Das kann man gegen mich auf andere Weise."

„Allerdings, aber dies ist eine entschieden faßliche. Wenn
die alten Religionen Opfer vorschrieben, so wußten die Weisen
wohl, daß dem höchsten Wesen nichts damit geleistet ist, aber die
Opfernden leisten für sich damit."

„Sie machen mich also zum Opferaltar?" sagte Eugen lächelnd.

„Wenn Sie es so nennen wollen," erwiderte Kronauer. Eugen
schwieg. Sich beschenken lassen und überall hin Dank aussprechen
— sein innerstes Wesen empörte sich dagegen. Er sagte sich, daß
sein Widerstreben nicht auf einem stehen gebliebenen Stolz aus
seiner Vergangenheit beruhe; er sah in diesem Verhältniß nur
einen Ueberrest aus der alten Abhängigkeit der Lehrer.

„Ich habe noch nicht mit Ihnen davon gesprochen, daß die
Grundrechte aufgehoben sind," begann Kronauer wieder. „Der
eine Punkt, der Sie besonders betrifft, den hätte ich nie ver=
wirklicht gewünscht. Diese Aufhebung des Schulgeldes zerstört
eine sittliche Bedingung. Ich kenne und schätze die Rücksicht für
die Armen, aber verdienen machen ist besser als schenken und
ein natürlich gerechter Zug der Selbstachtung läßt das Geschenkte
auch minder schätzen. Das Schulgeld ist geregelt, bei den Ver=
mögenden sogar Zwang. Lasse man doch den Menschen den Rest
der Selbstbestimmung und zerstöre ihn nicht durch übel angebrachten
Zartsinn."

Eugen entgegnete nur kurz:

„Das beste, was man lernt, muß in der Luft der Zeit liegen,

aber der geregelte Unterricht muß auch frei sein, unentgeltlich wie
die freien Elemente, Luft, Wasser und Licht; er ist selbst ein Ele=
ment der neuen Welt."

Kronauer berief sich auf die Praxis, die ihn belehren werde
und hier that sich wieder der Gegensatz der beiden Männer auf,
die sich gerade so friedlich begegnen wollten; denn Eugen ver=
warf unbeugsam die Annahme, daß ein in sich nothwendiger Ge=
danke durch eine bloße Thatsache beseitigt werden dürfe, vielmehr
müsse die Praxis als falsch betrachtet werden, so weit und so lange
sie der Verwirklichung des reinen Gedankens entgegenstehe.

Kronauer schwieg eine Weile, dann sprach er mit ungewohnter
Heftigkeit über das Vermorschen alles gesetzlichen Bodens durch
Aufhebung der Grundrechte; er verfluchte jedes Wort der Mäßi=
gung, das er einst gesprochen.

„Die Gewalthaber haben jede Scham aufgegeben und das
Volk wird jede Achtung vor ihnen aufgeben," rief er zornig,
„und doch ist Deutschland nur durch eine starke monarchische Ge=
walt zu retten."

Eugen schwieg und Kronauer überreichte ihm noch die poli=
zeilich gestempelte Jagdkarte, indem er dabei die Bedenken Eu=
gens widerlegte, ob die Jägerei nicht seiner Stellung als Schul=
lehrer entgegen sei.

Hellen Auges ging's nun hinaus in das schneeige Feld. Eugen
erkannte die Fußtapfen, die er gestern Nacht auf seinem herzbe=
wegten Gang zurückgelassen; jetzt wandelte er in neuer Freude in
ihnen und laut ertönte seine Stimme im Gesang. Der Hund
sprang immerdar hoch auf vor Freude. Erst im Walde hielt
Eugen an und rief dem vorausgeeilten Hunde: Schatzhauser! Der
Hund kam rasch herbei, stand eine Minute zitternd vor Eugen,
legte sich dann vor seinen Füßen nieder und schaute nach ihm
auf mit einem Blick, in dem eine unaussprechliche Empfindung
lag; es lag gewiß der Dank darin, daß er nun wieder von seinem
alten Herrn seinen rechten Namen hörte.

Dreizehntes Kapitel.

Eugen konnte sich in vergangene Zeiten versetzt glauben, er
schweifte wieder bewehrt, mit seinem treuen Schatzhauser an der

Leine, durch den Forst; aber eine neue Gedankenwelt bewegte sich in ihm und ließ ihn die Fährte des Wildes im Schnee nicht bemerken.

Ein Rehbock kam aus dem Busch, schaute stutzend nach dem Jäger um und husch war er fort. Eugen suchte ihm den Wind abzutödten und wendete sich seitab, die Stauden knackten unter seinen Füßen, er rannte unaufhaltsam fort, bis er endlich ab= ließ. Schatzhauser schien wirre von der wieder ungewohnten Jagd und Eugen selbst fühlte sich davon abgezogen. Sein Gewehrpaß diente ihm jetzt nur zu einer innern Legitimation, um frei wohl= gemuth durch den winterlichen Wald zu streifen.

Drei Tage schweifte er vom Morgen bis zum Abend so umher, ohne Feder oder Haar zu treffen.

Er konnte Alles wie neu betrachten und selbstvergessen die bläulichen Schatten im Schnee beobachten; das ganze Winterleben des Waldes ging ihm wieder frisch auf.

Hätte ihn Deeger in diesen Tagen beobachtet, er hätte ihn wegen seines Idealismus weidlich ausgescholten, denn er wan= delte stets im Gedenken an Vittore umher und freute sich dessen, ohne einen Schritt nach der Bachmühle zu lenken; ihm genügte das Frohgefühl der Liebe, das er sich aus schwerem Kampf heraus= erobert hatte; still in sich verschlossen wollte er diese Empfindung halten, bis vielleicht eine glückliche Lösung ihre Offenbarung ge= währe, und bliebe diese versagt, so sollte seine Liebe Niemand Kummer bereiten als ihm. Immer wonniger und von hellem Schimmer umflossen erschien ihm das Bild Vittore's, jede ihrer Bewegungen, jedes ihrer Worte von der ersten so seltsamen Be= gegnung an.

Am vorletzten Tag des Jahres schoß endlich Eugen in der Nähe von Alsfeld einen Hasen, er eilte damit in das Haus seines Amtsbruders und schenkte ihm die Beute. Die Frau, die jetzt hochschwanger war, bedankte sich unter beständigem Kichern, ihre Mienen verzerrten sich aber, als Eugen das Thier entbälgte und den Balg in die Jagdtasche schob; sie gab sich alle Mühe, ihre Enttäuschung nicht merken zu lassen und war überaus freundlich, sie sprach mit Behagen von dem nahen Neujahrstag und wie gern sie tauschen und die Erlenmooser Geschenke für die Alsfelder nehmen würde. Eugen fiel erst jetzt ein, daß er zur Verhinde= rung der Geschenke noch nichts gethan; er nahm sich nun vor,

die Gewohnheit frei gewähren zu lassen, zumal er diese beträcht=
lichen Nebeneinkünfte nicht für einen Nachfolger in Frage stellen
oder gar aufheben durfte.

Die Frau scherzte noch über den Lehrer auf der Jagd und
sagte, sie könne keinen Hund erhalten, sie könnte ihm nichts als
Anschläge und Pläne zu fressen geben, er werde das auch ein=
sehen lernen, wenn er nicht eine Reiche heirathe.

Eugen äußerte seine Freude, wie nett jetzt hier Alles sei und
wie heiter aufgeräumt die „Frau Collega."

„Ja," sagte die Frau, „wenn man ums liebe Brod sorgen
muß, da steht man aufrecht wie ein leerer Mehlsack; da ist man
oft unwirscher als man verantworten kann."

Die ausgesprochene Freude Eugens über dieses Bekenntniß
erschien der Frau als Höflichkeit; sie wußte nicht wie wehmüthig
und doch wieder wie freudvoll es sein Herz bewegte, auf dem
Grund ihrer Seele eine Güte wahrzunehmen, die leider durch ein
rauhes Schicksal verkehrt wurde.

Eugen gab kein bestimmtes Versprechen auf die Frage, ob
man ihn vorkommenden Falls zu Gevatter bitten dürfe, er ent=
fernte sich rasch, als die Lehrerin hinzufügte, er werde nicht weit
zu suchen brauchen, um eine Gevatterin zu holen; er werde nicht
heirathen, schloß Eugen.

„Da werdet Ihr Euch in der Mühle vermehlen, das ist vor=
nehmer," rief noch witzig rasch die Lehrerin dem Weggehenden
zum Fenster hinaus.

Es dämmerte schon, als Eugen durch den Wald heimschritt,
die Abendglocke läutete in Alsfeld und wie angerufen antwortete
ihr alsbald die von Erlenmoos; über dem schneebedeckten Feld
klangen die Glocken so hell und weit, die Raben krächzten auf
den schneebuschigen Föhren und flogen auf und nieder. Eugen
ging still dahin und hielt die Flinte vor sich in beiden Armen,
ein Wild, das ihm jetzt in Schuß kam, war sein. Da hörte er
etwas rascheln im dürren Laub und dort unten, wo die Meiler=
stätte war, schwankten die Stauden des Gebüsches. Er stand still.
Horch! verhaltenes Stöhnen, das ist eine Menschenstimme, und
jetzt tönt es dumpf wie Faustschläge; es wälzt sich etwas im
dürren Laub. Eugen sprang rasch die Schlucht hinab und als
er den Busch zertheilte, sah er ein riesiges Weib auf einem Mann
knieen und ihn aus Leibeskräften treten und schlagen. „Halt

ein!" schrie Eugen. Das Weib entfloh mit höllisch dumpfem Gelächter.

Eugen erkannte in dem Niedergeworfenen den Fragsamen=händler, er löste schnell das Tuch, mit dem ihm der Mund zu=gebunden war und hörte kaum die Worte des Stöhnenden:

„Ein Riesenweib, ein Geist wollte mich erdrosseln. Wehe!"

„Schatzhaufer such'!" rief Eugen und der Hund fand schnell die Fährte der Davongeeilten. Dort rannte das Weib in ge=waltigen Sätzen das Thal hinab, es hörte nicht auf Eugens Ruf, da drückte er rasch die Flinte ab, schoß den Hagel über den Kopf der Fliehenden hinweg, daß sie plötzlich niedersank.

„Bon soir, mon prince," grüßte das Weib in tiefem Ton, mit über einander geschlagenen Armen am Boden sitzend den herbeieilenden Eugen.

„Sag wer du bist," fragte Eugen streng, er zitterte aber doch, trotzdem er noch eine Kugel in der Doppelflinte hatte und sich damit Zuversicht einredete.

Die Gestalt verharrte unbewegt und lautlos in ihrer früheren Stellung.

Eugen knackte den Hahn zurück und wiederholte:

„Gieb Antwort, du siehst, ich kann auch noch reden."

„Ich bin dein Schutzgeist," dröhnte wieder die Gestalt, „tödte mich nicht, in Schulmeister verzauberter Graf."

Das war doch des Spaßes zu viel.

„Soll ich den Hund auf dich hetzen? Wer bist du?" rief Eugen zornig.

„Cogito ergo sum," erwiderte die Gestalt und erhob sich lachend, nahm die Haube und die Binde um das Kinn ab und schälte sich als wohlbestallter Bartelmä heraus.

„Machst schlechte Jagd," höhnte er, „brich Hals und Bein, ist der Jägergruß; halt du dich an die Forelle, die gehört auch zum Hochwild, sie hat die Hirschfährte im Kopf." Und nun er=zählte er dem verwundert drängenden Eugen, daß er schon lang die Meinung habe, der Fragsamenhändler sei ein Spion und der Angeber, der das neue Unglück über das Dorf gebracht; er habe ihm daher einen anonymen Brief nach der Stadt geschrieben, mit der Weisung, er möge am heutigen Abend nach dem Als=felder Wald beim Meiler kommen, dort werde eine Frau auf ihn warten, die ihm ein ganzes Nest von Freischärlern und eine geheime Verschwörung als Zuwage angeben könne. Als er nun gekommen sei, habe er ihm Handgeld gegeben, aber nur halb, er werde es ihm bei der Löhnung nachzahlen.

Bartelmä eilte schnell nach Haus und Eugen kehrte in den Wald zurück, wo er den Fragsamenhändler noch ächzend und stöhnend fand; er geleitete ihn ins Dorf und als er dem Schächer seinen Arm zur Stütze reichte, empfand er jenes schmerzliche Hochgefühl, das da gebietet, selbst verworfenen Menschen in ihrer Noth hülfreich zu sein.

Der Fragsamenhändler dankte Eugen für seine Lebensrettung und sprach von der Möglichkeit der Dämonen und wieder von seinem schweren Beruf, die verklingenden Lieder aus dem Munde des Volkes zu retten.

Eugen war's auch, als ließe ein Dämon von ihm, da er den Fragsamenhändler im Wirthshaus zur Sonne ablieferte.

„Noch immer nichts geschossen?" fragte die begegnende Bachmüllerin am andern Morgen.

Eugen schüttelte den Kopf und sagte: „Nicht Jeder der jagt, hat Weidmannsglück."

„Freilich. Sehet nur, daß Ihr heut was krieget. Ob die Leute spotten, das kann Euch eins sein; aber ich meine, was man einmal thut, muß man ganz und recht thun oder davon bleiben."

Die Lippen Eugens zuckten.

„Die Pfarrerin hat sich auch Hoffnung gemacht," fuhr die Frau fort, „daß Ihr auf heut' Abend was in die Küche bringet. Ihr vergesset's doch nicht wieder wie dazumal und kommet auch?"

„Ja. Seid Ihr auch dort?"

„Freilich. Nun ich wünsch' Glück."

Sie ging in das Haus des Mäuerleswerner und Eugen mit Lipp hinaus in den Wald. Die noch nachzitternde Erregung vom gestrigen Abend und jetzt die Erwartung, heute Vittore wieder zu sehen, das waren widerstreitende Bedingungen, um ruhiges Blut und sichern Blick zu gewinnen.

Lipp mochte die Gedanken seines Herrn errathen, denn er sang leise vor sich hin das Lied vom „strahlaugigen Mädchen und dem Jäger" und die Worte:

„So lang die Welt zusammenhält
Sind wir zusammen in der Welt."

drangen Eugen tief ins Herz; er wagte es nicht, nach dem schel-
mischen Sänger umzuschauen und Freude glitzerte ihm aus Grund
und Zweig.

Plötzlich kam ihm wieder ein Rehbock in den Schuß, er brannte
rasch ab, traf aber das Thier nur waidwund, das nun fortrannte
und noch mehrere Tage kümmern mußte, bis es starb. Die volle
Jagdlust kam über Eugen, er führte Schatzhauser auf den Anschuß
zur Stelle, wo das Thier getroffen worden, zeigte die Brand-
zeichen und rief: Schatzhauser, such verwund't! Der Hund rannte
schnuppernd davon und wo er Schweiß fand, blieb er ruhig stehen
und zeigte es an; Eugen lobte den Schatzhauser und dieser wurde
auch immer eifriger und stellte zuletzt das Thier, dem Eugen
richtig auf den Kopf schoß. Allgemeines Staunen folgte Eugen
und Lipp, als sie mit der seltenen Beute ins Dorf kamen.

Es ward Eugen schwer, nach der Ermüdung dieses Tages zu
dem ungewöhnlichen Abendgottesdienst die Orgel zu spielen und
doch hatten solche nahe zusammengerückte Gegensätze etwas eigenthümlich Ergreifendes. — Als die Dämmerung einbrach und die
Gemeinde in Dunkel hüllte und nur dort über dem Altar, wo
die Stimme des Vikars ertönte, die Ampel leuchtete, fühlte sich
Eugen plötzlich in seine Jugendzeit versetzt, wo die nächtige Kirchen-
feier sein Herz mit geheimen Schauern erfaßte. Als die Kirche
zu Ende war und die Menschen sich da und dorthin im Dunkel
verloren, erschienen sie wie die Schattenbilder aller Tage des vergangenen Jahres, die noch einmal auftauchen und dann versinken . . . .

Fröhlich erglänzte das erleuchtete Pfarrhaus, als sich Eugen
mit seinem Knappen dahin begab, und wie die Hausflur heute
erleuchtet war und der alte welke Kranz mit seiner beredten Inschrift
in ungewohntem Lichte stand, so schien durch das ganze Haus
helle Freude zu ziehen; Treppe, Hausflur und Küche, Alles war
wie eine wohlgedeckte Tafel, die der Gäste wartete. Würziger
Lavendelduft durchströmte alle Räume; das Allerheiligste, die Putz-
stube war geöffnet, darin über dem rothen Kanapee die Bilder
der beiden Ehegatten aus ihrer Brautzeit mit schiefen Gesichtern
prangten, die unantastbaren Wachslichter auf der Kommode waren
heute entzündet und beleuchteten die öde Stätte, wo sonst ihre
Gefährten, die geblumten Tassen in Reih und Glied prangten;
überall war eine Verschwendung von Licht und selbst die grüne

Stubirlampe des Pfarrers hatte sich's gefallen lassen müssen auf den hohen nußbaumenen Schrank auszuwandern, der wahrscheinlich die Aussteuer der Adelheid in sich beherbergte. Die Pfarrerin ging in weißem Gewand selber wie eine Lichtgestalt umher, ihr scharfgeschnittenes Antlitz mit den klugen Augen erglänzte in seltsamem Schimmer. Als Eugen seine Freude ausdrückte, wieder einmal so viel Licht zu sehen, schalt sie über den Rainbauer, der gerade jetzt käme, wie er oft thue, um sich eine schwierige Bibelstelle vom Pfarrer auslegen zu lassen, und wie traurig es sei, daß ein Mann, der Universitätsprofessor sein könnte, einfältigen Bauern Auslegungen geben müsse, über die sie sich oft nicht einmal ernstlich befragten. Sie ging geschäftig ab und zu; Eugen überließ sich mit dem Vikar ganz dem Behagen, das er heute nach ungewohnter Ermüdung doppelt empfand. Der Vikar war schweigsam und spielte mit seinem Verlobungsring, den er bald aus= bald ansteckte.

Eugen war in der Stimmung, in der die Lichter heller glänzen, weil ein freudestrahlendes Auge sie schaut. Und war er nicht ein Bräutigam, der seiner Braut harrte? Er drückte bei diesem Gedanken unwillkürlich die Hand aufs Herz.

Endlich kam der Pfarrer, aber in seiner Vergeßlichkeit im Schlafrock; die Pfarrerin nahm ihn sanft verweisend bei der Hand und führte ihn zurück, damit er den bereit gehaltenen Gesellschaftsrock anziehe. Als er wieder erschien, kam auch Kronauer, der indeß nur auf eine Stunde zu bleiben versprach und bald hörte man an der Thür komplimentiren, da der Bachmüller nicht vor der entgegen gegangenen Pfarrerin eintreten wollte.

„Wo ist die Viktoria?" fragte der Pfarrer.

„Sie ist in der Küche bei der Adelheid," entgegnete die Bach=müllerin.

Eugen konnte nicht begreifen, wie sie noch zögern könne, ihn wiederzusehen; sie mußte ja ahnen, wie alle seine Gedanken sie umschwebten.

Der Pfarrer sprach wiederholt, trotz mehrfacher Ablenkungen seiner Frau, von der so raschen Verlobung Bernhards, und Kron=äuer hatte wohl nicht Unrecht, als er sagte:

„Es ist mehr als kindischer Trotz, es ist Frevelmuth, sich aus Rache mit einer Andern zu vermählen."

Man sprach hin und her über die auffallende Erscheinung,

daß seit geraumer Zeit die heimischen Mädchen hinausheirathen und fremde hereinkommen. Auch über den Unfall des Doktor Metzler — des Fragsamenhändlers — gab es viele Vermuthungen, und ein befremdendes schadenfrohes Lächeln war an Kronauer bemerkbar, als die Pfarrerin den Edelmuth des Doktors lobte, der die Sache nicht bei den Gerichten anhängig machen wolle.

Jetzt erschien Vittore mit einer großen Schüssel, Adelheid, Mablenle und Lipp folgten mit anderem. Wie Vittore so mit ihrem Gefolge daherschritt und in der Fülle ihrer Erscheinung die anderen Frauen überragte, erschien sie Eugen wie eine Gestalt aus alten Zeiten, die den Kämpen nach mannlichem Strauß den Imbiß credenzte, und als sie jetzt sich überbeugend, die Schüssel hochhebend, diese auf den Tisch stellte, sagte der Vikar:

„Ganz wie das Bild von Titians Tochter."

Der Pfarrer sprach nur ein leises Gebet und Alle falteten die Hände. Der Pfarrer saß oben an, die jungen Leute am untern Ende des Tisches, Eugen zwischen Adelheid und Vittore.

„Lang nicht gesehen, Herr Lehrer," sagte Vittore zu Eugen, der sie befangen grüßte.

Wie furchtbar erschienen ihm diese Worte, so ohne Anrede, so fremd und kalt. Er erwiderte nichts.

Man war heiter, aber die Freude hatte einen gedämpften Ton, denn der Pfarrer mit seiner salbungsvollen Würde blieb Mittelpunkt des Gespräches. Er mußte heute etwas über höhere und niedere Arbeit gelesen oder geschrieben haben, denn er kam immer wieder auf diesen Gegenstand zurück, und Kronauer gab dem Gespräch eine neue Wendung, indem er fragte, warum die Feldarbeit als die schönste gelte.

„Das weiß ich," sagte Vittore leise vor sich hin.

„Meine Nachbarin zur Rechten, Jungfer Vittore," rief der Vikar, „weiß die Antwort, sie hat's eben gesagt."

Alles lachte und bedrängte die Hocherröthende zu sprechen, die nun mit unbefangenem Tone sagte:

„Ich mein' nur, ich weiß es. Im Feld schafft man deßwegen am liebsten, weil man mitten im Schaffen bei Allem lustig sein, einen Spaß machen und reden oder denken kann. Ich bin einmal in R. in der Spinnfabrik gewesen, da brummt die Dampfmaschine immer unterm Boden, daß man meint, man kann nicht fest auftreten, da klappern und surren die Räder, daß man sein eigen Wort nicht hört, das ist ein traurig Schaffen dabei, da fängt man erst zu leben an, wenn's Feierabend ist."

„Und den giebt's nicht mehr," setzte Eugen hinzu.

„Das sagt uns die Müllerstochter?" neckte Kronauer, „sind denn in der Bachmühle die Räder alle von Baumwolle?"

„In der Mühle ist's doch anders," entgegnete Vittore, „da kann man doch noch reden."

„Aber man muß Alles zweimal sagen," reizte Kronauer weiter.

„Das schad't nichts. Ich wollt', ich hätt' jetzt auch in der Mühle geredet, ich hätt's dann zum Zweitenmal bei mir behalten. Aber das weiß ich, man kann in der Mühle lustig sein und ganz für sich; ich hab' als Kind nirgends lieber gesungen, als dort, wo mich Niemand gehört hat als ich."

Wie trafen diese Worte Eugen, sie waren ja ein Stück aus seinem Leben. Fern in der Mühle eines einsamen Dorfes hatte ein Kind dasselbe aufgesucht, was er im Geräusch der Stadt sich erobern mußte.

Dem Pfarrer schienen die Worte Vittore's so wohl gefallen zu haben, daß er seine alte Neckerei aufnahm und sagte: Vittore müsse einen Pfarrer heirathen; dann fragte er den Bachmüller nach dessen Bruder, und Eugen erfuhr, daß dieser auch Pfarrer sei. Ihm waren die Worte Vittore's so zu Herzen gegangen, daß er sie jetzt bat, sie möge aus seinem Glas trinken.

„Warum das? Ich hab' ja ein eigenes? Wollen wir auf etwas anstoßen?" entgegnete Vittore.

„Nein, trinket aus meinem Glas, nur einen Schluck, ich bitte."

„Nun meinetwegen. Ihr wollet's haben wie es hier zu Land bräuchlich ist."

Sie trank und Eugens Blick ruhte auf ihren Lippen, als tränke sie den Strahl seines Auges. Er hatte sich diese That als eigene Weihehandlung erlesen, und wenn ihr auch Vittore eine andere Deutung gab, es genügte ihm und gab ihm noch die Beruhigung, daß nur er wisse, was geschehen sei. Vom obern Tisch wurde oft gefragt, warum der Jugendtisch da unten so viel lache, aber es war nicht Geheimthuerei, wenn man das nicht verrieth, es ließ sich gar nicht sagen; ein gestohlener Bissen von Nachbars Teller, eine Wortverdrehung und dergleichen genügte, um die innere Heiterkeit zu schallendem Ausbruch kommen zu lassen.

Als man aufgestanden, bat der Vikar, Adelheid möchte singen, und nach langem Widerstreben sang die Hochglühende eines jener unzähligen Lieder vom todten Liebchen.

„Ich glaube,“ sagte Kronauer, der neben Eugen stand, „daß keiner der Dichter, die solches in Worte fassen, es wirklich er=fahren haben. Wer das kennt, vergräbt es still in sich.“

Die Pfarrerin bat Adelheid, das Lied zu singen, das sie von der Baronin Hunold erhalten habe.

„Ja, singe ein französisches Lied,“ befahl der Pfarrer.

Eugen berührte es eigen, jetzt an Stephanie erinnert zu werden, und Adelheid sang eine französische Ballade, worin das Hungersterben eines Kindes und das Jammergeschrei der Mutter in Musik gesetzt war.

Wie innerlich vermodert muß eine Bildung sein, in der man die grausenvollsten Schrecken in eine amüsante Dudelei umsetzt. Gesegnet sei die starke Hand, die diese Mumienwelt in Staub zerfliegen macht. . .

In diesen Gedanken begegneten sich Eugen und Kronauer, während der Pfarrer seine Tochter lobte und ihr bei einigen Worten einen bessern Accent vorsprach.

Kronauer entfernte sich rasch. Eugen gab sich alle Mühe, den in ihm erregten Trübsinn zu bewältigen, und gelangte über denselben hinweg zu besonderer Heiterkeit. Beim Punsch, der jetzt gebraut wurde, herrschte voller Frohsinn im ganzen Kreise, den Eugen durch allerlei Schnurren vergnügte, so daß Vittore sagte, sie hätte es nie gedacht, daß er auch so lustig sein könne.

Als Mitternacht vom Thurm erschallte und die Glocken läu=teten, rief Alles „prof't Neujahr!“ und reichte sich die Hand; der Pfarrer wurde nicht gehört, da er mit der Uhr in der Hand rief, die Thurmuhr gehe falsch, es fehlten noch fünf Minuten; der Vikar ergriff nochmals das Glas und stieß mit Adelheid an, auch Eugen kam zu Vittore und sie sagte:

„Wir wollen darauf anstoßen, daß Ihr immer lustig seid und Euch nicht so viel Gedanken machet.“

Eugen trank bis auf den letzten Tropfen, und als ob diesen Freudetrunk nichts verdrängen solle, gab er keinen Bitten nach, den mit Kirschwasser versetzten schwarzen Kaffee zum Abschluß zu nehmen.

Eugen geleitete die Müllersleute nach Hause, er bot Vittore den Arm, sie dankte und sagte laut:

„Das ist bei uns nicht der Brauch."

Hätte sie mehr als allgemeines Wohlwollen in der Seele ge=
hegt, sie hätte das nicht laut gesagt. Der Schluß dieses freud=
vollen Abends schmeckte bitter.

Im Nachsinnen hierüber kehrte Eugen heim. Stand er mit
seiner Liebe allein?

„Gratulire!" rief ihm Lipp entgegen.

„Wozu?" fragte Eugen.

„Zum neuen Jahr."

„Gut, danke."

Lipp schüttelte den Kopf über seinen Herrn.

Vierzehntes Kapitel.

Am Neujahrsmorgen klärte sich in der Kirche auf, warum der
Pfarrer am gestrigen Abend so hartnäckig sein Gespräch festge=
halten; er predigte mit offenbarer Wärme über die Nothwendig=
keit der Arbeit, die den Menschen erst zum Menschen mache. Als
er die verschiedenen Arbeiten durchmusterte, erwähnte er eines
Gedankens, den er „aus klugem Munde vernommen habe," und
die Worte Vittore's ertönten laut, verschönert und erweitert von
der ganzen Gemeinde. Eugen blickte von der Orgel hinab zu
Vittore, die ihr Antlitz in ihr Gesangbuch vergrub. Wie tief
mußte es das Herz des Mädchens bewegen, ihre stillen Gedanken
jetzt aller Welt verkündet zu hören.

Eugen vernahm nur wenig von den Warnungen des Pfarrers
gegen die falschen Triebe der Zeit.

Als er nach Hause kam, brachte das Mareile das erste Neu=
jahrsgeschenk, es war eine Schüssel Dürrobst. Eugen empfing
die Gabe mit besonderer Freude; er schien bereit, sich zum Opfer=
altar machen zu lassen; dennoch sagte er Lipp, er möge Alles,
was nun komme, in Empfang nehmen und sich in seinem Namen
bedanken.

„Das geht nicht," widersprach Lipp, „glaubet mir, Ihr ver=
feindet Euch dadurch mit dem ganzen Dorf, und ich kann's auch
wegen meiner nicht thun."

„Warum?"

„Die Leute könnten glauben, ich unterschlage Manches. Es geht nicht."

Eugen ließ sich auf keine weiteren Einwendungen mehr ein. Lipp ging kopfschüttelnd davon, er mochte seinen Herrn nicht begreifen, der bald gar nichts von Stolz kannte, bald unverhofft in solchen verfiel.

Ein willkommener Besuch erheiterte noch Eugen und riß ihn aus der Einsamkeit; der Arzt, den Eugen um Heilung des Zigeunerknaben angesprochen, kam jetzt. Rusele wußte sich vor Freude gar nicht zu halten, als Eugen mit dem Arzte eintrat, um dem Christoph zu helfen. Sie ließen sogleich von Kronauer eine Elektrisirmaschine holen, und man konnte nichts Possierlicheres sehen, als wie der braune Bursch unter den Zuckungen bald lachte, bald wieder aufschrie. Das Rusele sprach in unverständlichen Worten seinem Sohne Muth ein.

Eugen fand zu Haus einen großen Vorrath von Geschenken; es kränkte ihn fast, daß der Bachmüller einen ganzen Sack Weißmehl geschickt; er wollte dies zurückschicken, da aus diesem Haus ja keine Kinder in der Schule waren; Lipp berichtete aber, daß der Bachmüller als Schulmeisterssohn dies bedeutende Geschenk regelmäßig entrichte und durch Zurückweisung tief verletzt würde.

Es hatte für Eugen etwas schwer Peinliches, gerade aus dem Hause so beschenkt zu werden, wohin er sich als Angehöriger träumen mochte.

Als wüßte Lipp, worüber Eugen nachdachte, sagte er:

„Man weiß nicht, wer am brävsten ist in der Bachmühle. Der Müller verschenkt nichts, aber er läßt andere Leute auch was verdienen; er ist im Stande, wenn er weiß, daß das Korn aufschlägt, und geht herum und sagt: behaltet's noch, in ein paar Tagen geb' ich mehr dafür. Er sagt oft: ich hab' genug, ich will nicht reicher sein, es sollen Andre auch was haben; aber Blei in der Hand wird ihm zu Gold, er mag wollen oder nicht, er wird immer schwerer. Wenn's viel solche Menschen gäb', dann säh' es anders aus in der Welt."

Dennoch ging Eugen viele Tage nicht nach der Bachmühle.

Als die Schule wieder begann, gewahrte er, was es heißt, eine geistige Arbeit, die so mit dem persönlichen innern Sein eins geworden, daß sie die besten Kräfte an sich gesogen, eine Zeit lang verlassen zu haben; fremd und erkaltet erschienen alle die warmen Beziehungen, und der ganze Beruf, das ganze Thun ward plötzlich wieder eine Frage.

Andererseits fühlte sich Eugen in der tiefen Bewegung seines Herzens mit so neuer Macht ausgerüstet, daß ihm war, als könnte er durch ein einziges noch unfaßbares Wort, durch einen einzigen Zuruf die ganze Summe seiner Aufgabe auf einmal vollenden. Seine Seele wollte sich nicht in die Alltäglichkeit finden, als müßte er jetzt eine neue Sprache sprechen, alles Gewohnte anders thun, höher, gewaltiger; und doch blieb nichts als stetige und getreue Fortsetzung des Gestrigen.

Der leere Platz des Hasenschartigen zeigte deutungsvoll die Lücke zwischen der Vergangenheit und dem Jetzt an. Eugen hielt dem Verstorbenen ein selbstgeschaffenes Todtenamt, und indem er in eindringlichen Worten die Seelen der Kinder hinausführte zu dem schneeigen Grab, quoll sein hochgeschwelltes Herz über in Wehmuth, so daß seine Stimme oft zitterte und stockte. Das Mareile begann zuerst zu weinen und bald hörte man das Schluchzen vieler Kinder. Nach einer kurzen Wendung in die Fröhlichkeit des Lebens ließ dann Eugen ein helles Lied singen; es war wie der frische Marsch bei der Rückkehr von der Bestattung eines Kameraden.

Eugen fühlte, daß er das Herz der Kinder in seiner Gewalt hatte und gelangte dadurch zur Herrschaft über sein eigenes.

Die ältesten Schüler, darunter Mareile, des Sonnenwirths Franz und der Sansculotte, gingen fortan täglich ins Pfarrhaus zum Confirmanden-Unterricht; sie waren in der Schule nur noch wie Bräute und Bräutigams in den Familien, die noch in die gewohnte Ordnung des Hausstandes gehören, aber in ihm bereits ein theilweise selbständiges Leben führen und, bald flügge geworden, sich ganz dazu aufschwingen.

In den freien Fragstunden zeigte sich jetzt ein zuchtloser Muthwille, der gar nicht zu meistern war; diese Stunden schienen den geregelten Unterricht überfluthen zu wollen. Aufheben konnte Eugen diese Einrichtung nicht mehr, er mußte sie also gegen seine ursprüngliche Absicht in den Unterricht überleiten, denn es zeigte sich auch hiebei, daß die Menschen nichts lieber thun, als was außerhalb oder vielmehr neben ihrer Pflicht liegt. Es mußte daher auch hier strengere Disciplin geschafft, Ordnung und Freiheit gleich fest gewahrt werden.

Hatte der Schullehrer seine Mühen vollauf, so häuften für den Rathsschreiber sich dieselben fast in gleicher Weise. Der Klose= michel, der Vater des Mareile, wurde nun doch vergantet, und es zeigte sich, daß die Frau durch Unterschriften bei dem Sonnen= wirth fast all ihr Zugebrachtes aufgeopfert hatte. Der Schult= heiß hatte diesen ersten ökonomischen Todesfall unter seiner Re= gierung durchaus verhindern wollen und nichts damit erreicht, als daß er Eugen viel Schreibereien aufbürdete. Noch mühseliger war aber die Regelung einer allgemeinen Angelegenheit. Die Grundrechte waren aufgehoben, aber das Schwurgericht wurde festgehalten und dabei eine Kunst angewendet, die in unsrer Zeit besonders im Schwange ist: man entseelt ein an sich leben= diges Gesetz und hanthiert dann mit demselben wie mit dem alten Mechanismus. Die Liste der Höchstbesteuerten mußte aus= gefertigt und dabei über Verhalten jedes Einzelnen während der Bewegungsjahre genauer Bericht an das Amt eingesendet werden.

Wenn es sich Eugen auch nicht vorgesetzt hätte, er wäre doch jetzt nicht dazu gekommen, Liebesempfindungen nachzuhängen und ihrer zu warten.

In freien Lebensstellungen, wo sich der Unterhalt so ohne alles Zuthun darbietet wie die Luft, die man einathmet, da mag es sein, daß eine Neigung, eine Leidenschaft das ganze Dasein einnimmt; anders ist es in einem dem Allgemeinen zugewendeten Herzen, und noch mehr, wo in pflichtmäßiger Arbeit das tägliche Brod erworben werden muß; da müssen selbst die zartesten Seelen= regungen eine Weile zurückstehen und können nur still verborgen hindurchgetragen werden. Eugen glaubte jetzt die Liebe zu kennen, die dem werkthätigen Menschen gegönnt ist, und ihm öffnete sich ein neues Verständniß jener Sagen, die einen langen und schweren Dienst als Preis der Liebe festsetzen.

Eine flüchtig gesehene Gestalt zeigte sich jetzt im Dorf. Herr von Metzsch, genannt Herr von Traktätlein, kam mit einem Missionär, der in der Kirche und im Rathhaus mehrmals Vor= träge hielt über seine Bekehrungsreisen in Afrika. Großes Auf= sehen erregte es, als der Bachmüller den Missionär öffentlich fragte, ob es den „Heiden und Türken" gestattet wäre, Missionäre zu uns zu schicken, um uns zu lehren, politische Flüchtlinge menschen= freundlich zu behandeln.

Es wurde keine Antwort gegeben.

Der Kirchbauer sammelte von Haus zu Haus Beiträge zur Bibelvertheilung.

Der Missionär wohnte im Pfarrhaus und es hieß im Dorf, daß er um Adelheid freie.

Eines Abends schickte Vittore nach Eugen. Er eilte in die Bachmühle. Das erwartungsvolle Herz redet sich allerlei ein, und so unwahrscheinlich es auch war, daß das Mädchen nach ihm schicke, um ihre Liebe zu gestehen, er hoffte doch eine Entscheidung.

Er traf Vittore nicht in der Stube; die Mutter saß allein am Spinnrad, sie stand nicht auf, sondern hieß den Eintretenden Platz nehmen. War ihm am Neujahrsabend Vittore wie eine Gestalt aus starken vergangenen Zeiten erschienen, so drängte das Bild, das die Bachmüllerin bot, noch mehr zu solchem Vergleich. Eugen saß im Dunkel hinter dem Tisch und betrachtete die Frau, die vom Abendstrahl der Wintersonne wie von goldnem Duft=strom umflossen, gleich einem auf Goldgrund gemalten Bilde er=schien. Sie saß auf einem Stuhl ohne Lehne und ihre Haltung war fast aufrecht, das volle Antlitz mit seinen dunkeln braunen Augen und der kleinen feinflügeligen Nase, die kleine Hand, die den Faden aus dem Wocken zog, der auffallend kleine Fuß, der sich im Talt auf dem Rade bewegte, Alles das ließ die ehemals schlanke Gestalt ahnen. Ein stiller Friede war über das ganze Wesen ausgegossen, ein Friede, der mehr in sich hineinlebte, als sich nach Außen darstellen mochte. Vittore sah ganz dem Vater ähnlich, nur das dunkelbraune Auge der Mutter hatte sie geerbt. Auch die Bachmüllerin betrachtete eine kurze Weile den Einge=tretenen, ihre Hand hielt unbewegt den Faden und ihr Fuß ruhte still an dem Rad, dann beugte sie sich schnell nieder, setzte das Rad mit der linken Hand in Bewegung und spann emsig weiter.

Jetzt hörte man den Schlag der Drescher aus der Scheune und die Bachmüllerin brach das Schweigen, indem sie Eugen dankte, daß er ihrem Wunsch nachgekommen sei; er müsse zwei Menschen helfen.

So hatte also Lipp in seiner immer lecker werdenden Laune Eugen betrogen; nicht Vittore hatte nach ihm geschickt, sondern die Bachmüllerin, die jetzt fragte:

„Ihr kennet die Geschichte von meinem Willi und des Pfarrers Adelheid?"

„Nein, ich hab' Euch, wie wir uns zum Erstenmal gesehen

haben, gesagt: ich erkundige mich bei Niemand nach Eurem Hause, als bei Euch selbst."

„Nun, die Sache ist kurz die: die Adelheid war immer bei uns, und sie hat meinen Willi gern bekommen und er sie. Das war den Pfarrersleuten nicht recht und uns auch nicht. Die Adelheid ist eine Schwärmerin, wie's so viele giebt: weil sie sich gern im Kuhstall einmal umsieht, meint sie eine Bäuerin werden zu können; sie wäre schwerlich glücklich geworden. Die Pfarrers- leute waren noch mehr dagegen. Ihr Kind an einen Bauern geben, das wär' ja schrecklich. Der Pfarrer ist der Sohn eines Schreiners, aber wenn er Söhne hätt', da wär' keine Red' da- von, daß er einen davon Handwerker werden ließe oder seine Tochter einem solchen gebe. Wie sie erzogen werden, können sie auch nicht mehr herunter. Ich will's kurz machen. Die Adelheid ist Knall und Fall zu der Schwester der Pfarrerin nach der Stadt gethan worden. Unterdeß ist die Revolution kommen, und mein Willi ist nach Schleswig-Holstein und dort gestorben. Jetzt sagt die Adelheid zu meiner Vittore, sie sei fest entschlossen, mit dem Missionär, der um sie angehalten hat, nach Afrika zu gehen; sie habe einmal geliebt und sei jetzt bereit, eine Ehe ohne Liebe einzugehen. Das ist grundfalsch mit allem Firlefanz, den man drum macht. Das darf man nie. Aber ich glaub' auch, daß es bei der Adelheid nicht wahr ist; sie hat den Vikar gern und wär' im Stand wie der Bernhard zum Tort sich zu verheirathen. Jetzt sagt mir die Pfarrerin, daß der Vikar den Verlobungsring, den er mitgebracht — um sich vor allen Zumuthungen und Ver- suchungen sicher zu stellen — abgelegt hat, und ich müßt' mich schlecht auf die Menschen verstehen, wenn er nicht auch die Adel- heid gern hat, aber er kann nicht einig mit sich werden. Von uns kann keines die Sache klar machen, das müsset jetzt Ihr, drum hab' ich Euch rufen lassen."

Eugen versprach sein Möglichstes zu thun und fragte nach Vittore.

„Weil's jetzt so kalt ist, drischt man jetzt am besten den Klee- samen," sagte die Bachmüllerin, „und die Vittore hat sich's nicht nehmen lassen, noch das letzte mit auszudreschen. Sie sagt immer, es sei ihr nie wohler, als wenn sie so recht müd sei. Sie muß sich dazu zwingen, wenn sie spinnen soll."

„Was? da komm ich grad recht, da geht's ja über mich los," sagte die plötzlich eintretende Vittore. „Herr Lehrer, da ist ein

Brief an Euch, der Lipp hat ihn hergebracht. Der Brief riecht wie die Apothek, der muß aus einem Krankenzimmer kommen."

Trotz seines Aergers über Lipp, der nun den zweiten Schelmenstreich vollführte, mußte Eugen lächeln über die Deutung, die Vittore den parfümirten Briefen Theorosa's gab, deren er seit seiner Rückkehr fast täglich erhielt. Er erbrach das übermäßig große Adelssiegel und fand ein dreibogiges, wie immer mit blauer Dinte geschriebenes Schreiben, das er schnell überflog und dann ruhig zu sich steckte. Die Mutter hatte während dessen Vittore von dem Eingeleiteten unterrichtet, und als Eugen sie wegen ihrer Verlegenheit bei der Arbeitspredigt neckte, ging sie nicht darauf ein, sondern sagte:

„Machet jetzt nur schnell, daß der Missionär die Adelheid nicht kriegt. Wozu braucht er die Heiden zu bekehren? Wenn sie brav sind, wird's Gott eins sein, ob sie ihn Lulu oder Gott heißen. Wenn der Missionär eine Frau will, soll er sich ein bekehrtes Heidenmädle nehmen."

„Du bist ein Heidenmädle," schalt die Mutter, „setz' dich und spinn', nein, du sollst die Rechnungen dort schreiben, die der Vater dir hingelegt hat."

„Ja, schreibet, ich will Euch helfen," rief Eugen.

„So lang Ihr da seid, wird kein' Feder angerührt," entgegnete Vittore, „und mir zittern noch die Händ' vom Dreschen. Komm du lieber Strohsack," schloß sie singend und faßte das Spinnrad.

Als Eugen von der Bachmühle wegging, fühlte er sich wie neu belebt, trotzdem er kein Liebeswort von Vittore vernommen; er hatte heute die Bachmüllerin neu kennen gelernt, und wie er sich hineinträumte in diese Häuslichkeit und sein schwankendes Sein ihn aufschreckte, erhob er sich über sich selbst und eine Stimme in ihm rief: freue dich, einem Volke anzugehören, das solche Menschen in stiller Verborgenheit in sich schließt.

Fünfzehntes Kapitel.

Theorosa war eine immer bereite und ausführliche Briefschreiberin, sie schrieb auch leichter und flüssiger als sie sprach;

denn bei der mündlichen Rede stockte und erröthete sie oft ohne ersichtlichen Grund und half sich mit einem ausdrucksvollen Auf= blick, mit einem festen Zusammenpressen ihrer feinen länglichen Hände.   Sie berichtete Eugen oft täglich über alle Einleitungen, die sie für ihn getroffen: alle Menschen, die sie sprach, waren „lieb, niedlich oder herzig," ein Kind hieß immer ein „süßes Kind."   Dabei verfolgte sie aber ihren Plan mit kluger Be= sonnenheit, sie wendete sich selten an die einflußreichen Männer selbst, sondern an deren Frauen, Mütter und Töchter, und bei ihren solennen Kaffee's wußte sie manche Staatsgeschäfte mit ein= zubroden.

War es Eugen zuwider, daß er die ruhige Fortsetzung seines Lebens nur einer Begnadigung verdanken sollte, so war es ihm noch mehr entgegen, sie auf solche Weise vermittelt zu sehen. Er konnte Theorosa nicht wehren und mußte sich dabei noch ehr= lich gestehen, daß er ihr eigentlich nicht wehren wollte. Die Liebe hielt ihn fest in seinem jetzigen Sein, und es erschien ihm als Pflicht gegen Vittore, was zu seiner Lebensbefreiung dienen mochte, mindestens gewähren zu lassen. Aber liebte ihn Vittore denn? Etwas von dem alten Stolz seiner bevorzugten Stellung regte sich in ihm und es erschien unmöglich, daß ein Müllerstöchterlein seiner Bewerbung abhold sein könne; er kämpfte diesen Ueber= muth nieder und eroberte dafür die Zuversicht, nur durch sich selbst das „strahlaugige Mädchen" zu gewinnen.

Dennoch schrieb er Theorosa stets, sie möge ihre Bemühung darauf wenden, daß seine Angelegenheit noch einmal aufgenommen und vor das neuerrichtete Schwurgericht gebracht werde.

Lipp erhielt eine scharfe Zurechtweisung, er ließ sich das gern gefallen, denn er merkte daraus, daß die Sache mit Vittore noch nicht entschieden sein müsse; „denn," sagte er klug zu seinem Kameraden und Günstling Vigil, dem verrätherischen Knecht des Kirchbauern, „wer seines Schatzes froh und gewiß ist, der kann gar nicht so bös sein, die Sache steht also noch im weiten Feld; aber heut hab' ich's gemerkt, daß mein Herr die Hunde nicht mit Bratwürsten anbindet."

Vigil rieth dem Lipp, er möge sich einmal einen von den „wohlschmeckenden Briefen" verschaffen, dann werde er Alles deutlich sehen. Lipp gab dem Versucher eine gesunde Maulschelle und erklärte, daß er seinen Herrn nie betrüge, so lang er ihm vertraue. Vigil schien diese Zurechtweisung gar nicht übel zu nehmen und wie entschuldigend setzte Lipp hinzu, sein Herr verbrenne jedesmal die Briefe, wenn er sie gelesen.

„Dann verlier' einmal einen," rieth Vigil.

Lipp hatte geschwiegen und darum hatte er heute aus innerer Angst den Brief so schnell nach der Bachmühle getragen.

Eugen suchte den Vikar auf. Als er offen die Mittheilung der Bachmüllerin vorbrachte, verzogen sich die Mienen des Vikars verdrießlich, er lehnte jede fremde Einmischung ab, da er schon mit sich allein einig werde, er dankte dann halb spöttisch dem „Herrn Lehrer," wobei er dieses Wort so betonte, daß Eugen wohl merkte, nicht sowohl der Fremde wurde zurückgewiesen, sondern der Mann der untergeordneten Stellung.

Eugen überwand alle Empfindlichkeit, da er jetzt aus einzelnen Aeußerungen des Vikars wahrnahm, in welchem Kampf dieser mit sich selbst war: seine wissenschaftliche Ueberzeugung stand im Widerspruch mit den Glaubenssatzungen; so lang er noch ledig und für sich allein war, fühlte er sich minder beunruhigt, weil ihm der Austritt aus seinem Amt offen stand; jetzt da er ein Familiendasein darauf gründen wollte, war ihm diese geträumte Freiheit genommen. Er sprach nun wiederholt davon, daß sich die Freigesinnten nicht aus der Kirche herausdrängen lassen dürften. Eugen fühlte sich nicht befugt, ihn aus dieser Selbstberuhigung aufzurütteln ....

Der Vikar schien das Schweigen Eugens anders zu deuten und bekundete einen warmen Feuereifer in der Mahnung die er an Eugen richtete, um ihn auf den „Weg des Herrn" zu führen. Offenbar suchte er sich auch damit die Ergebnisse seines innern Kampfes klar vor Augen zu stellen. —

Die Verlobung des Vikars erfolgte nun rasch. Gleichzeitig wurde noch eine andere verkündet; es schien fast, als ob allgemeine Heirathslust in das Dorf eingezogen wäre. Schnörkel hatte durch Begünstigung und Verwendung des Waldkönigs die erledigte einträgliche Schulstelle in Trenzlingen erhalten und zwei Tage darauf war er Bräutigam mit des Kirchbauern Sabine. Er verkündete Eugen vornehmlich von dem beträchtlichen Heirathsgute, das er bekäme und setzte selbstspöttisch hinzu: „Alte Liebe hat Gold im Munde."

Eugen wagte es nicht, zum Glückwunsch nach des Kirchbauern

Haus zu gehen. Er hatte von vielen Seiten vernommen, daß besonders durch seine Hinneigung zur Bachmühle die Kirchbäuerin seine bitterste Feindin geworden; sie war es besonders, die wegen der Jagdlust Eugens einen Lärm im Dorf machte und allerlei Spöttereien über den geschenkten Hund verbreitete. Wenn sich auch Eugen nicht daran kehrte, gab er doch seine Hinneigung zu dem „Herrenvergnügen" fortan auf. Außerdem konnte sich die Feindschaft der Kirchbäuerin jetzt minder bemerklich machen, denn seit der Verlobung Bernhards war sie an das schmerzhafte Krankenlager gebannt. Die Leute, die sich jetzt vor ihrer Allgewalt sicher glaubten, spöttelten über sie und behaupteten, sie habe aus Freude, daß ihr Huschel Waldkönigin würde, mit ihrem kranken Fuß in der Stube umhergetanzt und sei dann halbtodt niedergefallen. Jedenfalls war die minder glänzende Verlobung Sabinens ein Zeichen, daß sie ihr Haus bestellen wollte; der Christine verbleibt das Stammgut und dazu findet sich leicht ein Mann. Die losen Reden, die sich jetzt schon über die Kirchbäuerin laut machten, konnten vielleicht als Vorzeichen gelten, was einst nach ihrem Tod geschehen würde.

Die Kirchbäuerin hat wohl gewußt, daß Viele, die ihr huldigten, dies nicht in Wahrheit, noch viel weniger in Liebe thaten, aber sie war wie alle Herrscher: sie begnügen sich mit dem Machtbewußtsein, das die Menschen bestimmt, ihnen zulieb zu heucheln; das ist Anerkennung genug.

Als Eugen dies gegen die Bachmüllerin äußerte, schwieg sie wie jedesmal, wenn von der Kirchbäuerin die Rede war. Hier schien ein Geheimniß zu walten.

Wie die Freude und neu erblühendes Leben im Dorfe sich aufthat, so blieb auch Trauer und Tod nicht aus. Kronauers Anni starb. Hatte man dies auch längst erwartet, so war doch die allgemeine Betrübniß nicht minder scharf. Das Rusele und die Mutter Mareile's, die noch den frischen Kummer der Vergantung in der Seele hatte und ihn jetzt laut ausweinen konnte, jammerten so übermäßig hinter der Bahre und klagten so jammervoll, wie ihnen ihr Engel gestorben sei, daß man sie zum Schweigen bringen mußte. Erst jetzt erfuhr man, wie still thatenreich die Verstorbene gewaltet.

„Ihr müsset den Kronauer jetzt getreulicher heimsuchen," sagte Vittore, die auffallend rasch getröstet schien zu Eugen am Abend,

„Ihr werdet immer mehr gewahr werden, was das für ein grund=
braver Mann ist. Er hat so herzlich lachen können, grad so wie
Ihr, jetzt ist's bei ihm vorbei auf ewig; thuet's mir zulieb und
besuchet ihn täglich."

„Euch zulieb?" fragte Eugen.

„Ich mein', glaubet was ich sag'; ich bin nicht studirt, Ihr
dürfet meine Worte nicht so genau nehmen."

Eugen versprach willig, er sah klar in dies wundersam be=
wegte Herz, das frei und ohne Beben die schwer errungenen Er=
gebnisse eines tiefen innern Kampfes festhielt. Daß sie gerade
ihn zum Tröster Kronauers bestellte und nicht den Vikar, mit
dem sie jetzt durch Adelheid mehr befreundet war, galt ihm als
Bürgschaft einer besondern Zutraulichkeit, und daß sie das herz=
liche Lachen Kronauers für ewig verstummt hielt, mußte als Ge=
währschaft gelten, daß sie jeglichen Gedanken an den Besitz des
nunmehr Freigewordenen in sich ausgemerzt hatte.

Es war eine eigenthümliche Aufgabe, in dieser lichten Freu=
digkeit seiner Seele der tröstende Beistand eines zum Tode Be=
trübten zu sein. Die stoische Kraft Kronauers bedurfte aber
keiner Stütze und Eugen schaute bewundernd auf, als er fand,
daß der Schwerbetroffene nicht nur bereit war auf allgemeine
Betrachtungen einzugehen, sondern daß er solche selbst anregte. Die
Zustände des Vaterlandes waren es vor Allem, die ihn zu bewegen
schienen. Das brennende Feuer auf dem Herd soll den Blitzstrahl
aus den Wolken anziehen, so war es als ob die schmerzbrennende
Seele neue Anziehungskraft für den allgemeinen Jammer habe.

Eugen und Kronauer hatten sich vorgenommen, nichts über
vaterländische Zustände zu sprechen, aber unwillkürlich geriethen
sie darein. Kronauer klagte über die furchtbaren Schmerzen, die
das Vaterland noch zu bestehen habe, bis es nur zur einfachen
Gesundheit gelange.

„Ich glaube ohne einen gewaltkräftigen Herrscher nicht an
die deutsche Einheit," sagte er einmal, „Sie wissen, ich frage
stets: was ist der Mensch und nicht, was sollte er sein? Die
Deutschen waren nie einig und sind es nirgends. Ich erhielt
dieser Tage einen Brief von einem Freunde aus Amerika, er
schreibt mir, daß auch dort nichts uneiniger sei als die Deut=
schen, und aus England hören wir, daß nicht einmal die Emi=
gration einig ist und keinen Führer und Vertreter anerkennt,

wie die Emigrationen anderer Völker. Die Revolutionen werden
bei uns immer am Mangel an Disciplin scheitern. Niemand will
einen Führer gelten lassen und sich ihm unterordnen."

Wenn auch rücksichtsvoll für den Schwerbetroffenen, setzte Eugen
doch mit aller Entschiedenheit seinen Widerspruch auseinander,
worauf Kronauer lächelnd erwiderte:

„Unser Unglück ist, daß wir zu poetisch sind. Die ganze Bewegung war lebendig gewordener Schiller mit hochedler rhetori-
scher Blumenpolitik, der Held der Paulskirche war eine Schiller'sche
Nachgeburt, ein Posa der Zweite.

Auf die Entgegnung Eugens, wie ein Grundfehler darin lag,
daß sich die Häupter der Altliberalen zu schnell zu Ministern der
Winkelstaaten machen ließen und damit den Bewegungen die
Führer genommen und durch Vertrauensdämme aufgehalten wurden,
so daß man jetzt die ganze Revolution leugnen könne, erklärte
Kronauer ausführlicher, als sonst seine Art war, daß der Deutsche
überhaupt nichts weiter thun könne, als sich in sich vervollkommnen
und sich mit allem Echten erfüllen.

Jetzt gelangten Eugen und Kronauer zu dem Ursprung ihrer
Scheidung. Eugen erachtete ja gerade die Opferung, das stete
Ausströmen der Lebenskraft für Andere als Aufgabe des Men-
schen und darum stand er ja ohne Zagen auf seinem ausgesetzten
Posten.

Kronauer dagegen behauptete, daß man für Andere nur inso-
weit wirken dürfe, als eben die Hingebung, die Ausbreitung der
Kraft zur Vervollkommnung unserer selbst nothwendig sei.

„Man muß den Muth haben," sagte er, „sich zum höhern
Egoismus zu bekennen, der eigentlich das Echte ist; der Einzelne
ist nicht der Menschheit wegen, die Menschheit ist um des Einzelnen Willen da. Wer sich in sich vollendet, erfüllt den Zweck
der Menschheit. Der Einsame ist die Welt."

Eine endlich offen zu Tage liegende Verschiedenheit der Grund-
ansichten erschließt oft ähnliche Erquickung wie die Erkenntniß der
harmonischen Einigung. Feiert bei dieser die Einheit des Menschen-
thums ein Fest, das als Accord die Seelen durchtönt, so liegt
in Wahrnehmung der Grundverschiedenheiten ein gewisses Gefühl
der Fülle alles Daseins, die ein jedes Wesen seine Bestimmung
vollenden heißt.

Eugen und Kronauer wurden von jetzt an erst wahre Freunde

und jebe Begegnung in gleichen Bestrebungen wurde zur neuen
Freude; denn Jeder erkannte die Wahrheit seines Strebens darin
aufs Neue, daß der Andre, von fremdem Ausgangspunkt kom=
mend, demselben Ziel zugewendet war. So selbstgewiß ein Mensch
auch sei, ein gefundener Gleichklang mit Anderen erhöht seine
Zuversicht. Wo zwei Menschen in gleichem zum Edeln gewen=
deten Geiste beisammen sind, ist die echte heilige Gemeinde.

Leo hatte sich seit dem Tod seiner Schwägerin ganz bei seinem
Bruder angesiedelt und studirte bei ihm emsig die Landwirthschaft.
So oft er Eugen begegnete, hatte er ein zähnefletschendes Lächeln
und eine gewisse übertriebene Höflichkeit. Eugen ließ ihn seines
Weges ziehen und Gideon Kronauer theilte Eugen mit, daß er
durch den Unterricht seines Bruders auch wieder auf einen alten
Plan komme; er wolle eine Ackerbauschule errichten, Söhne be=
mittelter Bauern und auch unbemittelte Knechte zu Landwirthen
der neuen Zeit heranbilden, die ein Jahr lang bei ihm bleiben
müßten, um im Winter theoretisch und im Sommer wesentlich
praktisch unterrichtet zu werden. So lange Kaibl hier war, habe
er nicht an die Ausführung gehen können, im nächsten Sommer
solle nun diese in Gemeinschaft mit Eugen begonnen werden.
Eugen war ganz glückselig mit diesem Gedanken und empfand
eine hohe Ehrerbietung vor dem Mann, der offen gestand, daß
er aus seinem Schmerz heraus nach einer erlösenden That griff,
um die Selbstverzehrung nicht aufkommen zu lassen. Während
die beiden Freunde nun den Lehrplan entwarfen, drängte Eugen
stürmisch, schon diesen Winter zu beginnen und als Kronauer die
Unthulichkeit nachwies, beharrte Eugen mindestens auf seinem
Vorsatz, daß noch jetzt, wenn schon der Winter zu Ende ging,
abwechselnd bald der Eine, bald der Andere Vorträge für die
Erwachsenen halten solle. Die Vorträge des Missionärs hatten
stets eine aufmerksame Zuhörerschaft gehabt, es galt den Versuch,
ein Gleiches für nähere Anliegen zu gewinnen.

Da jetzt gerade das Schwurgericht das Dorf beschäftigte, wollte
Eugen Geschichte und Einrichtung desselben zum ersten Vortrage
nehmen. Kronauer war nicht abgeneigt, Ackerbauchemie vorzutragen,
zumal er sich in volksthümlicher Lehrweise üben und prüfen wolle.

Hier zeigte sich nun in offenkundiger Weise, daß die Freunde
einig zur selben That die Hand ausstrecken konnten; wenn sie
aber nach den Beweggründen forschten, waren dieselben verschieden.

Eugen freute sich, einen Ersatz für das wieder entzogene Vereinsrecht zu haben, während Kronauer entgegenhielt: „Die Volksvereine waren doch nur eine bewußte oder unbewußte Täuschung. Es waren stets nur Wenige, die eigentlich die Beschlüsse bestimmten und dem Volk den Spaß machten, darüber abstimmen zu dürfen. Freilich liegt in dieser Selbstthätigkeit etwas Belebendes, wie in den Responsorien der Kirche; die Menschen hören ganz anders zu, wenn sie zuletzt und sei es nur durch Ja oder Nein ihre Meinung abgeben können. Es ist aber gut, daß das Volk wisse, daß es noch von einigen Höhergestellten zu lernen hat."

Eugen stellte kurz seine Ansicht entgegen, aber als fürchtete er den so erwünschten Plan zu zerstören, hielt er sich zunächst an die That und ließ den Erfolg wie die Beweggründe dahingestellt.

Kronauer forderte auch den Vikar zur Mitwirkung auf, aber dieser, sonst zu Jeglichem bereitwillig und eifrig, lehnte entschieden ab; er brachte wieder jenen schwer zu lösenden Widerspruch zu Tag, ob sich eine echte Volksbildung in unfreien Zuständen pflanzen ließe, oder ob sie erst in der errungenen Freiheit natürlich gedeihe. Eugen vertrat die erstere, aber der Vikar sprach sich davon los, indem er hinzusetzte: „Es wird zuviel auf dem Volk herumgeturnt und wir brauchen überhaupt eher robuste Gewaltmenschen, deren Gefühle nicht auf der Drechselbank geschnitzelt sind."

Leo dagegen, der von der Sache hörte, behauptete ernstlich:

„Es ist vollkommen gleichgültig, ob der Bauersmann glaubt, der Mond sei so groß wie eine Suppenschüssel oder ob er seine wirkliche Gestalt kennt; im nothwendigen Leben der Menschen ändert das nichts."

Unerwartet dagegen war der Widerspruch des Bachmüllers, der ganz zornig dreinfuhr:

„Wenn ihr der ganzen Welt einen Professor in den Kopf setzt, dann fällt. Alles auseinander wie eine schlechtgebundene Garbe."

Kronauer ereiferte sich hier wie sonst, wenn der Bachmüller alles Dumme mit Professor betitelte; er suchte seinem Freunde klar zu machen, wie traurig diese Verachtung aller Bildung sei. Eugen stellte sich jedoch auf Seite des Bachmüllers und erklärte,

daß in der Verachtung des Professorenthums ein richtiges Gefühl
läge; die Hochweisen, die jedes Ding allseitig, prismatisch betrachten, haben die Nation an den Rand des Untergangs gebracht; wir brauchen einseitige Menschen, elementarische Naturen,
die die Zukunft herbeiführen.

Der Bachmüller hatte Eugen nur halb verstanden, dennoch
begriff er es nicht, daß er ihn trotzdem belehren wollte, da es
sich hier um etwas ganz Anderes handle, denn die Menschen
müßten geeignet sein, nicht nur die neue Welt heraufzuführen,
sondern auch zu gestalten.

„Thu nicht mit. Werdet schon sehen: aus gebratenen Eiern
kommen keine Hühner," schloß der Bachmüller und blieb bei seinem Entschlusse.

In der unaufhörlichen Arbeit, der sich nun Eugen verpflichtet
sah, fühlte er sich doch stets wie von Schwingen getragen. War
ja Alles über ihn gekommen, ein allseitiger Beruf und eine
lernfrische heitere Liebe. Oft war's ihm als könnte er nicht Alles
fassen und doch fühlte er wieder seine Lebenskraft verdoppelt.

Bei Vittore war er wohlgemuther als je, er suchte sie nicht
mehr wie sonst zu ausführlichen Reden zu reizen, er glaubte jetzt
zu verstehen warum sie kein Bedürfniß dazu hatte; sie lenkte oft
ab, wenn er im Sprechen über Bekannte und ihre Gemüthsart
Alles bis auf den letzten Halt ausfasern wollte, sie nahm seine
Reden nur spruchweise auf und sagte einst, er habe es getroffen,
da er ihr vorhielt, sie nehme immer nur ein Korn und fliege
damit davon. Das Unausgesprochene im Wesen Vittore's, das
sich nicht in Worten, sondern nur in ihrer gelassenen Freundlichkeit und allzeit bereiten Aufgeräumtheit kundgab, war wohlthuen-
der als alle schimmernden Seelenäußerungen.

Der Bachmüller, der bei den öfteren Besuchen Eugens unwirsch und brummig war, schien ruhiger zu werden, es war ja
ganz deutlich, daß die Beiden nichts miteinander hatten; man
bemerkte in Keinem eine Unruhe, und in der That, wer sie so
beisammen sah, mochte glauben, Bruder und Schwester zu sehen,
so still eingelebt war ihr Verhalten. Vittore war hocherfreut,
daß Eugen und Kronauer nicht nur Freunde geworden, sondern
jetzt auch an Einem Werke arbeiteten; sie bat Eugen, ob er nicht
auch etwas von Schiller habe, das sie lesen könne, wobei sie
hinzufügte:

„Seit der Bernhard das vorgelesen hat, ist mir's doch immer, als wenn ich auf einem hohen Berg bei größer gewachsenen Menschen auf Besuch gewesen wäre."

Dennoch ging Eugen nicht auf das Verlangen Vittore's ein. Wollte er diese in sich feste Natur keiner Schwankung aussetzen, oder sollte ihr höherer Ausblick einst nur sein Werk sein — er war sich dessen nicht klar und hatte mit Vittore manch heitern Streit über seine Weigerung.

Bei der ersten Vorlesung, die Eugen hielt, war das ganze Dorf seine Zuhörerschaft und Alles war des Lobes voll, nur Kronauer bemerkte auf dem Heimweg: „Sie sind zu schöngeistig, zu poetisch. Wir müssen unser Volk an trockenes, nüchternes Denken gewöhnen wie die Engländer. Sie werden mir wahrscheinlich auch widersprechen, aber ich stehe fest auf meiner Behauptung: man nennt uns die philosophische Nation, aber unser eigentliches Volk ist das mindest denkkräftige von allen gebildeten Völkern, es faßt nur in der Bildersprache."

Kronauer hielt einen Vortrag über die Bedeutung des Salzes für das Gedeihen alles Lebens und begann mit Geschick in der Einleitung darzuthun, daß die Aufhebung der Salzsteuer im Frühling 48 eine der ersten und tiefliegendsten Anforderungen war; zuletzt aber ging Alles auf sein Lieblingsthema hinaus. Er sah in der Kartoffelfäule nicht ein Strafgericht Gottes, sondern ließ sie als einen Fingerzeig der Natur gelten, daß wir den Anbau der Frucht, die von allen pflanzlichen Nahrungsmitteln am wenigsten stickstoffhaltig ist, zuviel bevorzugt hätten. „Erbsen und Bohnen," rief Kronauer jetzt plötzlich und Alles lachte. Er sagte nun, daß er die Wirkung dieser Worte gewußt habe und legte faßlich alle Gründe dar, die dafür einstanden, daß man in die Brache mehr Erbsen und Bohnen anbaue.

Als Kronauer mit Eugen nach Hause ging, sagte er:

„Die Hauptsache sind die praktischen Erfolge. Man muß überzeugen, wo man nicht befehlen kann. Man muß den Leuten die falsche Meinung von den lateinischen Bauern benehmen. Die Nichts gelernt haben, nennen sich Praktiker und schelten diejenigen, welche etwas zu viel gelernt haben, hohle Theoretiker. Der Gedanke, das Volk zu bilden, hat etwas Anmuthendes, aber wenn man die Einzelnen kennt, erscheint es komisch unbedeutend, sich Mühe zu geben, damit der Michel und der Peter über das und jenes richtig denke."

Eugen fand gerade hierin seine besondere Freude und ihm lag noch eine eigenthümliche Erquickung darin, in einem vergessenen Winkel der Welt die volle Kraft seines Denkens auszubreiten.

Der Bachmüller neckte bei jedem Zusammentreffen seinen Freund, der aus Erbsen und Bohnen ein neues starkes Menschengeschlecht prophezeie.

Die Ernennung der Geschworenen kam ins Dorf, nur der Kirchbauer und Schäufler-David waren erkoren worden; selbst der monarchisch gesinnte Kronauer wurde ausgeschieden. Eugen erbat sich's vom Schultheiß, dem Kirchbauer die Ehre verkünden zu dürfen. Als er eben nach langer Zeit wieder zum Erstenmal die Schwelle des Kirchbauern betrat, kam die Bachmüllerin aus der Thür.

„Sie hier?" fragte Eugen erstaunt.

„Ja," erwiderte die Bachmüllerin, „die arme Frau kommt nicht mehr auf und da hat sie mich noch um Verzeihung bitten wollen, weil sie mich einmal schwer gekränkt hat. Ich hab' mich ungern dazu entschlossen, aber mein Mann hat mir auch dazu gerathen."

„Und Vittore nicht?"

„Nein, sie ist streng, aber ich kann ihr nicht ganz Unrecht geben, sie sagt: auf dem Todtenbett um Verzeihung bitten, das ist nichts, da thut man's nur sich zulieb; man muß abbitten, wenn man noch gesund ist, wo man's auch wieder gut machen kann. Nun wahr ist's, aber mir ist's doch jetzt auch leicht, daß die Kirchbäuerin in Frieden aus der Welt scheidet."

In Gedanken über das herbe Wesen Vittore's, das aber im Grunde doch nur ein gerechtes war, ging Eugen in die Stube. Der Kirchbauer saß in dem großen Lehnstuhl und weinte, der Pfarrer stand neben ihm, mehrere Frauen gingen aus und ein nach der Kammer.

„Was wollt Ihr?" fragte der Kirchbauer barsch den Eintretenden.

„Ich hab' Euch nur sagen wollen, daß Ihr zum Geschwornen ernannt seid."

Der Kirchbauer wischte sich schnell die Thränen ab und sein Antlitz erheiterte sich.

„Das wird meine Frau freuen," sagte er und ging nach der Kammer. Von drinnen hörte man jetzt einen Ruf:

„Gottlob! Mein Huschel ist Waldkönigin und mein Mann ist Geschworener! Mein Mann ist geschworener Richter!"

Eine stumme Pause trat ein. Man hörte in der Kammer ein Rücken und nach einer Weile kamen die Frauen heraus und sagten, die Kirchbäuerin sei gestorben . . . .

Trotz des stürmischen Thauwetters, das alle Bergwege fast grundlos machte, kamen die Menschen doch sturmentgegen mit brennenden Wangen von allen Seiten herbei, um der Kirchbäuerin die letzte Ehre zu erweisen. Solch einen unabsehbaren Leichenzug wollte man seit Menschengedenken im Dorfe nicht gesehen haben.

Bei dem Heimgang vom Begräbniß hörte man nur Klagen über den Tod der Kirchbäuerin und eitel Rühmens von ihr. Es war Allen, als fehlte ein gewohntes Wahrzeichen, als fehlte der Thurm im Dorf.

Sie hatte die Menschen in ihrem Leben viel tyrannisirt, aber in jeder bedeutenden Kraft liegt etwas so Bewältigendes, daß man ihre tyrannische Erscheinung, wenn sie vorüber ist, vergißt, und nur das herrschmächtige Wesen in Erinnerung bleibt.

Sechzehntes Kapitel.

„Ich bin frei! Ich bin frei!" rief Bartelmä, der zu Eugen kam, und als Eugen freudig erstaunt Glück wünschte, lachte der Dicke so gezwungen lärmend, daß ihn Eugen mißmuthig zur Ruhe verweisen mußte, worauf Bartelmä berichtete, daß ihm sein Herr gekündigt habe:

„Ich biete nun nach Ostern die Kaiserkrone über mich aus und suche mir einen neuen Herrn; mein Theil Volkssouveränetät ist zu haben."

Eugen fühlte sich von solcher in Verwahrlosung sich gefallen= den Lustigkeit angewidert, er wollte mit Bartelmä überlegen, wie ihm ein neuer Dienst zu verschaffen sei, aber dieser wollte nichts davon wissen, er schalt sich nur selbst einen Philister, daß er die gesetzte Zeit noch ausharre und sprach verworren davon, daß er auch noch einen Fuchs zu erjagen habe.

Bartelmä hatte den wunderlichen Egoismus vieler in Selbst= zerstörung begriffenen Menschen, daß sie einen Andern zum

Mitwisser ihres Unheils machen, ohne sich von ihm helfen lassen zu wollen; sie wollen nichts als mittheilen, einen Theil ihrer Last ablegen, kümmern sich wenig darum, wie sehr das den Andern bedrücke und rennen dann fast noch muthwilliger in ihr Verderben. So traurig dieser Gedanke war, Eugen suchte in ihm eine Tröstung, daß er dem Bartelmä nicht nachgehen konnte in die Niederung, in die er sich stürzte.

Als jetzt der Lehrer von Alsfeld kam und zu Gevatter bat bei seinem neugebornen Sohn, lehnte Eugen mit den Worten ab: „Ich stehe schon mehr als genug zu Gevatter." Indem er hiebei aufzählte, wie vielerlei Verpflichtungen er sich auferlegt habe, ward er erst inne, daß er sich zu viel aufgebürdet hatte, zumal er noch täglich an der Befähigung zu seinem Beruf arbeiten mußte.

Der Lehrer von Alsfeld äußerte seinen Unmuth in spöttischem Zorn und Eugen gewahrte, daß er wieder in seinen alten Fehler verfallen war, indem er da, wo eine freundliche Bitte ihm nahte, nicht alsbald und entschieden verweigern konnte. Er wollte fortan, wie ihm einst die Bachmüllerin gerathen hatte, „den Muth haben, Nein zu sagen."

Noch seinen letzten Vortrag hielt er über die geologische Beschaffenheit der Landschaft, wobei er die Entstehungsgeschichte der Erde einflocht, und von nun an sollte wieder all sein Denken und Thun vornehmlich der Schule gewidmet sein.

Die Erfahrungen, die Eugen und Kronauer bei ihren Vorträgen gemacht, waren nicht sehr ermuthigend. Kronauer scherzte darüber, daß sich die Bauern jetzt als rationelle Landwirthe betrachten, weil sie von kohlensaurem Ammoniak sprechen können; überhaupt zeigte sich, besonders bei den Jüngeren, Lernbegierigen, ein losgerissenes Aufnehmen einzelner Worte und Sätze, mit denen sie prunkend um sich warfen und manchmal auch Spott trieben. Dieses konnte aber so wenig irre machen als jenes Haften an Einzelnem. Ein äußerliches Aufnehmen und Wichtigthun mit Ungewohntem ist ja so oft die erste Entfaltung des Bildungstriebes; darin Verharren bringt Geziertheit und den lächerlich bunten Aufputz mit Fremdem. Lehrende und Lernende mußten in Zukunft den Weg finden, um den Inhalt des Denkens und Beobachtens in seiner flüssigen, Jedem sich zu eigen gebenden Wirklichkeit und nicht in der erstarrten Form einer Redeweise aufzunehmen.

Eugen und Kronauer waren entschlossen, dies Ziel im Auge zu behalten.

Im Gemeinderath war Eugen fast wie von selbst, nachdem er die Ortsverhältnisse kannte, zum natürlichen Obmann geworden; der Schultheiß verstand es, ihm in der Regel den Vortrag über die zu verhandelnden Gegenstände und die Leitung derselben zuzuschieben, so daß die Gemeindeangehörigen mit ihrem Anliegen zu Eugen kamen, bevor sie zum Schultheiß gingen.

In der Bachmühle suchte und fand Eugen seine Erholung von der anstrengenden Schularbeit und von dem Mißmuth, da er sah, wie umgewandelt die Menschen waren, wenn er jetzt die übergreifende Verfügung über seine Zeit entschieden ablehnte. Als er dieses letztere Vittore klagte, sagte sie:

„So ist es immer: zuerst halten sich die Leute für unwerth, wenn man sich für sie abarbeitet und sie sagen das auch; gleich darauf aber verlangen sie's als Schuldigkeit und sind bös, wenn man's nicht thut. Herr Lehrer, ich muß Euch noch etwas sagen."

„Nur frei heraus," ermunterte Eugen, da Vittore plötzlich stockte, und nun fortfuhr:

„Erstlich dürftet Ihr den Bartelmä nicht so bruderander mit Euch sein lassen. Er hat sich in Eurer Krankheit wacker gezeigt, das bleibt; aber er richtet auch gern an, aus anderer Leute Häfen, und jetzt ist er ins Verlumpen gerathen, daß Ihr ihn ein für allemal laufen lassen müßt. Warum schmunzelt Ihr jetzt? Saget's, was ist?" Eugen konnte nicht erklären, wie ihm dieses leidenschaftliche Wahren seiner Ehre als vollgiltiger Beweis der Liebe Vittore's galt; er sagte ablenkend:

„Auf erstlich folgt ein Zweites."

„Das ist der Lipp."

„Gegen den dürft Ihr nichts sagen, der hat Euch gern," scherzte Eugen.

„Dummes Zeug," wehrte Vittore unwillig, „Ihr müsset dem Lipp verbieten, daß er mit dem Vigil Kameradschaft hat. — Der Vigil hat uns bestohlen, hat meinen Vater ins Gefängniß gebracht, der darf nicht in Euer Haus kommen."

„Ich hab' dem Lipp nichts zu verbieten und zu befehlen, er ist eigentlich nicht in meinem Dienst, er ist halb und halb mein Kamerad."

„Halb und halb, das ist nichts; entweder Ihr habt zu befehlen

ober Jhr habt nicht und es ist Alles guter Wille, was der Lipp
mag. Jch seh' aber schon, Jhr lachet mich heut nur aus. Was
habt Jhr jetzt wieder zu lachen? Das muß ich wissen."

„Man merkt an Euch die vermögliche Bauerntochter."

„Das hat mir nicht einmal die Kirchbäuerin nachsagen können,
daß ich mir darauf was einbilde."

„Jch meine das auch nicht. Jhr wollet dadurch nur in Allem
entschiedene Verhältnisse: dienen oder nicht dienen."

„Ja, das will ich auch, und das ist für beide Theile gut
und wahrhaft. Mit dem Lipp könnet Jhr sehen, wie Jhr auf
diese Weise fortkommet, aber der Vigil, der muß froh sein, daß
man ihn frei herumlaufen läßt, der darf über keine ehrliche Schwelle."

Eugen unterließ es nicht, Vittore wegen ihrer Herbheit zur
Rede zu stellen. Ohne irgend einen Winkeladvokaten in einem
beschönigenden Gedanken zu Hülfe zu rufen, gestand sie schnell:

„Jhr habt recht, ich hab' zuviel gesagt, so arg mein' ich's nicht."

Diese schnelle Bereitwilligkeit zum Widerruf verblüffte Eugen,
wenn er gleich nicht die Ehrlichkeit des Herzens verkannte, das
keinen Anstand nahm, frischweg einen Fehl zu bekennen. Als er
nun aber weiter in Vittore drang und sie überhaupt zu größerer
Milde stimmen wollte, gewahrte er eine unbeugsame Strenge.
Sie wußte und wollte nichts von dem feinfühligen Aufnehmen
der Missethäter, zumal solcher, die in fortgesetzter Boshaftigkeit
sich vergangen. Gegen die Kirchbäuerin zumal blieb sie, trotzdem
sie jetzt todt war, in ihrem alten Urtheil. Eugen suchte nicht
mehr an dieser Festigkeit zu rütteln, er fühlte selbst einen Halt
an dieser Unerschütterlichkeit, die Haß und Liebe noch nicht in
eine Alles begütigende humane Bettelsuppe auflöst. Nur auf
festen Sittlichkeitsnormen wird sich eine neue gesunde Welt er=
heben. Das war es ja, was er so oft den parfümirten Lastern
der vornehmen Welt gegenüber empfunden hatte. Er fühlte, wie
er im Wesen Vittore's die Ergänzung seiner selbst finde. Eine
Demuth, wie er sie noch nie einer Frau gegenüber gekannt hatte,
erfüllte sein Herz, und wäre das nicht zu höfisch und altfränkisch
und hier gewiß am unrechten Ort erschienen, er wäre gern vor
Vittore auf die Kniee gesunken. Vittore lachte über ihn, als er
sie so wie anbetend betrachtete, sie sagte, sie habe geglaubt, er
wolle sie mit aller Gewalt bekehren und jetzt sei er auf einmal
so still.

Eugen konnte nicht antworten und Vittore war nicht der Art, einen angeregten Gegenstand bis in seinen letzten Verschluß zu verfolgen. Sie fragte Eugen, ob er die Kinder jetzt schon ordentlich zur Prüfung herrichte und erhielt hierüber offenherzigen Bescheid.

Der Winter begann allmälig zu sinken. Es war Eugen trotz alles bunten Treibens, als wäre er vorübergegangen wie eine einzige stillhelle Winternacht. Er ging jetzt wieder vor Beginn der Schule hinaus ins Feld, geleitet von Schatzhauser, der wie des Pfarrers Hektor zum Spielzeug der Kinder geworden war. In der Schule ging es rührig her, Alles rüstete sich zur kom= menden Heerschau.

Es war am letzten Februar, der Schnee war von den Feldern gewichen und lag nur noch in Graben und an Rainen; da und dort rief eine Lerche wie freudigbang jene Doppeltöne, die sie vernehmen läßt, wenn sie sich aufschwingen will. Eugen horchte auf, und jetzt schwirrte eine Lerche über ihm hoch in die Luft und sang ihr schmetternd Lied. Der Frühling ist da! Der Früh= ling ist da! rief es in Eugen, und namenloses Entzücken hob seine Brust. Wenn er nur einen Menschen hätte, dem er jetzt sagen könnte, wie glücklich er ist; er begegnet wohl Manchem, aber er wagt nicht, ihnen zu verkünden, daß die Lüfte singen: die Erde ist wieder erstanden! — Stille haltend sprach er in sich: und die Liebe ist eingezogen in dein Herz und jeder Sang eines Vogels ist nur Widerhall deines Jubels. Zum Erstenmal ist's Frühling worden . . .

„Ich weiß, was du jetzt denkst," sagte plötzlich Bartelmä, der hinter ihm stand, „du bist ein Poet und wünschest dir jetzt Flügel und eine Lerchenkehle. Ich wünsch' mir ganz anderes."

„Was?"

„Wenn's Frühjahr wird, da hab' ich doppelt den Wunsch, viel Geld, recht viel Geld zu haben, um frei mit permanenter Meerschaumpfeife in die Welt voll Wirthshäuser hinein zu kutschiren. Wo Geld ist, ist der Teufel, aber wo keins ist, sind zwei. Hörst du dort den Fink auf dem Baum? Der hat seinen alten Schlag nicht verlernt. Der Fink ist der Student unter den Vögeln. Morgen geht der März an und da kommen mir auch wieder meine alten Gedanken. Die früheren hellen Märztriebe an der deutschen Eiche sind verholzt, es müssen frischere kommen. Was? Ein Huhn im Topf für Jeden und nur Sonntags, wie jener alte König gewollt hat? Das ist viel zu wenig. Jeder majorenne Mann im Staat muß künftig sein Reitpferd haben, das ihm der Staat putzt und füttert."

„Der Staat?" lachte Eugen, „ja wohl, der kann Alles."

„Du verstehst nichts von der socialen Frage," entgegnete Bartelmä. „Aber ich hab' von was anderm reden wollen. Ich bin dir nachgelaufen. Du sollst mir dein Gewehr und deinen Hund leihen, ich will auch einmal auf die Jagd. Du brauchst nichts davon zu wissen. Meine Alsfelder Holzmacher haben mich à la chasse eingeladen, das sind Staatskerle."

„Wildern die jetzt?"

„Per se. Das Volk hat einmal Wildpret gefressen, die Bauerngaumen wissen, wie hochadelige Hasen und monarchische Böcke auf der Zunge schmecken und das vergißt man nie. Du weißt ja, mir hat das Gleichniß vom Kaibl wohlgefallen, daß dieser Geschmack das beste Erinnerungzeichen ist, besser, wie er gesagt hat, als alle historischen Ohrfeigen, die die Schuljugend Europas — das ist das deutsche Volk — bei jedem großen Ereigniß bekommt, damit es das Datum nicht vergißt. Der Kaibl hat's prophezeit, daß das Volk das genossene Wild nicht vergessen wird."

„Wildpret verdaut sich am schnellsten," gab Eugen scherzend zurück. Als Bartelmä jetzt an der Bachmühle nochmals um die Waffe bat, schlug er ihm rundweg sein Verlangen ab, und da er jetzt Vittore am Fenster bemerkte, eilte er rasch davon und ließ Bartelmä stehen. „Du wirst das Nächstemal auch gehenkt, du verdammter Aristokrat," brüllte noch Bartelmä dem Weggeeilten nach.

Ueber'm Berge kam plötzlich in dunkler Wolke ein Schneesturm herangebraust, so daß selbst die Raben, die sich jetzt den Menschenwohnungen zuwendeten, nur mühsam sich hindurch arbeiteten. Verstummt war jetzt der schüchterne Lerchensang draußen und die Frühlingslust im Herzen unseres Wanderers.

Hat sich die Daseinsfreude zu früh herausgewagt und müssen noch heftige Stürme die Erde heimsuchen, bevor sie sich eines erneuten Lebens freuen darf? Es sterben Lerchen, die dem lockenden Blick der Sonne zu früh vertraut, aber der Frühling bleibt nicht aus, und ist er da, heller Sang umzieht ihn und in Freude begraben sind die versunkenen zu früh vertrauenden Boten. —

In dem Geiste der Kinder war ein lebendiges Frühlings-

sproſſen, das, wie Eugen hoffte, ſtark ſein ſollte gegen Wind
und Wetter; und wie er im Genügen ſeines Wirkens und Empfin=
dens ſich fühlte, erkannte er, daß er den Kindern jetzt mehr war,
als je; denn ein in ſich erfülltes Daſein ſtrömt wie von ſelbſt
ſeine Kraft in Andere über, der Zufriedene vollführt ſeine Pflicht
am nachdrücklichſten. Eugen war zufrieden in der urſprünglichſten
Bedeutung des Wortes. Der unverhofft wieder eingetretene Winter
ſtörte ſeine innere Luſt nicht.

Wenn er jetzt im Feld umherſtreifte, freute er ſich des Wind=
ſturmes, der die Knospen aufrüttelt, die Wurzeln weckt und tiefer
einſenkt.

In den Frageſtunden, die er jetzt ſo oft als thunlich im Freien
abhielt, lenkte er die Forſchung der Kinder auf das Naturleben.
Einſt, es hatte in der Nacht ſtill gerieſelt und an den blätter=
loſen Zweigen hingen glitzernde Regentropfen, war Eugen mit
den Kindern hinausgezogen und freute ſich ihrer hellen Luſt, dar=
über die Lerchen hinſchwirrten, die beim erſten warmen Sonnen=
ſtrahl ſich wieder aufmachten; die Staare waren ſchon in großen
Flügen da, und der Rabe ſaß krächzend auf dem ſchmelzenden
Schneefeld. Ein ſonſt ſchweigſamer Knabe, des Krämer Maiers
Karl, fragte: „Herr Lehrer, woher kennt das Lerchenmännchen
ſein Lerchenweibchen; es ſieht doch eins aus wie das andere?“
Eugen nahm den Knaben an der Hand und ſagte ihm: „Das
weiß man nicht.“ Er konnte und wollte nicht, wie das gewöhnlich
geſchieht, das Tauſchwort Naturtrieb für das Geheimniß unter=
ſchieben. Er ſcheute ſich überhaupt nicht, zu bekennen: das weiß
ich nicht, oder auch: das muß ich in Büchern nachſchlagen. Sein
Anſehen bei den Kindern litt dadurch keinesweges und er fand
den Grundſatz ſo vieler Lehrer falſch, daß man den Kindern wie
ein allwiſſender Gott erſcheinen müſſe. Er hatte noch immer
Kenntniſſe genug, um keine heucheln zu brauchen. Unter frei=
williger Zuhörerſchaft Vieler erklärte er dem Karl, wie die Thiere
die Welt ganz anders ſehen als wir, wie dem Inſekt mit ſeinen
vielen Augen, dem Pferd mit der Tapetenhaut im Auge Alles
wohl anders erſcheine. — Die ſich freiwillig um den Fragenden
geſchaart hatten, hörten mit geſpannter Aufmerkſamkeit, und Eugen
bedauerte, daß dieſe erziehliche Maßregel ſich ſo ſelten anwenden
ließe; denn die Menſchen nehmen viel leichter etwas in ſich auf,
das nicht unmittelbar an ſie gerichtet iſt und das ihnen zufällig

zufliegt. Das aber erkannte Eugen auch, wie es vielfach nur Redensart ist, daß man die Naturwissenschaften zum Hauptgegenstand des Unterrichtes in der Schule machen könne; die Fortpflanzung ist die wesentliche Geschichte von Pflanze und Thier, die dem Kinde nicht zu deuten ist.

„Herr Lehrer," fragte im Nachhausegehen des Schmieds Christian, „warum giebt's denn keine Kühe und Gäule, oder Rehe und Schafe, die so grün sind wie Ackerfeld und Baum, oder so blau wie der Himmel?"

„Die Heuschrecken sind so grün wie Gras," lachte der Sansculotte, und Eugen erklärte, daß es von den Blattkäfern an immer höhere und feinere Organisationen gebe, die auch in den Farben ihre Mannigfaltigkeit und Selbständigkeit bekundeten.

Natürlich fehlte es auch nicht an rein albernen und sinnlosen Fragen, aber diese dienten meist zur Erhöhung der allgemeinen Heiterkeit.

Wenn dann Eugen allein ging, war es ihm, als ob er thauige Luft tränke. Er wandelte einst am Morgen im ersten sprossenreichen warmen Frühregen und fühlte mit Feld und Wiese, wie das zum Leben erwacht. Er mochte gern so fort wandern, weit, weit, und wieder still stehen wie ein Baum.

„Ihr sehet ja aus wie der Frühling." sagte das Rusele, das ihm fast jedesmal begegnete mit einem Topf voll Kaffeesatz, den es aus dem Pfarrhaus holte, und dann vor Nachhausegehen das erste Grün für seine Ziege sammelte. Jetzt hatte es das Rusele besonders auf Nesseln abgesehen, die es abkochte und seiner Ziege als Frühlingskur gab. „Die Nesseln sind doch auch zu was gut," sagte das Rusele dies erklärend unserem Wanderer.

Eugen hatte ein neues Mittel zur Befestigung der Ordnung in der Schule gefunden. Es galt als Lohn für Fleiß und Sittsamkeit, wer ihm beim Umarbeiten seines Gartens, der noch von Kaibls Zeiten her verwahrlost war, helfen durfte. Im ganzen Dorf herrschte Freude und Lob, daß die Kinder noch nie so gern in die Schule gegangen seien als jetzt. Eugen erfuhr das wieder durch Lipp, und als auch Vittore solches bestätigte, war er voll Jubel.

„Habt Ihr die Kinder schon ganz vorbereitet für die Prüfung?" fragte Vittore wiederholt.

Wie draußen eben nochmals ein Schnee fiel, die Wiesen

waren schon grün, Schosse und Triebe hatten sich an allen Zweigen
aufgethan und die Amsel hatte schon gesungen, und jetzt wieder
Alles winterlich — so war es Eugen jetzt plötzlich, als ob all
seine helle Freude wieder verschneit wäre. Er gestand Vittore,
daß ihm vor der Prüfung bange; er habe darin noch gar keine
Uebung. Vittore redete ihm ernst zu Gewissen, wie weit gefehlt
das sei, sich und den Kindern allerlei zu gestatten und das Nö=
thigste darüber zu versäumen. Eugen erwiderte, daß die Kinder
geistig geweckter seien als Viele, wenn sie auch in der ordnungs=
mäßigen Prüfung schlecht bestehen würden, wie er voraus wisse.
Vittore ließ das gelten, forderte aber um so entschiedener, daß
man sich so stelle, daß Einem Niemand was anhaben könne.

　„Wisset Ihr was?" spottete Vittore zuletzt, „übermorgen ist
Hochzeit im Lamm in Röthhausen, des Schäufler=Davids Marie
heirathet den Metzger Philipp. Es geht jetzt in einem hin, Eure
Schulprüfung fällt hin und her schlecht aus, wie Ihr saget, Ihr
könntet Euch noch einen freien Tag machen und zur Hochzeit
nach Röthhausen gehen."

　Zum Erstenmal kehrte Eugen mißmuthig aus der Bachmühle
heim, er glaubte in dem Wesen Vittore's eine Beschränktheit zu
finden; sie hatte kein Gefühl für den Wonneduft einer freien in
sich befriedigten Thätigkeit, die nicht nach amtlichen Zeugnissen
und Anerkennungen von Außen fragt. Er nahm sich aber doch
vor, Vittore zu beweisen, daß er auch das Gesetzte erreichen
könne, und es war von eigenthümlicher Bedeutung, wie sein
Verhältniß zu Vittore eins wurde mit seinem Berufe. Mit einer
Hast, die die Kinder stutzig machte, räumte er alles nicht streng
Planmäßige weg, und bald glaubte er den Triumph vor Vittore
zu erreichen, bald ward er mit Kummer seines Mangels an den
gewöhnlichen Handhaben inne. Und jetzt erkannte er aber auch,
daß nicht Beschränktheit, sondern strenges Pflichtgefühl aus Vit=
tore gesprochen hatte. Er suchte Vittore nach einer ganzen Woche
angestrengter Arbeit auf und wollte ihr Abbitte thun für das
Unrecht, das er innerlich gegen sie begangen, aber sie lachte so
schelmisch und wußte so viel von der Hochzeit in Röthhausen zu
erzählen, daß er gar nicht zu Wort kam.

　Eines Morgens wurde er seltsam überrascht. Deeger kam und
sagte, daß er mehrere Tage hier bleibe, um die Kinder zur
Prüfung einzuüben. Eugen war voll Freude und Dankes, aber

er bemerkte auch an Deeger ein auffallendes neckisches Lächeln. Endlich erklärte Deeger, daß er zwar selbst daran gedacht, dem Freunde zu helfen, daß er aber eigentlich von Vittore, die zur Hochzeit in Röthhausen war, dazu aufgefordert worden sei.

Eugen fiel Deeger um den Hals. Vittore hatte noch nie ein Liebeswort zu ihm gesprochen, sie sprach in Thaten. „Ich habe Freundschaft und Liebe," rief Eugen vollen Herzens, „die Freiheit muß mir werden!"

* * *

Siebzehntes Kapitel.

Mit dem Freunde jetzt gemeinschaftlich arbeiten, war nicht minder erquickend, als mit ihm im Morgenthau in die ergrünende Flur hinauswandern und am Abend im traulichen Kreis in der Bachmühle sitzen. Eugen sprach gegen Vittore kein Dankeswort aus, aber sie mochte seine Empfindung für ihre That verstehen, da er sagte, wie glücklich er sich durch die Anwesenheit und Beihülfe des Freundes fühle; Vittore schlug bei diesem Ausspruch nur Einmal den Blick auf gegen Eugen. Sie war und blieb das strahlaugige Mädchen.

Deeger hatte seine volle Freude an der Liebe Eugens und Vittore's, aber er sprach mit dieser, die zum offenkundigen Zeugniß ihrer Liebe jetzt besonders zutraulich gegen ihn war, nie von dem Freunde, und enthielt sich überhaupt jeder fördernden Vermittlung; denn ihm schien nicht nur die außergewöhnliche Lage Eugens ein tiefes Bangen einzuflößen, er war auch zart und besonnen genug, zu wissen, daß jeder Einblick eines Dritten, so sehr er auch gewünscht werden mag, doch leicht etwas Anfremdendes zurückläßt. Er hörte den stürmischen Jubel Eugens stets gelassen und wortlos an, und nur wenn es galt, etwas in dem Wesen Vittore's aufzuklären, ließ er sich zu Worten drängen. So sagte er einmal:

„Wundre dich nicht, daß Vittore jedes Liebeswort, jede Empfindungsäußerung vermeidet; ein Bauernmädchen spricht nicht gern von Liebe. Bei Vittore ist noch ein Außergewöhnliches, sie hat schon einmal geliebt, hat reife Lebenserfahrungen, da spricht man nicht gern von Gefühlen."

„Ich komme mir neben ihr oft kindisch vor. Sie erscheint mir überhaupt viel reifer als ich."

„Das ist sie nicht, sie ist nur thatfester, heimischer in bestimmtem Lebenskreis. Solche Menschen scheinen gegenüber den in Gedanken Lebenden reifer, sie sind es aber nicht. Du wirst stets finden, wie sehr du über Vittore stehst. Es ist mir aber ein Zeugniß deiner innigen und wahrhaften Liebe, daß du dich geringer achtest als du berechtigt bist."

„Mich verlangt zu wissen," sagte Eugen plötzlich abspringend und in eine seltsame Gedankenverbindung übergehend, „wie sie es aufnehmen wird, wenn ich ihr erklären werde, wer ich bin; und das muß ich und bald."

„Vittore hat ein correktes Denken," entgegnete Deeger.

„Correktes Denken," wiederholte Eugen, „du hast's getroffen." Das Wort drang ihm wunderbar zu Sinne und Deeger fuhr fort:

„Sie wird, wie ich glaube, deine Standeshoheit als ganz bedeutungslos ansehen. Du mußt aber dabei bleiben: so lange du nicht vollkommen frei bist, sie durch kein ausgesprochenes Wort an dich zu binden. Es ist schon mehr als genug an dem bereits Geschehenen."

So sehr es auch Eugen hätte zufrieden stellen sollen, daß Vittore seinem ehemaligen Stande gar keine Bedeutung beilegen würde, er fand diese Erwartung doch nicht willkommen, er hatte sich's als einen Triumph seiner Liebe gedacht, einen in der Welt hochgeschätzten Lebensschmuck ihr zu Füßen zu legen, er hatte sich gewünscht, noch viel mehr zu sein, um ihr Alles darbringen zu können. Aus diesen innern Widersprüchen heraus sagte er jetzt nach langem Verstummen:

„Ich bin doch noch verdorben, es liegen scheinbar erstorbene Wurzeln im Gemüthe, die man nicht ahnt."

Deeger forschte nie nach Räthselworten, er betrachtete sie als ungehört und erwiderte auch jetzt nichts. Eugen mußte für sich allein den noch nicht völlig getilgten Hochmuth seines Standes niederkämpfen.

Auf den Feldgängen breitete Eugen sein innerstes Seelenleben aus, gleichwie die Bäume jetzt ihren vollen Blüthenschmuck erschlossen; der unmittelbare Beruf, die Wissenschaft, das Freiheitsstreben und die Liebe, Alles schwirrte in hochgehenden Gedankenflügen über die grünende Erde hin. Eugen konnte sich eines

Veilchens freuen und gleich darauf die Betrachtung daran knüpfen, daß dieses Blümchen darum so düsterreich ist, weil es früh und so verborgen blüht, daß keine Biene daran naschen kann; er konnte sich über „die Agenten in der Natur," die Käfer, lustig machen und sich mit den Staaren freuen, denen der verhaßte frische Maulwurfshügel Herd und gedeckter Tisch war; er konnte in der Kleeaussaat, die man jetzt unter Frühgerste mischte, eine bedeutsame Schulmethode finden, und gleich darauf wieder sich selbst verspotten, daß Alles, was er schaue, sich in Pestalozzi verwandle, daß die grünenden Stauden zu winkenden Schulbakeln würden.

Mit traurigem Scherz rief er einmal: „Alles Naturleben baut sich aus der Grundform der Zelle auf, und daher haben gewiß die Herren der Welt gelernt, das junge Freiheitsstreben in das Zellengefängniß zu sperren." Gleich darauf sagte er aber wieder: „Goethe als Demokrat wider Willen hat uns gelehrt: die Blume ist auch nur ein Blatt; wir aber sagen doch jetzt: die Blätter sind auch Blumen." Vor einem Blüthenbaum stehend, rief er: „Da droben steht die neue Weltgeschichte. Dort, wo jetzt an den Zweigen die Blüthen sind, kommen das nächste Jahr keine, in den Achseln der Blätter bilden sich die Keime der nachjährigen vor. So ist's auch in der Menschheit, es kommen andere Geschlechter daran. O Welt, wie bist du so reich." Solches und noch viel tausenderlei sprach er hin in die frühlingshelle Luft, und Deeger schien sich dessen still zu freuen und drückte manchmal den Arm des Freundes fester an sich.

Am letzten Tag vor seiner Abreise verwandelte sich Deeger in den Schulinspector und ließ Eugen ganz genau die Prüfung abhalten. Es ging, wenn auch nicht ohne Hindernisse, doch ziemlich fertig von statten, und Deeger nickte bejahend, als Eugen beim Abschied sagte:

„Die Gefahr ist noch nicht vorbei, aber ich fühle mich ihr gewaffnet. Danke dir selber."

Auf den Samstag vor dem weißen Sonntag, der diesmal erst Ende Aprils war, hatte der Inspector die Prüfung anberaumt.

Ein jammervolles Heulen am Prüfungsmorgen weckte Eugen. Lipp hatte den Schatzhauser eingesperrt, damit ihn der Inspector nicht zu Gesicht bekäme und abschaffe. Eugen wußte ein besseres Versteck, er schickte den Hund nach der Bachmühle, wo er gern blieb.

Auf acht Uhr war der Beginn der Prüfung angesetzt. Eugen hatte die Kinder schon um sieben sich einfinden lassen, wie Deeger angeordnet, und daran war wohlgethan; denn lange vor der anberaumten Zeit fand sich der Inspector im Geleit des Pfarrers und Vikars und eines Theils des Gemeinderathes ein. Der Lehrer von Alsfeld folgte bald hinter ihnen. Auch Eltern und erwachsene Geschwister sammelten sich und gingen ab und zu. Eugen war selber erstaunt, wie leicht Vieles von statten ging und sprang über Stockungen keck hinweg. Der Inspector aber ließ das nicht so leicht geschehen und mußte die Lücken und Mängel kenntlich aufzuweisen. Eugen ließ sich dadurch nicht irre machen und begann jeden neuen Gegenstand mit ungebrochenem Muth, der nun auch auf die Kinder überging, die wie eine geworfene Schwadron schon völlig alle Zuversicht verlieren wollten und selbst das was sie wirklich innehatten, nur mühsam hervorstotterten. Am Mittag wiederholte sich der officielle Schweiß und am Schluß, nachdem der Inspector zur Ehrfurcht vor Gott und dem Fürsten ermahnt und die Kinder entlassen hatte, wurde Eugen vor den Versammelten bedeutet, daß die Prüfung nur eine mittelmäßige sei und man sich künftig eines bessern von ihm erwarte. So schmerzhaft diese Aeußerung sein mußte, sie wurde rasch wieder gelindert, da der Gemeinderath auf die Frage, ob er etwas gegen den Lehrer und sein Betragen vorzubringen habe, einstimmig verneinte mit dem Zusatze, es sei Jedermann „rechtschaffen zufrieden" mit ihm.

Als es bereits dämmerte, ging Eugen nach der Bachmühle. In dem blühenden Flieder im Garten sang die Nachtigall und dort vom Berg rauschte hell der Waldbach und klopfte rasch die Mühle. Ja, hier wohnt die Liebe und die in sich geschlossene Thätigkeit. Eugen stand wieder an der Stelle, wo er am ersten Abend gesessen und er sah dankend hinauf nach dem Haus, denn hier fand er die Stütze zur Ausdauer in seinem Beruf. Wenn jetzt Vittore kam, er hätte alle Schranken zerrissen und hätte von ihren Lippen Seligkeit und Friede getrunken. Die Nachtigall sang immer wonniger, aber Vittore war nirgends zu finden. Er ging hinauf in die Stube, die Bachmüllerin war allein, sie glückwünschte ihm und als er dies ablehnte, sagte sie:

„Sehet Ihr? Es lohnt sich Alles auf der Welt. Daß Ihr dem Vikar beigestanden, das trägt jetzt seine Frucht. Der Vikar hat überall heilig versichert, daß Eure Kinder das beste Zeugniß

verdienen; sie seien nicht nach der Schnur abgerichtet, aber auf-
gehellter als die in den meisten Schulen. Des Mareile's Mutter
hat's mir berichtet und Ihr geltet jetzt im Dorf mehr als der
Inspector. Freuet Euch nur rechtschaffen."

Die Bachmüllerin nickte wohlgefällig, da Eugen sagte, daß
ihm die Freude eine doppelte sei, da er sie von ihr bekäme.

„Wo ist die Vittore?" fragte er jetzt. Sie sollte die Genossin
seiner Freude sein, war sie ja der Ursprung; wie viel mißlicher
wäre es ergangen ohne ihre Beihülfe.

„Die Vittore ist im Stall, sie hat sich's nicht nehmen lassen
und ist die ganze Nacht dort gewesen; ihre Lieblingskuh, die
Amsel, hat heut Nacht gekalbt und jetzt giebt sie ihr warme
Tränke, sie nimmt sie sonst von Niemand. Ich höre meine
Vittore die Stiege heraufkommen."

Von unsichtbarer Hand öffnete sich die Thür und schloß sich
wieder. Schatzhauser sprang herein, hüpfte an seinem Herrn
empor und legte dann seinen Kopf auf dessen Schooß und blickte
so wehmüthig auf, als drückte er den Schmerz aus, daß er nicht
Alles wiedersagen könne, was Vittore mit ihm gesprochen. Als
jetzt diese selber eintrat, rannte er ihr entgegen. Es gab viel
zu erzählen und Vittore schlug das Auge nicht nieder, sondern
schaute Eugen fest an als er sagte, er verdanke das Hauptsächliche
einem guten Geist, der für ihn gesorgt habe.

Draußen lag heller Mondenschein und die Nachtigallentöne
klangen immer lieblicher. Eugen sehnte sich darnach, Vittore allein
zu sprechen; er lächelte innerlich über den glücklichen Ausweg den
er fand, indem er den Wunsch aussprach, das neugeborene ruhm-
reiche Kälbchen zu sehen. Vittore stand auf, aber auch die Mutter
ging mit. Es durfte sich jedoch der Amsel Niemand nähern als
Vittore. Vor dem Bienenhaus stand dann Vittore still und erzählte mit Freude, wie gut sie ihre volkreichen Stöcke überwintert
habe, sie habe das Letztemal im August gezeidelt (Honigernte gehalten) und das sei besser als im Herbst, weil sich da die Bienen
noch sammeln können was sie brauchen, und so habe sie diesen
Winter das Füttern erspart; sie zeigte dann mit besonderer Freude
das sogenannte Katzenkraut, das sie dort gepflanzt hatte, das im
Frühling zuerst blüht und für die Bienen ein wahrer Schmaus ist.
Als Eugen seine Unkenntniß in der Bienenzucht gestand, erklärte
ihm Vittore schnell die Hauptthätigkeiten durch das ganze Jahr

und versprach, ihm einen Vorschwarm zu geben, wenn er sich anlegen wolle, „freilich," setzte sie hinzu, „ist der Schulgarten nicht besonders geschickt dazu; hier ist's besser, wo die Weiden sind und vom letzten Schnee bis zum ersten allerlei Blumen auf= kommen."

Vittore war jetzt gesprächsam, sie, die sonst nur zu abge= brochener Rede zu bringen war. Sie sprach noch immer kein Liebeswort, aber in b efem Darlegen ihrer Lieblingsthätigkeiten war mehr als jede Gefühlsäußerung. Wohl auch aus dieser innern Anwendung erwiderte Eugen:

„Wie die Bienen aus blühendem Reps und Wicken reichen Honig saugen, wo die Besitzer nur künftiges Oel und Futter darin sehen, so geht es auch mit vielen Thaten und Reden der Men= schen; wer's versteht kann sich süße Gedanken daraus holen."

„Mutter!" rief Vittore, „das ist eines von Euern Gleichnissen, das ist, wie wenn ich Euch hör'."

„Vor deinem vielen Reden hört man die Nachtigall gar nicht," schalt die Bachmüllerin und Vittore erzählte Eugen leise, wie sehr besonders des Pfarrers Adelheid von der Nachtigall so viel Auf= hebens mache, die Adelheid sei überhaupt eine Besondere, sie lache sie oft aus, weil sie die englisch=chinesischen Schweine pflege, die der Vater eingethan; die Adelheid habe nur die Schafe gern, sonst gar kein Thier.

Als man die Gartenthür öffnete, kam des Pfarrers Hektor heraus und bewillkommte seinen Freund Schatzhauser und aus der Laube dort trat der Vikar mit seiner Braut an der Hand.

Das gab jetzt des Scherzens und Lachens genug. Da die Laube nicht Raum genug hatte, setzte man sich gemeinsam auf die Bank vor dem Haus. Der Vikar erzählte, daß im Dorf allgemein die Rede sei, der Doctor Metzler, der sogenannte Fragsamenhändler, sei der Spion und Angeber des Dorfes; er ersuchte Eugen, ihn vor der Rache der Menschen zu warnen. Ueber die Herzen, die sich der hellen Frühlings= und Liebeslust erschlossen, breitete sich ein dunkler Schleier, da man sich den Kummer so vieler Familien um ihre eingekerkerten Väter und Brüder vergegenwärtigte. Adel= heid wehrte sich besonders gegen solchen Trübsinn und als Eugen sie bat, ein Lied zu singen und auch Vittore die gleiche Bitte aus= sprach, betheuerte Adelheid in aufrichtigen Worten, daß sie kein Lied ohne Klavierbegleitung singen könne.

„Das versteh' ich nicht," rief Vittore, „trillerst das ganze Jahr wie ein Kanarienvogel und jetzt kannst du nichts, weil du den Klavierkasten nicht bei dir hast. Halt, du hast ja erst vor acht Tagen ein Lied vom Frühling gesungen, das mußt du können, fang' nur an."

„Glaubet mir, es geht nicht ohne Klavierbegleitung."

„Das ist wunderlich! Spricht das Lied vom Frühling im Wald und braucht ein Klavier," rief Vittore lachend.

Eugen gab ihr recht und erklärte, wie seltsam es sei, daß man ein Lied nicht da singen könne, wo es empfunden werden muß; er war eben daran sich mit dem Vikar in einen Streit über höhere und volksthümliche Musik zu verwickeln, als Alles in ihn drang, etwas Allgemeines anzustimmen; er ließ sich nicht lang bitten und Alles, selbst der Vikar stimmte mit ein:

Ein Jäger in dem grünen Wald
Muß suchen seinen Aufenthalt.
Er ging im Wald wohl hin und her
Ob auch nichts anzutreffen wär.

Mein Hündelein ist stets bei mir,
In diesem grünen Laubrevier.
Mein Hündlein wacht, mein Herze lacht,
Meine Augen leuchten hin und her.

Da ruft mir eine Stimme zu:
„Wo bist denn du, wo bist denn du?"
„Wie kommst du in den Wald hinein,
Du strahlaugig Mägdelein?"

„Um dich zu suchen bin ich hier,
In diesem grünen Waldrevier;
Ich ging im Wald wohl hin und her,
Ob auch kein Jäger drinnen wär."

Ich küßte sie ganz inniglich
Und sprach: „Fürwahr du bist für mich;
Bleib du bei mir als Jägerin
So lang als ich auf Erden bin.

Allein follst du nicht wandeln hier
In diesem grünen Waldrevier.
So lang die Welt zusammenhält
Sind wir zusammen in der Welt."

Bei den letzten Worten hatte Eugen die Hand Wittore's ge=
faßt und hielt sie fest; sie riß sich los, aber er glaubte doch den
Druck ihrer Hand gefühlt zu haben.

Jetzt kam der Bachmüller und sagte, der Abend sei noch zu
kühl zum Draußensitzen. Man verabschiedete sich bald und Eugen
geleitete das Brautpaar in der duftigen Frühlingsnacht das Dorf
hinein. Er ging still neben den Ueberglücklichen und schwer im
Herzen fühlte er, was geschehen war und wie unbedacht er ein
Leben hineinzog in sein dunkles Dasein. —

Am weißen Sonntag schaute Alles auf nach der Kirche, der
Storch war angekommen, das kündete ein festes Frühjahr, und
Bartelmä, der mitten unter den Versammelten stand, zu denen
sich Eugen gesellt hatte, sagte zu diesem:

„Ich hab' kein blutiges Kreuzerle im Vermögen und wer kein
Geld in der Tasche hat, wenn der Storch kommt, hat das ganze
Jahr keines."

Eugen hieß ihn mitgehen und schenkte ihm einiges Geld,
worauf Bartelmä sagte, er werde ihm das mit Zinsen heim=
geben.

Als aber Eugen im Weitergehen den Bartelmä zu ruhiger
Stimmung und Fürsorge für seine Zukunft bewegen wollte, er=
widerte dieser:

„Schweig mir nur von der Welt. Pfui! Jetzt ist die Junge=
gänschenzeit, jetzt kriechen die gelbflaumigen, weichbeinigen Ge=
müthlichkeiten aus der Eierschale; jetzt werden die Menschen ver=
liebt wie die Maikäfer, und jetzt freut sich der lederne Philister
mit Kind und Kegel, daß die Lerchen wieder da sind und die
Schwalben auch, und daß er Spinat kriegt und wohlfeiles Kalb=
fleisch. Pfui! Ich wollt' ich wär' im Pennsylvanium und könnte
mir einreden, draußen ist ein zorniges Geschlecht das bald den
Kehraus aufspielt und nicht Philister, die den Fortschritt der Zeit
nur daran sehen, daß ihre Meerschaumköpfe brauner geraucht
sind. Ich für mich bin entschlossen. Ich lebe noch acht, höchstens
zehn Tage. Thue ich bis dahin meinen Fang, gut, dann komm'

ich nochmals auf Universität und das als Präparatfrosch; wo nicht, geh' ich nach Pennsylvanium."

Es gelang Eugen nicht, weder die seltsamen Worte zu enträthseln, noch den Verwilderten anderen Sinnes zu machen; selbst das Versprechen, daß Kronauer ihm eine Stelle geben müsse, wurde verlacht.

Die Kirchenglocke mahnte Eugen an andere Pflichten.

Am heutigen Tag wurden die Kinder confirmirt und aus der Schule entlassen. Eugen war selber tief bewegt, als nach der Kirche die Kinder noch zu ihm kamen und dankten, wobei des Sonnenwirths Franz im Namen der Knaben sprach und das Mareile für die Mädchen sprechen wollte, vor Weinen aber fast nicht konnte.

In dieser freiwilligen That der Kinder fand er Entschädigung dafür, daß sein Verhältniß zu den Kindern in der Kirche ganz unbeachtet geblieben war.

Grünbonnerstag, Charfreitag, die Ostertage kamen und Eugen erschaute sich wie neu, da er sein Leben jetzt ganz an die Kalendertage geknüpft fand. Er hatte frei für sich gelebt in selbstgeschaffenen heiligen Zeiten; wie ganz anders war das jetzt. Wenn er in die Häuser schaute, wie breitete sich da ein höherer Festglanz aus. Die Kirchenordnung hatte sich eingelebt in das Familiendasein. So lange man auf einsamer Gedankenhöhe steht, kann man deren vergessen. Sein ganzes Denkleben konnte Eugen den Menschen leicht hingeben, schwerer ward es ihm, aus dem Widerspruch mit seinen höchsten Ueberzeugungen sich den religiösen Formen anzubequemen. Und doch, ist man hiezu nicht verpflichtet bei einem vollen Gemeinleben? Wie weit aber ist man berechtigt, seine innersten Bekenntnisse zu verschweigen oder gar zu verleugnen? . . . .

Am Ostermontag war Eugen bei Kronauer zu Gaste und aus seiner tieferregten Stimmung heraus sagte er:

"Man müßte die Menschen hochsittlich machen, um sie dahin zu bringen, ohne äußere Weihe echte schöne Feste zu feiern."

"Ich fürchte," entgegnete Kronauer, "Sie wollen in gerechtem Unmuth über die nichtswürdigen Zustände der Gegenwart den letzten Halt, die letzte positiv ideelle Autorität untergraben und sehen alles Heil im Unglauben. Ueberhaupt aber ist es unpraktisch, in Dingen, die sich der Forschung entziehen, die Menschen reformiren zu wollen."

„Ich bin der Ansicht," suchte Eugen zu schließen, „daß man
Niemand weder Glauben noch Unglauben geben darf; beides darf
nur Ergebniß der persönlichen Charakterentwickelung sein."

„Sie sind gläubiger, als Sie sich gestehen wollen," entgegnete
Kronauer, und dieser so oft wahrgenommene Hochmuth der auf
ihre Positivität Stolzen empörte Anfangs Eugen, aber er setzte
ruhig auseinander, daß die Männer des geschichtlich Positiven in
Glaubenssachen, weil sie an eine absolute Wahrheit glauben,
folgerecht bekehrungssüchtig und fanatisch sein müßten, nur ihre
Bildung d. h. geschichtliche Warnungen und Rechnungtragereien
halten sie davon ab; die Ungläubigen dagegen wissen nur von
individuellen Anschauungen und persönlichen Wahrheiten in dem
nicht Beweisbaren, und sind darum folgerecht weder bekehrungs=
süchtig noch fanatisch, sondern entwickelnd.

So oft die beiden Freunde in die Tiefen ihres beiderseitigen
Wesens drangen, that sich eine Kluft zwischen ihnen auf, über
welche hinweg sie sich aber dennoch friedfertig die Hand reichten.

Nachmittags ging Eugen mit Kronauer und dem Bachmüller
durch das Feld. Die Sonne stand so hell am blauen Himmel,
als schaute sie begnügt und selbstzufrieden auf ihre schöne Erde
und es war so still über Feld und Wiese, daß man den Kukuk
vom Alsfelder Wald herüber rufen hörte.

Der Bachmüller beglückwünschte scherzend seinen Freund Kron=
auer, indem er auf die vermehrte Aussaat von Erbsen und Bohnen
hinwies.

Das junge Ehepaar, der Metzger Philipp und des Schäufler=
Davids Marie, kam Hand in Hand daher, aus ihren Angesichtern
leuchtete die helle Freude.

„Noch siebzig solche Ostern wie diese," grüßte Kronauer.

„Dank' schön," erwiderte Philipp und fuhr lächelnd fort:
„aber ich bin nicht so wie Sie, Herr Baron, ich lasse mir vom
ersten Anbot was abhandeln."

Im Weitergehen sprach Eugen seine Freude darüber aus, wie
das Dorf nun so sein eigen worden, daß er Lust und Leid jedes
Einzelnen kenne. Der Bachmüller schaute ihn verwundert an.

Jetzt begegneten sie dem Sansculotten, der seine confirmirte
Freiheit damit nützte, keck eine Cigarre zu rauchen. Eugen redete
ihn ernst verweisend an, der Bachmüller aber war rascher bei der
Hand, er riß dem Knaben die Cigarre aus dem Mund und gab

ihm eine tüchtige Maulschelle dafür, wobei er ihm die Versiche-
rung gab, daß er diese jedesmal einhandeln könne, wenn er ihn
so treffe.

Man sprach viel über den Uebelstand, daß die Burschen auf
dem Land zu früh selbständig würden. Das Freiheitsgefühl Eugens
sträubte sich gegen äußere Eingriffe, und doch mußte er zuletzt
bekennen, daß eine Rücksichtslosigkeit hier wohl am Platze sei.
Kronauer wies ausführlich auf das Muster Englands hin, wo die
Männer um so gediegen kräftiger seien, weil sie bis zur Reife in
strenger Zucht gehalten werden und nicht wie bei uns ihre beste
Jugendkraft in burschikosen Aufbrausungen vergeuden, um dann
bequeme Bierphilister zu werden.

Auf der Anhöhe vor einem Schwarzdornstrauch saß der Klosemichel, schälte sich einen Stock und fluchte immer vor sich hin.

„Was giebt's?" fragte Kronauer.

„Ich hab' mir da meinen Bettelstab geschnitten, es wachsen
noch viele da, wer weiß, für wen sie stark werden. Ich geh'
hinüber ins Thal und will mit meiner Frau und meinen Kindern
Arbeit in der Fabrik suchen."

Kronauer versprach ihm Taglohn zu geben, wenn er fleißiger
sein wolle als bisher. Der Klosemichel verneinte und „Vinzenz!"
riefen plötzlich Kronauer und der Bachmüller wie aus Einem Mund.

Die Straße daher kam haftigen Schrittes ein bleicher Mann
mit vollem Bart, der Bachmüller und Kronauer streckten ihm die
Hände entgegen, die er kaum faßte und weiter drängte. Der
Bachmüller hielt ihn aber fest und sagte, er solle ruhiger gehen,
er wolle voraus eilen und der Frau ankündigen, daß er käme;
schneller als man ihm sonst zugetraut hätte, eilte er davon.

Eugen erfuhr, daß dies der Schlosser Vinzenz, der Vater des
verstorbenen Hasenschartigen sei, der nun berichtete, daß er seine
noch rückständige Zuchthausstrafe geschenkt bekommen habe. So
sehr auch Kronauer ermahnte, dem Bachmüller einen Vorsprung
zu lassen, Vinzenz war kaum zu halten.

„Die Schwalben fliegen!" sagte der Vinzenz einmal sich um-
schauend und breitete die Arme aus; er konnte nicht sagen, wie
er auf raschen Schwingen hineilen möchte zu den Seinen. Der
Schweiß perlte ihm auf der Stirn und Alles, was des Weges
kam, umdrängte ihn, drückte ihm die Hände und geleitete ihn
wie im Triumph hinein in das Dorf. Jetzt kam aus dem Dorf

ein Menschenschwarm, aber eine Gestalt eilte voraus, ein Kind
auf dem Arme; Vinzenz sprang ihr entgegen und lag weinend
am Halse seiner Frau, nahm ihr hierauf das Kind ab, das er
noch nie gesehen und eilte damit ins Haus. Als er hier den
Hasenschartigen nicht fand und hörte, daß er gestorben sei, schrie
er laut auf und drückte sich die Hände vor das Gesicht und die
Thränen quollen zwischen den Fingern hervor.

„Gott hat uns ein anderes Kind geschenkt," tröstete die Mutter.

„Du hast's Philipp taufen lassen; Dagobert muß es heißen,
wie mein guter lieber Kerl, der mir so weggestorben ist. Komm
her Dagobert," rief er und nahm das Kind abermals auf den Arm.

Eugen, Kronauer und der Bachmüller mußten sich aus der
Stube entfernen, um auch die Anderen zu bewegen, die Eheleute
allein zu lassen. —

Am Abend, als der erste Festtag ausgeläutet war, tönte heller
Gang durch das Dorf; Kronauer hatte es beim Schultheißen-
und Pfarramt dahin gebracht, daß das Singen wieder erlaubt
ward. Die Mädchen gingen Arm in Arm, so breit die Straße
war, und die Burschen, unter ihnen Lipp als wirklicher Hauptmann, gingen hinterdrein und begleiteten die hellen Stimmen
in natürlichem Accord. Eugen horchte ihnen lange nach und in
ihm jubelte es: O du deutsches Herz! Gepriesen sei deine Un-
verwüstlichkeit. Kaum ist die harte Bedrängniß vorüber und
noch liegt Alles vor dir in ödem Dunkel; du faßest dich und
jauchzest froh empor ...

Noch lang saß Eugen still und allein in seinem Garten. Ein
Eingekerkerter ist frei und das Lied ist wieder erwacht und klingt
hell aus dem Mund des Volkes. Wann wirst auch du deine
Freiheit finden in dir und um dich her? . . . . . Immer ferner
klangen die langtönigen Liederweisen, bis sie endlich ganz ver-
hallten.

Achtzehntes Kapitel.

Am zweiten Festtag empfand es Eugen wieder schwer, wie in
der ersten Zeit, daß er am Morgen und am Mittag in der
Kirche mitwirken mußte.

Als er am Abend in der Bachmühle äußerte, wie es ihm so

seltsam vorkomme, daß die Menschen bestimmte Tage festsetzen, an denen sie die Andacht in sich erwecken wollen, statt daß diese von selbst kommen solle und sich nach keinem Kalender richte, da schwieg Alles auf diese Worte, endlich sagte Vittore:

„Daran hab' ich noch nie gedacht, aber an was anderes. Mir ist's früher ganz wunderlich vorkommen, daß man sich schön anthut und sagt: jetzt geh' ich zum Tanz und will lustig sein. Die Lustigkeit fragt nicht vorher an, wie man angezogen ist und man kann sie sich nicht anfremen (bestellen), aber doch ist's wieder gut und nöthig, daß es so ist. Die Musikanten müssen am Platz sein und zum Tanzen braucht man auch noch andere Leut' und die Lustigkeit kommt dann schon von selber, wenn man gesund ist."

Das Antlitz Vittore's leuchtete, als ginge sie zum Tanz und hörte helle Musik. Eugen empfand in sich eine so jubelvolle Freude, daß er unwillkürlich beide Hände auf die Brust legte; ihm war's, als müßte ihm das Herz zerspringen vor Wonne= seligkeit. —

Am andern Morgen in der Frühe, als eben die Menschen sich wieder rüsteten, um nach der Festesruhe die Arbeit neu auf= zunehmen, bewegte sich ein wunderlicher Aufzug durch das Dorf. Auf einem kleinen vierrädrigen Handwagen, der mit Betten aus= gestopft und mit allerlei Kochgeschirr behängt war, saß des Rusele's Christoph; auf dem Schooß des braunen Burschen stand der flügel= gestutzte Storch. Das Rusele zog den Wagen und die schwarze Ziege lief bedächtig hinterdrein.

„Wohin geht's?" fragte Eugen, als das Rusele bei ihm Halt machte und viele Menschen sich sammelten.

„Ans Meer," antwortete Rusele und „Ins Meer," wiederholte Christoph; der Storch öffnete seinen Schnabel weit und die Ziege schmunzelte mit ihren Lefzen, während Rusele erklärte, daß sie als sicher erfahren habe, ihr Christoph werde durch das Seebad geheilt; seitdem habe sie keine Ruhe mehr gehabt, im Schlaf habe sie immer das Meer rauschen gehört und es habe ihr zugerufen und gesungen: „Mach dich auf! Ans Meer! Ans Meer!" Sie war voll Vertrauen, daß sie schon bis dahin käme; die Ziege fände überall Futter und sie auch. Jedes gab dem Rusele noch ein Geschenk mit den besten Wünschen. Während Eugen noch dem Wanderzug nachstarrte, brachte ihm des Sonnenwirths Franz zwei Briefe; der eine war von Theorosa, die die Fruchtlosigkeit

ihrer Bemühungen ausführlich darlegte und beklagte, der andere
war von dem ausgewanderten Lehrer aus Cincinnati. Der soge=
nannte Singvogel war Capitän auf einem Dampfschiff und Baumann
war Prediger einer freien Gemeinde und außerdem Lithograph.

Eugen las den Brief des Letztern wiederholt, denn er suchte
auch darin Tröstung für den Inhalt des Schreibens von Theorofa.
Der Tauschmann dankte Eugen, daß er ihn gewaltsam heraus=
gerissen habe aus unbestimmter Sehnsucht und daß seine ehemals
jugendliche Ueberschwänglichkeit nun ein festes ewiges Ziel gewonnen.

„Anfangs,“ hieß es in dem Briefe, „war ich wie ein Steck=
ling auf dem Feld, der zuerst zu verwelten scheint, dann aber
frisch sich einwurzelt. Die Seereise, dieses Hinausgesetztsein in
das einförmige Element ist geeignet zur Einkehr in sich und bereit
zu machen, eine neue Welt aufzunehmen. Dennoch war mir diese
Welt lange fremd .... Ich habe auch unsern Vorgänger Kaidl
hier kennen gelernt, er hat die Heiserkeit verloren, die er wie er
mir sagte, sich im Sturmjahr 48 zugezogen hatte; er lebt nach
vielen Fahrten in Buffalo und macht Stearinlichter; er ist ein
ruhiger und zufriedener Mensch und wie ich höre, allgemein ge=
achtet. Anfangs hatte er sich zu den Bierhelden gesellt, die auch
in Amerika schreien, es sei hier keine Freiheit und die, wenn sie
könnten, die Union sprengen würden. Jetzt ist er besonnener ge=
worden. Wer hier zu Land zur guten Gesellschaft gehören will,
darf nicht über die Staatseinrichtungen losziehen wie in Deutsch=
land; natürlich ist das nicht durch ein Gesetz verboten, aber die
Amerikaner, die keine Nationalität sind, haben den höchsten Pa=
triotismus, er ist ihnen Religion, wie bei den alten Völkern.
Hier gilt es zu arbeiten und hier kann man sich nicht für groß
halten, weil man Alles schlecht findet .... Auf unsern Frühling
48 paßt ein Sprüchwort der Amerikaner: Wenn der März kommt
wie ein Löwe, geht er wie ein Lamm, und kommt er wie ein
Lamm, geht er wie ein Löwe .... Ich bin hier Vorstand des
Friedensvereins, mein höchstes Streben ist die Verwirklichung
seiner Ideen. So lange noch eine Kanone gegossen wird, so
lange noch ein Mensch einen andern tödtet, ist keine Religion auf
der Welt; so lange noch ein Geistlicher einen Menschen schwören
läßt, auf Commando seinen Bruder zu tödten, ist alles Kirchen=
thum eitel Lüge. Aus der Sprache und Poesie muß alle Phrase
entfernt, die Weltgeschichte muß neu geschrieben werden. Es giebt

keinen ehrenvollen, keinen ruhmvollen Tod auf dem Schlachtfeld.
Ihr sagt: es muß doch Etwas geben, das sich so als innerste
Ueberzeugung bewährte, daß man sein Leben dafür einzusetzen
wagt. Wißt ihr nichts Besseres? Giebt es keine lebendige That?
Die Völker und Zeiten, die an den geoffenbarten Gott glaubten,
haben aus Menschenmord einen Beruf, eine Ehre, ein gottgefäl=
liges Werk gemacht; laß sehen, ob die Ungläubigen schlechter sein
können. Ihr sagt: das ist für einst, für das tausendjährige Reich.
Ich antworte: Wann beginnt dies? Heute oder nie! Die kom=
menden Geschlechter können eben so gut sagen wie ihr: es ist nicht
unsere Zeit, die das erfüllen soll. Nur eine Zeit, in der man
im Manöverstaub die Menschen zur Verzweiflung an der Logik
gebracht, durfte den Satz aussprechen: das Soldatenthum sei der
Hüter der Civilisation. Wann war es das und nicht schnurstracks
das Gegentheil? Man kann allerdings, wie jetzt geschehen, mit
Bajonetten die beliebte Ruhe und Ordnung herstellen, aber kein
Gemeinleben gestalten. Doch genug. Ich will dir nur anzeigen,
daß ich nächsten Sommer im Auftrag des Friedenscongresses nach
Europa komme. Du mußt mir als ehemaliger Soldat auch Mittel
und Wege angeben zur Zerstörung dieses Standes. Ich möchte
nur das noch finden, wie man dieser organischen Gemeinsamkeit,
wo Tausende auf Einen Schlag wie Ein Mensch handeln, nicht
verlustig werde, und wie man auf andere der Menschheit nütz=
liche Weise diese Fertigkeit schaffe und erhalte. Ich fühle mich
hoch hinausgetragen, wenn ich die Zukunft überschaue. Die Union
rettet die Welt." Ich sprach vor Kurzem einige vorurtheilsfreie
Engländer, sie schreckten schon nicht mehr vor dem Gedanken zurück,
sich einst im amerikanischen Congresse oder wie man ihn nennen
mag, vertreten zu sehen. Der große Gedanke des Weltstaates,
den keine Herrschermacht gründen konnte, wird durch die Union
verwirklicht werden; ungebrochen bestehen in ihr die Völkerindi=
vidualitäten und sind doch fest vereinigt. Die unberechenbaren
Folgen der Verkehrsmittel, daß man über Berge und durch Meere
mit Blitzesschnelle spricht, das bringt eine lebendige Einheit des
Menschengeschlechtes, deren Ahnung mich mit heiligen Schauern
erfüllt. Schon das, daß ich hinaufgehoben auf die Sinaihöhen
des Gedankens in die Welt der Verheißung hinein zu schauen ver=
mag, schon das, daß ich ihren Gedanken zu denken vermag, macht
mich glückselig, wenn ich auch dessen Verwirklichung nicht erlebe.

Doch ich will abbrechen. Fürchte nichts von meiner Ankunft in Deutschland, ich behalte den Namen, den du mir gegeben. Aber laß mich jetzt ein ernstes nüchternes Wort mir dir reden. Du weißt wie anbetungsvoll ich deine That betrachtete und ich kann noch jetzt eine gewisse Bewunderung dafür nicht unterdrücken. Das ist aber nur ein Ueberrest aus der alten Welt mit ihren verkehrten Begriffen, der mir noch anhaftet. Dein Ausharren in beständiger Gefahr stammt von der krankhaften Sucht nach Aben= teuern, die unsere besten Kräfte aufzehrt. Ich verkenne deine Menschenliebe nicht, aber du hast vor Allem die Pflicht, sie gegen dich anzuwenden. Jede Minute, die man in unklarem Kummer verbringt, ist Lebensverschwendung. Bedenke das Alles und halte dich bereit — wenn du bis dahin nicht eine andere Lösung ge= funden — mit mir hieher zu ziehen . . ."

So sehr auch Eugen dagegen ankämpfte, er konnte sich des tiefen Eindruckes, den dieser Brief hervorbrachte, nicht erwehren. Er mochte sich auch sagen, daß das weiche Gemüth des Ausge= wanderten nun zu einem eigenartigen amerikanischen Egoismus verhärtet sei und nur noch einem Ideal nachstrebe, das zunächst keine persönliche Opferung verlange; immer blieb noch die tiefe Erregung zurück. In sich, das fühlte Eugen, hatte er den Kampf vollendet; gegen die Widersacher von außen galt es sich neu zu rüsten. War dieser Brief der Herold, der einen neuen Kampf verkündigte?

Eugen war's plötzlich, als sähe er die ganze Welt im Wider= streit, ja selbst in Hohn gegen sein Thun und Streben aufstehen. Doppelt fühlte er jetzt die Segnung, die ihm in der Liebe zu Vittore geworden; das war ein Zauberschild, der ihn und sein höchstes Streben wunderbar schirmte.

Straff richtete er sich auf, holte seine Jagdflinte und faßte sie so freudig, als könnte er damit die gegnerischen Gedanken treffen, und hinaus ging's mit Schatzhauser in den lustig grünen Wald.

Zahllose Vogelstimmen klangen hell in einander, ihr Tönen verwirrt das Menschendenken nicht; könnten wir deuten, was ihr Sang ausspricht, es faßte verwirrend unsern Geist. — In tau= senderlei Gedanken wandelte Eugen dahin. Am Bergesrand drunten blinkte und rauschte der Bach, stürzte bald lärmend über Fels= geröllе, bald gleitete er so still dahin, als wäre er weit in der

Ferne verschwunden, und alles Rauschen und alles Murmeln der
Wellen schien zu sprechen: wir eilen hinab zu Thal, dorthin wo
dein Liebchen wohnt und schwingen das Rad und eilen von dannen.
— Eugen konnte und mochte nicht wehren, daß Alles um ihn
her von Liebe sprach und er wanderte immer tiefer hinein in die
wonnigliche Frühlingsluft; in stillen Schauern erbrausten die
Wipfel der Bäume, sie können nicht singen wie die Vögel, die
auf ihnen ruhen, sie saugen still den Lebensathem ein, der über
die Erde zieht und die Luft erbraust in ihrem Gezweige. Uner-
gründlich ist die Wonne, die die frühlingsjunge Welt erfüllt.
Eugen spürte keinem Wilde nach, er wollte zur Quelle des Wald-
baches emporbringen, sie war aber ferner, als er sich gedacht,
und er saß still im Dickicht des Waldes, wo es wieder so einsam
war, daß der Kukuk ihm zu Häupten sang und die wilden Tauben
in ihrem Neste gurrten. Schatzhauser war auffallend unruhig, er
lief mehrmals eine Schlucht hinab und drängte sich dann win-
selnd an Eugen; dieser folgte ihm. Zitternd blieb er plötzlich
stehen: an einer Eiche hing eine Menschengestalt . . .

Ist das nicht der Fragsamenhändler? Was flattert ihm dort
ein weißes Blatt am Kinn? Von kaltem Schauer erfaßt trat
Eugen näher. Es ist Alles Wahrheit. An der herausgestreckten
Zunge des Erhenkten ist ein Zettel angeheftet, darauf die Worte
stehen: „Das ist die Zunge des Verräthers."

Erstarrt stand Eugen und wagte es nicht aufzuschauen in das
aufgedunsene Antlitz des Gehenkten. Der Kukuk flog tiefer waldeinwärts mit seinem Ruf, die wilden Tauben gurrten und die
Singvögel sangen lustig, sie wissen und wollen nichts von dem
peinigenden Getriebe der Menschen. — Jetzt faßte Eugen Muth
und untersuchte, ob noch Rettung möglich sei. Er kletterte schnell
den Baum hinauf und schnitt mit dem Jagdmesser den Strick
entzwei und so sehr erbebte er, daß er fast der Leiche nachfiel;
es gelang ihm noch, sich an einem Ast festzuhalten. Rasch sprang
er wieder auf den Boden, schlitzte den Rockärmel des Leblosen
auf und öffnete ihm eine Ader; es floß kein Blut.

Fast schneller als Schatzhauser eilte Eugen dem Dorfe zu,
aber vor demselben wurde er von einem Mann angehalten, der
ihm freundlich die Hand bot. Es war der Lehnert von Röthhausen.

„Ihr seht ja schrecklich aus," rief der Lehnert.

„Lasset mich," wehrte Eugen.

„Nein, ich bin zu Euch geschickt; da ist ein Brief vom Bartelmä und da das Päckchen, Ihr sollet gleich lesen."

Eugen riß rasch den Brief auf und kalter Schweiß trat ihm
auf die Stirn als er las:

„Ich reiche dir meine Hand aus dem Tod herüber. Wenn
ich gesiegelt habe, trinke ich den Trank des Sokrates. Ich sterbe
ruhig, ich habe den Fragsamenhändler an einer deutschen Eiche
gerichtet. Lipp kann dir Alles erzählen. Ich habe einen Mock trial
gehalten, über den sich unsere englisirten Professoren freuen können.

Jetzt wär's mir recht, wenn es einen ewigen Weltrichter gebe.
Wenn ich mit morderfüllter Hand vor ihm stünde, müßte er mir
Antwort geben, warum er diese Schauderwirthschaft da unten gewähren lasse. Und wüßte ich das, wollte ich gern ewig unter
den höllischen Heerschaaren leiden. Hier ist das Notizbuch mit
den Beweisen der Schuld. Ich kann stenographisch lesen. Hier
auch ein Brief, der dir gestohlen wurde. Du bist auch verrathen.
Der Baronin Hunold hab' ich gesagt wer du bist. Rette dich und
sie. Ich sterbe ruhig, ich habe genug gelebt. Leb wohl!
                                    Der Haufe Staub,
                              einst genannt Bartelmä."

Das Notizbuch war dasselbe, das Eugen bei dem Fragsamenhändler oft gesehen, der Brief war einer, den er vor mehreren
Tagen von Theorosa erhalten.

Eugen eilte in das Dorf und zeigte an, daß und wo er die
Leiche gefunden; dann bestieg er rasch ein Pferd und ritt im
gestreckten Galopp nach Röthhausen. Er konnte nicht klar werden,
ob zu wünschen wäre, daß Bartelmä noch zu retten sei oder nicht;
er eilte zu ihm.

Noch keine Stunde war Eugen geritten, da kam ein Wagen
des Weges daher, die Pferde schienen über den Boden wegzu-
fliegen. Bei Eugen hielt der Wagen an. Stephanie saß darin.

„Falkenberg!" rief sie. „Steigen Sie ab. Friedrich," gebot
sie dem Bedienten, der neben dem Kutscher saß, „nimm dem
Herrn das Pferd ab und reite uns nach."

Der Wagen wurde rasch gewendet und Eugen sah sich wie im
Traum neben Stephanie.

„Ich wollte Sie holen," sagte sie.

„Und wohin?"

„In die weite Welt. Ich ahnte es doch immer, wer Sie sind.

Erinnern Sie sich, daß ich bei der ersten Begegnung Ihnen sagte, ich habe Sie flüchtig am Hofe zu ** gesehen? Sie wollten doch jetzt zu mir?"

Eugen gestand, wie dies auch seine Absicht war, daß er aber Bartelmä vor Allem aufsuchen müsse. Stephanie äußerte ihren Unmuth über den garstigen Selbstmörder und schalt über die hochlöbliche Polizei, die den Menschen wieder gewaltsam ins Leben zurückbringen wollte, der doch das natürliche Recht habe, sich selbst zu tödten.

„Weiß noch Jemand außer Ihnen, wer ich war?" fragte Eugen nach schwerer Pause.

„Niemand außer Gideon, der heute gerade zugegen war. Aber werfen Sie alle Bangigkeit hinter sich. Sie sind ein ungewöhnlicher Mensch. Ich bewundere Sie aufrichtig. Ich kann nicht begreifen, wie Sie die Gemüthsruhe finden konnten, um solch ein stündlich in Frage gestelltes Dasein zu ertragen; das ist ja fürchterlich."

„Ich habe gleiches Schicksal mit den hohen Herren, und mein Hofstaat von Gedanken beredet mich, daß nichts zu fürchten sei."

Stephanie sah betroffen auf und begann dann lächelnd:

„Sie haben das intimste Leben des Volkes miterlebt. Es wird für Sie eine schöne Erinnerung sein, dieses Schulmeister-thum durchgemacht zu haben, mehr als eine Campagne."

„Ich bleibe darin."

„Soll ich Sie entführen?" scherzte Stephanie. „Denken Sie sich, wie eigen die Menschen sind, Jeder sieht die Welt nur durch seine Brille; weil Gideon ein Bauernmädchen zur Frau hatte, imputirt er Ihnen, Sie hätten ein penchant zu einer Naivetät mit rothen Händen und plumpen Füßen."

Eugen biß die Lippen.

„Ich beanspruche das Recht," fuhr Stephanie fort, „da Sie zu unserer Sippschaft gehören, für Ihre Rettung bedacht zu sein."

„Ich bin Ihnen dafür dankbar, aber unter einer Bedingung."

„Unter welcher?"

„Daß Sie mir das Versprechen geben, gegen Niemand zu verrathen, wer ich bin."

Lange saßen die Beiden still und wie aus dem Traum erwachte Eugen, als der Wagen rasselnd durch das Thor in Schloß Röth-hausen einfuhr.

Fünftes Buch.

Erstes Kapitel.

Traurigen Blickes kam Eugen aus dem Dorf auf das Schloß, er hatte die Leiche des Kameraden noch eben gesehen, als man sie auf den Karren lud, um sie in die Universitätsstadt nach der Anatomie zu bringen; er hatte schon oft den Tod vor Augen gesehen, aber der Anblick des Gehenkten im Wald und des Selbstmörders hier, das war des Gräßlichen zu viel. Dazu hatte er noch ein peinliches Verhör bei dem herbeigerufenen Amtmann über seine Verbindung mit dem Selbstmörder bestehen müssen; man schien geneigt, seine Angabe von Auffindung des Gehenkten als eine List zu betrachten, mit der er seine Mitthäterschaft oder mindestens sein Mitwissen des Verbrechens geschickt verbergen wollte; nicht seinem gegebenen Ehrenwort, daß er nicht entfliehen wolle, sondern der Bürgschaft Deegers und zuletzt einer vom Lammwirth gestellten namhaften Caution verdankte es Eugen, daß er nicht alsbald verhaftet wurde.

Stephanie hörte diese Berichte theilnahmvoll an und streichelte dabei den Schatzhauser, der sich an sie schmiegte; sie seufzte ebenfalls tief, als Eugen sich in Klagen ergoß, welch ein schaudervoll dunkler Wirrwarr eigentlich des Menschen Dasein sei.

„Da man Ihrem Ehrenwort nicht traute," sagte sie endlich, „sind Sie eigentlich nicht gebunden, von der Flucht abzulassen."

„Das ist Ihr Ernst nicht," entgegnete Eugen, „auch Deeger hat sein Wort gegeben und der Lammwirth das seinige durch Haftgeld bestätigt. Das Einzige, was ich immer und zunächst wünsche, ist, daß mein Proceß wieder aufgenommen und ich vor ein Schwurgericht gestellt würde."

„Um vor Krämern und Bauern eine glänzende Rede zu halten

und sich von ihnen aburtheilen zu lassen? Nein, lieber Graf, etwas feudale Selbstherrlichkeit wäre jetzt doch gut. Mein Oheim hat nur ausgediente Soldaten zu Knechten. Wir würden uns hier auf dem Schloß verschanzen, kämpfen und siegen oder mit allen Reisigen in freiem Abzug von dannen ziehen. Alle Poesie ist doch verloren. Jetzt sollte ich eigentlich einen Verwandten, der auf dem Schloß übernachtet, polizeilich beim Herrn Schult=heiß anmelden. Das ist die volksherrliche Zeit. Ich werde die hohe Polizei avertiren, daß die Familie Schwalbe, Particüliers aus Aegypten, unter mein Dach eingezogen sind, und daß ich den in der That hochgebornen von Storch mit Familie und hohem Gefolge erwarte." Stephanie schien nach kurzer Unterbrechung wieder ganz dem Zug ihrer unverwüstlichen Laune zu folgen; offenbar suchte sie aber auch mit ihren Scherzen Eugen zu erhei=tern, und als er sagte, daß er dies Bestreben dankbar erkenne, sah sie ihn groß an und schlug dann die Augen nieder, indem sie mit ehrlicher Offenherzigkeit gestand:

„Sie halten mich für besser als ich bin, und — Sie machen mich dadurch wirklich besser. Von mir nun nehmen Sie ein Haft=wort, und das heißt: ich verbürge mich für Ihre Freiheit. Sie haben nie eigentlich am Hof gelebt, ich aber kenne die Zustände genau, ich war drei Jahre Ehrendame Ihrer Majestät. Sollten Sie glauben, daß ich den hohen Herrschaften zuwider war, weil ich nie etwas von ihnen zu erbitten hatte?"

„Das ist seltsam."

„Und ist doch so. Anfangs war ich enfant gâté. Die so=genannten unabhängigen Menschen, die nichts zu erbitten haben, sind den hohen Herrschaften eine Zeit lang angenehm; dann aber werden sie ihnen lästig. Die Majestäten sind gewohnt, zu begna=digen und zu beglücken. Ich habe oft gesehen, daß Menschen, die immer etwas zu erbitten hatten, gerade die beliebtesten waren, und zwar um so beliebter, je weniger sie solches als Verdienst in Anspruch nehmen konnten und die Gunst rein als Gnade er=schien. Seine Majestät sagte mir einmal geradezu, ich sei stolz, weil ich noch nie etwas erbeten habe. Sie haben mir also gar nicht zu danken, Herr Graf, ich erwerbe mir nur die allerhöchste Gnade, indem ich um Ihre Begnadigung bitte. Ich reise noch heute zu Hof, der Fürst muß Sie mir schenken und — ich schenke Sie Ihnen selbst wieder."

Eugen erklärte, daß er für sich als Ausnahme keine Begna=
digung annehme, und nur, wenn alle Mitverurtheilten seiner
Kategorie gleiche Begünstigung erhielten, wolle er sich einschließen
lassen.

Stephanie machte Eugen den Vorwurf, er habe einen „uner=
klärlichen apostolischen Märtyrerstolz," wie sie ihm schon einmal
bei der häßlichen Geschichte mit Leo vorgeworfen hatte; sie be=
hauptete, wir Deutschen könnten ein Patent darauf nehmen, daß
wir „die Spezies der schwermüthigen Atheisten" erfunden hätten,
und jetzt spöttelte sie darüber, daß Eugen sich selbst „zu einer
Zahl, zu einem Princip und Begriff mache und mit seinem eigenen
Leben humanitäre Experimente anstelle." Während sie noch hier=
über hin und herstritten, wurde Lipp gemeldet, dem Eugen einen
Boten geschickt hatte. Stephanie wünschte, daß Lipp bei ihr ein=
trete, Bartelmä habe ihr nur oberflächlich berichtet, daß er einen
Mock trial abgehalten, über den sich die deutsch=englischen Pro=
fessoren freuen würden, und daß der Reichskrüppel Alles wisse;
sie befahl, daß Lipp eintrete.

Dieser sank auf die Kniee und streckte seine eine Hand zit=
ternd empor, als die Thür geöffnet war. Eugen befahl ihm
aufzustehen, aber er betheuerte, nicht gehorchen zu können, bis
ihm sein Herr verziehen habe; er habe den Anmuthungen des
Vigil widerstanden, seinem Herrn einen Brief zu stehlen, und der
Vigil habe ihn selber genommen.

„Steh auf," befahl Eugen nochmals, „sag' ehrlich, hast du
gewußt, was der Vigil thun will? Hättest du es verhindern
können?"

Lipp stand nicht auf und gab keine Antwort. Zornig fragte
Eugen wieder: „Hast du meine Worte nicht verstanden? Warum
redest du nicht?"

„Ich hab's ja gesagt und Ihr sollet mir verzeihen. Ich hab'
nicht gewußt, daß es so ernst wird mit dem Brief und mit dem
Doktor. O Herr! vor keinem Menschen auf der Welt thät ich
so daliegen, als vor Euch. Ihr habt mir nichts als Gutes
gethan."

Die Stimme Lipps wurde von Thränen erstickt, dennoch war
Eugen von einem Schauer erfaßt, der sein ganzes Wesen wie im
Fieberfrost durchschüttelte; er wendete sich unwillig ab. Stephanie
versprach dem Lipp volle Verzeihung seines Herrn, und wenn

Eugen ihn nicht mehr zu sich nehme, könne er bei ihr in Dienst treten.

„Das dulde ich nicht," sagte Eugen streng, „durch eine Schlechtigkeit darf man nicht zu einem bessern Loose gelangen. Sag' Lipp, warst du ehrlich oder schlecht?"

Lipp gab keine Antwort und trocknete sich die Thränen.

„Lassen Sie doch den armen Menschen," bat Stephanie, „muß er denn bekennen, daß er schlecht gewesen, um nachher brav sein zu dürfen?"

„Ich bin im Unglück, ich hab' einen Fehltritt begangen, o wie schrecklich geht mir's," klagte Lipp.

„Da haben Sie's," rief Eugen, „das Erste, was dieser Mensch über seine schlechte That empfindet, ist Mitleid mit sich, falsche Selbstbeschönigung."

Mit scharfeinschneidenden Worten wendete er sich nun an Lipp und redete ihm so zu Gewissen, daß dieser endlich in tiefster Zerknirschung bekannte, er sehe ein, was er gethan, und bäte nur, Eugen möge ihm Gelegenheit geben zu beweisen, wie getreulich er Alles wieder gut machen wolle. Erst jetzt reichte ihm Eugen die Hand und wehrte nicht, daß Lipp sie an den Mund drückte.

Stephanie sagte in französischer Sprache, daß sie Eugen nicht begriffe; bald sei er voll nachgiebiger, fast überzarter Humanität, und jetzt habe er sich in einer Kapuzinade gefallen und sei erst durch ein reumüthiges Bekenntniß zufrieden gestellt. Eugen suchte darzuthun, daß hierin nichts Widersprechendes liege, und so leichthin es auch nur berührt wurde, dieser Zwischenfall deckte doch wieder eine tiefe Kluft in der sittlichen Weltanschauung Eugens und Stephanie's auf.

Stephanie wollte in ihre gewohnte Scherzweise überlenken, aber sie fühlte sich offenbar bellommen und drang nun darauf, daß Lipp den Mock trial ausführlich berichte.

„Herr," begann Lipp, „ich hab' Euch zu sagen vergessen, daß der Gerichtsaktuar und zwei Gendarmen bei uns Haussuchung gehalten haben. Der Schlosser Vinzenz hat die Schränke nicht aufmachen wollen, weil sie nichts Schriftliches vom Gericht gehabt, da haben sie die Schlösser mit Stemmeisen aufgemacht; sie haben aber nichts mitgenommen, als von Euch ein geschriebenes Buch und ein Briefpäckchen kreuzweis in einem blauen Band, und mir haben sie meinen Aufruf weggenommen; schadet nichts, ich kann ihn auswendig."

„Können Sie auch die Briefe auswendig," fragte Stephanie und schüttelte den Kopf ungläubig, als Eugen betheuerte, die Briefe gehörten seinem Tauschmann, von dem er ihr erzählt, und er wisse nicht, was darin stände.

Nun verlangte Eugen, daß Lipp berichte, was er vom Tod des Fragsamenhändlers wisse.

„Vorgestern Abend," erzählte Lipp, „kommt der Bartelmä zu mir, und der Schleiferhans und des Spitzhubers Konrad und der Mäuerleswerner sind noch bei ihm, und sie sagen, sie geben dem Bartelmä das Geleit, weil er fortgeht, und ich soll auch mit. Ich frag', ob er denn nicht auch bei meinem Herrn Abschied nehmen will, da sagt er: nein, er wolle ihm schreiben. Wir gehen also nach dem Alsfelder Wald zu und da treffen wir ein ganzes Rudel Holzknechte von Alsfeld, die warten schon auf den Bartelmä und haben Alle ihre Aexte bei sich, und der Bartelmä sagt jetzt, er wolle uns einen Fuchsbau zeigen, wo man die Jungen mit der Hand fangen kann. Mir gefällt die Sach' schon nur halb, ich geh' aber doch mit, und es wird Nacht und der Bartelmä führt uns in d.e Schonung in der Hohlklinge, wo die jähen Felsen sind, daß kein' Katz hinauf kriechen kann; da zündet der Bartelmä ein Feuer an, heißt uns Alle im Gringel herum= sitzen, geht nach der Drachenhöhle und kommt wieder und schnauft, und hat was auf dem Buckel wie einen Sack, und er trägt es ans Feuer hin und plumpst es auf den Boden, und da sehen wir: es ist der Fragsamenhändler, dem Händ' und Füß' ge= bunden sind und das Maul verstopft. Ich steh' auf und sag': wenn's da was Unrechtes geben soll, da bin ich nicht dabei. Wie aufs Commando ist auf Einmal ein ganzer Clubbert Alsfelder um mich herum und heben ihre Aexte und sagen: wer davon gehen will, dem schlagen wir das Hirn ein. Lipp! ruft jetzt der Bartelmä, du sollst sein Vertheidiger sein, er soll in aller Form Rechtens gerichtet werden. Ich versteh' noch immer nicht, was das sein soll, und muß natürlich bleiben. Ich seh' schon, die Alsfelder und der Bartelmä, die haben's miteinander. Der Bartelmä nimmt dem Fragsamenhändler die Binde vom Maul und der sitzt jetzt da wie ein Scheffel Unglück und kann nicht reden. Der Mäuerleswerner sagt: der macht ein Gesicht, wie

wenn er die Cholera erfunden hätt'. Der Bartelmä heißt Alles
still sein und sagt zum Fragsamenhändler: so, jetzt können Sie
reden, Angeklagter. Der Fragsamenhändler schreit und winselt
und flucht, da läßt ihm der Bartelmä wieder das Maul verbin=
den, bis er selber geredet hat, und er sagt uns jetzt, daß es in
alten Zeiten Vehmgerichte gegeben hat und ein solches seien wir;
es gäbe jetzt zwar Geschworene, aber die seien nicht recht gewählt
und die thäten einen Volksverräther nicht aburteln, drum müßten
Wir's thun. Er berichtet nun, wie der Fragsamenhändler als
Spion in der Welt herumgelaufen und wieviel Menschen er ins
Elend gebracht, und jetzt bringt er ein Buch vor und liest uns
daraus, da steht Alles verzeichnet mit einer Schrift, die er allein
kennt. Jetzt läßt er den Angeklagten reden; der kann nicht läugnen,
daß das Buch sein ist und daß er eben daran gewesen, auch den
Herrn Lehrer anzugeben; aber er schwört alle Flüche vom Himmel
herunter auf Alle, die Hand an ihn legen. Bartelmä giebt mir
als Vertheidiger das Wort, und ich kann nichts sagen als: wir
haben kein Recht darüber abzuurtheilen. Was ich aber sag' ist
nicht mehr als ein Schlag ins Wasser. Bartelmä giebt einem
J. den einen Stock in die Hand und sagt, bei jeder Frage, die
er stellen wird, soll man ein Stück abbrechen und auf den An=
geklagten werfen und dabei aussprechen: Schuldig! wer ihn dafür
hält. Bei jeder der drei Fragen knacken die Stöcke und Schuldig
sprechen Alle und werfen ein Stück auf den armen Sünder.
Schauerlich, schauerlich ist's gewesen! Wie er nun ganz abgeur=
theilt ist, hält der Bartelmä noch eine Rede und sagt: „so müssen
die Volksfeinde gerichtet werden," und jetzt sagt er: „ich thu's
allein, ihr Alle habt kein Theil, ihr könnt schwören, daß ihr
nicht Hand an ihn gelegt." Und jetzt springt er auf den Frag=
samenhändler los und ich meine, er will ihn erdrosseln, ich wehr'
ab, da schleudert er mich zurück, und was thut er? Er macht
den armen Sünder ganz frei, bindet ihm einen Strick um den
Hals und — „laß die Beine spielen," ruft er und läßt ihn
springen. Im Hui ist er davon, aber kaum hat er fünf Schritte
Vorrang, da jagt der Bartelmä nach und wir hören's tiefer
drin im Wald knacken und keuchen und schreien, und nach einer
Weile ist Alles still ... Wie ich heimkommen bin, ich weiß es
nicht, aber wenn ich tausend Jahr' alt werde, die Nacht vergesse
ich nie."

Die Drei saßen geraume Zeit still, nachdem Lipp seine Erzählung beendet hatte; endlich sagte Stephanie leise zu Eugen:
„Dieser Bartelmä hat Sie sehr geliebt. Sie waren, ich weiß
das aus seinem Mund, sein letzter Gedanke, in dem er sich rein
fühlte, und seine letzte gute That sollte darin bestehen, daß er
Ihre Rettung in sichere Hand legte. Wer noch etwas hat, das
er verehren kann, ist nicht ganz verwahrlost. Hätte dieser Mensch
der wehenden Fahne eines Zeithelden folgen können, wer weiß,
ob er nicht glorreiche Thaten und einen ruhmvollen Tod errungen;
unter einem zwingenden Commando hätte dieser Mensch die ihm
gesetzte Aufgabe tapfer vollführt: auf sich allein gestellt, verfing
er sich in dem Kampf mit sich selber und kleinen Widersachern
und ging gräßlich unter. Nicht nur die Völker-, auch die einzelnen Menschenschicksale harren dem Helden entgegen, der Alles
sich unterordnet.“

Eugen war mit diesem letzten Satz nicht einverstanden, aber
er bekannte offen, daß die Art, wie Stephanie das humane Urtheil übte, mit der seinigen vollkommen übereinstimmte; er selbst
liebte ja auch das Transponiren der Lebensmelodieen in andere
Tonarten und auf andere Instrumente. Wieder wie in der ersten
Zeit fühlte er sich von Stephanie bald angezogen, bald abgestoßen, aber er hielt sich mehr an das erste, und indem er beim
Abschied seine Freude daran ausdrückte, erglänzte sein Auge wie
das Stephanie's.

Sie ging, um alsbald nach der Hauptstadt abzureisen, und
er kehrte mit Lipp nach Erlenmoos zurück.

***

Zweites Kapitel.

Wieder in der Nacht und auf demselben Weg, auf dem Eugen
nach dem Streite mit Leo einen schweren Kampf mit sich gekämpft
hatte, war jetzt ein neuer und größerer zu bestehen. Gemäß der
Doppelnatur, die in ihm waltete, erschien es ihm jetzt als frev-
lerischer Uebermuth, wie er Leben und Freiheit ständiger Gefahr
blosgestellt hatte und ihm war's, als erwachte er aus einem fiebe-
rischen Traum. Er schaute oft nach Lipp um, der sich's nicht
nehmen ließ, ehrerbietig hinter ihm drein zu gehen; es däuchte

ihn, als hörte er vermehrte Schritte der Verfolger, die ihn faßten und in Ketten schmiedeten. Eine tiefe Wehmuth kam über ihn, daß er als Verbrecher gelten solle, während er sein Herz so rein fühlte. Eine neue Versuchung stellte sich vor seinen Gedanken auf und sprach in schmeichelnden Worten: Was ist die Menschheit? was ist ein Volk? Eine Summe von vereinzelten Individuen. Jeder Mensch, hast du gesagt, ist die Menschheit, und wer sich selbst rettet und erhält, rettet sie Alle. Jede Opferung ist Wahnwitz.... Sein Innerstes widerstrebte dieser Selbstsucht und doch konnte er ihrer nicht ganz Herr werden. Er stand oft still, als müßte er plötzlich in die weite, freie Welt hinausrennen. Noch ist es Zeit. Aber unwillkürlich, als triebe ihn eine geheime Gewalt, schritt er seines Weges dahin und neue Freude lebte wieder in ihm auf, je mehr er sich dem Dorf näherte, als wäre er dort sicher vor jedem Angriff. Mit unerschütterlicher Zuversicht kehrte er in das Dorf zurück, um sein Schicksal zu erfüllen, wie es sich auch wende. Ein Bangen konnte er immer noch nicht unterdrücken, es schreitet ja das Geheimniß seines Lebens noch mit verschlossener Lippe durch die Gassen, jeden Augenblick aber kann es sich offenbaren. Als er an der Bachmühle vorüberkam, wo kein Licht zu sehen war und Alles schlief, und die Nachtigall ungehört in die linde Nacht hineinsang, da durchbebte es ihn mit wonnigem Schauer und tief im Herzen sprach es: möchte es mir vergönnt sein, nie eure friedsame Ruhe zu stören. Wäre Lipp nicht bei ihm gewesen, dort an dem Giebel, wo die Nelkenstöcke in langen Ranken über das Stockbrett herniederhangen, dort ist das Kämmerlein Vittore's; vom Hügel aus oder vom Nußbaum war sie wach zu rufen. Unwillkürlich sang er jetzt die Worte vor sich hin, mit denen er die Hand Vittore's gefaßt:

> So lang die Welt zusammenhält
> Sind wir zusammen in der Welt.

Als Eugen heute den Wächterruf um Mitternacht hörte, stellte er sich nicht mehr in die Reihe Derer, die Alles verließen, nichts für sich wollten und nur dem Geiste folgten, der ihnen rief. Es wollte nicht verfangen, daß er sich einzureden suchte, die neue Welt verlange nicht mehr vollkommene Opferung, es sei gerade ihr Kennzeichen, nicht zu entsagen, sondern zu erobern, für sich und Andere — er mußte bekennen, daß nicht umsonst jetzt die

Genußsucht die Herrschergewalt übt, denn Die sie bekämpfen, sind
nur im Grade verschieden, nicht dem Grundwesen nach sich ab=
scheidende Gegensätze. Hätte Stephanie jetzt Eugen in seiner
demüthigen Bescheidenheit sehen können, sie hätte ihn nicht mehr
„apostolischen Märtyrerstolzes“ geziehen.

Am Morgen ließ Eugen den Vigil zu sich rufen, er mußte
vor Allem Sicherheit haben, wie weit dieser von seinen Verhält=
nissen unterrichtet war und die Kunde davon unter die Leute ge=
bracht hatte. Vigil ließ aber sagen, er müsse jetzt Dünger hin=
ausfahren, habe keine Zeit, es werde überhaupt nicht so eilen;
er wolle am Mittag oder am Abend kommen. Eugen wollte zu
dem störrischen Menschen ins Feld gehen, aber an der Bachmühle
sah er im Garten Vittore und die Mutter harken und pflanzen,
und gesellte sich zu ihnen. Die beiden Frauen zeigten eine Be=
fangenheit, indem sie nicht wie sonst nach der ersten Begrüßung
zu leichter Gesprächigkeit sich anschickten; sie erwarteten offenbar
von Eugen das erste Wort, und dieser erzählte nun von dem
Grausen, das er bei Auffindung des Gehenkten empfunden und
fragte, welchen Eindruck diese Geschichte im Dorf gemacht habe.
Vittore und die Mutter sahen einander an, als wolle Jede warten,
ob die Andere nicht antworten möge, endlich sagte die Mutter
achselzuckend:

„Der Mord, den der verkommene Student begangen hat,
hilft dem Dorf nichts; es wird kein Mensch dadurch frei, im
Gegentheil —“

„Hab' ich nun Recht gehabt oder nicht?“ fragte Vittore hoch=
erröthend.

„Womit?“ entgegnete Eugen, und noch höher erglühend er=
klärte Vittore:

„Freilich, Ihr habt's vergessen. Ich hab' Euch heilig ge=
warnt vor dem Bartelmä und vor dem Vigil. Jetzt könnet Ihr
in schlimme Ungelegenheiten kommen.“

Eugen beruhigte Vittore hierüber.

Der Metzger Philipp kam an den Gartenzaun und sagte, er
wolle das Kälbchen holen, das er gestern gekauft.

„Nimm's nur allein und bring' den Strick wieder,“ rief ihm
Vittore zu und blieb bei ihrer Arbeit, die Mutter aber ging mit
Philipp nach dem Stall. Als nun die Beiden allein im Garten
waren, sagte Eugen rasch und leise:

„Vittore, es ist mir Alles daran gelegen, daß Ihr gut von mir denket."

„Das thu' ich auch," sagte sie und bückte sich tief nieder, so daß man ihr Antlitz nicht sehen konnte, und fast vom Boden herauf sagte sie: „warum soll ich anders?"

„Vittore," fuhr Eugen mit bebender Stimme fort, „werdet nie irre an mir, was auch geschehen möge; ich möchte um Alles in der Welt nicht die Sünde an Euch begangen haben, daß Ihr durch mich an der Güte der Menschen verzweifelt."

„Was habt Ihr denn gethan?"

„Es ruht ein gefährliches Geheimniß auf meinem Leben."

„Ist das recht? ist das recht?" wiederholte Vittore, und Eugen verstand in diesen Worten den tiefen Vorwurf, daß er sich ihr angeschlossen, während sein Leben noch so schwankend und erschüttert war, und er sagte:

„Denkt an mich, wie an Euren verstorbenen Bruder Willi; laßt mich auch Euer Bruder gewesen sein."

Vittore konnte ein tiefes Schluchzen nicht unterdrücken und Thränen flossen aus ihren Augen auf den Resedensamen, den sie mit Erde bedeckte.

Plötzlich richtete sie sich straff auf und ihr Antlitz leuchtete wie verklärt, indem sie sagte: „Jetzt weiß ich, warum heute, wie ich zum Morgensegen die Bibel aufschlage, der Vers mir vor den Augen steht: Die da mit Thränen säen, werden mit Gesang ernten. — Ich vertrau' auf Gottes Wort. Es wird Alles noch gut."

Eugen stand erschüttert vor dieser Zuversicht. Er faßte nach der Hand Vittore's, aber sie öffnete sie nicht; er legte seine Rechte auf die ihre, die die Harke fest umschlossen hielt, und mit Blitzesschnelle durchdrang ihn der Gedanke, daß zum Erstenmal in ausgesprochener Liebe ihre Hände sich auf dem Werkzeug der Arbeit einigten. War das nicht wie eine von unsichtbarer Macht bereitete Weiheform für ihr eigenes Zukunftsleben?

Der Metzgerhund bellte, die Kuh im Stall brüllte jammervoll und das Kälbchen blöckte und wollte nicht vom Platz.

Die Mutter kam und neckte Vittore, die ganz verweint aussehe, weil man das Kälbchen der Amsel an den Metzger verkauft habe. Vittore schüttelte den Kopf und schwieg. Die Mutter erzählte nun, der Metzger habe berichtet, wie er gestern die Baronin Hunold und den Lehrer im Wagen habe rasch fahren und eifrig sprechen gesehen.

„Der Lehrer hat schon lang viel an die Baronin gedacht," scherzte Vittore; „wie er krank gewesen ist, hat er mich einmal Stephanie geheißen. Wisset Ihr das noch?"

Eugen betheuerte, keine Ahnung davon zu haben, und die Mutter sah groß auf, als Vittore ohne Scheu sagte: „Ich glaub' an Euch."

Dieses unbedingte Vertrauen, wo doch der Schein so gegen ihn sprach, entflammte Eugen mehr als die innigsten Liebesworte.

Als sei alle Gefahr verschwunden, so freudvoll kehrte Eugen ins Dorf zurück; er freute sich, daß es ihm nicht hatte gelingen wollen, Vittore von sich abzulösen und als ihm Lipp auf der Treppe entgegenrief: „Herr Lehrer, die Kartoffeln springen aus der Haut, weil sie auf Euch warten müssen," mußte er laut lachen, und heute mußte Lipp mit ihm Wein trinken und Alles, was nicht aufgespeist ward, der alten Brigitte, seiner Feindin, bringen; er hätte gern die ganze Welt mit Freude gesättigt und getränkt.

Mit neuen Augen las Eugen stundenlang in der Bibel. Von Jugend auf an katholisches Leben gewöhnt, wurde er jetzt immer mehr gewahr, welch eine eigenthümliche Kraft dem protestantischen Volksgeiste innewohnt: diese unbedingte Selbstverantwortung, diese freie Einsichtnahme von den religiösen Grundlagen bildet die Markzelle im festen Stamm der Individualität. Auf die leeren Blätter der Bibel, dieser ersten Familiengeschichte der Menschheit, verzeichnet noch nach Jahrtausenden und in den verborgensten Ecken der Welt der Hausvater die Geschichte seiner eigenen Familie, Leben und Tod, und alles nachfolgende tausendfältig bewegte und verschlungene Sein schließt sich an die Einfalt des Urlebens, wie es die tiefdeutige Sage und die freie Dichtung festgestellt. Diese Erzählungen und Sprüche ruhen unverwittert wie granitnes Urgestein, Baumgeschlechter sprossen an ihnen auf und vergehen, der zündende Pulverblitz kann sie sprengen und der scharfe Hammer sie zum Baue fügen; nicht neu geschaffen, nur neu gestaltet wird die Welt um uns her und die Welt in uns.

Der vom speculativen Hochmuth so arg verhöhnte Rationalismus erstand in seiner Berechtigung vor Eugen. Wer die wirkliche Welt neu gestalten will, muß sich an ihre festgesetzten Bedingungen anschließen, dem geschichtlich Gegebenen seine Vernunftberechtigung zuerkennen und solche weiter leiten.

Zu all dieser Betrachtung und innern Entwickelung war Eugen

gedrängt, indem er über die Thatsache nachdenken mußte, welch einen festen Halt Vittore in dem Bibelspruche gefunden, der sich heute zufällig ihrem Auge dargeboten hatte.

Die besoldeten Geistlichen auf ihren Sonntagspressen haben die freien Lebenswahrheiten dieses Buches zu einem Coder der Knecht= schaft verwandelt; sie haben den Menschengeist verunehrt, da sie aus allem Zufälligen und zeitlich Beschränkten, das sich nothwendig mit in das Buch einschloß, ewige Wahrheiten herausquälen. Eugen ließ sich nicht von seiner innersten Ueberzeugung, die ihn jede soge= nannte übernatürliche Offenbarung verwerfen machte — der Glaube muß sich selbst als übernatürlich darstellen, weil er das Uebernatür= liche fassen will — nur aus der Weltvergessenheit entrückt, mit allen Lebenden geeinter wußte sich jetzt Eugen, und als die Abendglocke läutete, fühlte er ihren schönbeutigen Ruf: ein äußeres Zeichen gemahnt die Menschen, wo sie auch jetzt sein mögen, sich innerlich zu sammeln. Das Bewußtsein der Gemeinsamkeit, daß jetzt alle Herzen sich in sich fassen, erfüllte auch ihn mit einer stillen Andacht.

„Der Vigil ist da," verkündigte Lipp, und sich verdrossen hin= und herwiegend trat der Angemeldete hinter ihm ein.

Drittes Kapitel.

Vigil ließ sich auf der Bank nieder und schlug die Beine über= einander. So saß er eine Weile und schien die Anrede Eugens abzuwarten, der ihn aber nur scharf anblickte, so daß der Freche endlich selber beginnen mußte.

„Ihr habt was von mir gewollt?" sagte er leichthin.

„Ihr wisset wohl, was ich will," erwiderte Eugen mit zornig bebender Lippe. Vigil schaute auf und zwirbelte seinen Backenbart. Eugen hielt ihm den Brief vor und fragte, ob er eingestehe, daß er diesen dem Fragsamenhändler übergeben habe.

„Wenn ich nein sage, was dann?" entgegnete Vigil, höhnisch den Mund verziehend und das Kinn in die Hand nehmend.

„Dann weiß ich, daß der Lügner und der Dieb nur Einen Hut aufhaben," erwiderte Eugen, den trotzigen Burschen an der Schulter fassend. Vigil stand auch auf, und indem er weithin ausspie, sagte er:

„Großen Herren, Fremden und Alten thut man das Lügen für
gut halten; das ist ein Sprüchwort, Herr Lehrer."

Eugen stand tief betroffen von diesen Worten; aus dem Munde
eines verworfenen Menschen hörte er ein Urtheil über sein ganzes
Sein und Thun, dessen Schärfe er nicht geahnt hatte. Mußte er
bei all seiner hingebenden Opferung sich sagen lassen und eingestehen, daß er auf einer Lüge fuße und alles Edelsinnige damit
zusammenstürze? Nein, nein, er war ja bereit, wenn es ihm gestattet wäre, offen mit dem Bekenntniß seines Namens herauszu-
treten und mit gedoppelter Freude seinen Beruf zu erfüllen. Wußte
nun dieser Mensch um das ganze Geheimniß seines Lebens, und
welch ein Verhalten war ihm gegenüber zu bewahren? Vielleicht
weiß er noch nicht Alles, der Brief Theorosa's nennt keinen Namen,
und durch Kundgebung einer Furcht verräthst du dich. Wenn aber
diesem Menschen Alles offenbar ist, muß er nicht beschwichtigt und
besänftigt werden? Eugen fühlte sich um und um wie gebunden,
ein Spielball ruchloser Hände. Indem er in diesen Betrachtungen
lange still stand, sagte Vigil sich hinten überbeugend und mit dem
linken Fuß auf dem Boden träppelnd:

„Herr Baumann, nicht wahr, das ist ja euer Name? Herr
Baumann, ich will nur frei bekennen, ja, ich hab' den Brief genommen, gestohlen, wenn Euch das lieber ist; der Fragsamenhändler
selig hat mir eine Anstellung bei der Eisenbahn versprochen, wenn
ich ihm behülflich bin. Jetzt verklaget mich, ich leugne nicht. Könnet
den Lipp zum Zeugen rufen, er kann ja mit der einen Hand noch
schwören, sein Zeugniß wird ja noch giltig sein, nicht wahr? Es
sind halt böse Zeiten jetzt, Herr Baumann, es geht knapp her und
da thut eben Jedes, was zu seinem Fortkommen gut ist; der eine
hilft mit in der Revolution und bricht einen geschworenen Eid,
der andere nimmt mit weniger vorlieb, es ist alles eins, es sorgt
halt ein jedes für sich."

Eine persönliche Beruhigung glaubte Eugen noch aus diesen
giftigen Worten zu schöpfen, Vigil schien nicht das Wirkliche zu
wissen; er kannte wol nur die That, wegen deren der Ausgewanderte eine Zeit lang aus seinem Amt abgestellt war. Immerhin
blieb noch mehr zu fürchten; er durfte den Vigil nicht zur offenbaren Gegnerschaft reizen und mußte dessen Missethat zu vergessen
scheinen. Eugen kam sich in dieser Empfindung vor, als wäre er
mit einem Verbrecher in denselben Kerker eingesperrt und müßte

feine Zutraulichkeit dulden und alle niedrigen Auslassungen uner=
widert anhören, nur um dessen Grimm nicht zu reizen. Eugen
erschien sich tief entwürdigt und zum Erstenmal empfand er eine
Freude in dem Gedanken, daß Stephanie vielleicht schon in dieser
Stunde alle Pein und alle Lüge von ihm abgenommen. Die Hoff=
nung stand vor ihm, ein lichtes Dasein zu beginnen und er sagte
mit gepreßter Stimme:

„Vigil, ich habe nichts mehr mit Euch zu reden."

„Aber ich noch mit Euch, Herr Baumann. Die ganze Welt
sagt ja, Ihr seiet so gut. Das ist recht. Ich brauch' noch zwei=
hundert Gulden und noch ein Zeugniß vom Bachmüller, dann
nimmt mich der Baron Kronauer mit nach Ungarn. Das müsset
Ihr mir zuweg bringen. Adje wohl."

Er ging davon und Eugen sah ihm tief traurig nach bis er
sich aufraffte. Schaphauser schlug den Weg nach der Bachmühle
ein und Eugen folgte ihm. Er traf Vittore allein beim Rechnung=
schreiben und heute gestattete sie ihm, daß er ihr helfe; die Rech=
nungen waren aus einem Buch auf große Blätter zu übertragen,
die einen sogenannten lithographirten Kopf hatten.

„Werdet Ihr in Eurer Ostervacanz nicht verreisen?" fragte
Vittore eine Näharbeit zur Hand nehmend. Eugen verneinte und
während er schrieb, erzählte er zwischen hinein, wie er durch ihren
gefundenen Spruch veranlaßt worden sei, heute den ganzen Mittag
in der Bibel zu lesen; er erklärte ihr seinen Unglauben. Vittore
hörte ihn ohne aufzuschauen an und erst als er sie fragte, was
sie nun von ihm denke, stand sie auf, wies mit dem Finger auf
ein Rechnungsblatt, dessen vorgezeichnete Linien noch unausgefüllt
waren und sagte:

„Da drauf steht die Antwort."

„Ich verstehe Euch nicht," erwiderte Eugen verwundert und
Vittore wiederholte halb schelmisch halb ernst:

„Ja, da drauf steht's: sich an die vorgeschriebene Religion
halten, heißt liniirt schreiben."

Sie setzte sich nach diesen Worten wieder ruhig zu ihrer Arbeit
und überließ Eugen seinem stillen Sinnen. Er konnte diesem Ver=
gleich keinen Widerstand leisten und führte jetzt nur aus, daß er
ihn annehme; daß die Menschen aber auch dahin zu bringen sein
müßten, aus freier Hand die gerade Linie des Rechten festzuhalten.
Vittore gab keine Antwort. Jetzt trat der Bachmüller mit seiner

Frau ein, und als er den Lehrer schreiben sah, schalt er unver=
hohlen Vittore, daß sie das gestattet.

„Die Leute werden sich allerlei wundern!“ sagte er brummig,
„wenn sie die Rechnungen bekommen und ein für allemal, ich will
das nicht. Ich dank' Euch, Herr Lehrer, lasset's jetzt nur gut sein.“

Er nahm das Buch und schloß es in den Schrank.

Vittore biß dreimal einen Faden ab, den sie eben einfädeln
wollte und ihre Hand zitterte am Licht.

„Vater,“ sagte sie jetzt, „der Herr Lehrer ist ein wahrer Ketzer
und noch mehr gegen die Geistlichen als du.“

„So?“ sagte der Bachmüller, „ich bin auch früher dagegen
gewesen, daß man mit der Freiheit auch die Pfaffen abthun soll;
es ist mir zu viel auf Einmal gewesen. Aber jetzt bin ich anders.
Die Geistlichen zeigen, daß sie gehorsame Diener der Regierung
sind und einen Strumpf zusammenreden, immer nur auf uns
schimpfen und gar nie den Gewalthabern sagen, wo Gott wohnt
und wo die Gerechtigkeit daheim ist. Herr Gott! Wenn ich an
das arme Land denke, wo sie ihren Fürsten verfluchen und wo man
jeden Sonntag in der Kirche Gott dankt für seine Erhaltung und
ihn bittet, daß er ihm weiter Leben und Gesundheit schenken soll!
Wenn ich denke, daß tausend Geistliche, die selber das nicht mögen,
den Menschen und Gott selber ins Gesicht hinein solch' eine Schand=
lüge sagen, da möcht' ich oft Alles zerschlagen.“

Eugen suchte hierauf von dem Persönlichen auf die Idee der
religiösen Freiheit überzulenken und als er den Bachmüller fragte,
ob er auch meine, daß die unstudirten Menschen nie reif würden,
um religiös frei zu sein, sagte der Bachmüller:

„Das ist Professorengeschwätz. Gewiß hat's auch dazumal
schriftgelehrte Professoren gegeben, die dem Heiland gesagt haben:
es ist recht und gut was du willst, aber das Volk, das dumme
Volk kann nicht leben ohne seine Judengesetze; man muß ein Wild=
gatter haben. Und jetzt? Es ist doch gegangen. Und so kann
man jetzt auch noch viel wegthun und die Menschen werden nicht
schlechter, sie werden besser sein.“

Wie oft hatte Eugen erfahren müssen, daß sein Denken so
weit abgehe von der Heerstraße der Welt; um so erquickender war
die Ueberraschung, solche Worte aus dem Mund eines schlichten
Mannes zu hören.

Mit erneuerter Sehnsucht sah Eugen einer Zukunft entgegen,

die ihn mit diesen Menschen einigen sollte. Er konnte sich's nur nicht erklären, warum der Bachmüller seine Beihülfe so barsch abgewiesen und überhaupt jede Zutraulichkeit ablehnte. Er wollte eben offen nach dem Grund fragen, als Lipp athemlos eintrat.

„Was giebt's?" fragte Eugen.

„Hast wieder einen wohlriechenden Brief?" scherzte Vittore.

„Nein, Ihr sollet gleich heimkommen," entgegnete Lipp mit offenbarer Scheu.

„Sag' nur grad heraus, wer mich rufen läßt," befahl Eugen.

„Ja, ich weiß es ja nicht," betheuerte Lipp, „des Pfarrers Mablenle soll Euch holen, Ihr sollet gleich ins Pfarrhaus kommen."

Eugen hatte sich so ruhsam in diesem abendlichen Familien= kreis niedergelassen und wie er jetzt durch ein Abrufen heraus= gerissen wurde und den still Geeinten so zu sagen die Ruhe mit fortnahm, fühlte er schmerzlich, wie es in erhöhtem Maße kommen könne, daß sich an seinen flüchtigen Fuß die nimmer wiederkeh= rende Friedsamkeit dieses Hauses hefte.

Erst auf der Straße erklärte Lipp: das Mablenle habe ihm berichtet, es sei eine vornehme Dame im Pfarrhaus, die Pfarrerin habe sie bei der Ankunft geküßt und habe sie Tante geheißen, sie sei aber noch viel zu jung, sie könne nicht die rechte Tante der Pfarrerin sein; ihr erstes Wort sei gewesen, daß sie den Lehrer sogleich sprechen müsse.

Eugen eilte nach dem Pfarrhaus. Schon vor der Thür kam ihm eine verhüllte Gestalt entgegen und reichte ihm die Hand, es war Fräulein Theorosa von Schüttenhelm. Sie führte den Erstaunten nach dem Garten.

Viertes Kapitel.

„Unser Freund in Amerika," begann Theorosa, „dessen Namen Sie tragen, hat mir die rechte Anschauung Ihres Lebensmuthes erschlossen. Sie glauben mir, daß ich Alles aufgeboten, manchen härtesten Gang gethan, um mindestens die äußerlichsten Fähr= lichkeiten von Ihnen zu entfernen. Es ist mir nicht gelungen. Es wird eine umfassende Amnestie vorbereitet, der Fürst will Sie zwar durchaus nicht mit einschließen, es ist aber doch noch möglich, daß er andern Sinnes wird; die ganze Anregung der Sache geschah, wie ich versichern kann, nur um Ihretwillen."

Eugen erklärte die Pein, stets einen brennenden Boden unter den Füßen zu fühlen, und daß er noch nicht einig mit sich sei, wie er eine Amnestie mit Ehren ohne Verleugnung seines eigentlichen Lebenszweckes annehmen dürfe. Theorosa berichtete dagegen, wie sie selber durch ihn und den Ausgewanderten in eine Revolution mit sich gerathen sei. Sie hatte stets geglaubt: die reine Humanität ließe sich abgelöst von aller politischen Parteiung ins Werk setzen und habe nun viele Kämpfe gehabt, da man die Bedürftigen, aber politisch Widerspenstigen von allem Genuß der Wohlthaten ausschließen wollte. Eugen gewahrte, wie aus Mißmuth über die allgemeine Furcht eine zähe Hartherzigkeit der sogenannten höheren Stände gegen das Volk aufgewachsen war. Theorosa erklärte ihm zuletzt' geradezu, daß sie zu ihm gewallfahrtet sei, um durch seine Aufklärungen die Verwirrung, in die sie mit all ihren bisherigen Bestrebungen gerathen sei, schlichten zu lassen. Eugen mußte ablehnend bekennen, daß er sich zu solchem Beruf jetzt nicht geeignet fühle, und Theorosa, die hier auch noch eine Verletztheit herausfühlen mochte, sagte in sanft bemüthigem Ton:

„Es ging mir mit Ihnen, wie es einem Kind ergeht, wenn ein fernwohnender Verwandter plötzlich ins Haus kommt; dieser fremde Mensch hat das Recht zu freundlicher Annäherung, aber das Kind begreift es nicht, wird blöde und trotzköpfig und — erlauben Sie mir auch noch zu sagen — unliebenswürdiger als sonst. Verzeihen Sie, lieber Erbfreund, daß ich mir nicht gleich erklären konnte, wer Sie sind."

Eugen mochte der kindlichen Anschmiegung dieser Natur nicht widerstehen und zwang sich, auf ihren Denkkreis einzugehen, indem er sagte:

„Unsere erste Begegnung war nicht so unwirsch, wie Sie sich vorstellen, und wäre sie's auch, wir können darüber Herr werden."

„Ich halte viel auf den ersten Eindruck," setzte Theorosa fort.

„Ich auch," bestätigte Eugen, „der erste Eindruck, den uns Menschen und Gegenstände machen, ist ein neuer Jugendeindruck; wir treten dem Neuen gegenüber in solchem Moment wieder in die Kindschaft, und die ersten Wahrnehmungen haften unverwüstlich. Stiege ein Mensch auch noch so hoch auf die Spitzen des

Geistes, er macht sich doch nie frei von seinen Jugendeindrücken. Die schönste Poesie ist oft nichts, als ein Aufgraben des verschütteten Pompeji im eigenen classischen, das heißt hier im Jugendleben; und dieses Jugendleben erneuert sich im ersten Eindruck von Dingen und Personen."

„Tausend, tausend Dank," rief Theorosa, beide Hände darreichend. „Wie begegnen sich da unsere Gedanken. Ich sage es immer: wir zehren das ganze Leben von unseren Jugendeindrücken; darum möchte ich gern allen jungen Seelen helle farbige Gedenkzeichen als prächtige Angebinde einlegen. Was ich jetzt einem Kind thue, macht mir weit hinaus höchste Freude; ich sehe die Erinnerung davon unter einem grauen Haupt wieder erwachen, wenn ich längst im Jenseits bin. Mir ist das Kindesleben so heilig und am meisten das Kind vor der Schule; die Wenigsten bedenken, wie da das gewaltigste Leben treibt: da lernt ein Kind die Sprache, lernt die Gegenstände nennen, Empfindungen ausdrücken und bilden, die ganze umgebende Natur tritt zum Erstenmal in sein Bewußtsein, die Bäume, Pflanzen und Thiere, der Himmel, Alles spiegelt sein Bild in das helle Auge des Kindes und so wie es sich ihm jetzt offenbart, so bleibt es für das ganze Leben, wir wissen es nur nicht mehr. Das Umblicken des Kindes, dieses großaugige Aufnehmen neuer Lebenseindrücke, ist eine Kette von morgendlichem Erwachen der Seele."

Es schien das Schicksal Eugens, im Angesicht der Lebensentscheidung in fernabliegende Betrachtungen gezogen zu werden; er fand darin neue Befreiung und folgte willig Theorosa in ihren Denkkreis, indem er sie zugleich bei ihren pädagogischen Bestrebungen vor Verzärtelungen warnte.

Theorosa kam andern Morgens und erbat sich im Auftrag des Ausgewanderten, das mit einem blauen Band zusammengebundene Briefpacket. Um die gewiß polizeifürchtige Seele nicht zu erschrecken, sagte Eugen, daß er die Briefe später einhändigen wolle. Theorosa ließ sich leicht beruhigen, denn sie begrüßte jetzt die einzeln ankommenden Schulkinder und lehrte die Mädchen sogleich ihre Halstücher und Schürzen bequemer und zierlicher knüpfen. In ihrem knappen naturellfarbenen Seidenkleid und in freier Bewegung erschien Theorosa jetzt anmuthiger, als beim ersten Anblick im Winter. Sie stand in dem Alter, wo man die „neunundzwanzig Jahre" noch mit Fug festhalten kann und ihre feinen

Züge hoben sich vortheilhaft hervor aus dem Rahmen des schwarzen Schleiers, den sie beständig um das Kinn gebunden trug.

Kaum zwei Tage war Theorosa im Dorf, als sie bereits eine Schaar kleiner Kinder um sich gesammelt hatte, mit denen sie bei der jungen Linde spielte und die sie allerlei Liederchen lehrte. Anfangs lachten und spotteten Viele darüber, der nachhaltige Ernst der Kinderfreundin besiegte jedoch bald alle Widersacher und „Base Theo" war bald eine beliebte Figur des Dorfes. Eugen fand hierdurch erwünschte Gelegenheit, einen lang gehegten Plan auszuführen; er wollte den ersten Eintritt der schulpflichtigen Kinder in den Unterricht zu einem familienhaften Schulfest gestalten, an dem die Eltern vor Allem Antheil nehmen sollten. Theorosa war vollkommen geeignet zur Anordnung dieses Festes und gern überließ ihr Eugen das Ganze.

Seit Menschengedenken, behaupteten die ältesten Erlenmooser, gab es nie ein schöneres Maienfest als das heurige. Die Musik zog voran und als Eugen am Sonntag nach der Mittagskirche mit seinen Schulkindern hinauszog auf den Rasenplatz, wo Theorosa ihn mit den Kleinen erwartete und ihn im Triumph einholte, stieg tief aus seiner Seele mitten in aller Lust der traurige Gedanke: wie gräßlich es in die Herzen der Kinder schneiden müßte, wenn er nun plötzlich aus ihrer Mitte wie ein Verbrecher herausgerissen würde; aber er kam sich wieder vor, als hätte er sich an den heiligsten Altar der Menschheit geflüchtet, wo ihn die Hand der rohen Gewalt nicht verfolgen und fassen durfte.

Jung und Alt war voll Fröhlichkeit. Eine große Schaar von Frauen umringte die Bachmüllerin, die zu diesem Fest ihr Haus verlassen hatte, sie, die sonst nie bei einer Lustbarkeit gesehen wurde. Jedes neu schulpflichtige Kind wurde auf Anordnung Theorosa's von Eltern und Geschwistern dem Lehrer einzeln zugeführt und Alles horchte auf, wenn der Vater auf allgemeines Bedrängen einige Worte sprechen mußte. Der Schlosser Vinzenz stand immer neben Eugen an der jungen Linde, er trug sein kleines Kind auf dem Arm und sagte weinend: „Nicht wahr, Herr Lehrer, mein Dagobert war doch der beste? Wenn nur mein Dagobert das erlebt hätte!"

Eugen suchte, so viel er vermochte, den Mann zu trösten, der allein mitten in der Freude seine Trauer nicht verwinden und doch vom Festplatz nicht wegbleiben konnte. Er verließ die

erhöhte Stelle erst, als er Eugen gesagt hatte: „Machet recht=
schaffene stämmige Republikaner aus den Kindern."

Auch an Scherz fehlte es nicht. Der Bachmüller brachte den
Sansculotten und verlangte für ihn öffentliche Strafe, weil er
wieder geraucht habe. Eugen verband dem unbändigen Burschen
schnell den Mund mit einem Tuch, stellte ihn auf die Erhöhung
und verkündigte seine Strafe. Allgemeines Jauchzen entstand.
Erst als der Sansculotte einwilligte, das was ihm vorgesagt
würde, nachzusprechen und zu halten, wurde er seiner Fessel be=
freit; er gelobte nun vor Allen, bevor sein achtzehnter Geburtstag
vorüber sei, nicht mehr zu rauchen. Es fehlte nicht an derben
Scherzen zu diesem Zwischenspiel. Eugen wollte indeß die höhere
Festesstimmung bewahren und hielt nun eine Anrede an die Eltern,
sich der Schule und derer, die der Botmäßigkeit des Lehrers ent=
wachsen sind, anzunehmen. Er schlug einen Ausschuß unter dem
Namen „Schulfreunde" vor, der in lebendiger Verbindung mit
der schulpflichtigen und der halbwüchsigen Jugend bliebe.

Der Schlosser Vinzenz sprach mit Wärme und großer Ge=
wandtheit gegen diese Einrichtung und setzte einerseits auseinander,
daß eine halbe Betheiligung an der Schule nichts sei, man müsse
warten, bis man sie ganz in der Hand habe; andererseits hielt
er das Bevormunden der halbwüchsigen Burschen für Unfreiheit.
Hier seien nur die Eltern berechtigt.

Nachdem Eugen hierauf geantwortet, wurde sein Vorschlag
mit allgemeinem Zuruf angenommen und selbst Vinzenz unter die
Schulfreunde gewählt.

Dieses dauernde Ergebniß, das nun unter den Einzelnen weiter
berathen und besprochen wurde, erhöhte noch die freudvolle Stim=
mung, die sich in Gesang und Tanz bis in den Abend kundgab.

Als Eugen Theorofa nach dem Pfarrhaus geleitete, sagte sie
ihm, seine Ausdeutung ihres Thuns sei ihr der beste Dank, denn
er hatte ihr gesagt:

„Ich habe heute unseres Freundes in Amerika und seiner
hohen Mission gedenken müssen. Die Welt ist so verkehrt, daß
Tausende es kindisch und eines Mannes unwürdig finden, der
Anführer eines solchen Festes zu sein; mit bewaffneten Soldaten
aber hinausziehen und sie allerlei Schwenkungen machen lassen,
das wird von bärtigen und ewig bartlosen Lippen als männlich,
ja sogar als heldenhaft gepriesen. Könnten wir nur auch die

Zukunft erleben, wo freie Menschen sich zu schöner Festordnung
zusammenschaaren . . ."

Fünftes Kapitel.

In seinem Kriegsleben hatte Eugen oft gesehen, wie die Officiere einander bei Anordnung der Schlacht beobachteten; da galt
es unerschütterten Gleichmuth zu zeigen, und wenn das feindliche
Geschütz spielte und die Kugeln prasselnd herniederfielen, beachtete
man auch, wer rascher aus seiner Cigarre dampfe, wer sie weg=
werfe oder unbeirrt sich eine neue anstecke.

Eugen war jetzt von Niemand beachtet, er stand jeden Augen=
blick einer feindlichen Kugel ausgesetzt, aber er bewahrte seinen
Gleichmuth in unbeirrter Erfüllung seines Berufes. Eine Fried=
samkeit durchströmte sein Wesen in dem Gedanken: es gilt die
Lebenspflicht zu erfüllen, als ob man ewig lebe und wiederum als
ob man stündlich sterbe; noch in der letzten Stunde gilt es die
Ausbreitung der ganzen Vollkraft.

So stand Eugen unter seinen Schülern, als wäre er ein
Mensch, befreit von jeder Bangigkeit und jeder Drohniß.

Der Festklang hallte noch im Gemüth der Kinder nach; sie
schienen sich schwer in die ernste Arbeitspflicht finden zu können;
denn es hat immer etwas Mißliches, einen Abschnitt oder einen
Beginn der Thätigkeit in lauter Feier zu begehen. Eugen ließ
nun gleichsam die nächsten Erinnerungsreste von der Maifeier
auskosten, indem er den Kindern einige gestern vernommene Volks=
lieder einübte, die dem jugendlichen Sinn entsprossen waren oder
sich ihm aneigneten. Nach dieser Ueberleitung ging die noth=
wendige Arbeit besser von statten. Die Erwachsenen wurden zur
Selbstbeschäftigung angehalten, denn die ganze Aufmerksamkeit
blieb heute den Neueingetretenen gewidmet, die Eugen nicht in
abgesonderter Bank, sondern zu ihren Geschwistern, oder wo diese
nicht zugegen waren, zu Hausnachbarn oder selbstgewählten Be=
freundeten hatte sitzen lassen. Jetzt ließ er sie heraustreten und
fand im Einzelgespräche Alle blöde und zaghaft; nur den lieb=
reichsten Worten gelang es nach und nach, die Blödigkeit auf=
zuthauen. Es ließ sich nicht entscheiden, was wohlgethaner sei:

diese Kleinen vorerst wenig zu beschäftigen und sie noch die Frei=
heit genießen zu lassen, oder ihnen alsbald die ernste Aufgabe vor
das Gemüth zu führen. Zunächst ließ Eugen jedes einzelne Kind
von einem seiner Geschwister oder Befreundeten unterrichten.

Wie jetzt in diesen Tagen immer bei offenen Fenstern Schule
gehalten wurde und ein freier Athem des Feldlebens hereindrang,
so schien auch in Lehrer und Schülern eine unruhige Sehnsucht
nach dem Treiben im Freien zu walten. Die Sommerschule, die
nur zwei Stunden des Tages in Anspruch nahm, diente wesent=
lich nur dazu, um keine völlige Unterbrechung des Lehrgangs ein=
treten zu lassen.

Die Schulfreunde, die bei dem Maifest gewählt worden waren,
schienen ihre Thätigkeit kaum beginnen und nur lässig treiben zu
wollen; man schien dies als eine jener Einrichtungen zu betrachten,
die man wohl anordnet, deren Ausführung aber im Schlendrian
wieder einschlafen soll. Eugen gewahrte auch hier die überall sich
aufdrängende Erfahrung, daß der Beamtenstaat das Volk daran
gewöhnt hat, der freien Erfassung seiner eigenen Angelegenheiten
sich zu entziehen; aber er ließ nicht ab von dem aus eigener Er=
kenntniß wie von den einsichtigsten Pädagogen Geheischten. Gerade
jetzt in seiner persönlichen Gefährdung war Eugen um so eifriger,
als gälte es die Garben einzuthun im Angesicht des drohenden
Gewitters. Er ging mahnend von Haus zu Haus und wußte
Alles zu erregen, und was seinen Mahnungen nicht gelang, voll=
brachte die Drohung, daß er die Namen der Säumigen an die
Schulthüre anhefte und der öffentlichen Schande preisgebe. So
brachte er es dahin, vorerst mindestens sonntäglich die Erwählten
zu versammeln und eine lebendige Beziehung der Eltern zu der
Schule, so wie eine Einheit der häuslichen und Schulerziehung
ins Werk zu setzen. Die Art, wie Eugen die Einrichtung aufrecht
erhielt und durchführte, erwarb ihm den Namen eines Strengen,
wie er in manchen Scherzreden erfuhr. Er nahm dies unbestritten
hin, denn er sah die Menschen jetzt willfähriger. Eine Erfahrung,
die nicht so leicht am Wege liegt, drängte sich ihm auf: was der
Sanftmuth nicht gelingt, das vollführt die unnachsichtliche Strenge;
die bewältigende Energie, die Stärke, macht die Herzen zur Liebe
geneigt.

Hatte die Kirchbäuerin recht gehabt, da sie ihn einst davor
warnte, grobe Säcke mit Seide zu nähen?

Am Tage vor der Schulconferenz erhielt Eugen eine Vor=
ladung zu Amt. Er gab Lipp den Auftrag, wenn heute ein
Brief eintreffe, mit demselben zu ihm zu kommen. Er hatte nun
noch ein ausführliches Verhör zu bestehen über sein Verhältniß zu
Bartelmä. Nachdem er eingestanden, daß er denselben in seiner
wahren Person gekannt, wurde ihm verkündet, daß das Straf=
erkenntniß über die Nichtangeberschaft später erfolgen werde, wor=
auf die Acten geschlossen wurden. Er erhielt die weggenommenen
Briefe und Kaibls Straßenspiegel wieder, den er sogleich ver=
brannte. Aus der ganzen lässigen Art, wie die Untersuchung
dieser Gewaltthat geführt wurde, war ersichtlich, daß man nach
höherer Ordre jedes Aufsehen zu vermeiden suchte.

Die Schulconferenz, die Tags darauf stattfand, war wesentlich
nur eine Abschiedsfeier des Inspectors, voll salbungsvoller Hul=
digungen und frommer Wünsche herauf und herab. Der Inspector
war, wie Deeger prophezeit hatte, zum Seminardirector ernannt
worden. Schnörkel strahlte heute in besonderem Glanz, er hatte
die Dankadresse, die mit dem Pokal dem Scheidenden überreicht
wurde, in schöner Fraktur geschrieben und vergaß nicht den Be=
wundernden zu zeigen, daß er in Form einer Verzierung die
Worte angebracht hatte: Sigmund Lutz scripsit; nebenbei er=
lustigte er sich, den Bruder Weiland zu necken, der sich um die
Stelle eines Zuchthausinspectors beworben hatte, die einem alten
Feldwebel übertragen ward. Je öfter nun Eugen mit seinen
Berufsgenossen in freiem Gespräch zusammentraf, um so mehr
bemerkte er bei allem Tüchtigen in den Meisten jene Eigenthüm=
lichkeit, die der Sprachgebrauch nur oberflächlich das Schulschmäd=
lein nennt, das aber in einem eigenen Paßgang des Denkens,
in einer gewissen zerfließenden Breite bei der Begriffsbildung und
wieder in hochgestelzten Ausführungen bestand, wobei man sich
nicht scheute, abgetragene Redensarten wie ein neues Gewand
seinen Gedanken umzulegen. Als Eugen solches gegen Deeger
äußerte, wies dieser wiederholt auf die Verkrüppelung in allen
unsern Zuständen hin, wo man von Jugend auf für einen Beruf
zubereitet, inmitten desselben nie mehr zu freier Lebensbewegung
gelangt. Er prophezeite Eugen, daß er ohne die Einseitigkeit
seines Berufes nie zu der bräuchlichen Fertigkeit in demselben
gelangen werde. Deeger, Eugen und Göriz hatten sich wieder
bei Tische zu einander gesellt; Deeger war in sich gekehrt und still,

Göritz aber in voller Aufregung, so daß er bei jedem Trinkspruch, der ausgebracht wurde, die Lippen schärfte, bald aufstand, bald sich niedersetzte und an dem Zwiegespräch in einer Weise Theil nahm, daß man wohl sah, er sprach sich im Innern Worte vor, die er bald laut verkünden werde. Deeger hatte dies zuerst bemerkt und warnte ihn vor Uebereilung, indem er lächelnd hinzusetzte:

„Man muß nicht an jedem Zopf anfassen, es geht mancher von selbst aus," worauf Eugen versetzte:

„Wenn der gallische Hahn wieder kräht, werden diese Lob= hudelnden hier ihren Herrn und Meister verleugnen."

Auf dieses Wort hin schnellte Göritz rasch empor, schlug auf den Tisch und bat ums Wort. Mit bewegter Stimme sagte er dann, daß mindestens die Hälfte der hier Anwesenden einst zu Füßen eines Mannes gesessen, dem sie ihr Bestes verdanken, der rechtschaffen und freisinnig in der umfassendsten Bedeutung des Wortes gelebt und gewirkt habe; er weiche jetzt aus seinem Amt auf ein einsames Dorf als Pfarrer; nur ein schwacher Ausdruck des Dankes sei es, wenn man ihm aus dieser Versammlung ein dreimaliges Hoch nachrufe, das Jeder gewiß in sich spreche.

Der Inspector stand zuerst auf und rief wohlweislich ein Hoch auf den abgestellten Seminardirector und Alles stimmte mit ein. Dennoch war hierdurch ein Felsblock in den Strom der Gesell= schaft geworfen, über den die Zwiegespräche plötzlich wie ein wild= rauschender Bach rollten. Einige kamen zu Göritz und schalten ihn über Herbeiziehung des Ungehörigen, Andere stimmten ihm mit leisen Worten und Winken bei.

Schnörtel rief: „Maul wie Salat sagt der Esel, wenn er aufs Eis geht und ein Bein bricht."

Deeger aber drückte seine Zufriedenheit aus, indem er sagte, Göritz habe es gelinder gemacht als er gefürchtet hatte.

Wieder auf dem Heimweg geleitete Deeger unsern Freund und ward ihm zu hohem Trost. Als Eugen in Klagen ausbrach, daß er sich zu passivem Warten und Dulden verurtheilt sehe, wies ihn Deeger darauf hin, daß hierin oft mehr Kraft liege als in streitbarem Umsichhauen.

Schwerer ward es aber, die inneren Zweifel Eugens zu be= schwichtigen. Bei einer wieder eintretenden Verfolgung schrieben die Thatsachen den Weg vor. Es fragte sich jetzt nur, ob er nicht die innerste Kraft seines Strebens anbrüchig mache, wenn er Amneſtie annehme; die Flucht aus dem Vaterland, ſonſt für ihn härter als der Tod, erſcheine jetzt oft minder erſchreckend und er würde ſie vielleicht ergreifen, wenn er ſich nicht mit ſeinem innerſten Leben an Vittore gebunden fühlte.

Deeger ließ Eugen die volle Schwere ſeines innern Kampfes darlegen; er verrieth durch kein Zeichen, keine Miene ſeine An= ſchauung, da Eugen auseinanderſetzte, wie aus dem Vaterland auswandern ſich ihm verloren geben heißt, ſich begnadigen laſſen, heißt ſich dem Vaterlande und ſich ſelbſt verloren geben. Durch Annahme der Amneſtie vernichte er all ſein künftiges Thun im Voraus und brandmarke es mit dem Makel des Undanks. In wildem Streit mit ſich rief er:

„Die Lebensluſt in mir, die Liebe zu Vittore und die Pflicht gegen ſie, iſt darin nicht noch immer heuchleriſche Selbſtbeſchöni= gung? Iſt es aber nicht falſche Opferſucht, den Untergang der Rettung vorzuziehen? Leben aber nicht alle nicht verurtheilten Rechtsliebenden gleich mir in ſtillſchweigender Lüge? Und durch meine Rettung können viele Menſchen aus ihrer Qual erlöſt werden.... Ach, es kann Niemand vollauf rein durch dieſe Welt gehen.“ So ſchloß Eugen und jetzt fühlte er, daß der ſchärfſte Dorn in der Martyrkrone nicht die erduldete Schmach vor den Augen der Welt, ſondern das Bewußtſein der befleckten innern Ehre iſt. Nur auf das Bedrängen Eugens antwortete Deeger endlich:

„Es giebt Entſchlüſſe, die ſo ganz der eigenen Perſönlichkeit angehören, daß kein Zweiter, und trüge er auch die Seele des Andern mit der beſten Liebe in ſich, darüber ſprechen, geſchweige entſcheiden darf.“

„So verſetze dich in meine Lage und frage, wie du handeln würdeſt.“

„Das iſt nicht möglich. Der Urboden deiner Lebenswandlung iſt, je nach der Anſchauung, ein abenteuerlicher, excentriſcher, oder die Bethätigung eines hochſittlichen Entſchluſſes. Die Art, wie du die Conſequenzen auf dich nimmſt, giebt den Endbeſcheid.“

„Ich konnte eine That begehen, die im Widerſpruch mit der ganzen Welt ſteht, ich frage nun auch nicht ängſtlich nach ſchielen= den Blicken und Naſerümpfen.“

„Gut, der Kampf iſt alſo nur in dir. Die Philiſter, die gaffend und paſſend am Weg ſtehen und die Hände in die Taſchen halten, damit ihnen nichts abhanden komme, rufen dem staubbedeckten Kämpfer zu: er solle sterben für seine Ehre, groß, tragisch untergehen; sie halten sich dabei für hoch ideal. Du hast aber an eben dieser Stelle mir einmal gesagt: der Muth feig zu erscheinen ist oft der höchste. Halte das fest. Jetzt sage ich: du kannst und mußt die Amnestie annehmen, sie wird dir zur Ehre, aber nur unter einer Bedingung."

„Und die ist?"

„Daß du ausharrst in deinem Berufe, in deiner ganzen Stellung und nicht einen persönlichen Freibrief zum Wohlleben damit erringst. Ich weiß, und du wirst es erfahren, die Welt sieht an dem vollendetsten Kunstwerke immer nur den Makel, die Verletzung, die es erfahren; jeder drückt zuerst sein Bedauern darüber aus und dünkt sich damit als klug zu erweisen, statt sich des Erhabenen in sich Vollendeten zu erfreuen. Du mußt die Schmerzen dieser Zeit über dich nehmen. Du wirst dich an meine Mahnung in Nöthhausen erinnern. Ich sehe über solchen Flecken hinweg wie über einen zeitlichen Aberglauben, der den besten Geistern anhaftet. Kannst du ausharren, so bist du gerechtfertigt vor Gott, vor dem ewigen Geiste, wenn auch nicht vor dem zeitlichen der Menschen, die immerdar einen Vertreter des unabänderlichen Gedankens an das dürre Kreuz ihrer fertig gezimmerten Begriffe schlagen."

Aus den Worten Deegers sprach eine so ungewohnte Begeisterung, daß es in der That schien, als habe er sich in das Wesen des Freundes verwandelt. Er faßte die Hand des Freundes und hielt sie stille fest im Weiterschreiten und das Wonnegefühl der Freundschaft erfüllte die Seele zweier Menschen, die sich so warm und treu hielten wie die leiblichen Hände einander faßten.

So eins geworden waren die beiden Freunde, daß Deeger wußte, der Freund gedenke jetzt der Geliebten und er sagte:

„Du könntest Alles Vittore vorlegen und ich bin gewiß, sie würde entscheiden wie ich."

„Ich glaube an dich, sage ich mit ihrem Wort," rief Eugen; sein Herz war so voll, daß er nichts weiter hervorbringen konnte. Er ließ nicht ab, bis Deeger ihm willfahrte und ihn wieder nach Erlenmoos begleitete; es konnte ein Brief von Stephanie oder sie selbst angekommen sein. Bei der Nennung dieses Namens empfand Eugen ein unruhiges Bangen, er fühlte, daß er von dieser Seite noch manchen Kampf zu bestehen hatte.

Sechstes Kapitel.

Schatzhauser sprang seinem Herrn entgegen, Lipp war nicht zu Haus, die alte Brigitte, die sich Lipp als Beihelferin versöhnt hatte, überreichte die Schlüssel zugleich mit einem eben angekommenen Brief und sagte, Lipp sei nach dem Wald, um Pfingstmaien zu holen.

Hastig erbrach Eugen den Brief, er war in großen Federstrichen geschrieben, ohne Anrede und Unterschrift und enthielt die Worte:

„Ich bin dem Fürsten hieher ins Bad nachgereist. Noch in dieser Woche lesen Sie in den Zeitungen die Absolution. Eine Quadrupel=Allianz von Gründen hat das große Werk zu Stande gebracht. Das Ministerium hatte bereits die Sache im Staats= interesse beantragt, Sie standen mit auf der Liste, der Fürst aber wollte Sie ausschließen und nun hörte ich persönlich das Gegen= theil, daß man die Andern nur um Ihretwillen — ich mag das abscheuliche Wort nicht. Die Sache wollte eben wieder einschlafen, als ich sie durch eine Intrigue weckte. Ich ließ in die demokra= tische Zeitung des Nachbarstaates — gesegnet sei die Nichteinheit Deutschlands — das Gerücht setzen, der Schellenkönig habe dem Fürsten verboten, Amnestie zu ertheilen. Mein Vetter, der Kammerherr **, der Sie auch kennt, mußte das dem Fürsten unter= breiten und nun stach der Souveränitätshafer, es wurde ge= schrieben, gesiegelt und gesandelt. Mein alter Oheim Hannibal, der Gesandter in London war, gab einst die beste Antwort auf die Frage: Was ist Diplomatie? Man geht im Regen über die Straße und hat seinen Schirm aufgespannt, da·kommt ein Freund und hängt sich an die Seite, nun wird man mit ihm naß. Wie hilft man sich? Man läßt noch einen zweiten Freund an der andern Seite untertreten und nun hält man den Schirm in der Mitte und geht trocken. Das ist Diplomatie. — Die Gesellschaft ist äußerst ägrirt, strenge Mittel die beliebtesten. Gestrenge Herrn regieren nicht lang, wird Ihr weiser Volksmund sagen? Ja, aber sie regieren doch. Die Welt ist eine mélange von Egoismus und Dummheit, von Furcht und Scharfsinn. A propos! Die abscheuliche Hyperkultur des glace mundet mir hier wie einem Urwäldler. Sie werden mit der Reichstante Theorosa viel geistige

Charpie zupfen. Conversirt sie immer noch gern in goldschnittigen Stammbuchgedanken? Denkt an ein Epigramm von Goethe. — Die süße niedliche Theorosa hat immer einen Taschenspiegel für alle ihre Sentiments bei der Hand, Sie haben auch so was, zerschlagen Sie's bis ich wieder komme.

Ich sagte, daß noch ein vierter Grund zur Absolution mitgewirkt habe; den kann ich Ihnen nur mündlich mittheilen. Ich bleibe noch einige Zeit hier. Mein faible für das Volksleben bringt mich hier in viel Diskussionen. Wenn nur unsere Bauern noch etwas Primitives hätten! Als ich in Italien einen Mann mit einem räderlosen Pflug ackern sah — es war ein Bild aus einem antiken Fries heraus gesprungen — da verstand ich die Geschichte des Cincinnatus. Von der höchsten Bildung kann man wieder zu der einfachsten primitiven Thätigkeit zurückkehren. Was ist aber jetzt die Landwirthschaft? Mechanik und Chemie im freien Feld. Da fehlt alle Poesie und bleibt nichts als der halbgebleichte Zwillichkittel des Protestantismus. Ich vertheidige also hier etwas, das eigentlich nicht mehr wahr in mir ist. Da wird man um so hartnäckiger. Ich glaube, Sie sind mit Ihrer Marotte, quand même ein gemeinnütziger Mensch sein zu wollen, in derselben Situation. Sagte ich Ihnen nicht schon nach Ihrem apostolischen Anflug in Röthhausen, die Consequenz macht uns zu Heuchlern vor uns selbst?... Doch darüber mündlich. Vom Kurhaus herüber höre ich eben die Bademusik die Symphonie pastorale von Beethoven spielen. Sagen Sie's Niemand, daß ich diese musikalische Naturnachahmung für gemalte Statuen halte. Ich hasse das Briefschreiben. Haben Sie schon je in einem Gasthof praktikable Tinte und Feder gefunden? Habe ich keinen orthographischen Fehler gemacht, Herr Lehrer? Mein alter Schulmeister hat mich gelehrt: wo du nicht weißt, welch ein Unterscheidungszeichen du setzen sollst, mach' immer ein Punktum. Lehren Sie das auch Ihre Kinder. Es ist zu vielen Dingen gut. Adieu."

Das war der Brief Stephanie's, und als ihn Deeger gelesen, schüttelte er beide Hände des Freundes in mächtiger Freude. Eugen wäre gern sogleich zu Vittore geeilt, um ihr Alles zu verkünden, aber Deeger widersetzte sich diesem und behauptete, das unwirsche Gebahren des Bachmüllers habe darin seinen Grund, daß Eugen, ohne seiner Einwilligung gewiß zu sein, sich Vittore genähert habe. Selbst als Eugen klagte, daß er die Pein, die in dieser

Art seiner Befreiung liege, nur überwinde, wenn er sich ganz in die Liebe Vittore's versenke, widersprach Deeger gerade aus diesem Grund, indem er noch hinzusetzte:

„Du weißt den vierten geheimen Artikel noch nicht. Du darfst keinen Schritt weiter gehen, bis du die Baronin gesprochen. Wie mir eben jetzt erst auffällt, hast du ja gar nicht um Amnestie nachgesucht; da wäre es ja komisch, sie abzulehnen. Freue dich nur vollauf."

Es giebt Aussprüche des einfachen Verstandes, die so über= raschend wirken, als ob man plötzlich eine Wand durchbreche und freien Ausblick und Ausgang gewährte, wo der in sich befangene Sinn verzweifelnd sich eingemauert fühlte. So war es jetzt den Freunden, da sie sich die gegebenen Verhältnisse klar vor Augen stellten, und Deeger besonders machte seiner Heiterkeit dadurch Luft, daß er über sich selbst spottete, weil er das Einfache nicht gesehen hatte.

Als sich Deeger jetzt auf den Heimweg machte, geleitete ihn Eugen; er konnte nicht in Ruhe sich seines befreiten Daseins freuen und mußte einen Menschen haben, mit dem er Alles aus= sprach. Er sagte selbst, er sei wie ein von schwerem Kranken= lager Auferstandener, der sich des Lebens freue, nicht gedenkend der schweren Bürden, die es auch wieder auferlege und daß eigent= lich nichts Neues errungen sei.

Deeger lenkte wiederholt das Gespräch auf Stephanie. Er schien gerechter gegen sie zu sein und warf Eugen vor, daß seine Ansichten von der Kernfäule und Gipfeldürre am Baume der höheren Cultur übertrieben seien; und wären sie auch wahr, so beurtheile er Stephanie zu hart und lasse es sie entgelten, daß er sich von den Widrigkeiten der spielerischen Ueberbildung ange= ekelt fühle. Deeger warnte wiederholt vor einer Ueberschätzung der Naivetät, und ohne den Namen Vittore's zu nennen, gab er doch zu verstehen, daß es eine Uebertragung der eigensten Em= pfindungen auf Andere gebe, die zu gräßlichen Enttäuschungen führe.

Eugen hatte gewünscht, daß der Freund in das innerste per= sönliche Leben mit ihm eintrete; jetzt fühlte er, daß dies selbst der höchsten Freundschaft nicht möglich ist. Es giebt eine inner= liche Entzündung, die kein Zweiter nachfühlen kann und Deeger in seiner Abgeschlossenheit schien am allerwenigsten dazu geeignet.

Hier ist die Grenzmarke der Freundschaft, und nur die Liebe, das einsgewordene Sein, vermag im Andern zu leben, als wäre es das eigene klopfende Herz.

Ohne Widerstreit, wenn auch im vollen Gefühl des dennoch getrennten Seins, verließ Eugen den Freund und schweifte noch die ganze Nacht in Feld und Wald umher, so still, so in sich begnügt, wie die Natur um ihn her.

Was denkt und träumt sich nicht Alles in verschwiegener stern= glitzernder Nacht! Die seligste Empfindung aber bleibt jenes selbst= vergessene Hinwandeln, wo es ist als ob nicht mehr ein Wille den Fuß heben mache und tausend halbverschleierte Gedanken die Seele umrauschen und das reine Gefühl des Daseins das ganze Wesen erfüllt. Kein Blatt regt sich im Wald und still steht Alles und saugt den thauigen Athem der Nacht.

Ein einsam nächtiger Gang im Wald hat bei aller Ver= trautheit mit der Natur doch immer etwas eigenthümlich Banges, es ist als ob das tief bewegte Menschenleben sich hier im Wider= spruch fände mit dem stillen unbelauschten Walten in der Natur. Der Menschengeist, der herrschgewaltig über die Erde schreitet, ihre Kräfte sich zu eigen macht, ihre Gesetze erlauscht und ver= bindet und sich in freier Selbstkraft seinen eignen Daseinskreis bestimmt und bildet — ein dunkles Räthsel steht vor ihm das abgeschlossene sich selbst erfüllende lautlose Leben der Natur. Wiederholt sich die Sage der Bibel, daß in der thauigen Feld= nacht ein Gott leibhaftig mit dem Menschen ringe? Da drunten rauscht der Bach und blinkt bisweilen auf aus dem tiefschwarzen Dickicht; Eugen sog in freudigen Zügen den nächtigen Waldduft, sah mit stillem Wohlgefallen die dunkeln Bäume, die sich vom jetzt sternlosen Himmel so scharf abschnitten. Dennoch wünschte er sich nur seine Flinte als Gefährten; der Hund schmiegte sich näher an ihn, als wüßte er, daß er jetzt ein willkommener Ge= nosse sei.

Welch ein Knistern und Summen regt sich jetzt plötzlich im Dickicht! Schatzhauser schlägt an, Menschenstimmen werden laut und verlieren sich waldeinwärts. Eugen eilte der verlassenen Stelle zu und fand hier mehrere umgehauene Birkenstämme. Jetzt erinnerte er sich, daß die alte Sitte des Maiensetzens sich hier in das häusliche Pfingstfest zurückgezogen, und mit innerem Jubel ergriff er einen mäßigen Stamm und trug ihn durch die Nacht dahin der Heimath zu; der Baum däuchte ihm ein entsprechender Frühlingsgruß für die Geliebte. Mitten in Ausführung eines Volksgebrauches konnte er doch das fremde Denken nicht lassen: Ist es nicht wundersam, daß solche Bräuche so oft an ein Vergehen gebunden sind und daß der frohe Sinn freudig über solches wegschreitet? Und warum bist du minder widerspenstig gegen die Ausführung eines alten Lebensbrauches als gegen die Betheiligung an einem religiösen Herkommen? Jene treiben aus der Wurzel des selbständigen Stammes und diese sind gepfropft. Wie einst der neue Geist die alten Göttertempel. und die Festestage in die seinigen verwandelte, so wird es auch in Zukunft geschehen müssen . . . .

Immer tiefer geeint fühlte sich Eugen mit dem lebendig fortsprossenden Bestand seines Volkes und der schwere Baum auf seiner Schulter ward ihm jetzt so leicht als wäre es ein frisches Reis, das die Hand eines Kindes einem neuen Erlöser auf seinen gepriesenen Weg streut.

Wann kommt der Genius, der die Menschen in neuem Frieden eint, auf daß wir ihm huldigen? Wandelt er schon unter uns? . . .

Als der Morgen zu dämmern begann, war Eugen auf der Anhöhe vor Erlenmoos; er eilte schnell hinab nach der Bachmühle, fand dort Werkzeuge und grub den Baum in den Boden unter dem Fenster Vittore's. Ohne gesehen worden zu sein eilte er nach Haus. Hier war es, als ob der Wald, aus dem er kam, zu ihm ins Haus gedrungen sei.

In der maienerfüllten Stube war Lipp wie es schien im Warten auf dem Stuhl eingeschlafen; als ihn Eugen weckte, war seine erste Frage:

„Haben Sie den Vigil gesprochen?"

Noch nie hatte Lipp seinen Herrn mit Sie angeredet und dieser fragte nun:

„Warum? was giebt's?"

„Ach Herr, Herr, guter Herr, der Bartelmä selig hat's noch in der letzten Stunde zu mir gesagt: Dein Herr ist ein Heiliger. Ach lieber Herr —"

„Nun so rede doch, was ist mit dem Vigil?"

„Himmlischer Herr! Nun gut, ich will ruhig sein, gut. Heut Nacht beim Maienholen sagt mir der Vigil: dein Herr muß bei mir um gut Wetter bitten, ich kann ihn jede Stunde ans Messer liefern. Ach Herr! Er weiß Alles."

„Was denn? Sag' es grad heraus, was weißt du?"

„Ich hab' dem Bartelmä selig geschworen, daß ich das Wort nicht auf die Zunge nehme und eher laß ich mir sie ausschneiden, eh ich das thu; aber der Vigil, der Vigil, ich bin ein Lump, daß ich dem Seehund nicht gleich den Hirnkasten eingeschlagen hab', wie er das Wort gesagt hat."

Eugen war doch betroffen, als er diese Kunde vernahm; er ging schweigend durch die Stube, Lipp schluchzte in sich hinein. Eugen beruhigte ihn und sagte, es sei nichts mehr von Vigil zu befürchten.

„Wenn sie Euch ein Leid anthun," rief Lipp zum Schwure seine eine Hand emporhebend, „da schwör' ich's, ich und der Schatzhauser sterben auf Eurem Grab. Gelt Schatzhauser, du thust mit?" rief er dem Hunde zu, der müde am Boden lag.

Eugen theilte dem Jammervollen unter dem Gelöbniß der Verschwiegenheit den Inhalt von Stephanie's Brief mit.

„Ich werd' närrisch, ich werd' närrisch!" rief Lipp freude= jauchzend im Zimmer umherspringend und den Hund umhalsend; plötzlich aber rief er wieder, „o Himmel, nein, ich glaub's nicht, es ist nicht wahr, es kann nicht sein, sie thun's nicht, es ist Kanzleitrost, weiter nichts. O Himmel!"

Eugen kam es plötzlich vor, als könnte er doch zu leicht= gläubig gewesen sein; er starrte gedankenvoll vor sich nieder und Lipp dies bemerkend, rief wieder mit fröhlicher Miene sich an die Stirn schlagend:

„Ich bin ein einfältiger dummer Kerl, da, schlagen Sie mir aufs Maul, das so blitzdumm schwätzen kann. O die gut lieb Baronin, der hab' ich's gleich angesehen, das ist ja ein Erzengel; ich könnt' ihr die Händ' unter die Füß' legen, weil die das zu Stand gebracht hat. Wenn wir jetzt mit dem Vigil abrechnen, kriegen wir noch einen tüchtigen Trumpel 'raus. Wart nur Vigil, dir wird man's zeigen, dich wird man klein dreschen wie Bettstroh."

Eugen ließ Lipp gewähren. Er überbrachte vor der Kirche Theorosa die Briefe, sie empfieng sie mit niedergeschlagenen Augen, ohne zu ahnen, durch welche Hände diese duftigen Blätter gewan= dert waren.

Siebentes Kapitel.

Der Vikar hatte schon lang Anstalten getroffen und Eugen und Lipp waren ihm dabei beigestanden, daß der Gottesdienst am ersten Pfingsttag im Freien gehalten werden konnte. Im Sonnenziel, so hieß die Gemarkung nach Alsfeld hin, ward eine Kanzel aus Rasenstücken errichtet und mit Blumen geschmückt. Als nun die ganze Gemeinde unter dem Geläute der Glocken hinauszog, fehlte viel an dem Prunk eines katholischen Umzuges, aber wie die ganze Anordnung der Feier keine herkömmliche, sondern eine selbstbestimmte war, so prägte sich auch in dem Wesen aller Betheiligten eine gewisse freie Zuversicht aus. Der Vikar predigte mit hinreißender Kraft über die Heiligkeit des Erdenlebens und die Leute hatten nicht Unrecht, da sie seit einiger Zeit sagten, man höre es jedem Worte und jedem Gedanken an, daß er Bräutigam sei.

Als man unter Gesang wieder im Dorf angekommen war und die Einzelstimmen sich trennten, leuchtete aus jedem Angesicht eine erhöhte Freude und der Vikar drückte Eugen die Hand, da dieser sagte:

„Es ist nicht wahr, daß das historisch Hergebrachte eine höhere Weihe hat, ja es wird oft zur gedankenlosen Phrase; das Neugestaltete dagegen hat eine Sprossenfrische, der nichts gleich kommt."

„Wir haben keine festen Kapellen draußen in der grünen Waldeinsamkeit," erwiderte der Vikar, „wir bauen nach unserm Geiste Kanzeln, auf denen wir nur Einmal beten und so bleiben wir in der lebendigen Bewegung."

Eugen empfing seine eigene Freude aus dieser selbständigen Lebensbewegung. Die Keime einer Welterneuerung sind doch schon mehr ausgebreitet, als das einsame Herz oft ahnt.

Nach der Mittagskirche ging Eugen hinaus nach der Bachmühle, er spähte vergebens nach seinem Maien, der spurlos verschwunden war. In der Stube traf er Theorosa bei der Familie und kaum war er eingetreten, als der Bachmüller aufstand und seinen Hut nahm, um fortzugehen; unter der Thür rief er noch:

„Frau, wenn du übermorgen Besen bindest, sieh, daß wir noch eine Ruthe 'rauskriegen," und dem Gruß Eugens kaum dankend, ging er davon.

Es war gut, daß Theorosa das Wort führte, denn Vittore und die Mutter sahen kaum auf nach Eugen.

Das ganze Behaben Theorosa's hatte in dieser Umgebung noch etwas Auffälligeres; wie sie gern im Superlativ sprach, so hatten auch alle ihre Mienen, ihr Handdrücken, ihr freundschaftliches Anschauen etwas Superlatives, aber es lag eine so bezwingende Herzensgüte in ihrem Reden und Thun, daß jeder Spott in sich verstummte.

Theorosa bat dringend, daß man doch an dem schönen Mittag sich in den Garten setze, aber sie fand kein Gehör; die Mutter sagte, es sei ja gut da in der Stube und Vittore fügte hinzu: „der Vater hat's nicht gern und es ist hier ja auch gut."

„Sie werden immer sehen," bemerkte Theorosa gegen Eugen gewendet, „Kinder und Landleute haben eigentlich keine Freude an der Natur, weil sie noch selber ein Stück Natur sind."

„Wenn man selber nichts Gescheites zu sagen weiß," entgegnete Vittore, so ist's doch gut, daß Andere gescheit über Einen reden."

Eugen war still, ihm erschien es, als ob hier ein hausväterliches Verbot obwalte, sich mit ihm öffentlich zu zeigen; die Art, wie ihn Vittore vermied, diente als Beweis, und daß sie trotz des warnenden Blickes der Mutter die Abneigung des Vaters aussprach, durfte als vollgültiges Zeichen ihres ungebrochenen Willens gelten. Nur einmal konnte er ihr ihre eigenen Worte zuflüstern: „Ich glaube an Euch."

Theorosa fragte nun nach dem Eindruck der Bücher, die sie Vittore zum Lesen gegeben hatte. Vittore wurde über und über roth bei diesen Worten und sagte zu Eugen:

„Sehet ihr, Herr Lehrer, es haben andere Leute auch Bücher, wenn Ihr Einem keine gebet, weil Ihr meinet, man liest Euch was weg davon."

Draußen schallten wiederum die Lieder durch die Straßen und Eugen fragte Vittore: „Geht Ihr nie mit den singenden Mädchen?"

„Manchmal wohl, aber selten; ich will jetzt hinüber zu Vinzenzin."

„Darf ich Euch begleiten?"

„Dank schön, ich geh' allein. Mutter, ich bin vor Nacht wieder da."

Sie ging weg, und als Theorosa ebenfalls das Dorf hineinging, begleitete sie Eugen.

„Ich habe Vittore versprechen müssen," sagte Theorosa, „daß ich ihr Urtheil über die Heldengestalten unserer größten Dichter Ihnen nicht mittheile; aber die Gedanken, die ich daraus ent= nahm, schmerzten mich sehr."

„Ich ahne die Empfindungen Vittore's," entgegnete Eugen, „und ich habe schon oft gedacht, wir haben kein Reich, keine Gesetze; das Einzige was uns als unerschütterlicher Hort dasteht, sind die Schöpfungen unserer größten Geister. Und hier drängt sich die Frage auf: Können auch sie, geschaffen in enger Klause, abgeschieden von den Volksgenossen, nicht eingehen in die offene Welt? Können sie nur bei Lampenlicht und in geschlossenen Räumen und nicht in der Tageshelle und freien Luft aufgenommen und dargestellt werden? Wir dürfen uns ruhig getrösten. Die Worte der Weisen und Dichter sind der Priestersegen, der die getrennten Herzen der Volksgenossen zu heiligem Gemeinleben eint; aber das Wort giebt nur die Weihe den Herzen, die in lebendiger Offen= barung einander gefunden. Mit der Aenderung der Staatsformen ist wenig gethan; wir müssen erkennen lernen, wie viel traditio= nelle Schminke noch auf unseren Empfindungen liegt."

Als müßte sie sich in sich selbst verbergen, die Augen nieder= schlagend und die Arme in ihre Mantille hüllend fragte Theorosa mit sanftem Ton:

„Glauben Sie, daß das Beispiel eines Einzelnen wirkt und er nicht bloß sich selbst rettet? Unser Freund schreibt wohl richtig: Es müßte zuerst eine verachtete verhöhnte Secte sein, die sich zur Vereinfachung des Lebens entschließt; mit der Zeit würde sie groß und gewaltig werden. In Amerika bewirkt die Nothwen= digkeit der Verhältnisse, was bei uns freier Entschluß sein müßte. Ich kann mir aber ein Leben so fern von unsern Culturgewohn= heiten nicht recht vorstellen.

Eugen ahnte die inneren Kämpfe dieser Seele und doch konnte er ihr nicht helfen. Wer allzeit bereit sein könnte, um den hülfsbedürftigen Herzen beizustehen, müßte alles selbstische Dasein und Verlangen überwunden haben; Eugen war nie weniger hiezu geeignet als eben jetzt.

Er sah Vittore die Bergwiese nach dem Haus des Schlosser Vinzenz hinansteigen, kehrte rasch um und ohne selbst zu wissen, was er that, rief er laut:

„Vittore!" Sie schien ihn trotz seines lauten Rufens nicht

gehört zu haben, denn sie schritt ruhig weiter; Schaßhauser eilte voraus zu der still Wandelnden, die jetzt hinter einer Hecke verschwand. Als Eugen athemlos bei ihr ankam, fragte sie mit strenger Miene:

„Was rufet Ihr denn in alle Welt hinein? Was habt Ihr denn?"

„Ich muß Euch draußen anrufen, da ich Euch daheim nicht mehr sprechen kann."

„Was habt Ihr denn zu sagen?"

„Ich halte dich," rief Eugen sie wild umschließend, „du bist mein, mein."

Das starke Mädchen zitterte und bebte in seinen Armen als müßte sie niedersinken. „Um's Himmelswillen," schluchzte sie jetzt, „was ist? Herr Lehrer, ist das rechtschaffen? Lasset mich." Sie rang sich mit halber Kraft aus seinen Armen los, aber ihre Wange ruhte brennend heiß an der Wange Eugens und er drückte rasch einen Kuß auf ihre Lippen.

Schaßhauser war ein böser Störer, er schlug an, und sich losreißend rief Vittore:

„Ich möcht' in den Boden versinken. Heiliger Gott! wenn uns Jemand so sähe."

„Dann wüßte er, daß wir uns lieben, und alle Welt soll's wissen. Ich lasse dich nicht, ich halte deine Hand fest, bis du mir sagst, wo ich dich heute wiedersehe."

„Wenn ich nicht gleich wieder zurückkomme, kommet nach," preßte Vittore hervor und rannte schnell davon.

Schaßhauser schien nur einem Genossen im Thal geantwortet zu haben, denn es kam Niemand, und als Eugen nach dem langen Warten von vielleicht wenigen Minuten nach dem Hause des Vinzenz ging, fand er die Gartenthür an dem Haus offen und auf der Bank an dem wilden Rosenhag, wo die Rose blühte und der Hollunder in weißen Büschen, dort saß Vittore und weinte bitterlich.

„Betrübt dich meine Liebe zu dir?" fragte Eugen.

„Nein, es ist ja Alles lauter Seligkeit, du kannst aus mir machen was du willst; ich geh' mit dir so weit die Welt ist, und wenn Vater und Mutter und Alles dagegen wär', dein bin ich."

In allvergessender Seligkeit umschlangen sich die Beiden.

„Jetzt erst weiß ich," rief Bittore wieder, „wie man einen Mann gern haben muß. Wenn ich einmal was red' und thu', was dir nicht gefällt, denk' nur: ich versteh's nicht besser. Ich will dir ja gewiß nur zu Gefallen leben, ich könnt' mir mein Herz für dich ausschneiden lassen."

Tief ergriffen von der so mächtigen Liebe dieses sonst so starren Wesens jauchzte Eugen:

„O ich kenne dich, Geliebte, Liebe, du bist wie die wilde Rose über deinem Haupt, einblättrig und offen bis ins Herz hinein."

„Und will ganz offenherzig gegen dich sein. Wie ich dich zuerst gesehen und so gelacht hab', da bin ich in grausamem Elend gewesen und hab' doch lachen müssen. Das muß ich dir erzählen, es ist freilich vorjähriger Schnee, aber du mußt davon wissen."

Eugen war nur einen Augenblick in peinlicher Verlegenheit zu bekennen, daß er unwillkürlich an jenem Abend gelauscht habe; aber die Wahrhaftigkeit gewann schnell die Oberhand und er berichtete Alles.

„Es ist mir immer gewesen," sagte Bittore, „als müßtest du mein ganzes Herz wissen, ich weiß nicht woher, und jetzt ist Alles, Alles gut und himmelfroh. Vogel sing!" rief sie einem Distelfink zu, der auf dem Apfelbaum saß, und als verstünde der Vogel den Liebesruf, schmetterte er hell seinen fröhlichen Sang und flog nicht auf vor den Blicken, die nach ihm aufschauten.

Eugen berichtete nun, daß er sich schon früher geoffenbart hätte, wenn nicht ein Bann auf seinem Wesen wäre, der noch nicht ganz gewichen sei; er sei ein anderer als er erscheine.

„Sei du wer du willst und deine Eltern reich oder arm, du hast gar nichts zu erzählen, ich bitt' dich, laß mich reden. Wir können jede Minute fort müssen. Mit meinem Vater red' ich selber, die Mutter, das weißt, hält das Leben auf dich; sie hat noch keinen Menschen so lieb gehabt und wir reden oft stundenlang von dir. Aber gelt, du kannst doch auch recht lustig sein? Wenn ich nur was Dummes wüßt', daß ich dich jetzt lachen hören könnt', du kannst ja so grundgut lachen, geh' mach' das einmal wie damals; wie du mich Eva geheißen hast und ich dich Adam."

Eugen und Bittore lachten laut und wußten nicht warum. Das Scherzen und Kosen wurde rasch unterbrochen, denn die Vinzenzin trat in den Garten und sagte, ihr Mann käme mit noch einigen

Anderen. Eugen riß sich noch schnell eine wilde Rose ab und sprang dann schnell über den Zaun.

Mit dem Entschluß, dem Bachmüller Alles zu eröffnen, ging Eugen andern Mittags nach der Mühle. Er fand das Haus überall verschlossen, wie schlafend; der Nußbaum an der Wetterseite stand unbewegt und die Reben, die die ganze Sonnenseite bedeckten, schienen die verlassene Menschenwohnung in pflanzenstiller Ruhe zu halten; keine Menschenstimme ließ sich vernehmen, nur der Mühl= bach rauschte über das gestellte Rad. Eugen setzte sich auf die Bank vor dem Haus, aber kaum saß er hier eine Weile, als sich die Thür öffnete und die Bachmüllerin ihn leise rief; er trat ein und sie verschloß die Thüre wieder hinter ihm.

„Mein Mann," sagte sie in der Stube, „ist heut Morgen mit unserm Kind hinüber nach dem Aurorenbad, wie's jetzt heißt, ge= fahren. Da geht's heut lustig her.

„Und Ihr seid allein zu Haus geblieben?" fragte Eugen.

„Ja, und rechtschaffen gern, das ist mir lieber als alle Lust= barkeiten. So allein daheim sein, das thut gar wohl, das Haus ist verschlossen und man ist von der Welt abgeschieden, da kann man so recht in sich hineindenken, da lebt man wie in der Ewig= keit, mit keinem Menschen und doch mit Allen, tief drin im Herzen; man spricht kein Wort und hört kein Wort und man braucht beides nicht, es ist ja Alles gesagt, und man denkt hinaus, wo die Menschen fahren und laufen und rennen, und man sitzt ruhig wie ein Vogel auf dem Baumgipfel und es ist Einem, als wär's Nacht und doch ist's heller Tag, und da steht aller Hausrath und wartet bis man zu ihm kommt, und da kann man sich denken wie es ist, wenn man einmal hinausgetragen wird, um Einen in die Erde zu legen und das ganze Leben zieht vorbei wie die Wolkenschatten am Berg vom Winde gejagt. Ihr werdet's auch noch erfahren: je älter man wird, um so schneller vergehen die Jahre, man weiß nicht wohin sie kommen; kaum hat man Garten und Feld bestellt, ist der Herbst wieder da und der Winter. Drum thut ein Still= halten und in sich Besinnen so wohl, und da kommt ein tiefer Seufzer und ich freu' mich, daß ich noch da bin und meine getreuen Meinigen auch, sie kommen bald und ich bereite ihnen Essen und Kleider und da schlüpfen die Gedanken hinein, die ich für sie habe, wenn sie fort sind —"

Starren Blickes, gleich einer Verzückten, Weissagenden, die

mit sich selber spricht, redete die Frau, und als sie jetzt inne hielt, sagte Eugen:

„Ich verstehe Ihre heilige Einsamkeit."

Die Frau schaute sich verwundert rechts und links um als suche sie etwas, oder müßte sich besinnen was geschehen sei. Eugen konnte sein Erstaunen nicht unterdrücken, daß sie, eine Bauersfrau, so klar über ihre Empfindungen sei und ihnen so tief nachgehe. Wie ablenkend sagte die Frau, indem sie sich erhob:

„Ihr habt keinen Hausstand, Ihr möget Euch Alles ausdenken können, Ihr wisset doch noch nicht ganz, wie das ist, wenn Menschen fort sind, die Einem sind, als wären sie ein Stück von Leib und Leben, und es ist einem oft, als müßt' man seine eigene Hand suchen. Jetzt genug. Ich hab's nicht über's Herz bringen können, Euch allein da unten auf der Bank zu lassen. Jetzt wollen wir auch mit einander Kaffee trinken. Bleibet da, er ist gleich fertig."

Bald hörte Eugen in der Küche Aeste knacken und ein Feuer prasseln. Indem er jetzt abermals über das seltsame Wesen der Bachmüllerin nachdachte und sich hineinträumen wollte in die Zeit, da er hier im Haus ganz daheim sein würde, drängte sich aus dem Urgrund seiner Seele herauf wiederum der Gedanke an seine Mutter, und wie glückselig er sein werde, nun bald im Leben Mutter sagen zu können und zu diesem so still und tief in sich hineinlebenden Herzen. Da rief ihm die Müllerin, er möge zu ihr in die Küche kommen, er eilte zu ihr.

„Wenn man so sein Herz ausgeschüttet hat," sagte sie, „da hat man wie ein Heimweh, kann nicht ertragen, daß es aufhört und möchte weiter reden."

„Ich verstehe Ihr Heimweh nach den hinausgegebenen Ge=danken," stimmte Eugen bei, und rasch sagte die Bachmüllerin hierauf:

„Erzählet mir was."

„Die Leute sagen," entgegnete Eugen, „daß Ihr nie aus dem Dorf gehet."

Die Frau that, als ob sie diese Worte nicht gehört habe.

Eugen erkundigte sich, was mit dem Maibaum geschehen sei, und erhielt zur Antwort:

„Mein Mann war grimmzornig. So etwas schickt sich aber auch nicht, auf keiner Seite."

„Eurem Mann wär's wohl am liebsten, ich käme nicht mehr in Euer Haus?" fragte Eugen.

Die Bachmüllerin schwieg und schüttete den Kaffee in das kochende Wasser.

„Ich hab' Euren Mann sprechen wollen, ich will endlich das Entschiedene mit ihm reden," begann Eugen wieder.

„Das ist recht. Das gehört sich. Drum jetzt, damit ich ehrlich sagen kann, Ihr habt mit mir nichts vorher davon gesprochen, wollen wir davon still sein."

„Dürfet Ihr mir auch nicht sagen, was Euer Mann gegen mich hat?"

„Das wohl. Ihr wisset, mein Schwiegervater ist hier im Ort Schulmeister gewesen, er war ein sonderbarer Mann, noch aus der alten Zeit; er hat noch acht Jahre bei uns gelebt und ist 74 alt gewesen, wie er gestorben ist, und da hat er in seinem Testament verordnet, daß von seinen Kindern und Kindeskindern nie eines Schulmeister werden oder einen heirathen darf. Mein Mann hält seinen Vater in Ehren, er redet oft von ihm. Kommet 'rein, der Kaffee ist fertig. Jetzt haben wir Zwei auch unsere Pfingsten," sagte die Bachmüllerin, als sie mit ihrem Gast bei Tisch saß, der schweigsam über das wunderliche Testament des Alten nachdachte. Als er noch immer schwieg, sagte die Bach= müllerin wieder: „Mir ist heut' die Zung' gelöst, nicht wahr? Jetzt redet auch Ihr. Erzählet mir von den Eurigen."

„Was denn?"

„Ehrlich und gradaus, wir haben schon oft davon gesprochen, daß Ihr auch gar kein Sterbenswörtle von Euren Eltern redet. Wir wissen wohl, Eure Eltern sind todt und Eure Schwester ist in Amerika, aber unter guten Freunden gedenkt man doch auch einmal der Seinigen. Es wäre ja schrecklich, wenn man denken müßt', daß Kinder ihrer verstorbenen Eltern gar nicht mehr ge= dächten, und kein Wort von ihnen behalten hätten. Es sind keine Eltern so arm, daß sie nicht ein Gedenken an eine gute Stunde einem Kind hinterlassen. Ihr seid doch sonst ein guter Mensch, nur zu gut, das sagt ein Jedes. Seid Ihr denn kein guter Sohn?"

Eugen wurde flammroth bei diesen Ermahnungen, er mußte die Hand aufs Herz legen, das sich plötzlich zusammenpreßte, dann aber streckte er die Hand aus und rief:

„Ich bin nicht der ich bin. Hört —"

„Herr Gott! da ist er schon," rief die Bachmüllerin.

„Wer?"

„Hört Ihr denn nicht? Da fährt ja mein Mann in den Hof. Da ist was geschehen, daß er so bald wiederkommt. Der wird lachen, daß ich mich mit Euch eingeschlossen hab'."

Sie sprang behend die Treppe hinab, öffnete das Haus und eilte ihrem Mann entgegen, der sie nur abgewendet grüßte und das Pferd in den Stall führte.

Die Mutter kam mit Vittore in die Stube, diese reichte Eugen die Hand, zum Erstenmal, denn sie kam aus der Fremde, und ihr Augenstrahl sprach mehr als die einfachen Grußesworte. Mit scheuem Blick sagte sie dann zur Mutter:

„Der Vater ist ganz auseinander, der Badcommissär hat ihm seinen Hut wegnehmen wollen, der sei zu breitkrämpig, das sei ein Freiheitshut; der Advokat Horn hat die Sache wieder ins Gleis gebracht. Und bei der Tafel hat der Vater mit allen Leuten Händel bekommen und ist vom Tisch auf und davon. Herr Lehrer, nehmet ihm nur nichts übel, wenn er bös ist; er meint's nicht so."

Achtes Kapitel.

Mit schwerem Schritt kam der Bachmüller in die Stube, stellte die Fuhrpeitsche in die Ecke, hängte den breiten Hut an die Ofen=stange, wischte sich seufzend mit einem Tuch den Schweiß aus dem ganzen Gesichte und jetzt, nachdem er tief geathmet und sich ge=streckt hatte, rief er:

„Weib, pack' ein, um der tausend Gottswillen pack' ein, mach', daß wir fortkommen aus dem verfluchten Land. Morgen am Tag verkauf ich Alles, was niet= und nagelfest ist. Lehrer, wollet Ihr mit?"

„Wohin?" fragte Eugen verwundert, dem es dünken wollte, als kümmerte sich der Bachmüller gar nicht um seine Anwesenheit. Vittore war über diese Wendung so muthig geworden, daß sie den Vater am Rockermel faßte, um ihm den Rock auszuziehen.

„Wohin?" sagte der Bachmüller sich umkehrend und aus dem Rock schlüpfend, „auf die andere Seit', ins Amerika. Weib, ich bitt' dich, sag' mir nichts mehr dagegen."

„Setz' dich nur ruhig hin, komm'," erwiderte die Frau, die Hand auf die Schulter des Mannes legend.

„Du weißt schon," sagte der Bachmüller schmerzlich lächelnd, „du weißt, sonst macht mich das ruhig und geduldig, wenn du dein' Hand auf mich legst; heut nutzt es nichts. Mir brennen die Eingeweide vor Zorn und Gift, ich weiß mir gar nicht zu helfen."

„Was hast denn gehabt? Red's aus, dann ist es halb weg."

„Nein, heut' nicht, heut' nicht. Man sollt' daheim bleiben und nicht unter die Menschen gehen, damit man nicht weiß, wie schlecht sie sind. Dieselben Köpfe, die faustgroße Kokarden getragen haben, bücken sich jetzt wieder bis auf den Boden vor jedem Schreibersknecht. Menschen, für die man seine Seligkeit verpfändet hätt', sind jetzt gehorsame Diener und ducken sich vor jedem Gendarmen; und die nicht genug Hochs für die Freiheit gehabt haben, schwätzen jetzt wieder von Prinzen und wie gut und wie lieb und wie holdselig die sind. Der Prinz Moritz ist vorgestern drüben im Bad über Nacht gewesen, und da war dir von gar nichts die Red', als von seinem Bett; sie haben ihm ein seiden Bett hingestellt und er soll gesagt haben: darin darf ich nicht schlafen, mein hochseliger Vater hat das nicht zugegeben, wir haben auf harten Feldbetten schlafen müssen. Und Jedes lauft jetzt hin und will das Bett sehen, wo er gelegen ist, und du hörst kein ander Wort, als Prinz da und Prinz hier, und ohne daß man sie zwingt, reden sie das Lasterwort hochselig den Anderen nach. Hochselig, hast schon einmal so was gehört? Die Menschen sind nicht werth, daß man ihnen einen Fußtritt giebt; das hab' ich ihnen bei Tisch gesagt und ich bin noch froh, daß ich's gethan hab'. Und jetzt, mach' Weib, daß wir fortkommen; der Kaibl hat Recht gehabt, Deutschland geht zu Grund, da ist Alles welk und faul, da wird's nie besser."

„Wird's dadurch besser, wenn wir fortgehen?" fragte Vittore.

„Du hast einen Advokatenkopf," entgegnete der Bachmüller halb trotzig. „Sie lobsingen auch davon, daß eine Amnestie in den Zeitungen kommen soll; ich nehm's nicht an, wenn ich drunter steh, ein rechtschaffener Kerl kann das nicht."

„Wenn ich einmal der Advokat bin," begann Vittore aufs Neue, „so muß ich dir auch wieder sagen, was der Horn gesagt hat, Amnestie heißt so viel als: Ich hab' nicht ganz recht gehabt und du auch nicht; drum lassen wir's aus sein. Das kann Jeder annehmen."

Eugen athmete hoch auf bei diesen Worten. Als jetzt der Bachmüller immer mehr in seine Frau drang, in die Auswanderung einzuwilligen, sah er mit gespannter Erwartung der Entscheidung entgegen. Wenn Vittore auswanderte, dann mußte er mitziehen und alle Pein, die um ein begnadigtes Leben ihn beschwerte, war plötzlich abgenommen; die Müllerin aber sagte:

„Ich bitt' dich, verlange nichts von mir, wo du weißt, daß ich dir nicht einwilligen kann; und schimpf auch nicht so auf die Heimath. Du hast selber einmal gesagt: Eheleute, die einander beschimpft haben, sollten gar nicht mehr mit einander leben dürfen; mit der Heimath hat man auch eine Art Ehe. Man darf nicht so mir nichts dir nichts von einander lassen."

„Gut," sagte der Bachmüller, „ich hab' noch was, das macht, daß du mitgehst. Herr Lehrer, nehmt's nicht vor übel, ich muß mit meiner Frau allein reden. Vittore, geh du in die Kammer."

Bewegten Herzens ging Eugen davon. —

Am Morgen sah sich Eugen von einem fremden Mann überfallen und von gewaltigen Armen umfaßt. Eugen wand sich erstaunt aus der Umarmung los, er kannte den Mann nicht.

„Hast du meinen Brief aus S. nicht bekommen?" fragte der Fremde.

„Ich weiß von keinem Brief."

„Ja, ich bin wieder im deutschen Reich. Du bekommst wahrscheinlich morgen den Brief, worin ich dir melde, daß ich heute ankomme."

Jetzt ward die Stimme für Eugen bekannt, aber er konnte sich doch des Mannes nicht erinnern, bis dieser fragte:

„Du hast doch die Trauringe meiner Eltern noch?"

Nun war's deutlich, es war der Ausgewanderte. Mit Jubel hieß ihn Eugen willkommen. Es war nicht zu verwundern, daß er ihn nicht mehr erkannte; denn die feingliedrige gestreckte Gestalt hatte sich zu einer sehnig muskulösen verwandelt, das kummerblasse demüthige Antlitz war rund und geröthet.

Die Fragen über Vergangenheit und Gegenwart wollten sich überstürzen, da sagte der Amerikaner:

„Laß mich erzählen und dann berichte du." In raschen Umrissen legte er nun seine Vergangenheit wie den Verlauf seiner jetzigen Reise dar; er hatte mit seiner Mission viel Spott erfahren,

nahm diesen als untrügliches Zeichen, daß einst die Herzen be-
lehrt würden; die Hoffnung auf die Geistlichen gab er auf und
wollte sich nun an die Lehrer wenden, um den Kindern den greuel-
haften Unsinn des Menschenmordes deutlich zu machen. Er dankte
Eugen mit einfachen, aber tiefgefühlten Worten, als dem Schöpfer
seines Lebensglückes. Als beste Beweisführung seiner Erkenntlichkeit,
wie er sagte, überlieferte er Eugen die Hälfte der ihm übergebenen
Summe, indem er hinzusetzte, daß er auch das Uebrige wieder
erstatten werde; er duldete keine Widerrede.

Eugen empfing das Geld. Alles schien sich zu vereinigen,
um ihn zur Auswanderung zu drängen.

Jetzt berichtete der Amerikaner, daß er die Begnadigung
Eugens in der Residenz gelesen habe und nun zu ihm geeilt sei.

Diese Nachricht, die sonst Eugen tief ergriffen hätte, hörte er
jetzt fast gleichgiltig, denn sein Sinnen folgte ganz anderen Gedanken. Aus dem ganzen Wesen des Amerikaners muthete eine
straffe Frische, ein Athem der neuen Welt an.

Der Amerikaner entwarf in kühnen Bogen die weltbeherr-
schenden Linien des Westlandes und wies auf die ungemessenen
Weiten hin, die der entfesselte Menschengeist mit der Pflugschar
erobert und mit der Dampfkraft verbindet.

Wie klein erschien da das Einzelleben der Menschen und das
Versenken in die Wirksamkeit auf ein einzelnes Dorf schrumpfte
fast in Nichts zusammen. Weit hinausgetragen wurde der Geist,
Ströme und Berge unter ihm verwandelten sich zu lichten und
dunkeln Punkten, eine Weltschrift war aufgeschlagen, die nur das
Geistesauge zu lesen vermag, und alles Haften am Einzelnen
erschien als armselige Gebundenheit.

Während Eugen sich so hinausgetrieben sah ins uferlose Un-
endliche, hatte der Amerikaner wieder den alten Menschen in sich
erwecken müssen, denn ihn grüßte seine gewohnte Habe, die Schränke,
die Bücher, Alles um ihn her, als blickte daraus das Kindes-
auge, das einst auf ihnen geruht. Mit sichtlicher Selbstbeherrschung
seiner Empfindung, die er nicht laut werden ließ, tastete er an
Allem herum, als reichte er ihm die Hand und sagte zuletzt, sich
auf sein Bett setzend:

„Das kauf' ich dir ab und nehm' es mit, meine Clara wird
sich doppelt damit freuen," fügte er rasch hinzu, als wollte er
für sich jede Empfindsamkeit ablehnen.

Als die Schulzeit begann, war der Amerikaner voll Freude und nahm dem Freunde den Unterricht der Kinder ab, die eigentlich ihm gehörten. Er erzählte dann viel, wie die Kinder in Amerika oft die Lehrer tyrannisirten, da die Eltern alle ihre Angebereien gelten lassen und verhehlte auch die Nachtheile der freien Ge= meinde= oder Vereinsschule nicht.

Am Abend führte Eugen den Amerikaner in die Bachmühle, aber er fand hier eine veränderte Stimmung. Der Bachmüller erklärte, daß sie im Dorf blieben; er reichte Eugen ein Zeitungs= blatt hin, das er in der Hand gehalten hatte und Eugen las in der Reihe der Begnadigten seinen eigenen Namen und den des Bachmüllers.

Das Antlitz Vittore's, wie das der Mutter strahlte vor heller Freude, nur der Bachmüller ging verdrossen umher, bald setzte er sich, bald stand er wieder auf und schien keine Ruhe zu haben.

Eugen erschrack, als der Bachmüller plötzlich den Amerikaner fragte, ob er nicht einen Grafen Fallenberg in Amerika kennen gelernt habe.

„Es giebt in Amerika keine Grafen," erklärte der Gefragte mit ruhiger Sicherheit und kam jetzt im weitern Verlauf auf seine Mission, die ihn nach der alten Welt geführt habe.

Neuntes Kapitel.

Der Amerikaner hatte sich bei Eugen angesiedelt und dieser mußte ihm alle seine Begegnisse erzählen. Der Amerikaner war schnell bereit, Alles was sich nicht in Ziffern oder evidenten Ver= nunftgründen einfangen ließ, eitle Sentimentalität zu nennen; er gestand offen, daß er selbst ehedem diese Untugend gehabt habe und ließ nun nichts gelten, was sich als geheimnißvoller mystischer Zug ankündigte; er behauptete, daß es wahrhaft frei menschlich sei, sich von keiner gemüthlichen Gewöhnung fesseln zu lassen; der Farmer, der ein wildes Stück Land anbaut, es dann verkauft und weiter zieht, um Neues zu schaffen, sei erst der wahr= haft freie Mensch; er verlasse mit frischem Muth den Boden, darin die Kraft seiner Arbeit ruht und wo ein Stück Leben ver= braucht ist, und beginne ein neues Leben; die Welt sei unsere Heimath, nicht eine Scholle.

Es war Eugen leicht, solche Anmuthung als seinem Naturell widersprechend abzulehnen, aber indem er jetzt den ersten Ansatz seines Thuns neu auflodern und erörtern mußte, wurde er vor sich selbst gewahr, was er doch noch ersehnte und erst als rechte Erfüllung ansah, denn er sagte:

„Du bist ein Musiker und weißt, die Posaune ist das mindest anstrengende Instrument, weil man da den ganzen Athem ein= strömen kann, bei anderen Instrumenten kann man das nicht und das Ermüdende ist, daß die Lunge stets gespannt bleibt. Lache nur, ich möchte auch gern die Posaune blasen und den Kindern gegenüber muß ich stets an mich halten."

Von seiner Liebe zu Vittore sprach er nichts gegen den Ameri= kaner, denn dieser hatte trotz mancher Zuthulichkeit etwas ge= waltsam Zugeknöpftes und Starres; er hatte sich im Hause Eugens angesiedelt und dabei bemerkt, daß er die Gründe für sein längeres Verweilen im Dorf erst später angeben könne. Trotz des nun heißer werdenden Sommers ging er vom Morgen bis zum Abend in gesellschaftsmäßiger Kleidung umher und wie in seinem äußern Behaben, so gab er sich auch in seinen Aussprüchen: immer in gehaltener Verfassung. Er war aber doch nicht so vollständig amerikanisirt, daß er nicht hiefür auch einen ideellen Grund auf= stellte, der darauf hinauslief, daß in einem Land, wo keine allge= meine Autorität in Würden und Titeln gelte, man sich durch gemessene Haltung als gentleman ein Ansehen bewahren müsse.

An demselben Tag, an dem Eugen dem Lipp das Zeitungs= blatt übergab, worin sein Name zu lesen war, hörte man den Lipp immer pfeifen und singen und er trug sein heilig gehaltenes Sonntagswamms mitten in der Woche und steckte sich einen Nelken= strauß in das Knopfloch.

Die Freundschaftsbesuche drängten sich jetzt bei Eugen. Mit Regenschirm und langer Pfeife kam Göritz und erzählte, daß er wegen seines Trinkspruches auf den ehemaligen Seminardirector und wegen einer nachträglichen Dankadresse, die er von seinen Mitschülern unterschreiben ließ, einen harten Verweis mit An= drohung der Amtsentsetzung erhalten habe. Er bat nun Eugen, ihm bei seinen ausgebreiteten Beziehungen zu einer andern Lebens= thätigkeit zu verhelfen, da er sich nun täglich vor die Thür gesetzt sehe. Eugen ermahnte ihn, auszuharren und eröffnete ihm im Vertrauen, daß vielleicht bald die Stelle in Erlenmoos leer werde,

bei deren Wiederbesetzung er für ihn werben wolle; aber Göritz
wies darauf hin, daß er keinen Anspruch auf eine so gute Stelle
machen könne und sie auch ohnedem nicht erhielte, Deeger aber
sei dazu berechtigt. Wie an einem plötzlich aufgehenden Stern
erfreute sich Eugen an dem Gedanken, einst den tapfern Genossen
zur Seite zu haben.

„Die Stelle in Röthhausen könnte ich eher bekommen," erklärte Göritz sichtbar erfreut, „ich habe dort Verwandte. Es ist
immer gut, wenn Einer austritt; Andere rücken nach. Was werden
Sie beginnen?"

Eugen wollte sich eben von Göritz das Wort geben lassen,
daß er noch unverbrüchliches Schweigen hierüber beobachte, als
der Amerikaner eintrat:

„Alter Flötenspieler bist du da?" rief Göritz und fiel dem
Amerikaner um den Hals, daß der runde Hut weithin kollerte.
„Was stehst du da, als wäre der Himmel eingefallen und sperrst
das Maul auf wie ein abgestandener Fisch? Du hast dich gut genährt, gehst angezogen wie ein Biergraf."

Der lustige Göritz schien all sein Leid zu vergessen und lachte
aus vollem Hals über den Flötenspieler. Dieser murmelte einige
unverständliche englische Worte.

„Hast englisch gelernt? Du siehst auch very well aus," lachte
Göritz.

Eugen weihte nun den erstaunten Göritz in den seltsamen
Tauschhandel ein. Göritz pries die Maßregelung, die ihn hieher
geführt habe und ihn so Außerordentliches erleben lasse. Der
Amerikaner kam mit seiner Haltung sehr ins Gedränge gegenüber dem halstuchlosen Göritz; seine alte Treuherzigkeit gewann
aber doch bald die Oberhand und das Wiedersehen wurde festlich
begangen, wobei es Jugenderinnerungen genug zu erwecken gab.
Der Singvogel vor Allem war Gegenstand des Gespräches und
der Amerikaner konnte nicht genug erzählen, welch ein kernkräftiger
und allgemein verehrter Mensch er geworden sei.

Nun mußte wiederum ein Mensch um das Geheimniß und
wenn auch dessen Verschwiegenheit sicher war, immer mehr drängte
doch Alles der letzten Entscheidung zu.

Frohgemuth saßen noch die Freunde beisammen als Lipp kam und
seinen Herrn entbot, er möge sogleich in die Bachmühle kommen.

Eugen traf die Familie arbeitsledig in der Stube, es schien, daß eben Rath gehalten war. Die Frauen wollten sich beim Eintritt Eugens entfernen, aber der Bachmüller gebot ihnen zu bleiben und setzte hinzu:

„Vittore, du hast oft gesagt, ich sei dein bester Freund, jetzt zeig's und sei standhaft. Herr Lehrer, setzt Euch, da. So, nun, jetzt saget was Ihr zu sagen habt."

Eugen konnte nur mühsam die Worte hervorbringen: „Ihr kennt das innigste Verlangen meines Herzens;" dann schaute er starr auf Vittore, die ihn eine Weile eben so anblickte und schnell die Augen niederschlug, die Mutter schluchzte in sich hinein.

„Herr Lehrer," begann der Bachmüller wieder und stemmte beide Arme auf den Tisch, „habt Ihr denn keinen Verwandten, den Ihr kommen lasset und der für Euch redet? Es giebt da Mancherlei auszumachen und ich weiß, Ihr seid ein bisle zimpfer. Es muß Alles wegen Leben und Sterben vorher ins Reine gebracht sein. Habt Ihr keinen Vetter, keinen Ohm?"

Eugen verneinte und der Müller streckte sich, daß ihm die Gelenke knackten, als müßte er jetzt eine große Last aufheben und sagte endlich:

„Das müsset Ihr gleich wissen: wir lassen uns nicht auspfründen, wir Alten bleiben im Haus, wie wir's gewohnt sind, und nächsten Sommer bauen wir da am Garten noch eine Stube an, daß mehr Platz ist."

„Mann," sagte die Müllerin lächelnd, „du fangst ja von hinten an, es ist ja noch gar nichts im Reinen."

„Hast recht, du bist halt immer mein Wegweiser; also A=B=C, das heißt, daß Ihr's nur gleich wisset, mit dem Schulmeister ist's aus und vorbei." Der Bachmüller berichtete abermals das Testament seines Vaters, das er heilig halten müsse.

Eugen erklärte, wie es wahrscheinlich sei, daß er seinen Beruf bald aufgeben müsse; dennoch fragte er Vittore geradezu, ob sie das wünsche.

„Nein," erwiderte sie mit fester Stimme, „gerade im Gegentheil; ich hätt' nur noch den halben Respect vor Euch, wenn Ihr das thätet; ein Geschäft, dem man mit Ehren vorgestanden, das darf man nicht so aufgeben. So mein' ich."

„Und der letzte Wille von deinem Großvater, der gilt gar nichts, nicht wahr?" fragte der Müller halb zornig.

„Der Großvater in Ehren und sein Wort in Ehren," ent=

gegnete Vittore, „aber so was kann man nicht ins Testament
setzen und wenn's auch drin steht, braucht man's nicht zu halten.
Wir sind evangelisch, nicht wahr? und von Herzen evangelisch?
Wenn nun unser Urgroßvater in sein Testament gesetzt hätte:
Kinder und Kindeskinder von ihm müssen katholisch bleiben;
hätten sie das halten müssen? Saget ja, wenn Ihr könnet."

Eugen hatte sich anfangs von der Form, in der die höchste
Erfüllung seines Lebens zum Abschluß kommen sollte, abgestoßen
gefühlt, jetzt in der Offenbarung dieses grundklaren Wesens fühlte
er eine Seligkeit, der kein Ausdruck einer Empfindung gleichkam.

„Ich bin eines solchen Wesens wie Vittore nicht werth," rief er.

„Ist mir recht, wenn Ihr das denket," sagte der Bachmüller,
„aber man muß so etwas einer Frau nie sagen; es ist nicht gut
für später."

„Also du willigst ein?" fragte die Mutter und der Bachmüller
sagte:

„Nein, das nicht, aber ich kann's nicht wehren. Vittore, du
bist großjährig, das Sachspiel ist Alles dein, was nicht Errungen=
schaft ist, und wenn ich todt bin, das auch, das weißt du; aber
zur Hochzeit mit dem Schullehrer geh' ich dir nicht, das darf ich
meinem Vater unterm Boden nicht thun."

Seine Stimme war tief bewegt, er stand auf, schritt hastig
die Stube auf und ab und rieb sich die Hände, als ob ihn friere.

Vittore hatte sich an die Brust der Mutter geworfen und Eugen
wollte eben zu sprechen beginnen, als Vittore sich wieder aufrichtete
und sagte:

„Horch! wunderschöne Musik!"

Der Müller öffnete das Fenster und schaute hinaus, der Klang
wurde immer vernehmlicher und jetzt sah man eine Kutsche vom
Berge herniederrollen; auch Eugen schaute unwillkürlich hinaus.
Immer näher kamen helle Posthornklänge und jetzt grüßte ein
weißes Tuch aus dem Wagen. Eugen wendete sich wie erschreckt
in die Stube, aber schon hielt der Wagen vor dem Haus und
bald trat Gideon Kronauer in die Stube, an seinem Arm die
Baronin Stephanie.

Zehntes Kapitel.

„Richtig, ich habe Sie am Fenster gesehen," rief Stephanie auf Eugen zueilend. Erst als Kronauer seine Cousine dem Bachmüller vorstellte, kümmerte sich Stephanie um die übrigen Anwesenden und knüpfte mit Vittore, die sie während der Krankheit Anni's gesprochen hatte, ein kurzes Gespräch an; die Bachmüllerin hatte sich unvermerkt entfernt.

„Ich habe dir auch noch einen Glückwunsch anzubringen," sagte Kronauer zu dem Bachmüller. Eugen und Vittore schauten betroffen auf und der Bachmüller fragte:

„Wozu?"

„Hast schon vergessen? Du bist ja begnadigt."

„Freilich, ja. Ich will's wett machen, wenn sich Gelegenheit giebt."

Kronauer erzählte, daß er seine Kinder in guten Erziehungsanstalten untergebracht, daß ihm aber die Regierung die Erlaubniß verweigert habe, öffentlich die Errichtung einer Ackerbauschule anzukündigen, so daß er nun bekanntmachen mußte, er nehme sechs bis zwölf Knechte an, die sich für den höhern Ackerbau ausbilden wollten.

Stephanie schien in großer Unruhe und sagte zu Eugen:

„Kommen Sie, verzauberter Schulmeister, Sie fahren mit uns aufs Schloß, ich habe Ihnen viel zu sagen."

Es war peinigend, gerade jetzt, mit dem Entscheidungswort auf der Lippe, die Familie zu verlassen und trotz alles Widerstrebens mußte sich Eugen zu Gideon und Stephanie in den Wagen setzen. Als der Postillon durch das Dorf seine hellen Klänge wieder erschallen ließ, deuchte es Eugen, es würde das Geheimniß seines Lebens laut verkündet. Aus allen Fenstern schauten die Menschen verwundert auf, die Kinder an der Straße standen wie Wegweiser und deuteten mit ausgestreckten Armen auf den Wagen, darin ihr Lehrer saß, und als jetzt der Wagen am Schulhaus vorbeirollte, war es Eugen, als trüge ihn eine übermächtige Gewalt an seinem eigenen Leben vorüber.

Stephanie schien diese Gedanken zu errathen, denn sie scherzte:

„In hundert Jahren, wenn in diesem Haus tosakisch gelehrt wird, werden die Bauern sich heimlich ein Mährchen erzählen, wie einſt ein Graf hier die erlauchte deutſche Bildung retten wollte und für ſie manche Haſellanze brach.

„Weiß man im Dorf wer Sie ſind?" fragte Kronauer, und als Eugen verneinte, fuhr er fort: „Wollen Sie warten, bis es von ſelbſt ruchbar wird?"

„Ich wartete Ihre Ankunft ab," erwiderte Eugen gegen Stephanie gewendet, die ſich bequem in die Ecke zurückgelehnt hatte und ſich jetzt raſch aufrichtete; mit faſt kindiſcher Freude rief ſie:

„Ich muß aber bei dieſer Offenbarung zugegen ſein. Arrangiren wir dazu eine Volksverſammlung. Es wird ein ſuperber Anblick ſein, die verdutzten Mienen dieſer Menſchen zu beobachten. Sie ſtehen da wie ein neuer Harun al Raſchid."

Man war auf dem Schloß angekommen, das Eugen ſeit der mehrwöchigen Abweſenheit Kronauers nicht betreten hatte.

„Ich komme früher als Sie vermuthen konnten," ſagte die Baronin in der Stube, „es ennuirte mich, die Leute über Sie reden zu hören."

„Was ſagt man denn?"

„Es kann Ihnen ja gleichgültig ſein."

„Ich bitte, theilen Sie mir mit."

„Sie brauchen das nicht zu wiſſen, Sie ſind ſchon ungerecht genug gegen die Bildungswelt. Nun aber ſetze ich Ihnen eine Bedingung: verbannen Sie auf ewig das Wort Volk, ich will von Volk und Politik gar nichts mehr hören. Bringt mir Mährchen, ſingt mir Lieder!" rezitirte ſie im Tone von Mozarts Ottavio und fuhr dann ſprechend fort: „Dieſes ewige Denken und Thun für der Menſchheit Wohl macht mir wehe und ich gehöre zuerſt zur Menſchheit. Mag euer Deutſchland meinetwegen ruſſiſch werden, die ruſſiſche Geſellſchaft ſpricht ein ſo gutes Franzöſiſch wie irgend eine andere europäiſche. Alſo nichts mehr von Politik, das iſt mein Programm."

„Wollen Sie mir nicht ſagen," entgegnete Eugen, „welches der vierte Grund iſt, den Sie in Ihrem Brief andeuteten?"

„Noch nicht. Antworten Sie mir zuerſt: was wollen Sie jetzt thun?"

„Ich will hier im Dorf bleiben."

„Dann hätten die Leute recht, die Sie einen elegiſchen Don Quixote nennen; nein, ich dulde das nicht. Sie müſſen reiſen. Leben iſt Bewegung, haben Sie mir einmal geſagt. Ueben Sie das an sich. Sie werden dann wieder einsehen lernen: reisen, frei in der Welt umherziehen, das ist leben; da ist der Mensch rein persönlich für sich und läßt die Welt regieren und bauen wie sie mag. Jede feste Ansiedlung ist eigentlich Bornirung; frei ist, wer sich die ganze Erde nur wie eine Herberge ansieht. Sie müssen die Welt neu kennen lernen. Sie borniren sich in Ihren 48er Ideen, während die ganze Welt in der Umwandlung ist. Thun Sie es mir zulieb und reißen Sie sich heraus."

„Gnädige Frau, ich bin Ihnen zu Dank verpflichtet, aber —"

„Ich will keinen Dank. So finden wir uns nicht ab. Ich habe Ihnen schon einmal gesagt, ehe ich wußte, wer Sie sind, daß Sie die Feigheit der aszetischen Beschränkung lieben."

„Darum darf ich mir das jetzt nicht mehr sagen lassen," versetzte Eugen in scharfem Ton.

„Sie fatiguiren mich aber auch mit Ihrer Caprice," lenkte Stephanie sanft ein und fuhr scherzend fort: „Sie glauben vielleicht gar durch Ihr Beispiel, das au fond doch nur aristokratische Grille ist, auf Andere zu wirken? Ein Sperling in der Hand macht keinen Sommer, würde Schnörkel sagen."

Eugen stand auf und wiederholte:

„Wollen Sie mir den vierten Grund mittheilen? Ich muß ihn wissen. Ich bin nicht nur mit meinen Ideen an dieses Dorf gebunden, ich bin mit der Tochter des Bachmüllers verlobt."

Auch Stephanie erhob sich wie emporgeschnellt, hielt eine Weile die Hand auf den Tisch gestemmt, schritt dann rasch die Stube auf und ab und sagte endlich:

„Ich gratulire."

Lange war lautlose Stille in der Stube. Stephanie stand am Fenster und schaute hinaus in die Landschaft, wo eben von der Bachmühle der abendliche Rauch aufstieg.

„Sie bleiben ein seltsamer Mensch," sagte endlich Stephanie, sich umwendend und Eugen die Hand reichend; er küßte diese feine Hand mit Inbrunst und wie eine unerklärliche Empfindung durchzuckte es ihn, daß diese Hand bebte, die sich vielleicht auf ewig in die seine fügen wollte; er fühlte, daß er dieses im Grunde großgesinnte Herz gekränkt habe und sprach in innigen Worten die Erkenntniß ihres Edelsinns aus.

„So mögen Sie nun auch Alles erfahren, ich will ehrlich gegen Sie sein. Ich könnte ja vorgeben, mein vierter Grund wäre eine Erfindung," sagte Stephanie, sich wieder setzend. „Der Fürst that besonders ägrirt auf Sie, weil Sie gewissermaßen ein Verwandter seines Hauses sind; und doch wollte er Sie eigentlich auch deswegen wieder begnadigen; er that, als ob er nicht wüßte, daß ich mit meinem Vetter Leo verlobt bin und so ist die Hof= kunst, er sagte: da ich Sie in meine Obhut nehme, gebe er Sie vollkommen frei. Begleiten Sie mich nun zu Ihrer Braut, ich muß sie näher kennen lernen."

Als sie sich erhob, trat Gideon Kronauer ein und Stephanie rief ihm zu:

„Wußtest du, daß Falkenberg mit der Müllerstochter verlobt ist?"

„Ich ahnte es," sagte Gideon ruhig und doch zuckte etwas wie ein Schreck über sein Antlitz, aber als wollte er schnell auf ein anderes Gebiet überlenken, sagte er: „Wenn der Zuberfranz mit meinem Bruder nach Ungarn geht, müssen Sie nun auch Schultheiß werden."

„Wenn es möglich ist," erwiderte Eugen.

„Ah," rief Stephanie, „Sie sind also doch kein echter Demo= krat. Ein solcher darf nie regieren wollen, ja ihn muß es freuen, daß die allgemeine Gleichheit keinerlei Verdienst und Auszeichnung anerkennt. Sie werden also nicht ein einfacher Bauer oder Tag= löhner; Sie werden wahrscheinlich auch vermögend, und sobald man einmal besitzt, ist es gleich wie viel. Wenn es Ihnen mit Ihren Opferungen so ernst wäre, gingen Sie nach einem armen Cretinendorf; hier ist Gideon und hier sind schon wackere Leute, da wird Ihr Apostelberuf überflüssig. Aber freilich —"

Sie hielt inne.

„Sie haben nicht vergebens," versetzte Eugen, „wie Sie es nannten, den melancholischen Reiz empfunden, der in den Schriften über die sociale Frage liegt. Ich bin ein Bürger und heiße bourgeois und will la république honnête. Hier haben Sie mein Glaubensbekenntniß. Ihre Socialisten sperren mich nur ins Fegefeuer, nicht in die Hölle."

Stephanie schien von diesem leck scherzenden Ton betroffen, sie faßte sich aber rasch und erwiderte:

„Im Ganzen genommen thun Sie eigentlich nichts Ungewöhn= liches, Sie haben es nur um außerordentlichen Preis erkauft. Sie ziehen sich auf das Land zurück, das ist tausendmal vor Ihnen und wird nach Ihnen geschehen. Ich fürchte nur, Sie werden den Genuß bald aufgekostet haben, der in der Hingebung an das Volk liegen mag."

„Sie haben das Wort Volk in Acht und Aberacht erklärt, gnädige Frau, sei es; wer aber nicht bloß einen neuen Genuß sucht, sondern Thätigkeit —"

„Der findet die Blindschleiche der Langeweile —"

„Und Langeweile haben oder verursachen, ist das höchste Verbrechen," ergänzte Eugen spöttisch.

Eugen und Stephanie schienen in jenes pikante Pfeilwerfen zu gerathen, wie es innerlich feindliche Naturen innerhalb der Zweikampfsschranken der Gesellschaftsformen so oft üben; Kronauer lenkte rasch ab, indem er Eugen fragte, ob er nun seinen eigenen Namen wieder annehme, worauf dieser erwiderte:

„Wenn meine Braut nichts dagegen hat, allerdings."

Zu besonderm Glück wurde jetzt auch Theorosa gemeldet, Stephanie ging ihr entgegen und ward nicht mehr sichtbar.

„Ist Ihre Cousine schon lange mit Ihrem Bruder Leo verlobt?" fragte Eugen, worauf Kronauer entgegnete:

„Ist sie das? Es war anzunehmen, daß sie im Geheimen verlobt waren. Hat Ihnen Stephanie das selbst gesagt?"

„So eben."

„Wie gesagt, es ist wohl so, ich weiß nichts mehr von meinem Bruder Leo, seitdem er nach Ungarn abgereist ist, um sich dort anzukaufen."

„Gutgedüngten Boden," schaltete Eugen ein und Kronauer fuhr fort:

„Wir sind seitdem entzweit. Stephanie fand die Sache auch antipathisch, obgleich sie sich wieder von der ungarischen Romantik angezogen fühlte."

Als Eugen den Schloßberg hinabging, begegnete ihm der Huschel und er mußte viel darüber nachdenken, daß, wie Vittore bei Bernhard, so vielleicht er bei Stephanie eine Heirath aus Rachsucht veranlaßt habe.

Elftes Kapitel.

Auf dem Weg nach der Bachmühle sah Eugen Alles laufen und rennen und es gelang ihm kaum, den Mäuerleswerner anzu-

halten, um den Grund zu erforschen. Athemlos berichtete der
Mäuerleswerner: draußen an der jungen Linde werde jetzt Gericht
gehalten, die Freigelassenen hätten durch den Lipp erfahren, daß
der Vigil der Angeber gewesen, und des Rainbauern Karle, der
ohnedem auf den Vigil eifersüchtig sei, habe ihn in einen Sack
gebunden und Jeder solle ihm einen Schlag geben, bis er todt
ist, dann könne keiner gestraft werden, weil man nicht wisse,
wer ihn umgebracht habe. Eugen rannte mit aller Macht nach
dem Platz, wo es von Geschrei erscholl, aber sein Ruf: Halt
ein! übertönte alles Schreien und er sprang schnell in den dich=
testen Haufen, wo sich ein zugebundener Sack auf dem Boden
wälzte. Der Schultheiß stand dabei und bat und beschwor die
Wüthenden, doch Ruhe zu geben, aber er wurde verlacht; da
stieß Eugen den Ersten an, daß er auf die Andern stürzte, und
schwur Jeden zu erwürgen, der nicht Ruhe gebe.

"Du hast nichts zu befehlen und dich brauchen wir gar nicht,"
rief des Rainbauern Karle und rannte auf Eugen an; dieser aber
erfaßte ihn rasch in der Mitte des Leibes, hielt ihn in beiden
Händen hoch über sich und fragte: "Wo soll ich ihn hinwerfen? Wo?"

Stummes Staunen, das bald in Lachen und Schreien über=
ging, hatte Alle ergriffen, da Eugen den Karle ruhig in die
Weiden niederlegte. Schatzhauser war auch nicht unthätig ge=
wesen und hatte zwei Mann abgehalten, die auf Eugen los wollten.
Dem Schultheiß gelang es indeß, mit Hülfe einiger Gemäßigten,
den Sackbund aufzuschneiden und den bleichen und entstellten Vigil
herauszuziehen. Der Tumult erhob sich aufs Neue, aber schon
hatte sich die Anzahl der Abwehrenden vermehrt und die feste
Haltung Eugens und seine Ermahnungen, hinter denen man nun
starke Fäuste kannte, beruhigte endlich Alles, so daß Vigil un=
gefährdet an der Seite Eugens und des Schultheißen, zu denen
sich jetzt auch Kronauer gesellte, durch das Dorf gehen konnte.
Viele kamen auf Eugen zu, nickten zufrieden und Manche wollten
seine Faust sehen, die so stark war. Wie ein siegreicher Held
sah sich Eugen begrüßt und die Freude, daß eine gräßliche Greuel=
that von dem Dorf abgewandt sei, verwandelte sich in Lobpreisung
Eugens. Dieser sagte zu Kronauer:

"Ich sehe es wieder aufs Neue: nicht die Liebe, nicht die
Güte, das Populärste ist die Kraft."

Kronauer freute sich, daß Eugen zu dieser Ueberzeugung

gekommen, und unterließ nicht, seine Hoffnungen auf einen Alles bezwingenden Helden wieder anzubringen.

Der Schlosser Vinzenz kam aus seiner Werkstatt, reichte auch Eugen die Hand und sagte:

„Sehet ihr's jetzt? So wild werden die Menschen, wenn sie an der Gerechtigkeit verzweifeln."

Eugen nahm den Vigil mit nach Hause und hier hielt er ein scharfes Verhör mit dem Lipp, der, um seinen Herrn von einem gefährlichen Angeber zu befreien, den wilden Tumult mit erregt hatte. Vigil gelobte vor Eugen und Kronauer, daß er wegen seiner erlittenen Unbill nicht klagbar werden wolle, wogegen man ihm versprechen mußte, daß sowohl Eugen als Kronauer sich dafür verwenden wollten, ihm ein derartiges Zeugniß zu ver= schaffen, daß er anderweit ein Unterkommen finde.

In der vom Dorflärm entfernten Bachmühle war schon Alles zur Ruhe gegangen, als Eugen sich dahin begab und er mußte sich mit seiner eigenen höchsten Angelegenheit wie in seiner Ver= wendung für den Schächer gedulden bis zum andern Tag.

Festlich geschmückt, von dem Amerikaner und von Kronauer, der sich dazu erboten hatte, geleitet, ging Eugen am Mittag den so oft abgeschrittenen Weg zur Verlobung.

Ein Mensch, der mit freudebebendem Jubelruf die Thüre seiner Elternstube öffnet und dem die lange Ersehnten statt seinen Ruf zu erwidern, traurigen Antlitzes Ruhe gebieten und auf ein schmerz= volles Krankenlager hindeuten — so stand Eugen, als er in die Wohnung des Bachmüllers eintrat. Vittore war nicht in der Stube und der Bachmüller sagte mit trauriger Miene, sie sei bei der Mutter, die schwer erkrankt sei.

Der Bachmüller sprang die Treppe hinab, als jetzt der Arzt angeritten kam, er ließ ihn keine Minute damit verlieren, das Pferd an den Zaun zu binden und drängte ihn hinauf.

Fast zu gleicher Zeit mit dem Arzt kam auch die immer hülfs= bereite Pfarrerin, sie brachte Vittore sogleich in die Stube und befahl ihr halb streng, halb scherzend, die schönste Zeit ihres Lebens jetzt nicht in Leid zu verbringen, sie wolle ihre Stelle bei der Mutter vertreten. Vittore schaute erst hell auf, als auch der Arzt versicherte, daß das Irrereden der Mutter ganz ohne Be= deutung sei.

Der Bachmüller winkte Allen Ruhe zu, als der Arzt das

Recept schrieb, es sollte Niemand die geheimnißvolle Aufzeichnung
der Heilkräuter durch ein Wort stören. Lipp kam in die Stube
und fragte leise, ob man ihm nichts zu thun geben könne; traurig
sah er auf seinen Armstumpf, als der Bachmüller sagte:

„Du kannst ja nicht reiten. Sag' dem Peter, er soll gleich
mit dem Schimmel in die Apothek, und bleib bei der Hand, daß
man dich schicken kann."

Der Arzt brachte auf die Mittheilung Kronauers den Braut=
leuten seinen Glückwunsch dar, obgleich diese ihn jetzt noch nicht
annehmen wollten, da sie erst nach Genesung der Mutter ihre
Verlobung feiern wollten.

Eugen stand neben Vittore allein am Fenster, die Uebrigen
saßen um den Tisch.

„Vittore," sagte er, „ich nehme das vorübergehende Leid um
die Mutter als Zeichen und Mahnung, daß ich nun aufhöre, für
mich allein zu sein; ich trete ein in die Familie und da wird
das Leben der Angehörigen ganz unser eigen, man lebt verviel=
facht in Lust und Leid; man muß dankbar und muthig beides
hinnehmen."

„Du bist rechtschaffen," sagte Vittore, freiwillig die Hand
Eugens fassend, „wenn ich dich so hör', mein' ich, du redest aus
mir, nur Alles viel besser; aber lustig wollen wir auch noch sein.
Du wirst sehen, wie wir noch singen und tanzen."

Leise auftretend kam die Pfarrerin in die Stube und verkün=
dete zu Aller Freude, daß die Bachmüllerin ruhig schlafe, sie
habe mehrmals den Namen Eugen! vor sich hingesagt, dann sei
sie eingeschlafen.

Der Arzt verordnete, daß wenn die Frau noch zwei Stunden
schlafe, man ihr die Medicin gar nicht geben solle, er reite nach
Alsfeld und werde in der Dämmerung wiederkehren und nachsehen.

Wie man nun mit gedämpftem Ton sich besprach, so erhob
sich auch die Freude in den Herzen Aller, wenn auch noch be=
lastet vom Druck schwerer Besorgniß.

Kronauer war in ungewöhnlich heitrer Laune und suchte den
Bachmüller in frohe Stimmung zu versetzen, indem er ihn zugleich
neckte, daß er nun doch einen Schullehrer zum Eidam bekäme;
denn Eugen werde zwar sein Amt aufgeben, habe sich aber ver=
bindlich gemacht, den Ackerbauschülern mindestens die Hälfte des
Unterrichtes zu ertheilen.

„Da lern' ich auch mit," entgegnete der Bachmüller, und es war eine eigene Feier dieser höchsten Lebensstunde, wie Eugen jetzt die Errungenschaft seines Schuljahres und seine festen Vorsätze für das kommende Leben zusammenfaßte. Er hielt dabei die Hand Vittore's fest und es war, als ob zwei Seelen mit vereinter Kraft aus ihm sprächen, da er sagte: „Ich weiß, warum ich Schulmeister sein und bleiben muß. Nicht, wie Sie meinen, lieber Kronauer, aus bloßer Großherzigkeit; ich befreie auch mich selbst damit. Ich muß etwas zu modeln, zu gestalten, zu bilden haben. Ich genieße nur, wo ich thätig schaffend sein kann, da aber auch ist mein höchster Genuß. Wenn die Sonne empfinden und ausdrücken könnte, wie es ihr wohlthut, mit Millionen und Millionen Strahlen ins Herz der Blumen zu leuchten und zu wärmen — etwas derartiges erfüllt mir die Seele, wenn ich lehren kann; wenn ich sehe, wie es jetzt aus meinem Wort aufleuchtet in einem Gemüthe, und das lebt weiter und wirkt Leben. Ich habe dort im Schulhaus Glückseligkeiten empfangen, die nichts überragt. Da saß ein Mensch, lebte das ewige Leben, war gestorben und unsterblich, und jeder Tag ist mir ein neues Geschenk des Daseins, und jetzt erst beginnt's, jetzt erst bin ich in der Welt. Ich habe an den Schulkindern gelernt, wie man die Seelen faßt, wie sich da die Fäden spinnen, die Geist mit Geist verbinden. Ein glückseliges Geschick giebt mir ein anderes, höheres Feld der Thätigkeit, wo ich offen und frei ohne Dreinreden fremder Gewalten wirken darf. Und es ist nicht genug, daß man lehre; ein Jeder muß sein ganzes persönliches Leben stündlich dafür einsetzen. Auf dem Feld und im Wald, inmitten der Handarbeit und im stillumschlossenen Raum, da wollen wir die Wehrmänner bilden, die sich und uns eine neue Welt schaffen und erhalten. Und die hochmüthig auf unser Thun herabsehen und es kleinlich schelten, sollen die Früchte unseres Strebens dennoch genießen. So lange es berufstreue Schulmeister giebt, Menschen, deren Glückseligkeit in der Seelenerweckung Anderer besteht, so lange giebt es hoffende, zukunftsreiche, siegesstarke Völker. Ich setze den Zuruf Pestalozzi's fort: Ich will Schulmeister bleiben. Leben ist lehren, wirken, schaffen. O ihr Freunde, o du meine, meine Vittore, wir wollen einander aufrecht erhalten in Liebe, Ausdauer und Glauben an das Gute."

Vittore wußte sich nicht zu helfen und doch war sie beengt vor den Augen so Vieler; sie legte ihre Hand in die Locken Eugens und fuhr ihm über das Gesicht. Ein namenloser Wonneschauer durchdrang die Beiden und als eben ein Messer auf den Boden fiel, bückte sich Vittore rasch nieder und schaute knieend zu Eugen auf.

Mitten in der höchsten Freude trat Vigil ein. Der Bachmüller hieß ihn sogleich aus der Stube gehen, er habe nichts da zu thun; Kronauer aber bat für ihn, und brachte den Wunsch um das Zeugniß vor. Eugen vereinigte sich mit ihm und suchte auch Vittore zu bestimmen, ein gut Wort einzulegen. Vittore blieb ruhig und redete kein Wort. Es galt viel Ueberredens, bis der Bachmüller nachgiebiger wurde. Tinte und Feder standen noch auf dem Tisch und der Bachmüller schaute starr drein, als der Amerikaner sagte:

„Hier, wo die Heilung für Eure Frau so eben geschrieben wurde, schreibt nun auch die Heilung für den armen Menschen."

Der Bachmüller spielte mit beiden Füßen rasch und leise auf dem Boden, endlich griff er nach der Feder und sagte:

„Nun in —" aber er fuhr sich mit der Hand in das Hals= tuch, als brächte er das Wort nicht heraus.

„Saget's nur heraus," ergänzte Vittore, „saget in Gottes Namen, wenn Ihr könnt, und schreibet."

Der Bachmüller schaute sie groß an und murmelte, die Feder eintauchend:

„Die Welt ist jetzt voll Lug und Trug, ich kann nicht daraus 'naus, und wenn die Alle da sagen, daß ich muß, daß . . . ."

Er endete seinen Satz nicht und tunkte mehrmals ein.

Vittore stand an der Wand und hielt die Hand auf ein großes Buch. Jetzt schlug sie es auf und sagte:

„Vater, da habt Ihr auch eine Unterlage zum Abschreiben."

Sie hielt den Finger auf das aufgeschlagene Buch und der Bachmüller las laut: „Du sollst nicht falsch Zeugniß geben."

Wie vom Blitz getroffen standen eine Weile Alle da.

„Ich kann nicht schreiben," sagte der Bachmüller, „helf' dir Gott, Vigil, ich kann's nicht."

Einen Fluch zwischen die Zähne murmelnd ging Vigil davon. —

Vittore willfahrte Eugen, jetzt gleich mit ihm unter freien Himmel zu gehen; sein Glück war zu groß für die enge Be= hausung.

Die Begegnung mit Vigil zitterte doch noch in ihm nach.

„Fürchteſt du den Vigil nicht?" fragte er Vittore auf der Treppe. „Der Menſch ſieht aus, als ob er zu Mord und zu Allem fähig wäre."

„Ich fürchte ihn nicht und Niemand. Ich hab' gethan, was recht iſt und aus Recht kann nicht Unrecht werden. Und du, wer ſo geſprochen hat, ſo — wie kannſt du ſo was zugeben wollen? Aber du biſt aus der Welt draußen geweſen, du haſt kaum gehört und geſehen, was vorgeht."

Eugen küßte den ſo ſtrengen wahrheitsvollen Mund.

Auch im Garten war es Eugen noch zu eng und eingeſchloſſen. Er bat Vittore mit ihm hinauszugehen in das freie Feld; ſie kehrte wieder in das Haus zurück, um nachzuſehen, wie es der Mutter ergehe. Dieſe ſchlief noch ruhig, dennoch klagte Vittore der Pfarrerin:

„Ich möcht' ſo gern daheim bleiben bei den Meinigen, und er will mich immer fort haben, aus dem Haus hinaus."

„Geh nur," beruhigte die Pfarrerin, „du bleibſt ja bei den Deinigen und du weißt ja wie es in der Schrift heißt: man muß Vater und Mutter verlaſſen und dem Mann folgen."

Zwölftes Kapitel.

„Wollen wir nach dem Sonnenziel?" fragte Vittore, als ſie im Halbſonntagsſtaat und mit einem Handkorb wiederkam, „da haben wir unſern neuen Weinberg und ich kann nachſehen, ob man jetzt anrainen und heften muß."

Eugen willfahrte gern und erfreute ſich an dieſem allzeit einigen Weſen, das die reine Freude von der Arbeit nicht ablöſte, ſondern in ſie hineintrug.

Vittore an der Hand faſſend rief er:

„Komm', ich möchte dich der ganzen Welt zeigen und aus- rufen: das iſt mein Weib!"

„Mir iſt," entgegnete Vittore, „wie wenn du mich in die weite Welt forttragen thäteſt, hinauffliegen über alle Berge, fort von Allem was mir lieb geweſen, und mir iſt doch ſo leicht zu Muth, als ging' mich Alles nichts mehr an, und als wär' ich gar nicht mehr auf dem Boden. Ich hab's der Mutter hundert-

mal gesagt: ich heiß' noch Vittore und bin doch noch wer ich ge=
wesen bin, aber seit ich dich kenn', mein' ich immer, ich wachse
und sei ein ganz anderes."

„Du hast auch bald einen andern Namen. Komm', ich muß
dir viel erzählen."

„Droben im Sonnenziel, da hat mein Vater ein Bänkle."

Sie gingen den schmalen Fußweg, der durch das hochauf=
geschossene Roggenfeld sich hinzog. Eugen schritt voran.

„Du bist noch größer als der Roggen," frohlockte Vittore,
„das ist unser eigen Feld; mein Vater hat gerad denselben Morgen
hier gesäet, wo du uns Nachmittags Grummet einthun geholfen
hast. Weißt noch? Halt nur den Vater in Ehren und laß dich
von ihm im Feldgeschäft unterweisen; er versteht's so gut wie der
Kronauer. Und glaub' mir, der Vater wird noch viel über eure
Ackerbauschule spötteln, aber er wird euch doch viel helfen, mehr
als du denken kannst. Ich hab's gesehen, wie ihm die Augen
in Glanz gestanden sind, wie du vorhin so gesprochen hast, und
er hat mir nur Einmal zugenickt, aber ich weiß, was er damit
gesagt hat. Er hat jedes Wort ins Herz genommen, so gut wie
ich; kannst mir's glauben. Siehst, wie schön gleichling und buschig
das Korn steht? Der Vater hat's im Sprüchwort: die Roggen=
saat will gern den Himmel sehen, man darf nur wenig Boden
darüber eggen."

Eugen kehrte sich um und küßte Vittore aber= und abermals,
eine Lerche schwirrte auf aus den hohen Halmen und schwang
sich jubelnd himmelan.

„Dieses Feld," rief er dann, „ist ein Bild unserer Liebe;
im Herbst noch ersproßt, im Winter erstarrt, jetzt in voller Reife.
O Alles, Alles spricht mir von unserer Glückseligkeit."

„Mir auch, ich möcht' allen Feldern zurufen: schauet, das
wird jetzt auch euer Herr. Noch nie ist Alles so voll Segen und
so schön gewesen wie dies Jahr, wie jetzt. Ach und du bist so . . ."
sie schaute, wie ein Wort suchend auf und rief dann: „Du bist
so ganze Welt voll gut. Gelt, du kriegst kein Heimweh nach der
Stadt?"

„Nie, nie," betheuerte Eugen und wie er den erfrischenden
Abendthau einsog, der über den Feldern zu weben begann, so
war's ihm, als ob er den tiefsten Anhauch der Natur in seiner
Brust fühlte. Wie schön war das leise Windeswehen im reifenden

Roggen, im grünen geneigten Gerstenfelde und im stolz gradauf-
stehenden blüthenfunkelnden Weizen.

Mitten in allen Liebesworten vergaß Vittore nie, Eugen die
Felder zu zeigen.

„Dort unten wo jetzt die Mähder schneiden," bedeutete sie,
„von der Brombeerhecke bis dort in die Höhe zu dem Holzbirnen-
baum, das ist unsere beste Wiese. Siehst? Dort haben wir wieder
Welschkorn wie voriges Jahr, wo du uns geholfen hast aufhefteln.
Du mußt mir auch deine Leibspeisen sagen, daß ich dir sie kochen
kann: was iß'st denn gern?

Eugen ging willfährig auf die ganze Empfindungsweise Vittore's
ein. Er erkannte, wie es ihr an Gefühlen nicht genügte und sie
gern leibhaftige Thaten dafür setzen mochte. Eben so leicht folgte
ihm aber auch Vittore in seine Ausführungen, wie sie sich immer
geistig wach erhalten wollten.

„Nimm mich nur auch mit, wo du kannst," bat sie, „ich
mein', laß mich auch in deine Gedanken 'neingucken; du wirst
sehen, ich lern' schon, ich hab' beim Kaibl zweimal den Preis
bekommen, und die Stunden der Andacht, das ist ein braves
frommes Buch und da hab' ich auch viel daraus gelernt, von
Allem was im Himmel und auf der Erde ist. Was schmunzelst
jetzt? Sag's, gleich sag's."

Eugen erklärte, wie er nie geahnt hätte, daß dieses Buch
solche Bedeutsamkeit für ihn gewinne, und daß er noch viele andere
Bücher habe, worauf Vittore fortfuhr: „Schau, deswegen hab'
ich's ja auch noch gewollt, daß du grabaus Schullehrer bleiben
sollst; da hättest du mehr bei deinen Büchern bleiben können.
Komm, gieb mir deinen Hut, daß ich auch deinen Lockenkopf
ordentlich sehen kann. Ich verwundere mich über mich selber, daß
ich so mit dir umgehe, aber gelt, du weißt schon? . . . . Der
Kronauer hat einmal gesagt, du könntest Professor sein. Ich thät
mich in Tod hinein grämen, wenn du verbauern thätest; nein,
du mußt dich recht in Ehren halten und an mir soll's nicht
fehlen, das sei sicher und gewiß. Die andern Leute haben darüber geschimpft, mir aber hat's gerad rechtschaffen gefallen, daß
du immer so fein und nett daherkommen bist und hast was auf
dich gehalten. Dabei mußt bleiben. Es ist nichts schrecklicher,
als wenn die Menschen so bald verkommen und Alles unordentlich
lassen. Der Kaibl ist von einem Sonntag zum andern in unge-

schmierten Stiefeln herumgelaufen und seine Frau hat ihn ganz
verkommen lassen. Ich hab' bei den Fräulein, die im Pfarrhaus
gewesen sind, sein bügeln gelernt und will dir schon Alles in
Ordnung halten, wie sich's gehört für einen Mann wie du bist.
Laß dich's nur nicht verdrießen, mich auch zu unterweisen; du
wirst sehen, ich bin nicht auf den Kopf gefallen."

Diese Redseligkeit in der eigentlichsten Bedeutung des Wortes
erquickte Eugen im tiefsten Herzen und er konnte seiner über-
quellenden Empfindung nicht anders Luft machen, als indem er
laut zu singen begann, und hell stimmte Vittore ein in die Worte:

<blockquote>
So lang die Welt zusammenhält
Sind wir zusammen in der Welt.
</blockquote>

Die Mähder auf den Wiesen schauten auf bei diesem Sang
und aus dem würzigen Grasduft heraus antworteten sie bald da
bald dort mit hellem Jauchzen.

Am Wege dengelte des Rainbauern Karle seine Sense, Vittore grüßte ihn freundlich und der Karle sagte:

„Wir bekommen bald Regen, ich merk's an meiner Sense,
sie lauft an."

„Jetzt ist noch Sonnenschein!" rief Vittore in lustigem Scherz,
und sagte im Weitergehen, daß sie dem Karle gern, so oft sie
ihm begegne, ein gutes Wort gönne; er sei übel dran: mit seiner
Frau fortleben oder sie fortschicken, man weiß nicht was trauriger
ist. „Die Leut' sagen," fuhr sie fort, „der Karle hab' den Un-
segen in seinem Haus, weil er aus Muthwille und Großthuerei
die unschuldigen frommen Thierle, die Schwalben geschossen hat.
Ich kann das nicht glauben. Es ist Alles ganz natürlich. Der
Karle ist halt ein Großthuer, er hat die Schwalben geschossen,
daß man von ihm sagen soll, was für ein geschickter Schütz er
sei, und er hat die Frau genommen ohne Lieb' und ohne Respect,
nur daß man sagen soll, er hat eine Reiche. Er soll aber jetzt
viel traurig sein und oft stundenlang den Schwalben zugucken wie
sie bauen und fliegen.

Eugen und Vittore waren im Sonnenziel auf dem Weinberg
angekommen und Vittore sagte gleich beim ersten Anblick der
Rebenscheine, daß sie morgen heraus wolle um zu heften und
den Thauwuchs — die überschüssigen Triebe — abzupflücken, sie
seien jetzt lang genug frei gewachsen.

Auf der Bank leerte Vittore den Inhalt ihres Hängekorbes, der in einem tüchtigen Stück Brod und einer Flasche Wein bestand.

„Das ist Wein von diesem Berg da. Hab' ich recht gehabt, daß ich was mitgenommen hab'?" fragte Vittore mit schelmischer Miene.

„Glückselig recht. Komm her, ich trinke den Lebenssaft dieses Bodens und vermähle mich dir Vittore auf ewig und vermähle mich dem Boden hier, dessen Saft mich durchströmt und bin ihm blutsverwandt. Vittore und du mein Vaterland, ich bin euch ewig getreu." Er trank in raschem Zug und reichte dann das Glas Vittore, die aber nur wenig trank; sie hielt das Brod in der Linken und er brach es mit ihr und rief abermals: „Und nun bin ich dir vermählt, meine Geliebte, vor der heiligen, all= nährenden und ewig sprossenden Natur."

„Die Mutter hat Recht," sagte Vittore, „sie hat einmal ge= sagt, wenn du so aus Herzensgrund redest, ist es Einem, als hörte man die Orgel spielen. Du bist doch gut, wenn du auch nicht fromm bist."

„Mein bist du, Vittore!" rief Eugen und hielt ihre beiden Hände auf seine Stirn gedrückt, „ich habe dich mir vermählt und alle Trauungsformel ist nur noch ein Anstandsbesuch bei einer alten Tante."

„Mein Oheim wird uns trauen und er hat keine Frau mehr," berichtigte Vittore. Eugen mußte zu ihrem Schreck laut auflachen. Er erklärte indeß rasch, was er gemeint habe; sie bestritt unnach= giebig seine Ansicht, denn sie hielt fest an den gegebenen Formen; um indeß schnell hievon abzulenken, sagte sie:

„Du hast mir ja heut von dir erzählen wollen. Jetzt fang' einmal an."

Eugen erzählte nun in raschen Umrissen sein ganzes Leben. Als er von der Armuth seiner Kindheit erzählte, rief Vittore:

„Ach du armes Kind! Hätt' ich dich nur schon damals ge= kannt, ich hätt' dir gern Gutes gethan und dir in Allem beige= standen. Wie wenig wär' das gewesen in so einem Haus. Es will mir oft nicht in Kopf hinein, daß man vorher so lang leben und nichts von einander wissen soll und auf Einmal gehört man so ganz einander an. Das freut mich, daß du so gut hast rennen können, ich kann's auch; mich hat keine von meinen Gespielen fangen können."

Als aber Eugen weiter erzählte und seinen wirklichen Namen nannte, zitterte die Hand Vittore's in der seinen; sie stand auf und fuhr sich immer mit der Hand an die Stirn.

„Ich glaub' an dich, das halt' ich fest," sagte sie, „aber ich bin mit meinen Gedanken wie verirrt. Ist das noch unser Wein=berg, da drunten unser Haus? Herr Gott, ich weiß nicht wie mir ist; es kann sich ja auf Einmal Alles verwandeln."

Eugen suchte Vittore zu beruhigen und es gelang ihm so sehr, daß Vittore endlich sagte:

„Sei wer du willst, ich hab' dich lieb, rechtschaffen lieb; aber ich muß mich an den andern Namen gewöhnen. Mein Bruder Willi hat bis zu seinem zweiten Jahr Konrad geheißen und da hat ihn unsere Mutter Willi gerufen. Ich hab' mich lang nicht daran gewöhnen können, es ist mir immer gewesen, wie wenn's ein ander Kind wär'; nach und nach hab' ich mich doch drein ge=funden und so wird mir's auch mit dir gehen. Nicht wahr und du heißt beidemal Eugen?"

„Ja."

Das Wagniß, daß Eugen mitten in allen Gefahren im Vater=land geblieben war, schalt Vittore Anfangs einen unverzeihlichen Leichtsinn, setzte aber wieder schnell hinzu, daß es doch gut sei, sie hätten sich ja nur dadurch gefunden. Zuletzt sagte sie:

„Du dauerst mich tief, daß du nicht weißt, was eine Mutter ist; aber du kriegst von mir die beste von der Welt und sie ist deine Mutter grad wie die meine. Wie ist's denn jetzt? Willst du den Namen Baumann behalten?"

„Vittore, könntest du Gräfin Falkenberg heißen? Würde dich das nicht stören?"

„Gar nicht, ich mache mir gar nichts daraus, ich heiße meinet=wegen auch Gräfin. Die Leute werden eine Zeitlang spötteln, aber da liegt mir gar nichts daran, und sie kriegen's auch bald genug. Wie du heißt, heiß' ich, da mach' du nur ganz was du für recht hältst. Da drüben am Wald ist ein Widerhall, komm, da wollen wir deinen Namen rufen. Falkenberg ist doch schöner als Baumann."

Jetzt zeigte sie, daß sie gut rennen konnte; denn Eugen hatte Mühe ihr bergauf nachzukommen.

Auf der von Rasen erbauten Pfingstkanzel hielt sie an und Eugen schaute aufathmend zu ihr empor, wie sie die Arme aus=

gebreitet hielt, als wollte sie ihn auf freier Höhe an geheiligter Stätte in ihre Arme schließen. Als er nun bei ihr stand, sagte sie: „Da, da hast all meine beiden Händ'."

Eine Weile hielten sie sich auf der Feldkanzel fest umschlungen.

Vittore riß sich zuerst wieder los und hielt erst am Saum des Buchenwaldes an. Dort, wo die Bergwiese und der Wald eine grüne Bucht bilden, rief sie seinen Namen Falkenberg in die Thalschlucht, daß es weithin widerhallte. Eugen war's als ob nun die letzte Fessel von ihm genommen wäre, da er seinen freien Namen aus dem Mund der Geliebten und weithin von Berg und Wald rufen hörte.

Das war die laute Botschaft seiner Freiheit und hoch hinauf trug ihn das höchste Lustgefühl, als er mit der Geliebten in die grüne Waldesdämmerung hineinwandelte und immer weiter hinauf am Bergesgipfel standen die blanken Buchenstämme mit ihren hellen Kronen und verdeckten den Himmel und die selig Dahin= wandelnden.

Da gab's nur Freudenjubel, kein Reden mehr. Wie von selbst stimmten zugleich dann Beide wiederum an:

„So lang die Welt zusammenhält,
Sind wir zusammen in der Welt."

Eugen pries sich glücklich, daß dieses Wort aus dem Liede seinen Bund segnete.

Vittore aber setzte noch einen lustigen Vers drauf und indem sie die Wange Eugens streichelte, sang sie:

„Es giebt falsche Haar',
Es giebt falsche Zähn',
Aber ein gemacht's Grüble im Bäckle
Hat Niemand noch gesehn."

Eugen wiederholte das oft und Vittore sagte jetzt:

„Ich hör' den Fink klagen, der Karle hat recht, wir bekommen heut' Nacht Regen, das ist gut. Wir sollten jetzt aber heim, es dämmert schon stark."

„Nicht wahr, jetzt vergeht die Zeit schnell?" entgegnete Eugen.

„Und ich möcht' sie festhalten. Es ist doch schön, daß der Josua zu der Sonne hat sagen können: stehe still! So möcht' ich auch."

„Wir wollen sie selber festhalten," sagte Eugen, „ich bin auch ein Josua."

Da wo der Bach rauschend über Felsen springt und ein Brunnen aus der Bergwand quillt, dort hatten sich die Beiden niedergelassen und Vittore fragte:

„Bist du denn wirklich so ungläubig? Glaubst du auch nicht an Gott?"

„Ich glaube an dich, ich glaube an mich."

„Das ist kein' Antwort, du mußt mich nicht so abspeisen."

„Das will ich nicht. Ich glaube an mich selbst, wie du das auch thust."

„Ich zweifle oft an mir und bin nicht zufrieden —"

„Ich auch. Nicht Alles was ich wollen kann, ist recht, aber da, wo gar kein Widerspruch in meiner Seele ist, da ist das Rechte, da bin ich selbst und die heilige Gewißheit der Natur."

„Das versteh' ich nicht recht."

„Schau, wenn die Menschen sagen, sie vertrauen auf Gott und handeln nach seinem Willen, so ist das am Ende doch nur, daß sie auf sich selbst vertrauen, auf das Echte und Wahre, das in Jedem ist und ihm sagt, was er zu thun hat."

„Warum willst du denn das aber nicht Gott nennen? Das ist Gott, der heilige, der in jedem Herzen spricht."

„Nenne es so, es bleibt dasselbe, aber laß mich es Glaube an uns selbst nennen. Das allein hilft. Alle echten Menschen handelten im Glauben an sich, an ihren innersten Ruf. Du kannst das nicht so wissen, dir fehlte es nie. Die Menschen müssen wieder lernen an sich glauben, an sich Freude haben, dann ist, wie du es heißest, Gott wieder in ihnen und sie helfen sich selbst."

„Du bist doch fromm," rief Vittore und umhalste Eugen.

Mit übergeschlungenen Armen gingen sie durch den Wald dahin, drunten rauschte der Bach und Eugen erzählte, daß er einst die Quelle des Mühlbaches aufsuchen wollte, sie aber bis jetzt nicht gefunden habe."

„Das bist du wieder ganz," sagte Vittore lächelnd, „du gehst Allem auf den Grund."

Wie nahe beisammen müssen Jubel und Leid in der Seele wohnen, denn Vittore sagte plötzlich: „Sieh, das ist der Bärenborn, das ist der Waldweg, von dem die Anni selig noch auf

ihrem Todtenbett gesprochen hat ... Aber horch, es läutet in
Alsfeld, das dauert lang, das ist nicht die Nachtglocke, und da=
heim läutet's auch. Das ist Sturmläuten. Herr im Himmel!
Komm, Eugen, komm, es brennt irgendwo."

Eugen suchte die Aufgeregte zu beruhigen, während er mit
ihr Hand in Hand durch den Wald eilte.

Als sie auf die Fahrstraße kamen, rollte gerade die Feuer=
spritze von Alsfeld mit schwerem Dröhnen daher.

„Wo brennt's?" fragte Vittore.

„In der Bachmühle."

„In deinem Hause," rief ein Mann, hielt an, stieg rasch ab
und half Vittore und Eugen auf das Gefährte, das nun mit
mächtigem Rollen dahinfuhr.

Dreizehntes Kapitel.

Vittore hielt sich zitternd an Eugen. „Die Mutter! Herr im
Himmel, die Mutter!" rief sie und setzte nach einer Weile zusammen=
schauernd hinzu: „Wir hätten nicht fortgehen sollen. Nicht wahr,
Eugen, es kann aber nicht sein, es ist nicht Sündenschuld, weil
wir fortgegangen sind?"

Eugen bekräftigte sie in dieser Zuversicht und erinnerte sie an
ihr Wort: „Aus Recht kann nicht Unrecht werden."

„Du bist mein Halt," rief sie weinend sich an ihn schmiegend.

Das Stillestehen und sich Fortbewegenlassen, wo man gern
mit allen Leibeskräften arbeitend dem Ziele zustrebte, wurde zur
unsäglichen Pein.

„Fahrt schärfer zu," gebot Eugen.

„Wir können hier nicht," erhielt er zur Antwort. Vittore
sprang rasch ab.

„Komm hier den Fußweg,". rief sie und Eugen folgte ihr.

Die Nacht war dunkel, nur aus dem Thal leuchtete der Brand,
der Weg ging über Baumwurzeln. Plötzlich fühlte sich Eugen
ergriffen und niedergeworfen.

„Ich will dich auch begnadigen," rief eine wilde Stimme,
es war die des Vigil; er zückte ein Messer, aber Schatzhauser
rannte auf ihn an und Vittore, die des Weges kundiger einige

Schritte vorausgeeilt war, sprang plötzlich wie eine Flammen=
erscheinung vom Felsen im Hintergrund, warf sich auf den Vigil
und er stürzte in die Schlucht hinab.

„Hülfe!“ schrie sie, „der Vigil hat das Haus angezündet.
Komm Eugen. Ist dir nichts geschehen?“

Er eilte mit ihr hinab, wo mitten im Lärm und Getöse die
helle Lohe aus dem Haus aufschlug. Noch dießseits des Steges
stand Lipp bei gerettetem Hausrath als Wache und rief den halb
Ohnmächtigen zu:

„Wir haben gemeint, ihr seiet mit einander verbrannt. Es
ist Alles gerettet, kein Menschenleben verloren.“

„Wo sind meine Eltern?“ stöhnte Vittore.

„Im Pfarrhaus. Es ist auch alles Vieh gerettet und der
Schlosser Vinzenz hat das Hauptbuch vom Bachmüller noch aus
dem Feuer geholt, die Stiege war schon abgebrannt.“

„Geh mit Vittore,“ befahl Eugen dem Lipp, stellte schnell
andere Wächter auf, rief einige Männer und bezeichnete ihnen
den Ort, wo der Vigil liegen müsse.

„Das alte Holzwerk brennt wie ein Schindel,“ sagte mit der
Pfeife im Mund der Sonnenwirth zu Eugen, der sich mitten im
Gedräng auf den Boden hatte setzen müssen. Der Sonnenwirth
reichte einen Schluck Branntwein und Eugen richtete sich rasch
wieder auf. Er spähte umher, ob nirgends zu helfen sei, aber
da war keine Rettung mehr und die Spritzenstrahlen zischten nur
in den Brand, um dem Wind zu wehren, der sich erhob und
brennende Splitter weit hin trug. Zwei Spritzen standen noch
fast müßig zur Seite an der Mühle, um jeden Brandflug davon
abzuhalten.

Ruhig standen die Bäume im Garten, wie durchleuchtet von
dem Brande, der Zaun war eingerissen, die Blumen zertreten
und Lärm und Schreien überall. Der Schlosser Vinzenz schrie
sich heiser von der Spritze, die nicht regelmäßig gefüllt wurde.
Es gelang dem Schultheiß nicht, eine ordnungsmäßige Kette nach
dem nahen Bach herzustellen, wo Einer dem Andern die Eimer
reichen sollte. Alles lief wirr durcheinander, so daß der Füll=
schlauch, den man nach dem Bach gelegt hatte, zertreten war.
Mit Gewalt die Menschen packend und schüttelnd stellte Eugen
endlich Ordnung her und eine Weile war Alles in so ruhigem
Gang, daß man nur die Spritzen wie mit tiefem Aechzen arbeiten

und das ängstliche Zwitschern der scheu umherfliegenden und hei=
mathlos gewordenen Schwalben vernehmen konnte. Die Reben=
ranken, die sich so sicher am Hause festgeklammert hatten, waren
verkohlt niedergesunken, der Nußbaum mit seinem schattenbereiten=
den Geäste hatte schon manches von der Flamme verzehren lassen
müssen, ein glühender Rauch durchzog ihn, er stand festgebannt
und konnte nicht davonfliegen wie die Schwalben. Der Schlosser
Vinzenz richtete oft einen Wasserstrahl nach dem Baum, von dem
die Tropfen wie glühendes Gold herniederträufelten. Jetzt erscholl
ein Geschrei vom Berg:

„Wir haben den Brandstifter! Wir bringen den Vigil."

„Er ist todt," schrien die Umstehenden, als der leblose Körper
in der Beleuchtung der Flamme erschien.

„Der stellt sich nur todt," kreischte heiser der Vinzenz, „leget
ihn hin." Kaum war dies geschehen, als er den Strahl der
Spritze auf Vigil richtete, der plötzlich um sich schlug.

„Ins Feuer mit ihm," riefen wilde Stimmen und wieder
ward er erhoben und Alles drängte zusammen, aber Eugen trennte
den Haufen auseinander und seinem in neuer Geltung stehenden
Ansehen gelang es abermals, die Selbstrache zu bannen. Der
Kirchbauer sagte bei dem Hinweis, daß man ja ein Geschwornen=
gericht habe: „Und wir verurtheilen ihn, so gewiß das Feuer da
brennt." —

So rasch es sich erhoben hatte, fast eben so schnell brannte das
Feuer nieder und ließ nur noch mächtige Rauchwolken aufsteigen,
denn der Wind hatte sich gelegt und ein ausgiebiger Regen rieselte
hernieder, der in die unerreichbarsten Brandfugen eindrang.

„Hab' ich's nicht prophezeit, daß es heut noch regnen wird?"
wendete sich des Rainbauern Karle an Eugen; der Stolz seiner
Weissagung schien ihn jede Feindseligkeit vergessen zu machen.

Eugen geleitete, von einer großen Schaar umgeben, den ge=
bundenen Vigil das Dorf hinein. Vigil war stumm und knirschte
nur die Zähne übereinander, daß es knarrte; als er an dem Orts=
gefängniß angekommen war, rief er:

„Wißt ihr denn auch wer der Lehrer da ist? Das ist der Erz=
revoluzer, der Graf Falkenberg."

„Ist das wahr?" fragte der Sonnenwirth.

„Ja, ich bin's," entgegnete Eugen und eine Weile herrschte
Todtenstille.

„Das geht über's Bohnenlied," lachte der Schäufler=David.

„Die Kirchbäuerin selig hat's immer gesagt, hinter dem Lehrer steckt was besonderes," betheuerte der Rainbauer.

Nur diese Ausrufe hörte noch Eugen, denn er trat in das Rathhaus und verwahrte den Vigil hinter Schloß und Riegel. Als er wieder herauslam, begann des Rainbauern Karle:

„Es ist jetzt gar lein' Schand für mich, daß wir mit ein= ander gerauft haben; im Gegentheil. Unser Lehrer, der Herr Graf Falkenberg lebe hoch!"

„Hoch! und abermals hoch!" riefen Alle und geleiteten Eugen mit solchem Ruf bis an das Pfarrhaus, wo er bat, aus Rücksicht für seine kranke Schwiegermutter jetzt ruhig zu sein.

Im Pfarrhaus hörte Eugen, daß die Mutter auffallend wohl= behalten sei; nur der Vikar war bei Rettung derselben durch einen herabfallenden brennenden Balken am Arm beschädigt worden. Der Bachmüller reichte Eugen beide Hände und sagte: „Gottlob, daß wir Alle gesund und am Leben sind; es hat nichts zu be= deuten, Ihr krieget halt ein neues Haus."

Vittore kam und brachte einen Gruß von der Mutter. Der Amerikaner wachte bei dem Vikar und als Eugen nochmals mit dem Vater nach der nun erloschenen Brandstätte ging, trafen sie überall noch wache Menschengruppen, die von dem Grafen und seiner Verlobung redeten. Lipp behielt seinen Posten auf der Brandstätte als Hüter des Hausraths und Aufseher der Feuer= wächter, wobei ihm der Sansculotte rasche Adjutantendienste ver= sah. Jetzt stand der Schlosser Vinzenz beim Lipp und hielt ein großes Bild in der Hand; es waren die Grundrechte, an denen das Glas gesprungen und die schwarzrothgoldene Einrahmung zum Theil vom Feuer gebräunt war.

„Schenket mir das," bat der Schlosser Vinzenz, „es wär' ja doch mit verbrannt, wenn ich's nicht schnell zum Fenster hinaus geworfen hätt'.

Der Bachmüller willfahrte gern und schweigend schritt er mit Eugen und Vinzenz das Dorf hinein; er ging mit Eugen in das Schulhaus.

„Jetzt bin ich wieder da wo ich geboren bin," sagte er, „und jetzt bin ich zuerst bei Euch ehe Ihr zu mir kommet. Gott gebe nur, daß alles Unglück mit verbrannt sei und keines mehr nach= kommt."

Eugen hatte keine Ruhe, er ging nochmals nach dem Pfarrhaus und brachte gute Nachrichten von der Mutter. Der Bachmüller reichte ihm die Hand und schüttelte sie ihm tapfer als er
beim Schlafengehen sagte:

„Nach dem schweren Tag bin ich doch so vollauf glücklich,
weil ich zum Erstenmal in meinem Leben sagen kann: gut Nacht,
lieber Vater."

„Gut Nacht, Sohn," erwiderte der Bachmüller und wendete
sich rasch ab. Eugen hörte ihn noch lange leise murmelnd beten.

Wie von hellem Lebensruf erweckt schlug Eugen am Morgen
die Augen auf; an den Blättern der Bäume hingen schimmernde
Tropfen, und Gras und Blume schaute wie begnügt auf und die
Luft erscholl vom Morgensang der Vögel. Selbstvergessen und doch
wieder die ganze Daseinsseligkeit in sich tragend schaute Eugen hinein
in die wonnigliche Morgenwelt. Den träumerisch Versunkenen grüßte
jetzt eine wirkliche Freundesstimme; es war Deeger, der gemessenen
Schrittes daherkam und einen Trauerflor um den Hut trug.

„Du fehltest mir," rief Eugen, ihn in die Arme schließend.
„Aber warum trägst du Trauer?"

Deeger berichtete, daß er am gestrigen Tag seinen Vater begraben und wenn er auch nichts Bestimmtes wisse, das er sich
vorwerfen könne, so sei es ihm doch oft, als habe der Verstorbene zu sehr gefühlt, daß sein Leben eine Last geworden. Auf
die Kunde von dem Brand sei er nun hieher geeilt, sowohl zu
eigener als zu Eugens Tröstung. Diesem gelang es, von dem
geistigen Festwein auf der reichen Tafel seines Lebens dem trauern-
den Freunde einen Labetrunk zu spenden; er reichte ihn mit doppel-
ter Liebe, denn er fühlte, was es sein mußte, daß der sonst so
hellblickende stahlgediegene Freund sich peinigender Schwermuth
hingab. Deeger gelobte sich zusammen zu raffen, um mindestens
die helle Freude Eugens nicht zu stören.

In Freud und Leid erfuhren die beiden Männer die Segnung
der Freundschaft. Als Eugen berichtete, daß Deeger in seine
Stelle eintreten müsse, erwähnte dieser nur noch einmal, wie schön
der Verstorbene hier hätte aufleben können und wie seltsam die
Verschlingung des Lebens sei, daß ihm vielleicht ein langgehegter
Wunsch erfüllt würde, jetzt, wo er dessen kaum bedürfe. Das
war das letzte, was Deeger dem Ausspruch seiner Trauer zuließ;
sofort verschloß er sie in sich und gleichsam als äußeres Zeichen,

daß er keine Kunde seines Schmerzes in die Freude bringen lassen wolle, legte er seinen Florhut ab und ließ sich von Eugen eine Mütze leihen.

Auf dem Weg nach der Brandstätte berichtete Eugen alles Geschehene ausführlich. Er fühlte erst jetzt die mächtigen Contraste, mit denen sich diese Tage überstürzt hatten, aber durch das Erzählen schien sich fast Alles zu mildern.

Deeger unterließ es nicht, wiederholt, wenn auch milder, Eugen zu warnen, daß er die Welt in Handschuhen zu sehr geringschätze und die barhändige zu hoch halte. Er erzählte, daß Stephanie so überaus liebreich gegen seine Mutter sei und Alles aufbiete, damit seine Schwester mit ihr nach Ungarn ziehe. Eugen verschloß selbst dem Freunde seine Empfindung, als dieser ihm mittheilte, daß auf dem Schloß Alles überrascht gewesen sei von der so plötzlichen Verlobung Stephanie's.

Als die beiden Freunde nach dem Pfarrhaus gingen, wo am Gartenzaun das Pferd des Arztes angebunden war, fanden sie den Amerikaner einsam im Garten. Mit offenbar gezwungener Haltung verkündete er, daß er mit Fräulein Theorosa von Schüttenhelm verlobt sei und dankte scherzhaft den landesväterlichen Regierungen, die die Kindergärten verboten hatten, da dies zur letzten Entscheidung mit beigetragen habe. Als Vittore Eugen im Hausflur erblickte, faltete sie die Hände in einander und rief:

„Guten Morgen Himmel!" Dann schloß sie Eugen freudig in ihre Arme. Nun erfuhr er auch, daß die Mutter zwar heiterer, aber noch sehr schwach sei; der Vikar aber leide viel Schmerzen an seiner Brandwunde, so daß die Adelheid immer in ihrer Kammer liege und weine und bete.

Der Arzt gab die beruhigendsten Zusicherungen und Kronauer, der sich auch bald einstellte, übernahm es, die Erledigung in den Angelegenheiten Eugens bei dem bald eintreffenden Amtmann zu bewerkstelligen. Jetzt, nachdem die Flamme längst gelöscht war, erschien der Amtmann in der neu eingerichteten Branduniform mit gelber Schärpe. Ohne Rücksicht auf die Abwehr Kronauers hatte Eugen noch heute wegen seines seltsamen Tausches und seines höchst polizeiwidrigen Eindringens in das vom Staat geregelte Lehramt stundenlange Verhöre zu bestehen. Er war nahe daran, trotz der Amnestie, mit dem Vigil zugleich zur Haft nach der Amtsstadt gebracht zu werden. Nur der Bürgschaft Kronauers,

verbunden mit der bedrohlichen Besorgniß, daß die Verhaftung
Eugens einen neuen, Zerrüttung bringenden Tumult im Dorf
erregen würde, gelang es, die Sache dem frieblichen Austrag
anheim zu geben.

Eugen hatte nichts davon kundgegeben, daß sein Tauschmann
jetzt im Dorf sich aufhalte. Als er dem Amerikaner mittheilte,
daß nun auch für ihn Gefahr vorhanden sei, pochte dieser anfangs auf sein amerikanisches Bürgerrecht, das ihn vor jeder
deutschen Polizei sicher stelle; die Entgegnung jedoch, daß er
dennoch zur Verantwortung gezogen werden könne, machte ihn
stutzig und als er mit Theorosa von einem einsamen Spaziergang
zurückkehrte, entschloß er sich, noch in dieser Nacht nach der nahen
Grenze abzureisen, wobei er mit aufrichtigen Worten oft betheuerte, daß er wesentlich nur abreise, um keinen Makel auf die
heilige Idee fallen zu lassen, als deren dienender Vertreter er
bastehe. Wieder mit dem Tuch winkend fuhr er davon, aber
diesmal nicht als freiwilliger Flüchtling.

Der Bachmüller hatte fast den ganzen Tag, wenn er nicht
auf der Brandstätte Anordnungen traf, krankenwartend bei dem
Vikar gesessen; er that dies um so lieber, da in der Kammer
auf der andern Seite an der Studierstube des Vikars die Bachmüllerin lag, so daß er immer Kunde von ihrem Befinden er-
lauschen konnte.

Am Abend löste Eugen den Bachmüller ab.

Vierzehntes Kapitel.

Nur mühsam hielt sich Eugen wach. Aus der reichen Biblio-
thek des Vikars fand er kein Buch, das mächtig genug gewesen
wäre, jetzt seine Gedanken zu fesseln. Da hörte er die Bachmüllerin rufen:

„Frau Pfarrerin, ich werde gesund wenn ich Ihnen gebeichtet
habe, und sterbe ich, so bin ich frei, von Allem erledigt was
mich so lang, so lang bedrückt.“

„Redet nicht so viel, das thut Euch nicht gut, suchet zu
schlafen.“

„Nein, ich kann nicht. Ich bin katholisch geboren und weiß

was beichten ist; aber Ihnen beichte ich lieber als einem ge=
weihten Priester, ein Frauenherz versteht mich besser. Lasset mich
erzählen."

„Ihr redet irre, gute Frau, Ihr seid nicht katholisch; ich will
Euch das Kissen umwenden und schlaft."

„Nein, Sie müssen mich hören, jetzt nur kann ich Alles
sagen. Ich habe Alles aufgezeichnet gehabt, man sollte es nach
meinem Tod finden; nun ist's im Haus verbrannt. Hören Sie
mich, und mein Sohn, wenn er doch noch lebt, muß es von
Ihnen hören."

„Euer Sohn ist todt, ich bitt' Euch, Ihr macht mir bang,
seid ruhig."

„Ich red' ja nicht irr, höret nur," rief die Kranke mit schmerz=
lichem Klageton, der schneidend in die Seele des Lauschenden
fuhr. Alle Pulse stockten in Eugen. Durfte er hören? Er konnte
nicht von der Stelle. Was überkam ihn jetzt wie heißer Fieber=
schauer?

„So," sprach die Kranke mit ruhiger Stimme, „so sitz' ich
gut. Geben Sie mir Ihre Hand, da kann ich besser erzählen.
Ich will ganz von vorn anfangen. Ach! es soll ein helllockiges
Kind gewesen sein, das im Hofbau aufgewachsen ist. Ich erin=
nere mich aus meiner Kindheit nur, daß ich, als mein Vater
sich wieder verheirathete, am Vorabend der Hochzeit als Amor
in einem lebenden Bild stand; ich hatte blaue Flügel auf dem
Rücken und beim Festschmaus trugen mich Männer und Frauen
auf dem Arm umher und küßten mich. Als ich andern Mor=
gens erwachte, verlangte ich, sie sollen mir meine Flügel wieder
anziehen, aber sie sagten mir, die Engel hätten mir sie nur
geliehen und hätten sie schon wieder geholt. Als mein Vater
gestorben war und wir die Amtswohnung oberhalb des Marstalls
verlassen mußten, fand ich beim Umzug die Amorflügel und ge=
wahrte, daß sie von blauem Zindel waren. Ach! Ich habe von
damals an erfahren, daß Vieles in der Welt anders ist . . .
Mein Vater war durch einen Sturz mit einem Pferd, das schon
einen armen Stallknecht das Leben gekostet hatte, rasch gestorben.
Wir hätten in Dürftigkeit leben müssen, wenn nicht ein Oheim,
ein Bruder meiner seligen Mutter, uns die Mittel gegeben, einen
standesgemäßen Haushalt zu führen.

Als ich gefirmt war, wurde ich Gespiele der Prinzessin Marie,

die gleichen Alters mit mir war. Wir liebten uns wie Schwe=
stern. Man nannte mich die Hofdame der Prinzessin, aber wenn
die alte Belgern, die Oberhofmeisterin, nicht zugegen war, tollten
wir wie zwei wilde Knaben und küßten uns und gelobten ewig
bei einander zu bleiben. Es waren glückselige Tage, sie sind
mir noch wie ein Traum voll Licht und Glanz. Ich sehe noch
oft ein Mädchen im weißen Atlaskleid mit einer Rose im dunkeln
Haar vor dem großen Spiegel stehen und das Mädchen, das bin
ich, das war ich. Es machte mich glücklich, wenn ich oft, über
die Straße gehend, die Leute sagen hörte: wie hübsch! Wir
träumten und phantasirten oft von einem Prinz Wunderhold, der
auf einem Schwan daherkommen müsse, um die Prinzessin Marie
zu freien und der kühne Ritter, der ihn geleitete, war mir be=
schieden. Der Bruder der Prinzessin, Prinz Willibald, tanzte
gern mit mir und wir scherzten viel über meine Liebe zu Phan=
tastereien, die er aber doch mit mir theilte. Wir wohnten im
Hofbau. Eines Abends geleitete mich der Bediente nach Haus,
ich konnte es nie leiden, daß er hinter mir ging und sprach mit
ihm, um ihn an meine Seite zu ziehen und — ich wollte in
den Boden sinken, der Prinz war in einen Bedienten verkleidet;
wir lachten darüber und an einem schattigen Plätzchen umarmte
er mich und wir küßten einander. Das ging nun mehrere Abende
so. Als der Frühling kam, mußte die Prinzessin, die oft krän=
kelte, nach dem einsamen Jagdschloß Falkenau und der Prinz
war wieder da. Ich traf ihn immer, wenn ich einsam in den
Wald ging. Als wir in die Residenz zurückkehrten, war ich oft
krank. Ich war damals siebzehn Jahre alt. Eines Tages hatte
meine Mutter den Arzt beim Weggehen begleitet, ich vergesse nie
wie sie aussah, als sie wieder eintrat; sie stürzte wüthend auf
mich, riß mich an den Haaren aus dem Bett und wollte mich
zertreten. Sie rückte selbst einen Tisch an die Wand, heftete die
Klingel ab, das war nicht genug, sie band mir die Hände fest
zusammen und schloß mich in das Zimmer. Es war tiefe Nacht,
als ich geweckt und in einen verschlossenen Wagen gesetzt wurde;
mit meiner Mutter stieg die rundliche Frau Schröder ein, die
ich noch von der Geburt meines jüngsten Schwesterchens her
kannte. Ich durfte meine beiden Brüder und mein kleines Schwe=
sterchen nicht mehr sehen, ich weinte unaufhörlich. In der zweiten
Nacht hielten wir in einem Dorf jenseits der Berge. Wir wohnten

bei einem Arzt, ich mußte stets im Zimmer bleiben. Ich genas
eines Knaben. Sie sagten mir, das Kind sei todt, aber ich hörte
es schreien und sie mußten mir's an die Brust legen. O wie
lieb war es. Ich wollte es gar nicht von mir lassen, ich wollte
nicht schlafen, ich fürchtete stets und wußte nicht was; ja, ich
fürchtete, man würde mir mein Kind rauben. Man ließ es mir
mehrere Wochen. Ich forschte an ihm nach, ob ich kein Zeichen
finde es einst wieder zu erkennen; ich fand nichts. Als es einmal so neben mir lag, erinnerte ich mich aus der Geschichtsstunde
der Hohenstaufischen Margarethe, die ihrem Sohn Friedrich in
die Wange gebissen; ich preßte meinen Mund an die Wange
meines Kindes, aber ich hatte nicht den Muth jener Herzogin.
Eines Abends erwache ich und höre noch mich selbst um Hülfe
schreien, ich spüre es leibhaftig, wie wenn mir ein Stück aus
dem Körper gerissen würde. Ich rufe nach meinem Kind, da
sagt mir die Mutter: weine nur, so eben hat man es fortge-
tragen und begraben; sie selbst weinte bitterlich. Ich biß die
Zähne in die Kissen, um nicht zu sprechen und that bald als ob
ich schliefe. Man hatte mich allein gelassen, ich war rasch entschlossen, ich wollte sterben und sprang zum Fenster hinaus; ich
stand aufrecht, eilte nach dem Kirchhof, da war ein frisches Grab,
ich grub es mit meinen Händen auf. Weh! Das war mein
Kind nicht! Ich hörte Schritte, eilte fort durch den Wald, immer
fort, da drunten rauscht der Bach, er rief mir: komm! komm!
Die Bäume wichen vor mir zurück, über Felsen sprang ich hinab…
Ich erwachte wieder und fand mich von fremden Menschen umgeben, die mir sagten, daß ich seit drei Tagen irre geredet und
im Fieber gelegen. Der Müller hat mich aus dem Wasser gerettet in jener Nacht als ihm seine Frau in den Wochen gestorben
war. Wie pflegte ich nun das Kind, meine Vittore; mein Kind
war mir ja in ihr ans Herz gelegt. Nach drei Jahren freite der
Müller um mich. Ich konnte das Kind nicht verlassen und ehrte
den Vater. Ich gestand ihm mein Schicksal, er wollte meinen
Namen nicht wissen und verdoppelte seine Liebe um mich und
nannte mich eine Wittwe. Mein Mann kaufte die hiesige Mühle
und wir zogen hieher, von wo er gebürtig war. Er sagte stets,
ich hätte ihm Segen über Alles gebracht, was er unternahm.
Ich wäre lieber in ein Kloster gegangen, wenn mir eines geöffnet wäre; aber der Mann hatte Recht, ein thätiges Leben ist

gottgefälliger und sühnender, als einsames Beten. Ich lernte das starke freie Herz immer mehr erkennen. Ich wurde durch meinen Schwager meinem Mann angetraut mit einem falschen Namen. Das that mir tief wehe, vor Gott zu lügen; aber ich lebte ja ein anderes Leben. Damals schrieb ich meinem Oheim, daß ich noch lebe, aber in undurchdringlicher Verborgenheit, die Niemand lösen darf. Ich gebar einen Sohn, meinen Wilhelm, er hat fern am Meer den Tod gefunden; aber vor seinem Tod schrieb er, daß sie bei ihrer Batterie einen commandirenden Offi= cier gehabt hätten, der gar gut gegen ihn gewesen sei und der sich Graf Falkenberg nenne. Da erwachte zuerst wieder der Ge= danke, daß mein Sohn doch leben könne, und die Sünde ihn vergessen und mir eingeredet zu haben, daß er todt sei, hat mich nicht mehr ruhig werden lassen. Und als mein Mann auswan= dern wollte und mir sagte, daß der Graf Falkenberg auch in Amerika sei, da wollte ich mitziehen und jetzt steht er auch in der Liste der Begnadigten und jetzt heirathet meine Vittore einen Mann, der heißt Eugen wie mein Sohn . . ."

Mehrmals hatte der Lauschende während dieser oft und oft unterbrochenen Erzählung die Arme emporgestreckt, er konnte sich nicht halten und doch konnte ein Wort aus seinem Mund die Erzählende tödten. Als jetzt diese weinend wiederholte:

„Mein Sohn Eugen," rief dieser laut:

„Mutter! meine Mutter!"

Ein Jammerschrei ertönte aus der Kammer, dann war Alles plötzlich todtenstill. Der Vikar schrie laut, aus dem Halbschlummer geweckt, und die Pfarrerin rief um Hülfe. Eugen war auf die Kniee gesunken und bebte und weinte, jetzt sprang er auf und eilte nach der Kammer seiner Mutter. In der Halbbeleuchtung sah er die Pfarrerin über die Leblose gebeugt, die sie in den Armen hielt.

„Was haben Sie gethan!" rief die Pfarrerin vorwurfsvoll und mit gepreßtem Laut brachte Eugen die Worte hervor:

„Ich, ich bin ihr Sohn, ich heiße Eugen Falkenberg."

Die Kranke richtete sich empor, und mit einem lauten Aechzen sank sie zurück in die Kissen.

„Rufen Sie die Magd und Vittore," befahl die Pfarrerin. Eugen eilte hinab und wieder hinauf zu dem Vikar, der aus dem Bett gesprungen war; er brachte ihn gewaltsam zurück, und bald hörte man in der Kammer der Mutter nichts als leises Durcheinanderwispern, Aechzen und mühsames Heben, und Alles war wiederum still.

Fünfzehntes Kapitel.

Eugen lag auf den Knieen, die gefalteten Hände auf einen Stuhl gestemmt, da berührte eine Hand sein Haupt, er fühlte sich durchzuckt und schaute auf, Vittore stand vor ihm.

„Die Mutter lebt und erholt sich," sagte sie, richtete ihn auf, trocknete seine Thränen und sprach ihm Muth und Hoffnung ein.

„Sei froh, daß du weinen kannst," sagte sie, „der Vater kann's nie und Alles thut ihm doppelt weh. Du wirst sehen, es wird Alles wieder gut und froh. Jetzt sag', was hast du angestellt?"

Eugen erzählte rasch, daß er in ihrer Mutter seine Mutter gefunden.

„Ich bange vor gar nichts mehr," sagte endlich Vittore. „Wenn jetzt ein Engel vom Himmel herabkäme, ich thät' mich gar nicht mehr darüber wundern; ich thät' ihm ruhig die Hand geben und ließ' mir von ihm berichten."

„O du starkes heiliges Herz," rief Eugen, „ja, wenn es Engelerscheinungen gäbe, nur solche Naturen wie du, könnten sie empfangen. O meine Mutter! O meine Geliebte!"

„Man mag dich werfen wie man will, du fällst auf deine Ketzerei," lächelte Vittore und suchte Eugen zu erheitern; sie drang darauf, daß man den Vater aus dem Schulhaus rufen lasse; als aber Eugen dies abwehrte, da man den Vater jetzt unnöthig erschrecke, stand sie leicht ab, und der zweite Grund, warum sie die Anwesenheit des Vaters wünschte, war daraus ersichtlich, daß sie nun sagte:

„Ich kann dir aber nicht beistehen und bei dir bleiben; ich muß zur Mutter."

Eugen bat nur, daß sie ihm von Zeit zu Zeit mit wenigen Worten von dem Befinden der Mutter Nachricht gebe. Noch als Vittore die Thür in der Hand hielt, mußte sie vernehmen, wie wunderbar es sich gefügt, daß Eugen auf dem Schlachtfeld sich zu seinem Halbbruder hingezogen gefühlt hatte, ohne von ihm zu wissen und daß sie selber geistig seine Schwester gewesen und seine Braut geworden sei.

„Denk' über Alles still, aber denk' nicht zu viel," wollte Vittore schließen.

„O daß die Mutter jetzt krank ist," klagte Eugen.

„Nimm's als eine Fügung Gottes, daß das Haus abgebrannt ist," entgegnete Vittore. „Vielleicht hätt' es die Mutter getödtet, wenn es anders über sie kommen wäre."

Eugen erwiderte nichts auf diesen Einwand.

Das Leben in seinen letzten Gründen wie in seinen Verschlingungen ist den Gläubigen wie den Ungläubigen ein Räthsel. Man muß sich fügen, nenne man nun die dunkle allwaltende Macht Nothwendigkeit oder Vorsehung.

„Wenn deine Mutter jetzt stürbe," sprach er oft in Gedanken und seine Lippen wiederholten die Worte.

Vittore kam auf Augenblicke und brachte tröstliche Nachricht. Sie sprachen mit einander wie Bruder und Schwester und als hätten sie von Kindheit auf mit einander gelebt, all ihr Empfinden war jetzt dem erbebenden Mutterherzen zugewendet.

Wie aus dem Traum hörte man einmal die Mutter singen:

Es wohnt ein Pfalzgraf an dem Rhein,
Der hatt' drei schöne Töchterlein —

dann kehrte sie sich wieder laut schreiend um.

Nachdem sie lange einander still angesehen, sagte Vittore zu Eugen:

„Weißt noch den Abend, wo ich mit der Mutter das Lied gesungen hab'?"

Wohl erinnerte sich Eugen dessen, es war damals als er zuerst sein Todesurtheil erfuhr; jetzt schwebte ein anderes härteres über ihm . . .

In dem stillen Pfarrhaus schauten wachmüde Augen dem jungen Tag entgegen. Eugen stand mit Vittore am Fenster und sah hinauf in die immer heller sich ausbreitenden Gluthen.

„Die Mutter hat einen schönen Spruch," sagte Vittore, „ihre Red' ist: Das Schönste in der Welt ist die Sonne und das Angesicht eines Menschen in dem Augenblicke, wo er was Rechtschaffenes gethan hat."

Wie kühlender Morgenthau senkten sich diese Worte in die schmerzbrennende Seele Eugens, sie kamen von der Mutter und erquickten ihn doppelt, da sie in dem Herzen Vittore's ruhten.

Rechtschaffenes thun, das hebt über alle Räthselqualen des Lebens hinweg; aus Kummer und Schmerz sich aufraffen und die Kraft bethätigen, das ist Leben und seine Erfüllung ist Pflicht.

„Ich hab' auf heut' Leute hinausgeschickt ins Sonnenziel," sagte Vittore, „sie müssen die Reben anheften. So ein Feldge= schäft fragt nichts darnach, was im Haus vorgeht, ob man Kum= mer oder Freude hat."

Eugen nickte ihr zu, es schien ja fast, als ob ein magnetischer Rapport alle seine Gedanken in lebendiger Faßlichkeit aus ihr herausleitete.

Wie auf der Brandstätte jetzt der Schutt weggeräumt wurde, um auf den alten nur erweiterten Grundmauern ein neues Haus zu bauen, so hatte Eugen, dem es noch streng versagt war, die Mutter zu sehen, gar Manches auszugleichen, um auf dem Boden seines eroberten Lebens seine Thatkraft auszubreiten und zu be= festigen.

Eugen war wieder vor Amt geladen und so schwer es ihm ward, jetzt die Nähe der kranken Mutter zu verlassen, das Froh= gefühl, daß nun alle Täuschung ihr Ende erreicht habe und Alles erobert und erfüllt sei, kräftigte seine Schritte. Der Bachmüller gab ihm das Geleite bis auf das Schloß zu Kronauer, der sich erboten hatte, mit Eugen nach der Stadt zu reiten. Auf den Wunsch Eugens hatte Vittore dem Vater mitgetheilt, wer Eugen sei und der Stolz dieses Mannes wie seine Achtung vor Eugen schienen einen schweren Kampf zu kämpfen, der sich aber nur in Mienen und Bewegungen, nicht in Worten kundgab; bald be= trachtete er Eugen mit liebevollem Blick, bald runzelte er wie zornig die Stirne; er legte die Hand auf die Schulter Eugens und zog sie wieder so rasch zurück, als ob er Feuer angefaßt hätte. Endlich fand er einen glücklichen Ausweg für seine getheilten Empfindungen und fragte bis in das Kleinste hinein über das Zusammentreffen Eugens mit seinem Wilhelm in Schleswig=Holstein. Eugen berichtete Alles und mußte nur bedauern, daß die gewal= tigen Ereignisse ihm nichts als halbverschleierte Erinnerungen von diesem wundersamen Zwischenfall zurückgelassen hatten. Offenbar um wieder auf etwas anderes zu kommen, sagte der Bachmüller, daß er Kronauer fragen wolle, ob er ihm baar Geld leihen könne zum Neubau des Hauses. Als Eugen hierauf sagte, daß er mehrere Hundert Gulden bereit habe, schaute ihn der Bachmüller verwundert an und sagte endlich:

„Es ist ja auch Euer Haus. Wenn wir nur mit Gottes Hülfe schon wieder Alle gesund darin wären."

Kronauer und Eugen ritten wortlos dahin. Im Dorf grüßten Alle mit Abnehmen der Mütze und wiederholtem Kopfnicken, als wollten sie damit recht deutlich den doppelten Gruß ausdrücken. Als man jetzt am Alsfelder Wege bergan im Schritt ritt, warnte Kronauer seinen Gefährten, den Adel durch eine öffentliche Erklärung abzulegen, da er an sich erfahren habe, wie unzuträglich das sei; Stephanie habe recht gehabt, da sie solch ein vereinzeltes Lossagen damit verglichen habe, als ob man in großer Versammlung ein Hoch ausbringe, in das Niemand einstimmt. Eugen erklärte, daß er den Adel behalte und rief scherzend:

„Ich will einmal einen Grafen unter die Schulmeister bringen." Mit ernstem Tone fuhr er aber dann fort: „Ich wollte, ich könnte die Arbeit adeln und der Welt zeigen, daß Arbeit allein dem Menschen seine Würde und seine höhere Bedeutung giebt."

„Es bleibt wahr, was Deeger gesagt hat," entgegnete Kronauer. „Sie erleben nichts Gewöhnliches, weil Sie in Allem das Ungewöhnliche sehen."

Unterwegs ritten die Beiden eine Strecke ab der Straße nach dem Haldenhof, einem großen Bauerngute, zu dem sogenannten Gäukönig, dessen ältester Sohn als erster Schüler in der Ackerbauschule angemeldet war. Sie trafen die Familie gerade bei Tisch. Eugen wurde als „Schwiegersohn des Bachmüllers" vorgestellt und es war für ihn eine besondere Freude, daß der Gäukönig sagte:

„Da könnet Ihr Euch was drauf einbilden, da muß man allen Respect haben." Nun ließ sich der Bauer darüber aus, wie „sündlich und verdammt lächerlich" es sei, daß die Regierungen immer zu Lug und Trug zwingen; man sollte sich freuen, daß so ein Mann, wie der Kronauer, sich zu einer Ackerbauschule hergebe, und jetzt müsse er die, die er unterrichten wolle, als Knechte annehmen. Die Knechte am Tisch nickten ihm zu, der Gäukönig aber schüttelte den Kopf, als Eugen ausführte, wie es gut sei, daß man einmal Knecht sei und Knecht heiße, wenn man später Herr werden solle.

„Macht nur keine Politiker aus den jungen Leuten, das bringt ja nur Unglück," in diese Worte drängte der Gäukönig seine Ent= gegnung zusammen und schmunzelte zufrieden, als Eugen den Spruch Friedrichs II. anführte:

„Wenn ich einen Mann hätte, der statt einer zwei Aehren erzeugte, ich würde ihn dem ausgezeichnetsten Staatsmann und größten Feldherrn vorziehen."

Der junge Gäuprinz, ein hellaugiger straffer Bursche, geleitete zu Fuße die beiden Reiter ein Stück Weges; er erzählte mit offenbar stolzem Behagen, daß sein Vater ihn vom Militär los= gekauft habe und zeigte mit besonderm Nachdruck die weite Ge= markung, die ihm einst angehören sollte. Eugen verstand, wie er damit wiederholt kundgeben wollte, daß er gar nicht nöthig habe, Knecht zu sein und eine hervorragende Geltung bei seinem künftigen Lehrherrn in Anspruch nehmen dürfe. Eugen beschwich= tigte das bei alledem doch unverkennbare Bangen des Burschen, das sich hinter stolzes Prunken verschanzte, indem er ihm das arbeitserfüllte und heitere Leben der Zukunft ausmalte. Kronauer war schweigsam, er schien nicht Willens, die Stimmungen und das individuelle Leben seiner Zöglinge mit in sein Bereich zu ziehen. Beim Abschiede reichte der Gäuprinz Kronauer die Hand und sagte: „B'hüt's Gott, Herr Baron," die Hand Eugens hielt er länger fest und ein Lächeln flog über das Antlitz Eugens, als der Bursch endlich: „B'hüt's Gott, Bachmüller," zu ihm sagte, und dann lustig über einen Graben querfeldein sprang, wo man ihn thalwärts noch lange mit machtvoller Stimme jodeln hörte.

Die berittene Akademie, wie Kronauer scherzweise sich und Eugen nannte, gerieth alsbald in kleine Meinungsverschiedenheit. Eugen scherzte über die Bezeichnungen Waldkönig und Gäukönig, die sich hier aufthaten, während Kronauer seine Freude an dem erbfesten Stolz des Bauernthums ausdrückte; er betrachtete die großen Bauerngüter als die mächtigen Waldbäume, die das natio= nale Bestehen davor sicherten, daß nicht jeder Windschlag es niederwerfe. Eugen bestritt dies keineswegs, er bekämpfte nur jeden Aristokratismus, fände sich dieser nun unterm Bauernkittel oder in einer Galla=Uniform.

Rasch gingen dann die Beiden hievon ab und besprachen sich viel über Einrichtung in der Schule. Eugen freute sich seiner errungenen Lehrfertigkeiten und neben allen materiellen Ergeb=

niſſen fand er, daß in ſolchen Einrichtungen jener Abſchluß der
Perſönlichkeit und jene ſchlagfertige Gemeinſamkeit des Handelns
erzeugt werden könne, die man bisher nur dem Soldatenthum
zuſchrieb. Kronauer dagegen hielt ſich an die Bedeutſamkeit, daß
man die Menſchen eine Zeitlang aus ihrem gewohnten Lebenskreis
heraushebe, um ſie erhöht wieder in denſelben zu verſetzen. In
ſolchen Ausblicken ſchauten die beiden Männer frei über alles
Trübe hinweg, das die gewohnten Welteinrichtungen wie die
Drohniſſe der Menſchennatur vor ihnen ausbreiteten.

Es war wohlgethan, daß Kronauer mit vor Gericht gegangen
war; das erneuerte Verhör wurde kurz abgeſchloſſen und der Stadt-
pfarrer, der zum neuen Schulinſpector ernannt war, kündigte Eugen
an, daß ſchon am morgenden Tag ein Schulamtsverweſer in Erlenmoos eintreffen werde. Auf der Straße ſchaute Alles auf Eugen
und deutete nach ihm hin, und im Wirthshaus, wo er als Graf
Falkenberg angeredet wurde, fand er mehrere ſeiner ehemaligen
Berufsgenoſſen. Der Muſterlehrer Rautenſtrauch that jetzt, als
ob er früher mit Eugen innig vertraut geweſen wäre und empfahl
den anweſenden Bruder Weiland als Nachfolger in Eugens Stelle.
Jeder aber fand es wunderbar, daß er ſo lang unentdeckt geblieben.

. Auf dem Rückweg ging es über Röthhauſen. Ein großer
Wagen mit Hausrath begegnete den Reitern. Eugen trennte ſich
von Kronauer und ritt allein nach dem Schloß. Er ließ ſich
melden. Jetti, die Schweſter Deegers, kam in den halbgeleerten
Saal und ſagte, die Frau Baronin ließe ſich entſchuldigen, ſie
ſei mit Einpacken beſchäftigt. Eugen gab die Meldung zurück,
daß er warten wolle. Es kam keine Antwort und nach geraumer
Weile trat Stephanie, in einen großen Shawl gehüllt, in den Saal.

„Man hat mir den Lehrer Baumann gemeldet,“ ſagte ſie
etwas heiſer, „und —“

„Es würde mich mein Leben lang kränken,“ fiel Eugen ein,
„wenn ich ohne freundliche Handreichung von Ihnen ſchiede. Sie
ſollen meiner nicht in Verkennung gedenken —“

„Im Gegentheil,“ ſcherzte Stephanie, „ich denke beim Einpacken viel an Ihre Welt des Nipptiſches, die Sie ſo oft ver-
höhnten. Wer weiß, ob Sie nicht Heugabel und Pflug zu Ihrem
Nipptiſchſächelchen machen.“

„Das iſt noch Verkennung, und ich beſchwöre Sie beim

Andenken an Ihre Wohlthaten gegen mich und die Dankbarkeit, die ich Ihnen schulde, gerecht gegen mich zu sein."

„Sie sind auch ein Egoist, nur mit etwas glänzender idealer Appretur. Sie sind ein humanitärer Tyrann, Sie wollen immer Schöpfer sein und erkennen nichts Geschaffenes an. Und daß Sie mich noch bekehren, meinetwegen versöhnen wollen, was ist das anders als Egoismus? Sie können mit der ganzen Welt in Kriegszustand leben, aber es nicht ertragen, daß ein Einzelner Ihnen feindselig sei; das beleidigt und belastet Sie fortwährend, und wenn Sie versöhnen, begütigen wollen, geschieht es nicht um des Andern willen, Sie wollen nur sich selbst die Last ab= nehmen —"

„Sie erkennen meine Fehler und Schwächen und sind so scharf= richterlich, wie es doch nur der Freundeseifer ist," entgegnete Eugen in gepreßtem Ton, „und ich danke Ihnen, daß Sie mir die Ehre erzeigen, mir dies geradezu zu sagen. Sie haben mir einst betheuert, daß noch Niemand so ehrlich und ohne Galanterie mit Ihnen gerungen, wie ich; ich bin wohl nicht zu eitel, wenn ich eine Wirkung dieses Verfahrens jetzt in Ihnen wahrnehme."

Eine Pause entstand, Stephanie schaute nieder und Eugen fuhr in ruhigem Tone fort:

„Es wäre nicht wohlgethan, wenn wir in solcher Dissonanz von einander schieden. Ich bin zu Anderem gekommen. Ja, meine böse Freundin, hier auf dieser Stelle stand ich und rang mit der Liebe zu Ihnen. Ich liebte Sie. Das darf ich Ihnen jetzt sagen, aber unser Leben war doch unvereinbar. Ich bin nicht stark genug für Sie. Wie wir jetzt zu einander stehen, kann nicht von Bescheidenheit die Rede sein. Wer Sie glücklich machen und mit Ihnen glücklich sein wollte, müßte entweder Ihr reiches Naturell frei walten lassen oder bewältigen können. Ich vermöchte keines von beiden. Und dazu hielt mich ein Zauber fest, den ich erst jetzt voll verstehe."

Eugen erzählte nun, wie wunderbar er Mutter und Braut gefunden. Stephanie legte den Shawl ab, als Eugen erzählte; es schien ihr heiß zu werden. Als er geendet, schaute sie mit feuchtem Blick auf und sagte:

„Wunderbar! Unfaßlich! Und das inmitten unserer Welt, jetzt ... Ich komme noch einmal nach Erlenmoos. Ich muß nun auch Ihre Mutter und Ihre Braut noch begrüßen. Sie haben

Recht, ja, auch mir that es leid, daß wir so von einander scheiden sollten. Nein, nein, ich komme nicht mehr nach Erlenmoos. Ich habe mir von Deeger viel von Ihrer Braut erzählen lassen, ich verstand ihr Wesen nicht, jetzt verstehe ich's: sie ist Erbin unserer ganzen Bildung, ohne die Apparate derselben, sie hat die Resultate der Seelenverfeinerung unmittelbar von Ihrer Mutter als Lebenstact, Ihre Mutter hat Ihre Braut gesäugt und geistig mit aller Bildung genährt. Wunderbar! Unfaßlich! Und Ihre Mutter hat Ihnen Ihr Leben vorgelebt. O, ich verstehe Alles. Ich danke Ihnen, daß Sie gekommen und geblieben sind und sich nicht abweisen ließen. Sie sind kein Egoist, ich danke Ihnen."

Ihre Stimme stockte, sie reichte Eugen die Hand und dieser küßte sie warm. "Leben Sie wohl!" rief Eugen und Stephanie faßte seine Hand in ihre beiden und wiederholte:

"Leben Sie wohl! Die allgütige Natur mache Ihre Mutter gesund und lasse Sie Beide sich noch lang an einander erfreuen. Grüßen Sie Ihre Mutter herzlich von einem Menschenkind in der großen Welt."

Eugen konnte vor Rührung kein Wort mehr reden, er eilte davon.

So war nun auch dies in Frieden ausgeglichen und in raschem Trab ritt Eugen Erlenmoos zu.

Bei der Heimkehr empfand Eugen, was es heißt, wenn ein liebendes Herz des Ankommenden harrt. Vittore eilte ihm entgegen und ihr erstes Wort war:

"Die Mutter ist viel mehr wohlauf."

Dennoch durfte Eugen noch nicht an ihr Krankenbett, der Arzt hatte dies streng verboten und die Pfarrerin war unnachgiebige Wächterin.

Theorosa hatte nur die Ankunft Eugens abgewartet, um auf ewig Abschied zu nehmen. Sowohl Eugen als Kronauer empfahlen ihr, in der Hauptstadt dafür zu wirken, daß Deeger die Stelle in Erlenmoos erhalte. Eugen wollte auch noch die Versetzung des muthvollen Göritz nach Röthhausen beantragen, denn er wußte, wie schwer Deeger seinen lange gepflegten Berufsort verlasse, ohne ihn einem Tüchtigen übergeben zu können. Kronauer widersprach, daß man zu viel auf Einmal wolle und dadurch nichts erreiche. Theorosa gelobte, in dieser ihrer "letzten europäischen Thätigkeit" Alles aufzubieten, um den Freunden ein friedlich harmonisches Sein zu gestalten. Sie übergab noch zuletzt nicht ohne sichtbaren Schmerz Gideon ihre Autographensammlung mit dem Auftrag, solche für die besprochene Summe Stephanie einzuhändigen; über die Verwendung des Erlöses wollte sie später eine Bestimmung treffen.

Der Abschied Theorosa's ergriff alle Herzen. Man ließ den Wagen vorausfahren und gab ihr das Geleite durch das Dorf, sie küßte noch jedes Kind, das ihr auf der Straße begegnete und sagte einmal zu Eugen:

„Ich liebte meinen Bräutigam schon lang, ohne mir's zu gestehen. Ihre Zuversicht, lieber Freund, hat mir den Muth gegeben, in ein Dasein einzutreten, von dem mich tausend Gewohnheiten und Rücksichten abhalten wollten."

Selbst Vittore weinte laut, als Theorosa sie beim Abschied umarmte. Eugen war still und nur Kronauer hatte noch Humor genug, auszurufen:

„Die Reichstante wird nun zur Welttante."

Auf dem Heimweg ging Eugen mit Vittore allein.

„Ich hätte mir denken können," sagte er, „daß Theorosa den Kronauer geheirathet hätte und sie hätten für einander getaugt."

„Das mußt nicht thun, das ist nicht recht," entgegnete Vittore, „was einmal fest bestimmt ist, da darf man auch mit keinem Gedanken mehr dran rücken und rütteln."

Sechzehntes Kapitel.

Es war Eugen durch ein ausdrückliches Verbot des Schulinspectors versagt, von den Kindern in der Schule Abschied zu nehmen, ja er mußte das Schulhaus alsbald räumen und noch einmal unter fremdem Dach wohnen, bevor er sein eigenes Haus beziehen konnte; er siedelte sich bei dem Schlosser Vinzenz an, der diesen Vorzug wohl zu schätzen wußte und den „Schwiegersohn des Bachmüllers," wie er ihn immer nannte, mit allen Ehren behandelte, den Grafen schien er nicht besonders hochzuhalten.

Der junge Schulverweser war ein schweigsamer, ungelenker Jüngling, der eben aus dem Seminar kam und sich, wie es schien, in seiner neuen Stellung damit aushalf, daß er allen

Anreden ein beharrliches Schweigen entgegensetzte. Um so red=
seliger waren die Amtsbewerber, die nun tagtäglich in das Dorf
kamen. Der Lehrer von Alsfeld, der sich doch entschlossen hatte,
das nöthige Examen noch zu machen, erschien nur Einmal, dann
schickte er seine Frau, die sich unter den Frauen viele Anhänge=
rinnen erwarb; die meisten Aussichten schienen indeß Schnörkel
und Bruder Weiland zu haben. Für letzteren warb der Schäusler=
David, der ihn zu seinem Buchhalter annehmen wollte; Schnörkel
aber ging mit seinem Schwiegervater, dem Kirchbauer, von Haus
zu Haus und die neun Kinder des Bruder Weiland fielen schwer
ins Gewicht für Schnörkel, der dann, so oft er seinem Mit=
bewerber begegnete, gar herablassend gegen ihn that.

Es war für Eugen niederschlagend, daß er Kronauer bekennen
mußte: wenn nicht die Regierung die letzte Entscheidung hätte,
erhielte Schnörkel unfehlbar die Stelle.

Diese Bewegungen im Dorf ließen Eugen oft eine Zeitlang
vergessen, wie er mit zitterndem Athem auf der Schwelle seiner
heiligsten Lebenserfüllung stand; denn noch immer durfte er nicht
die Hand seiner Mutter erfassen, und oft überkam es ihn mit
plötzlichen Schauern, daß sie vielleicht erkalte, bevor er sie an
die Lippen gedrückt. Die Mutter aber war äußerst schreckhaft
und reizbar geworden, so daß die ihr Nahenden alle Behutsamkeit
und Sorgfalt anwenden mußten, um ihr die so nöthige Ruhe
zu gewähren.

Die Leute sagten, Eugen verdiene doppelten Taglohn, so eifrig
arbeitete er auf der Brandstätte, und Bittore scherzte darüber:

„Du freust dich der Schwielen an deinen Händen, du hast
mir eine feine Hand verlobt und willst nun, daß sie zur Hochzeit
auch rauh sei wie die meine.“

Die Schiebkärrner konnten tagelang mit quiksenden Karren
hanthieren und sich nicht die Mühe nehmen, die Axen zu salben;
als dies auf wiederholte Ermahnungen nicht geschah, vollführte
es Eugen selbst; er konnte sich dann an solchem wie an der Er=
leichterung, die er durch Anlegung eines Bretterweges den Arbei=
tenden verschaffte, wie an einer schönen That erfreuen.

Wer die Menschen in ihrem Wesen wie in ihren Gewöhnungen
innerlichst erkennen will, muß ein Haus bauen und einrichten.
Eugen ereiferte sich oft bis zur Heftigkeit über das schlaffe Wesen
so vieler Arbeiter, über die lässige Art, manche Zeit zu ver=

tröbeln; aber er gewann bald die Ueberzeugung, daß nur eine gewisse ruhige Gelassenheit ein immerdar angestrengtes Thun nicht zu einem aufreibenden werden läßt, und schwer fiel es ihm aufs Herz, wenn er zur Ruhestunde die Arbeiter aus ihren mitge= brachten Tüchern ihre Kost herauswickeln sah, oder wenn er die Nahrung kostete, die Frauen und Kinder herbeitrugen.

Die Sage geht: die Kittfestigkeit der alten Burgmauern sei dadurch erzeugt, daß man Wein in den Mörtel geschüttet habe; in unseren Tagen wird ein fester Bau nur dadurch aufgeführt werden, daß den Arbeitern ihr kräftigender Lohn werde.

Lipp und seine Kochkunst erhielten nun eine erhöhte Bedeutung. Die Kinder und Frauen, die bisher oft stundenweit einen Topf mit Klößen herzugetragen hatten, blieben nun zu Hause und konnten anderer Arbeit nachgehen. Zu den Einzelbeiträgen aller Bauarbeiter gab Eugen einen gemeinschaftlichen für die Küche, die nun im Freien errichtet ward und wo Lipp, mit großer Schürze angethan, wöchentlich sogar dreimal Fleisch kochte. Der Mäuerleswerner, der mit beim Bau war, hatte Anfangs seine aufsätzige Stimmung den Anderen mitgetheilt, so daß sie über die Strenge Eugens murrten und oft laut klagten. Jetzt gelang es Eugen, die Herzen Aller zu gewinnen. Während sonst die Arbeiter bei ihrem kargen Topf da und dort einsam gelegen und gesessen hatten, schaarten sie sich nun um den Tisch unter dem halbverbrannten, aber doch noch grünenden Nußbaum und manches gemeinsame Lied erscholl, bevor man sich eine Weile zur Ruhe legte.

Noch nie wurde ein Bau lustiger aufgeführt, als die neue Bachmühle, zu der sich Eugen von seinem Freund, der ihm aus dem Gefängniß geholfen hatte, einen Bauplan hatte kommen lassen. Die Arbeiter versprachen, die gemeinsame Küche sich fortan immer zu Nutzen zu machen, und Eugen ermahnte die Versam= melten und jeden Einzelnen, ihre Hülfe nicht, wie immer ge= schehe, vom Staate zu erwarten, sondern in freier Gesellschaftung sich selber zu helfen.

„Hilf dir selber und Gott hat nichts dagegen," sagte ein junger Maurer, der lang in der Schweiz gearbeitet hatte.

Eugen sah mit Freuden das erste Gelingen in der Hebung des materiellen Wohles, er gelobte sich, dies festzuhalten, ohne sich um die welterrettenden theoretischen Flausenmachereien zu kümmern. Und wie es ihm gelungen war, die zur Hand liegende

Fähigkeit Lipps zu Allgemeinerem zu verwenden, so hoffte er, sollten sich ihm immer Kräfte bieten, die er zu gemeinnützigen erheben könnte.

Der Bachmüller schaute manchmal mit fröhlichem Behagen dem Thun Eugens zu und ging dann seinem Mühlbetrieb und Feldgeschäft nach.

Siebzehntes Kapitel.

Eines Tages kam der Bachmüller voll Freude zu Eugen und sagte:

„Der Zuberfranz geht also richtig mit dem Baron Leo nach Ungarn, nun wird ein neuer Schultheiß gewählt und Ihr müsset's werden; Ihr werdet's einstimmig."

„Nein, das müßt Ihr werden, Schwäher."

„Das haben Manche auch gemeint, ich hab' ihnen aber gesagt: ich bin der alt' Schultheiß und jetzt ist eine andere Welt, jetzt brauchen sie einen neuen."

„Es ist noch keine andere Welt," entgegnete Eugen und die Zornesader des Schwähers schwoll hoch an, da Eugen mit entschiedener Bestimmtheit jedes öffentliche Amt ablehnte, das den Eid der Treue gegen das Bestehende von ihm verlange; wenn er für die Amnestie undankbar erscheine, so bleibe das eine persönliche That, für die er Niemand als sich Rechenschaft schuldig sei, anders aber sei es mit einem Eide. Es nützte nichts, daß er mit unverkennbarer Begeisterung aussprach, wie er nichts weiter wünsche, als an der Spitze eines Dorfes zu stehen und auf einem bemessenen Fleck Erde ein frisches in sich begnügtes Leben herbeizuführen. Eugen konnte sagen was er wollte, der Schwäher schüttelte den Kopf und blieb voll Mißmuth. Nachdem er lange die Hände auf die Kniee haltend und vor sich niederschauend nach seiner Gewohnheit mit beiden Füßen auf den Boden geträppelt hatte, sagte er endlich:

„An dem Tag wo's wieder losgeht, könnet Ihr ja aufhören Schultheiß zu sein. Ich versteh' Euch nicht, waget Leib und Leben für das Schulamt und jetzt, wo Ihr in Frieden und Ehren ein schönes Amt und ein gemeinnütziges kriegen könnet, stolpert Ihr über einen Eid."

Ein Wanderer, der vom ebenen Thal aus den unwegsamen
Steig über Klippen und an Abgründen vorbei erschaut, über
den er dahergekommen, faßt es kaum, wie er all den Gefahren
entronnen, und ein Wandern dort oben erscheint kaum möglich;
so erging es Eugen selbst, wenn er seine Vergangenheit über=
schaute. Er blieb seinem Schwäher gegenüber bei seinem Entschluß
und dieser ging zornig brummend davon.

Als Eugen zu Vittore kam, sah sie ihm gleich seine Betrüb=
niß an und er gestand auf ihre Frage, daß er fürchte, es sei
ein tiefer Riß zwischen ihm und dem Vater, wobei er den Her=
gang der Sache erzählte.

„Setz' dich gut daher," entgegnete Vittore, „ich hab' dir was
Gutes zu sagen."

„Was denn?"

„Nein, hör' zuerst. Schau, du bist der prächtigste Mensch
auf der Welt: ich hätt's nie, nie geglaubt, daß es so Einen
giebt."

„Und meine Fehler?" fragte Eugen, aber ohne sich irre machen
zu lassen, fuhr Vittore fort:

„Ich hab's tausendmal mit der Mutter ausgeredet: wenn die
Menschen alle so wären wie du bist und wie du sie machen willst,
wär' die ganze Welt eine heilige Bruderschaft. Du findest in
Allem etwas, was kein anderer Mensch sieht, ach, ich kann dir's
nicht sagen, wie ich's mein' und doch versteh'. Du weißt gar
nicht, wie lieb man dich dafür haben muß. Du hast aber beim
Bau eingesehen, daß die Menschen nicht immer all' ihr Sach' bei
einander haben und so hellauf sind wie du. Jetzt, ja, das ist's
was ich sagen will. Du hast, wie du sagst, noch nie in einer
Familie gelebt, jetzt da muß man nicht gleich meinen, wenn eins
einmal was Ungeschicktes thut oder sagt, oder ein bisle brummig
ist, jetzt mit dem sei gar nicht mehr auszukommen, da sei Alles
aus und vorbei; laß du nur einmal eine Zeitlang fünfe gerad
sein, es findet ein Jedes schon wieder nach und nach das rechte
Einmaleins."

Eugen fragte Vittore geradezu, ob sie ihm anrathe, das
Schultheißenamt anzunehmen.

„Für mich," sagte Vittore, „wär' mir's lieber, du wirst's
nicht, ich hätte dich mehr für mich; aus der Ehre, Frau Schult=
heißin zu heißen, mach' ich mir nicht sonderlich viel, sie ist im

Preis gesunken, seit der Zuberfranz Schultheiß gewesen ist. Daran will ich aber jetzt nicht denken, es ist die Frag' wie du dich am besten befindest und da mein' ich, du wärst doch zufriedener, wenn du viel Gutes ins Werk setzen kannst; ich weiß von meinem Vater, wie oft ihm das doch auch Freud' gemacht hat."

„Aber der Eid?"

„Da weiß ich selber nimmer zu rathen; um Anderen Gutes zu thun sich selber schlecht machen, es ist ein Graus; aber freilich, du hast ja eine rechtschaffene Absicht. Mir wird's selber ganz wirbelig im Kopf, ich weiß nicht —"

„Ich weiß genug," unterbrach Eugen, „du erinnerst mich an einen Grundsatz, der den ewigen Feinden der Menschheit als Werkzeug diente. Ich habe gezeigt, daß ich nicht für mich leben will und werde es noch mehr darthun. Meine bisherige Täuschung war Nothwehr wie meine Befreiung aus dem Gefängniß. Ich wollte das Vaterland nicht verlassen, darf aber jetzt auch nicht aus der innern Heimath meiner Ueberzeugungen auswandern. O du liebe Vittore! So wollen wir immerdar uns einander aufklären und Hand in Hand unsern Lebensweg gehen."

Die Pfarrerin trat ein und verkündete Eugen, daß wenn er sich ruhig halten und das Letzte noch nicht aussprechen wolle, er bei der Mutter eintreten dürfe. Vittore fuhr mit der Hand Eugen über sein zuckendes Antlitz und sagte:

„Halt' dich nur recht ruhig, damit wir noch lang an der Mutter haben."

„Bist du da?" rief die Kranke dem Eintretenden entgegen und streckte ihm in der dunkeln Kammer die Hand entgegen, die zu leuchten schien, wie er damals in seinem Fiebertraum gesehen. Eugen erfaßte stumm und zitternd die Hand. Nach einer Weile fuhr die Mutter fort:

„Ich hab' heut Nacht von dir geträumt, ich habe dich gesehen an der Spitze von tausend und aber tausend Männern, und alle hatten Eichenzweige auf den Hüten und haben wunderschön gesungen, und da bist du plötzlich verschwunden und da war ein großer Lärm, und du bist wieder kommen, aber aus deiner Brust ist Blut herausgeflossen. Das bedeutet langes Leben."

„Redet nicht so viel," befahl die Pfarrerin.

„Ich will Licht haben, ich muß ihn sehen," rief die Kranke mit heftiger Stimme.

Die Pfarrerin öffnete einen schweren Vorhang und in hellem Sonnenglanz erschien die bleiche Kranke.

„Mutter!" rief Eugen.

„Das ist seine Stimme, ich habe sie im Traum gehört," rief die Kranke sich aufrichtend, „wer hat dir seine Stimme gegeben? Das ist sein Antlitz. Weh! wie ist mir."

„Ich bin dein verloren geglaubter Sohn, ich bin dein Eugen. Mutter! Meine Mutter!"

Die Kranke wehrte ihn zitternd von sich ab, ihre Arme wurden plötzlich starr und ihr Antlitz marmorweiß.

„Ich lebe," rief Eugen weinend, „und habe dich oft gesucht, Mutter, erkenne mich."

„Und wo ist der Andere, wo ist der Bräutigam meiner Vittore?" fragte die Kranke und ihr Mund blieb offen.

„Das bin ich, beides, dein Sohn und der Gatte deiner Vittore."

Mit wilder Freude erfaßte die Mutter das Haupt ihres Sohnes und ihre Thränen flossen ineinander und still hielten sich Mutter und Sohn umschlungen.

Die Pfarrerin wehrte ab, aber hier war nichts mehr zu hindern und mit unbegreiflicher Macht rief die Kranke:

„Ich will keine Stimme, Niemand hören, die ganze Welt, Himmel und Erde rufen Mutter! Ich sage mit dem Erzvater: ich will gern sterben, da mich Gott dein Antlitz wieder sehen ließ. Ich bin glückseliger als die Mutter des Gebenedeiten, mein Sohn lebt. O guter Gott! Laß mich jetzt nicht sterben, ich will leben, jetzt leben." Und mit tausend Küssen bedeckte sie Stirn, Augen, Mund und Wange ihres Sohnes.

„Ich will aufstehen, ich will meinen Sohn dem Himmel zeigen," rief sie dann wieder unter Thränen, und Eugen hatte zu thun, die Hocherregte auf ihrem Lager zu halten.

Die Pfarrerin hatte sich nicht zu helfen gewußt und hatte den Bachmüller und Vittore zu Hülfe gerufen. Als diese nun bestätigten, daß sie gewußt hätten, wer Eugen sei, rief die Mutter klagend:

„Und ihr konntet mir's einen Tag verhehlen und mich sterben lassen?"

Vittore war neben Eugen am Bett niedergesunken und die Mutter legte still ihre Hände auf ihre Häupter.

Vittore gelang es am ersten, die erschreckende Aufregung der Mutter zu beschwichtigen, sie drängte Alle aus dem Zimmer, aber sie mußte die Mutter ankleiden und als sie nun in der Sonne am Fenster saß, sagte sie mit gefalteten Händen:

„Dank dir, du himmlische Sonne, die du mich meinen Sohn sehen ließest; erwärme mich, stärke mich, nur jetzt, und ich will still ruhig sein, wenn du mir auf ewig untergehst."

Achtzehntes Kapitel.

Die Welt draußen war untergesunken, und zwei Menschen lebten allein auf der Erde. Eugen saß tagelang bei seiner Mutter, die sich wundersam rasch erholte, und nur der schwimmende Glanz ihres Auges verrieth noch ein tiefes und zurückgehaltenes Leiden. Wenn er Alles erzählt, Alles besprochen hatte, sagte sie noch oft:

„Sprich weiter, daß ich deine Stimme höre. Ich möchte alle Kinderspiele mit dir spielen, daß ich deine ganze Jugend noch einmal mit dir lebe. Ach die harte Welt, die dich mir aus den Armen nahm. Sag', hattest du denn Spielzeug, und was hast du gespielt?"

Und wenn Eugen Alles möglichst genau erzählte, sagte sie dann wieder:

„Ich kann es nicht fassen, daß du auf Einmal so groß bist. Ich meine, ich bin auch noch so jung, ach, wenn ich nur noch lange leben könnte."

Eugen suchte sie zu trösten und aufzurichten was er vermochte, aber immer kehrte die Klage wieder:

„Ich bin es nicht werth, dich zu haben; ich konnte dich so lang vergessen und mir einreden, du lebst nicht mehr. O dieses Jahr, wo du neben mir warst und ich dich nicht kannte; aber ich habe dir doch die ersten Blumen hier gegeben. Schon damals habe ich an deiner Stimme etwas gespürt, daß ich hätte weinen mögen."

Tausend Plane entwarf die Mutter, und wenn sie ihren Sohn oft fortdrängte, um mit seiner Braut sich im Freien zu ergehen, hielt sie ihn noch an der Thür mit allerlei Fragen fest, um noch lang sich seines Anblicks zu erfreuen.

Am Sonntag als Eugen zum Erstenmal mit Vittore aufge=
boten wurde, ging er an der Hand der Mutter in die Kirche.
Andächtigere Herzen wurden noch nie von Kirchenmauern umschlossen
als an diesem Tag.

Hand in Hand ging nun immer die Mutter mit Eugen aufs
Feld und sie sagte: daß sie ihm jeden Acker mit ihrem Andenken
bepflanzen wolle, damit er überall ihrer gedenken könne, wenn
sie bald nicht mehr sei. Diesen trüben Gedanken ließ sie sich nicht
ausreden, und als sie den fortschreitenden Bau sah, sagte sie:

„Ich werde nicht darin wohnen, aber unsichtbar spreche ich
stets einen Segen an eure Hauspfosten und über eure Schwelle,
daß Friede und Güte darin wohne."

Viel erzählte auch die Mutter von der Wandlung, die mit
ihrem Leben vorgegangen sei, und es war ihr eine hohe Genug=
thuung, ihrem Sohn zu zeigen, wie diese Umkehr zu dem Urleben
das Dasein wieder erneue.

„Du mein Sohn," sagte sie einst, und man sah es deutlich,
daß sie einen Vorgedanken unterdrückte, „du übernimmst es aus
reiner Erkenntniß, und es giebt ein unsichtbares Weben der Geister,
das die fernen Gedanken der Mutter im Herzen des Sohnes
erweckt."

Ein verklärtes Lächeln schwebte um ihre Lippen, wenn sie
erzählte:

„Anfangs erschien mir Alles fast wie ein Maskenspiel: diese
fremden Kleider, diese fremde Sprache, ich sah mich oft selbst
an und fragte mich, wer ich denn sei. Ich wollte immer die
schwerste Arbeit thun, aber mein guter Mann hat das nicht zu=
gegeben. O! das ist ein Herz, das ergründet keines mehr wie
ich. Im Traum hab' ich immer französisch gesprochen und gewiß
noch ein Jahr lang hab' ich mich oft beim Erwachen besinnen
müssen, wo ich bin und ich war doch da so gern. Schon als
Kind hat mich das Ackerbauleben, das in der Bibel herrscht, am
meisten angesprochen. Ich erinnere mich, wie wir einst im Hof=
wagen zur Erntezeit durch das Feld fuhren und die Garben auf=
gerichtet waren, da rief ich: Ach! das ist gerade wie in Josephs
Traum. Ich wußte nicht, daß ich eine Sehnsucht nach diesem
Leben hatte, bis es mir vom Schicksal beschieden ward. Wie viel
hundertmal hab' ich mir mit der Prinzessin Marie gewünscht, in
einer Taglöhner= oder Köhlerhütte leben zu können. Es ist mir

Alles jetzt wie ein Traum. Die Welt ist ganz anders, aber auch
viel schöner, als man sich träumt. O Eugen, die Menschen sind
so gut, sie wissen nur nicht wie sie's sein sollen."

Wie eine Verzückte sprach die Mutter oft und ihr Auge schien
in eine Welt hinein zu sehen, wie sie nur ein prophetisch verklärtes Auge zu fassen vermag.

Sie pries nun jeden Gedanken, den sie ins Herz Vittore's
gepflanzt, er lebte für sie und für ihren Sohn und sie sagte oft:

„Ich weiß, du wirst erkennen, was du an Vittore hat. O guter
Gott, laß mich in der Ewigkeit das Geschlecht sehen, das aus
diesen Kindern hervorgeht. Ihr müßt die Erlösung bringen."

Das ganze Dasein der Mutter war fast nur noch Ein Gebet,
und doch konnte sie dabei wiederum in das kleinste Leben eingehen. Sie freute sich, daß ein Stück Tuch, das auf der Bleiche
gelegen, nicht mit im Hause verbrannt war; sie hatte so manches
Reißlein Flachs selbst gesponnen und freute sich ganz kindisch
damit, wenigstens dieses ihrem Eugen zur Ausstattung geben zu
können. . . .

Wenn die Mutter schlief, sprach die Pfarrerin viel mit Eugen
darüber, wie sie erst jetzt das Wesen der Bachmüllerin und tausend
kleine Anzeichen, die ihr so räthselhaft erschienen waren, rückwärts
sich beleuchten und deuten könne, und sie wollte Eugen darauf
hinführen, daß er die Wunder glauben müsse, da ihm selbst eine
so wunderbare Fügung das Leben einigte. —

Bei der Schultheißenwahl fiel trotz der Gegenwehr Eugens
die Mehrheit der Stimmen auf ihn und Kronauer. Es war für
Eugen eine eigenthümliche Genugthuung, daß die Regierung ihn
nicht bestätigte, sondern Kronauer.

„Jetzt ist mir's erst recht," sagte Vittore, „daß du nicht gewollt hast. Führ' nur immer deine Gedanken aus und lehr' dich
nichts an Einreden von mir und nicht von Anderen, und laß die
Welt schimpfen wie sie mag."

„Meine Vittore," sagte drauf die Mutter, „ging einmal als
Kind in ihrem weißen Kleid nach der Kirche, des Rainbauern
Karle trappt in die Gosse und bespritzt sie, sie geht aber nicht
heim und sie sagt: Ich geh' doch zur Kirche, du bringst mich
doch nicht davon. So gehst auch du Eugen deinen heiligen
Weg. —"

Dasselbe Regierungsblatt, das die Bestätigung Kronauers ver-

fündigte, brachte auch die Ernennung Deegers auf die Schulstelle
zu Erlenmoos, Göritz erhielt die Stelle des Kopfrechners und daß
auch das Traurige nicht fehle, Weiland die Stelle in Röthhausen.

Die Erlenmooser klagten, es sei sündlich, daß mitten in der
Ernte so viel Geigen aufspielten; denn Schnörkel und Sabine,
Huschel und Bernhard, der Vikar und Adelheid wurden rasch nach
einander getraut.

Die Mutter drängte, daß Eugen und Vittore noch vor der
Vollendung des Hausbaues getraut würden; man willfahrte ihr
und siedelte sich einstweilen in dem vom Sonnenwirth angelauften
Haus des Klosemichel an.

Am selben Tag, an dem Eugen zuerst in das Dorf gekommen,
war seine Hochzeit. Der Bruder des Bachmüllers segnete das
Paar ein und der Traum der Mutter wurde in geringerem Maßstabe wahr, denn Eugen wurde von den mit Eichenzweigen ge-
schmückten jüngst angekommenen Ackerbauschülern abgeholt, welchen
Deeger einen vierstimmigen Gesang eingeübt hatte. Der Gäuprinz von Haldenhof sang einen mächtigen Tenor. Der Lehnert
von Röthhausen war mit seiner Frau, wie er prophezeit hatte,
zur Hochzeit gekommen, und der als Brautführer geschmückte
Engelbert brachte Eugen den Strauß.

Die Mutter tanzte mit ihrem Sohn den ersten Hochzeitsreigen,
und die Freude war vollauf.

Als Alles im besten Jubel war, kamen plötzlich fremde Gäste;
es war das Rusele mit seinem geheilten Christoph, der jetzt so
lustig Clarinett spielte, daß Alles hell jauchzte.

„Wo habt ihr euern Storch?" fragte Lipp.

„Er hat wieder Flügel bekommen und ist davon geflogen,"
berichtete Rusele und der Christoph nickte, während er blies.

Am Abend erschien Lipp als Kindermagd verkleidet und empfahl sich für die Zukunft. Eugen versprach, daß er immer bei
ihm bleiben solle. —

Als wiederum die ersten Nebel im Thal standen, konnte die
Mutter das Bett nicht verlassen. „Ich habe genug gelebt,"
sagte sie oft, und nach wenigen Tagen entschlummerte sie sanft,
als man geglaubt hatte, sie schliefe. . . .

„Du bist ein starker Mensch," sagte Vittore zu Eugen, als
er die Mutter bestattet hatte und nun sagte, daß er sich dem
Schmerz nicht hingeben, sondern rüstig arbeiten wolle; dennoch

konnte er sich nicht abhalten, als er auf derselben Wiese, wie
voriges Jahr, Grummet einthat, die Thränen aus den Augen
fließen zu lassen.

Die Leute hatten viel über Eugen zu reden, daß er bald
nach dem Tod seiner Mutter so heiter war, sie nannten ihn
hartherzig, denn die Menschen wollen immer, daß nur sie das
Recht hätten, ein gramgebeugtes Herz aufzurichten, und sie ver-
argen es ihm, wenn es dies selbst vermag und nicht mit flor-
unterbundenem Arm und mit dem Florhut um Mitleidspfennige
bettelt.

Als das Haus gerichtet wurde, stand Lipp hoch oben auf
dem Giebel und entfaltete die deutsche Fahne. Alles rief ihm
zu, dies verbotene Zeichen wegzuthun, er willfahrte erst dem Be-
fehl Eugens, der nun doch seine Freude aussprach, daß diese
Fahne scheu auf seinem Haus geweht und einst frei davon flat-
tern solle.

Ueber dem obern Thürbalken des stattlichen Hauses hing ein
graues Tuch. Deeger erklärte nun Eugen, daß er im Auftrag
der Baronin Hunold eine Inschrift in Metallbuchstaben hier habe
setzen lassen; das Tuch ward abgenommen und Eugen las:

Dies Haus ist meine Welt.

Nach kurzem Besinnen ließ er die Stifte wieder herausnehmen
und aus den Buchstaben die Worte bilden:

Die Welt ist mein Haus.

www.ingramcontent.com/pod-product-compliance
Lightning Source LLC
Chambersburg PA
CBHW030110030726
47498CB00007B/2330